ALEXANDRA IVY | Fesseln der Finsternis

D1419717

Das Buch

Laylah wird in der Dämonenwelt als Halbdschinn systematisch verfolgt. Schon ihr ganzes Leben lang musste sie sich verstecken. Als ihr
Tane, Vampir und Scharfrichter, auf die Spur kommt, droht Laylah der
Prozess vor der Kommission der Dämonen. Doch Laylah hat eine
wichtige Aufgabe zu erfüllen: Sie muss ein Kind mit übernatürlichen
Kräften beschützen, das die Macht hat, über das Schicksal der Dämonenwelt zu entscheiden. Laylah macht sich auf den Weg nach London,
wo sie etwas über ihre Herkunft herausfinden möchte und auf Hilfe
für sich und das Kind hofft. Tane verfolgt sie – doch auf welcher Seite
steht er wirklich? Denn er scheint nicht nur leidenschaftliche Gefühle
für Laylah zu hegen, sondern hilft ihr auch noch, ein Versteck zu finden. Auch Laylah fühlt sich immer stärker zu dem attraktiven Vampir
hingezogen. Und doch bleiben ihr Zweifel, ob sie ihm wirklich vertrauen kann. Denn seit sie das magische Kind beschützt, ist Laylah
umzingelt von Feinden: Die Vampirin Marika will das Kind um jeden
Preis in ihre Gewalt bringen – es soll ihr als Gefäß dienen, um den
bisher verbannten Fürsten der Finsternis wieder an die Macht zu bringen. Und die mächtige Marika hat ein ganzes Heer von kriegerischen
Elfen, die Sylvermyst, an ihrer Seite. Wem kann Laylah trauen, und wer
wird über das Schicksal der Dämonen entscheiden?

Die Autorin

Unter dem Pseudonym Alexandra Ivy veröffentlicht die bekannte
Regency-Liebesroman-Autorin Deborah Raleigh ihre Vampirromane.
Fesseln der Finsternis ist der siebte Band ihrer international erfolgrei-
chen *Guardians of Eternity*-Reihe, mit der die Autorin regelmäßig auf
der *SPIEGEL*-Bestsellerliste vertreten ist. Im Diana Verlag sind bisher
erschienen: *Der Nacht ergeben*, *Der Kuss des Blutes*, *Nur ein einziger Biss*,
Im Bann der Nacht, *Im Rausch der Dunkelheit* und *Wächterin des Blutes*.
Alexandra Ivy ist Mutter von zwei Kindern und lebt mit ihrer Familie
in Missouri.

ALEXANDRA IVY

FESSELN DER FINSTERNIS

Roman

Aus dem Englischen von Kim Kerry

Diana Verlag

Die Originalausgabe erschien 2010 unter dem Titel
Devoured by Darkness (Guardians of Eternity, Book VII)
bei ZEBRA Books, Kensington Publishing Corp., New York

Verlagsgruppe Random House FSC-DEU-0100
Das für dieses Buch verwendete
FSC®-zertifizierte Papier *Holmen Book Cream*
liefert Holmen Paper, Hallstavik, Schweden.

Deutsche Erstausgabe 05/2012
Copyright © 2010 by Debbie Raleigh
Published by Arrangement with Kensington Publishing Corp.,
New York, NY, USA
Copyright © der deutschsprachigen Ausgabe 2012 by Diana Verlag, München,
in der Verlagsgruppe Random House GmbH
Redaktion | Vera Serafin
Umschlaggestaltung | t.mutzenbach design, München
Satz | Christine Roithner Verlagsservice, Breitenaich
Druck und Bindung | GGP Media GmbH, Pößneck
Alle Rechte vorbehalten
Printed in Germany 2012

978-3-453-35586-6

www.diana-verlag.de

KAPITEL 1

*L*aylah war müde.

Sie hatte die Nase voll von den dunklen, beengten Tunneln im Nordosten von Missouri, durch die sie die vergangenen beiden Tage gelaufen war. Sie hatte es satt, von einem Feind gejagt zu werden, den sie nicht sehen konnte. Sie hatte genug davon, dass sich ihr Magen vor Hunger zusammenkrampfte und dass ihre Glieder aus Protest gegen ihr gnadenloses Tempo aufheulten.

Als sie eine kleine Höhle erreichte, blieb sie abrupt stehen und fuhr sich mit den Fingern durch die kurzen, stacheligen Strähnen ihrer leuchtend roten Haare. Ihre schwarzen Augen durchsuchten die Dunkelheit nach ihrem Verfolger.

Nicht, dass sie erwartet hätte, die kalte Nervensäge tatsächlich zu erblicken.

Vampire besaßen nicht nur eine übernatürliche Schnelligkeit und Stärke, sondern sie konnten sich auch in Schatten hüllen, wodurch sie unmöglich wahrzunehmen waren, selbst für die meisten Dämonen. Nur dem Umstand, dass Dschinnblut durch ihre Adern floss, verdankte sie die Fähigkeit, den unermüdlichen Blutsauger spüren zu können, der ihr folgte, während sie durch die Tunnel hetzte.

Was sie nicht wusste, war …

Aus welchem Grund er das tat.

Sie zitterte, ihr Mund war trocken. O Gott. Sie hatte sich für so klug gehalten, als sie den Vampir anfangs ihre Spur hatte aufnehmen lassen. Ihre Hoffnung war es gewesen, ihn zusammen mit den anderen Eindringlingen von Caines Privatversteck fortzulocken.

Diese Wolfstöle war ihr vollkommen gleichgültig, aber sie hatte ihren kostbarsten Schatz auf dem Grundstück des Mannes versteckt und konnte es sich nicht leisten, irgendein Wesen mit den überragenden Sinnen eines Vampirs oder auch denen eines vollblütigen Werwolfes in die Nähe ihres Geheimnisses vordringen zu lassen. Sie hatte gedacht, dass die Dämonen sie einige Stunden lang verfolgen würden, schließlich jedoch genug von diesem Spiel hätten und hoffentlich nach Hannibal oder sogar St. Louis zurückkehren würden.

Aber ihr hastig entwickelter Plan war von Anfang an zum Scheitern verurteilt gewesen.

Der Werwolf hatte seinen Weg zu Caines Versteck fortgesetzt, und der Vampir hatte einfach nicht aufgegeben, ganz egal, wie weit oder wie schnell sie gelaufen war.

Jetzt war sie zu schwach, um ihre Schattenwanderkräfte wirken zu lassen, und zu weit von Caine entfernt, um ihn zu Hilfe zu rufen.

»Oh, Scheiße«, murmelte sie, stemmte die Hände in die Hüften und schob trotzig das Kinn vor. »Ich weiß, dass du mir folgst, Vampir. Warum zeigst du dich nicht einfach?«

Eine bedrohliche Kälte lag schwer in der Luft und kribbelte schmerzhaft auf ihrer Haut.

»Du denkst, du könntest mir Befehle erteilen, Mischling?«, hallte eine dunkle, unwirklich schöne Stimme durch die Höhle.

Laylahs Herzschlag setzte einen Moment lang aus. Trotz ihres Dämonenblutes war sie nicht immun gegen die unbarmherzige Sinnlichkeit, die genauso zu einem Vampir gehörte wie seine tödlichen Fangzähne.

»Was ich denke, ist, dass ich genug vom Rennen habe«, stieß sie hervor. »Also kannst du mich entweder töten oder dir ein anderes Opfer zum Jagen suchen.«

»Ah. Dann bist du überzeugt, es sei dir gelungen, mich weit genug fortzuführen?«

»Weit genug fort?« Laylah erstarrte und leckte sich die plötzlich trockenen Lippen. Er konnte nichts davon wissen. Niemand wusste es. »Fort wovon?«

»Genau das frage ich mich«, antwortete die dunkle Stimme. »Es muss eine große Bedeutung besitzen.«

Laylah zwang sich, tief Luft zu holen, und kämpfte gegen den Impuls an, in Panik auszubrechen. Dieser dumme Vampir versuchte einfach, alle Register zu ziehen. Jeder wusste, dass Vampire es liebten, mit ihrer Beute zu spielen.

»Ich weiß nicht, wovon du sprichst.«

»Hmmm. Hast du jemals eine Wachtel beobachtet?«

Laylah spürte, wie unsichtbare Finger ihren Nacken streiften, aber seltsamerweise entfachte die kalte Berührung ein Gefühl der Hitze in ihrer Magengrube. Sie wirbelte herum und war nicht überrascht zu entdecken, dass das Raubtier verschwunden war.

»Den Vogel?«, fragte sie heiser und wünschte sich verspätet, mehr als eine abgeschnittene Jeanshose und ein Muskelshirt zu tragen. Dass sie so viel Haut zeigte, gab ihr ein eigenartiges Gefühl der Verletzlichkeit.

Nicht, dass Kleidung einen entschlossenen Vampir abhielt.

Es hätte auch keine Rolle gespielt, wenn sie in Zement getaucht und mit Stacheldraht umwickelt wäre.

»Wenn ein Raubtier sich dem Nest nähert, täuscht die Wachtelhenne einen gebrochenen Flügel vor und stiebt davon, um die Gefahr von ihren Küken fortzulocken«, erklärte ihr Peiniger, wobei seine Stimme direkt in ihrem Ohr zu ertönen schien.

Instinktiv stolperte Laylah nach hinten. Ihr Mund fühlte sich trocken an, als sie plötzlich Angst befiel.

»Die einzigen Wachteln, die mich interessieren, werden gebacken auf einem Reisbett serviert.«

»Was versuchst du zu beschützen?« Laylahs unsichtbarer Gegner legte eine Kunstpause ein. »Oder sollte ich sagen, wen?«

»Ich habe keine Ahnung, wovon zum Teufel du sprichst.«

»Ist es ein Geliebter? Ein Bruder oder eine Schwester? Ein Kind?« Sein leises Lachen streifte ihre Wange, als der heftige Satz, den ihr Herzschlag machte, sie verriet. »Aha, das ist es also. Dein Kind?«

Laylah ballte frustriert ihre Hände zu Fäusten. Er kam der Wahrheit zu nahe. Sie musste diesen Mistkerl ablenken.

»Ich dachte, Vampire wären für ihren Mut bekannt«, spottete sie geflissentlich. Sie war bereit, einen Kampf zu riskieren, den sie nicht gewinnen konnte, wenn nur dadurch ihre Geheimnisse gewahrt blieben. »Bist du so ein großer Feigling, dass du dich in den Schatten verbergen musst?«

Die Kälte nahm zu, die Gefahr war fast mit Händen zu greifen. Dann bewegten sich die Schatten direkt vor ihr, und allmählich wurde der Vampir sichtbar.

Laylah taumelte und fühlte sich, als habe ihr jemand einen Schlag in den Magen verpasst.

Alle Vampire waren schön. Und sexy.

Unverschämt, unanständig sexy.

Aber dieser hier …

Laylah vergaß fast zu atmen und ließ ihren Blick über die edlen Gesichtszüge gleiten, die die polynesische Abstammung des Mannes verrieten. Seine schräg gestellten Augen leuchteten honigfarben, sein pechschwarzes Haar war an den Seiten abrasiert und er trug einen Irokesenschnitt, dessen Strähnen ihm bis über die breiten Schultern reichten.

Sie senkte den Blick weiter, und die ungeheure Erregung, die ihr den Magen zusammenzog, wurde noch größer beim Anblick seines halb nackten Körpers, der durch die Khakishorts kaum bedeckt wurde.

Dieser verdammte, lästige Blutsauger.

Hatte er seinen wundervollen Körper absichtlich so zur Schau gestellt? Schließlich musste er doch wissen, dass sie das Verlangen spürte, die glatte Haut seiner Brust zu erkunden. Oder vielleicht … würde sie sich an seinem flachen Bauch entlang nach unten arbeiten …

Ihrer hilflosen Reaktion auf seine sinnliche Schönheit ausgeliefert, fiel ihr abrupt wieder die Gefahr ein, in der sie schwebte, als der Dämon viel zu dicht an sie herantrat und mit den Fingern lässig über ihren Hals strich.

»Hat dir noch niemand von den Gefahren erzählt, die sich ergeben, wenn man einen Vampir provoziert?«, fragte er leise.

Laylah lief ein Schauder über den Rücken, aber sie zwang sich, seinem hypnotisierenden Blick standzuhalten.

»Hast du vor, mich auszusaugen?«

Seine Lippen zuckten. »Erzähle mir von dem Kind.«

»Nein.«

»Ist es deines?« Er ließ seine Finger zu dem Puls wandern, der an ihrer Kehle hämmerte. Auf seinem schönen Gesicht zeigte sich ein Ausdruck intensiver Konzentration. »Nein. Es ist nicht deines. Du bist so rein wie ein Engel.«

Echte Angst erfüllte nun Laylahs Herz. Verdammt sollte dieser Blutsauger sein, der sich in alles einmischte.

»Lass mich in Ruhe!«, keuchte sie.

Die Honigaugen verdunkelten sich, und es war ein gefährlicher Hunger darin zu erkennen. Laylah war sich nicht sicher, ob nach Blut oder nach Sex.

Vielleicht traf beides zu.

»Ein wunderschöner Engel«, meinte er heiser und schlang die Arme um sie, um sie heftig an seinen starken Körper zu ziehen. »Und ich habe zu lange gewartet, um von dir zu kosten.«

Laylah war nicht imstande, ihre Panik noch länger zu unterdrücken. Ihre unberechenbaren Kräfte begannen zu wirken, und die elektrische Aufladung, die in der Luft lag, ließ den Vampir überrascht einen Satz nach hinten machen.

»Ich habe gesagt, lass mich in Ruhe!«

Die goldenen Augen verengten sich. »Soso, du willst also die Unnahbare spielen.«

»Ich will überhaupt nicht spielen«, fauchte sie. »Was willst du von mir?«

»Ursprünglich war es meine Absicht, dich gefangen zu nehmen, um dich vor die Kommission zu bringen.«

Bei der Drohung zuckte sie zusammen, und ihre Kräfte ließen abrupt nach. Sie hatte sich seit zwei Jahrhunderten vor den offiziellen Anführerinnen und Anführern der Dämonenwelt versteckt gehalten. Zu den Orakeln gebracht zu werden, aus denen die Kommission bestand, kam einem Todesurteil gleich.

»Ich habe nichts getan, womit ich eine solche Bestrafung verdienen würde«, versuchte sie zu bluffen.

»Allein deine Existenz verdient es, bestraft zu werden«, gab der Vampir ruhig zurück. »Dschinnmischlinge stehen auf dem Index.«

Laylah unterdrückte die vertraute Wut über diese ungeheure Ungerechtigkeit. Das war nicht der richtige Zeitpunkt, um darüber zu diskutieren, ob sie für die Sünden ihrer Eltern ausgelöscht werden sollte oder nicht.

»Du hast gesagt, das wäre ursprünglich deine Absicht gewesen«, sprach sie mit belegter Stimme. »Hast du deine Meinung geändert?«

Der Vampir setzte ein gefährliches Lächeln auf, während er die Hand ausstreckte, um den Rand des tiefen Ausschnitts ihres Oberteils mit dem Finger nachzuzeichnen. Seine Berührung hinterließ eine Spur reiner Wonne.

»Sagen wir, ich bin bereit, unsere Reise aufzuschieben, wenn sich mir ein geeigneter Anreiz bietet.«

»Anreiz?«

»Soll ich es dir wirklich demonstrieren?«, murmelte er und streifte mit seinen Lippen sanft über ihren Mund.

»Nein …«, stieß sie hervor und versuchte das unbezwingbare Verlangen zu unterdrücken, das sich ihrer bemächtigte.

Gott. Sie war so lange allein gewesen.

So furchtbar lange.

»Verrate mir deinen Namen«, flüsterte er an ihren Lippen. »Sag ihn mir.«

»Laylah.«

»Laylah.« Der Vampir sprach ihren Namen langsam aus, als prüfe er, wie er sich auf seiner Zunge anfühlte. Er wich ein Stück zurück und forschte in ihrem blassen Gesicht. Seine Hände glitten an ihren Flanken entlang nach unten, um ihre Hüften zu umfassen und sie kühn gegen seine harte Erregung zu pressen. »Exquisit.«

Laylah biss die Zähne zusammen und ignorierte die prickelnde Erregung, die sie durchfuhr.

»Ich nehme an, du hast auch einen Namen?«

Eine kurze Pause folgte. Das war nicht weiter überraschend. Ein Name in der Gewalt einer Person, die Zauber zu wirken vermochte, konnte dieser Person die Macht über den Besitzer des Namens verleihen. Dann zuckte er die Achseln.

»Tane.«

Das passte zu ihm. Erbarmungslos. Machtvoll. Umwerfend männlich.

»Großartig.« Sie presste ihre Hände gegen die stählerne Härte seiner Brust und beugte den Oberkörper nach hinten, um ihm in seine feurigen Honigaugen zu blicken. »Lass mich eine Sache klarstellen, Tane. Ich benutze Sex nicht als Einsatz in Verhandlungen. Niemals.«

Laylah, die erwartet hatte, dass er über ihre unverblümte Ablehnung verärgert sein würde, wurde nervös, als er seine Lippen zu einem Lächeln reiner Vorfreude kräuselte. Er zog sie eng an sich und sprach ihr direkt ins Ohr.

»Lass *mich* eine Sache klarstellen, Laylah«, flüsterte er. »Wenn wir Sex haben, dann erst, nachdem du mich angefleht hast, dich zu nehmen.«

Es war nicht nur die Erregung, die in ihrem Unterleib explodierte, auch seine Arroganz ließ sie ungeheuer wütend werden. Schließlich waren Vampire ungemein narzisstisch veranlagt. Es entsprach seiner Natur, anzunehmen, dass sie ganz wild darauf war, ihn zu vernaschen.

Nein, es war die Tatsache, dass er recht hatte, die in ihr den Wunsch weckte, ihn zu schlagen.

»Das wird nie und nimmer passieren, Blutsauger.«

Er lächelte so schelmisch wie verheißungsvoll. »Wollen wir wetten, Mischling?«

Sie stieß ihn weg und umschlang sich selbst schützend mit den Armen.

»Wenn du keinen Sex von mir willst, was dann?«

»Die Wahrheit.«

Verdammt. Waren sie schon wieder an diesem Punkt angelangt? Er sollte doch eigentlich abgelenkt sein.

Nun ja, das konnte sie mit Leichtigkeit korrigieren.

Ganz egal, was sie dafür opfern musste.

»Könntest du es vielleicht noch etwas ungenauer ausdrücken?«, stichelte sie.

»Die meisten niederen Dämonen besitzen genügend Verstand, Respekt zu zeigen, wenn sie sich in der Gegenwart eines Vampirs befinden.«

»Du wolltest mich doch vor die Kommission zerren, damit ich getötet werde wie ein tollwütiger Hund. Was für eine Rolle spielt das also noch?« Sie zuckte mit den Achseln. »Dann kann ich genauso gut auch noch ein bisschen Spaß haben, bevor ich abtrete.«

Seine schlanken Finger strichen über den Griff seines Messers. Es war groß genug, um ihr den Kopf abzutrennen.

»Ich kann dir versprechen, dass der Versuch, mich zu provozieren, dir nicht die Art von Spaß bringt, die du haben willst.«

Laylah kräuselte die Lippen zu etwas, von dem sie hoffte, dass es ein spöttisches Lächeln war, vielleicht war es aber auch nur eine Grimasse des Entsetzens.

»Das ist wahr. Die Art von Spaß, die ich haben will, beinhaltet ein Stück Holz mit einem sehr spitzen Ende, das mitten in deiner Brust steckt, aber im Augenblick nehme ich, was ich kriegen kann.«

Laylah machte sich auf Tanes Bestrafung gefasst und fluchte, als er genau das tat, was sie nicht wollte.

Statt sie wütend anzugreifen, wurde er still, und sein Gesicht nahm einen konzentrierten Ausdruck an. Wie ein Raubtier, das kurz davor war, sich auf sein Opfer zu stürzen.

»Faszinierend«, murmelte er.

»Was?«

»Dass du mich so verzweifelt davon abzuhalten versuchst, dein Geheimnis zu lüften.« Er ließ einen Finger über ihr Kinn gleiten. »Ich sollte dich darauf hinweisen, dass deine Spielchen meine Entschlossenheit herauszufinden, was du verbirgst, nur noch verstärken.«

Laylah wich seinem durchdringenden Blick aus. Was zum

Teufel musste sie tun, damit dieser Vampir sie endlich in Ruhe ließ?

Eine Eiseskälte lag in der Luft, als er sich direkt hinter sie stellte.

»Lass uns einmal ganz von vorne beginnen. Weshalb tötetest du Duncan?«

»Ich …« Laylah leckte sich über die Lippen, die Hände gegen ihren Bauch gepresst, als sie wieder die vertraute Übelkeit in sich aufsteigen spürte. Sie wollte sich nicht daran erinnern, wie Caine sie durch den Geheimgang geführt hatte, in die kleine Blockhütte am Mississippi. Eigentlich hatten sie erwartet, Duncan vorzufinden, der sich hier versteckte. Schließlich hatte die Wolfstöle geplant, ihre eigene Haut zu retten, indem sie Caine an den Werwolfkönig verriet. Aber keiner von beiden hatte erwartet, dass die rangniedrigere Wolfstöle versuchen würde, sie anzugreifen. Oder dass Laylahs Kräfte mit einer solchen Gewalt zuschlagen würden. Es war wieder etwas Neues in einer sehr langen Reihe von Vorfällen, die Laylah bereute, mit denen sie aber leben musste. »Das war ein Unfall.«

»Du brietest eine Wolfstöle«, hob Tane trocken hervor, »was mein Herz nicht gerade zum Bluten bringt, doch genau diese kleinen Unfälle haben dazu geführt, dass Dschinnmischlinge auf den Index gesetzt wurden.«

Sie erschauerte. Dachte er etwa, sie habe nicht versucht, ihre Kräfte zu kontrollieren? Dass sie nicht alles dafür gäbe, um zu verhindern, dass weitere sinnlose Tode auf ihrem Gewissen lasteten?

»Halt die Klappe.«

»Was ist geschehen?«

Sie sog die kühle, feuchte Höhlenluft in ihre Lungen. Die vergangenen Tage war sie blindlings durch die Gänge gerannt, war wieder zurückgelaufen und hatte Seitengänge genommen, bis sie keine Ahnung mehr gehabt hatte, wo sie eigentlich waren, aber der Geruch eines nahe gelegenen Flusses war unverkennbar. Das bedeutete, dass sie sich immer noch in der Nähe des Mississippi befinden mussten.

»Caine hat erfahren, wo Duncan sich mit Salvatore treffen wollte. Als wir die Wolfstöle aufgeschreckt haben, drehte sie durch und griff an.« Laylah spannte den Kiefer an. Sie hatte ihr Bestes getan, um sich aus Caines irrem Plan herauszuhalten, Wolfstölen in Rassewölfe zu verwandeln. Warum sollte man sich eigentlich nicht dazu entschließen, sich Flügel wachsen zu lassen und sich in eine Tauelfe zu verwandeln? Aber Caine hatte darauf bestanden, dass ihm eine Vision beschert worden sei, die ihm verraten habe, dass er sich in einen unsterblichen Werwolf verwandeln würde. Laylah selbst hatte gedacht, dass die Vision eher einer Überdosis Arzneimittel entstammte, die er in Massenproduktion herstellte. »Ich habe mich nur selbst geschützt. Oder sollen Mischlinge es zulassen, dass sie misshandelt werden, bis sie sterben? Würde das alle glücklich machen, wenn der ekelhafte Mischling in Fetzen gerissen würde?«

»Höre ich da eine Spur von Bitterkeit?«, fragte Tane sarkastisch, während seine Hände mit einer seltsamen Zärtlichkeit über ihre Schultern und ihre Arme strichen.

Trotz dieser Zärtlichkeit gelang es ihm, heiße Flammen der Erregung auf ihrer nackten Haut zu entzünden.

»Fahr zur Hölle!«

»Ich habe ihr bereits einen Besuch abgestattet, süße Laylah, und hege nicht die Absicht, in nächster Zeit dorthin zurückzukehren.« Er beugte sich zu ihr, um seine Lippen in ihre Halsbeuge zu pressen. »Ich glaube dir, dass der Tod der Wolfstöle ein Unfall war.«

Wenn Laylah nicht kurz davor gewesen wäre zusammenzubrechen, wäre sie vielleicht völlig übergeschnappt und hätte sich auf den so schönen wie grausamen Kerl gestürzt. Ihr Körper fühlte sich an, als stehe er in Flammen.

Diese verdammten Vampirpheromone.

Stattdessen versuchte sie sich seiner magischen Berührung zu entziehen und drehte sich um, um wütend sein allzu schönes Gesicht anzufunkeln.

»Arrogantes Arschloch!«

»Weshalb kehrtest du nicht in Caines Versteck zurück, statt allein zu verschwinden?«

Sie rieb sich unbewusst die Arme, die immer noch von seiner Berührung prickelten.

»Ich wusste, dass wir verfolgt wurden, und habe angenommen, dass du Caine folgen würdest. Ich bin verschwunden, um meine eigene Haut zu retten.«

»Nein, du bist verschwunden, um den Versuch zu unternehmen, uns von Caines Anwesen fortzuführen.« Er legte absichtlich eine Pause ein. »Und von dem Kind, das du beschützt.«

»Wenn du das alles schon herausgefunden hast, warum nervst du mich dann noch mit deinen Fragen?«, stieß sie zwischen zusammengebissenen Zähnen hervor.

»Weil ich wissen will, weshalb du willens bist, dein Leben für ein Kind zu opfern, das nicht dein eigenes ist.«

Tane bobachtete, wie sich die Emotionen auf dem ausdrucksstarken Gesicht der Dschinn offenbarten. Er war verärgert über die ungewohnte Faszination, die sie auf ihn ausübte.

Zugegeben, Laylah war ein wunderschönes Geschöpf.

Atemberaubend schön.

Und sie brachte seine Lust auf eine Art zum Kochen, wie er sie seit Jahrhunderten nicht mehr empfunden hatte.

Aber er verfolgte diese Frau nur aus einem einzigen Grund.

Als er die Tunnel ursprünglich betreten hatte, war er Salvatore, dem König der Werwölfe, und dem nervtötenden Gargylen Levet gefolgt. Sie waren aus einer Blockhütte in Hannibal verschwunden, und obgleich er sich freuen würde wie ein Schneekönig, wenn sie beide einen grässlichen Tod starben, hatte Styx sehr deutlich gemacht, dass er Wert auf eine bessere Beziehung zwischen Werwölfen und Vampiren legte. Und was der Anasso, der Anführer aller Vampire, haben wollte, das bekam er auch.

Also hatte Tane Salvatores Bedienstete bei der Verfolgung Caines und der mysteriösen Dämonin angeführt, die sie entführt hatten, und war nicht überrascht gewesen, als die Wolfstöle ihre Geiseln im Stich gelassen hatte und geflohen war, in der vergeblichen Hoffnung, dem drohenden Tod zu entgehen. Ungewöhnlich erschien ihm jedoch das Beharren des Gargylen darauf, dass die Dämonin, die er gespürt hatte, ein Dschinnmischling sei.

Mit einem Mal hatte sich die einfache Rettungsmission in eine Jagd auf die abtrünnige Dämonin verwandelt. Die Kommission hatte einen strengen Grundsatz. Dschinnmischlinge mussten umgehend gefangen genommen und ausgeliefert werden.

Tane war damit beauftragt worden, sich die Abscheulichkeit zu schnappen.

Unglücklicherweise war die Angelegenheit von dem Augenblick an, in dem er sich an ihre Fersen geheftet hatte, den Bach hinuntergegangen.

Zwei Tage lang war er ihr gefolgt, und verdrängte dabei das Wissen, dass er der Jagd ein Ende setzen konnte, wann auch immer es ihm beliebte. Er redete sich ein, dass der Grund hierfür nur Neugierde war. Weshalb war die Frau so entschlossen, ihn von Caines Anwesen fortzuführen? Es musste etwas sein, das es wert war, ihr Leben dafür aufs Spiel zu setzen.

Aber Neugierde allein vermochte nicht zu erklären, dass ihn die Vorstellung plagte, die Frau in seinem Versteck einzusperren, wo sie auf seinem Bett ausgestreckt dalag, die dunklen Augen vor Lust leuchtend. Oder weshalb selbst jetzt der Gedanke daran, sie vor die mächtigen Orakel zu schleppen, aus denen die Kommission bestand, eine Sünde wider die Natur zu sein schien.

Sein nachdenklicher Blick glitt über ihre zarten Gesichtszüge. Sie erschienen ihm erschreckend vertraut. Als hätten sie sich in seinen Geist gebrannt.

Dadurch bemerkte er schnell, dass ihre makellose Haut zunehmend blass wurde und sich dunkle Ringe unter ihren mitternachtsschwarzen Augen gebildet hatten.

»Ich muss dir gar nichts erzählen«, murmelte sie, trotz ihrer wachsenden Schwäche so störrisch wie eh und je.

»Was stimmt nicht mit dir?«, verlangte er plötzlich zu wissen.

»Nichts.«

»Sei keine Närrin«, fuhr er sie an und nahm sie rasch auf die Arme, da ihre Knie nachgaben. Er unterdrückte ein Stöhnen, als ihn die köstliche Wärme ihres Körpers und der Duft von Frühlingsregen mit aller Macht trafen. Verdammt. Diese Frau würde ihn noch ins Grab bringen. »Es ist doch offensichtlich, dass du dich unwohl fühlst.«

Sie erzitterte, und eine kleine Schweißperle rann über ihre Stirn. »Ich habe seit Tagen nichts gegessen.«

Sich kaum der Tatsache bewusst, dass er sich überhaupt bewegte, trug er sie in den hinteren Bereich der Höhle und legte sie auf den Lehmboden, bevor er neben ihr niederkniete.

Er war ein kaltherziger Charon. Ein Vampir, der so erbarmungslos war, dass er von seinen eigenen Brüdern gefürchtet wurde.

»Ich dachte, Dschinnen absorbierten ihre Energie aus ihrer Umgebung?«

Ihre Augenlider senkten sich zitternd, und sie atmete flach.

»Wie du ja immer wieder betonst, bin ich ein Mischling«, stieß sie aufgebracht hervor. »Ich brauche Essen und muss mich ausruhen.«

Gegen seinen Willen strich Tane mit den Fingern über ihre Wange, die so glatt war wie Porzellan, und genoss es, ihre seidige Haut zu spüren.

»Erzähle mir von deinen Eltern.«

»Nein.«

»Laylah.«

Sie seufzte, als sie den warnenden Unterton in seiner sanften Stimme hörte. »Ich kann dir nichts erzählen, was ich selbst nicht weiß. Meine Pflegemutter hat mich gefunden. Man hatte mich in der Londoner Kanalisation ausgesetzt.«

»Also weißt du überhaupt nichts über sie?«

»Ganz offensichtlich war einer meiner Elternteile ein Dschinn. Der andere …« Angestrengt öffnete sie die Augen und tat so, als machten ihr seine bohrenden Fragen nichts aus. »Ich habe keine Ahnung.«

»Verfügst du über Kräfte, die über die einer Dschinn hinausgehen?«

»Das werde ich gerade dir erzählen.« Die Augen fielen ihr erneut zu, ihr Gesicht hatte einen verärgerten Ausdruck angenommen. »Bitte geh einfach weg und lass mich in Frieden.«

Er blickte auf ihre zarte Schönheit hinunter und zog finster die Augenbrauen zusammen.

Weshalb zögerte er?

Alles, was er tun musste, war, sie sich über die Schultern zu werfen und sich auf den Weg zu den Höhlen südlich von Chicago zu machen, die von der Kommission übernommen worden waren. Er würde nur wenige Stunden benötigen, um diese Aufgabe zu erledigen.

Und das Beste war, dass er auf dem Weg einen Halt in Santiagos Club einlegen und sich mithilfe der Gesellschaft einer willigen Koboldin entspannen konnte. Oder vielleicht auch zehn.

Je mehr, desto vergnüglicher.

Darüber hinaus hatte er bereits seine grausame Lektion gelernt, was das Beschützen einer gefährlichen Frau anging.

Eine Lektion, die dazu geführt hatte, dass sein gesamter Clan niedergemetzelt worden war wie hilfloses Vieh.

Als er zwischen den verstümmelten Leichnamen umhergewandert war, hatte er sich geschworen, dass er niemals wieder seine Gefühle vor seine Pflicht stellen würde.

Der Druck seiner Finger auf Laylahs Wange wurde fester. Dann murmelte er einen Fluch und erhob sich wieder.

»Nimmst du menschliche Nahrung zu dir?«, erkundigte er sich.

»Ja.«

»Bleib hier.«

Tane glitt durch die finsteren Tunnel. Schnell fand er eine Öffnung, die in die Landschaft über ihm hinausführte.

Als er sich rasch umsah, erblickte er die kürzlich bepflanzten Felder und die Farmhäuser, die im silbernen Mondlicht schlummerten. In der Ferne erhaschte er einen flüchtigen Blick auf den Mississippi, und noch weiter entfernt sah er die winzigen Lichtpunkte von Straßenlaternen, die eine kleine Stadt erkennen ließen.

Es war die typische, verschlafene Landschaft des Mittelwestens.

Sie war etwas *zu* verschlafen für die meisten Vampire, aber Tane wusste Ruhe und Frieden zu schätzen. Ein bitteres Lächeln kräuselte seine Lippen. Und die meisten Vampire zogen es vor, wenn er in seiner selbst auferlegten Isolation blieb.

Nur wenige fühlten sich in der Gegenwart eines Charons wohl.

Nicht, dass Tane zugelassen hätte, dass ihre Voreingenommenheit ihm zu schaffen machte. Er war aus einem bestimmten Grund zu einem Henker aggressiver, einzelgängerischer Vampire geworden. Und dieser Grund hatte sich nicht geändert.

Er würde sich *niemals* ändern.

Beinahe, wie um seine Gewissheit zu verhöhnen, dass er allein in der Dunkelheit sei, versteifte sich Tane und witterte in der Spätfrühlingsluft. Was zum Teufel ... Vampire hielten sich in der Gegend auf.

Zwar hatte er keine Angst. Er verfügte über mehr Macht als die meisten Clanchefs, obgleich er sich weigerte, sich den Proben zu stellen, die notwendig waren, um Anspruch auf diesen Titel zu erheben. Und nur wenige seiner Brüder waren dumm genug, ihren Anasso zu verärgern. Styx würde ernsthaft zornig sein, wenn er entdeckte, dass einer seiner kostbaren Charons getötet worden war.

Aber er hatte Laylah allein und hilflos in den Tunneln zurückgelassen.

Er wollte verdammt sein, wenn irgendein anderer Vampir die Gelegenheit erhielt, seine Fangzähne oder irgendetwas anderes in sie hineinzubohren.

Mit ungeheurer Geschwindigkeit lief er zu dem Grundstück des nächstgelegenen Bauernhauses, eines zweistöckigen weißen Hauses mit einer umlaufenden Veranda und Ginghamvorhängen.

Er hielt lange genug inne, um sich zu vergewissern, dass es hier nichts Schrecklicheres als die Menschen gab, die im oberen Stockwerk schliefen, und einen alternden Hund, der den Abfalleimer umgeworfen hatte und fröhlich an einem Knochen kaute. Dann trat er ins Haus und plünderte den Kühlschrank. Einen Teil der Reste warf er in eine Tüte, die er unter dem Spülbecken gefunden hatte. Er nahm sich auch Milch und mehrere Flaschen Wasser, bevor er umkehrte und das Haus so lautlos wieder verließ, wie er es betreten hatte.

Wie der Grinch.

Nur mit Fangzähnen.

Ebenso schnell kehrte er in die Tunnel und in die Höhle zurück, in der er Laylah zurückgelassen hatte.

Sie war leer.

Natürlich.

Er ließ die Tüte fallen und folgte ihrer Spur, um sie sogleich mühelos in der angrenzenden Höhle zu finden. Einen Augenblick lang sah er ungläubig zu, wie sie auf Händen und Knien zum Tunneleingang kroch. Ihr ganzer Körper war mit Schweiß bedeckt.

»Verdammt.« Tane trat auf sie zu, beugte sich zu ihr herunter und nahm sie auf die Arme. Er drückte sie gegen seine Brust und ging den Weg wieder zurück, den er gekommen war. »Was tust du da?«

Es gelang ihr, ihm einen bösen Blick zuzuwerfen, aber es war offensichtlich, dass sie immer schwächer wurde.

»Ich suche nach einem Portal nach Narnia.« Sie versuchte vergeblich, sich aus seinen Armen zu winden. »Wo sind diese Dinger, wenn man mal eins braucht?«

»Hör auf damit!«, fuhr er sie an und kniff die Augen zusammen, als sein Blick auf die langsam verheilende Wunde auf ihrer Stirn fiel. Offenbar war sie bei dem albernen Versuch, in die Freiheit zu gelangen, auf dem Boden aufgeschlagen. »Du hast dich verletzt.«

»Das ist deine Schuld«, murmelte sie.

»Typisch weibliche Logik.«

Ihre Augen verengten sich, als er sie sanft wieder auf dem Boden absetzte und sich auf den Weg machte, um die Tüte zu holen. Tane sog tief die muffige Luft der Höhle ein, in der Hoffnung, den überwältigenden Geruch ihres frischen Blutes abzuschwächen.

Sein gesamter Körper war angespannt vor Verlangen. Als sei es Jahrhunderte und nicht nur wenige Tage her, seit er zuletzt Sex gehabt hatte.

Was war nur so besonders an dieser Frau?

Alles an ihr erregte ihn. Von dem lächerlich stacheligen Haar bis hin zu den Spitzen ihrer mit Staub bedeckten Zehen. Und all diese appetitlichen Stellen dazwischen.

»Ich nehme an, du weißt alles über Frauen.«

Er kehrte zu ihr zurück und kniete mit einem Lächeln neben ihr nieder, sodass seine ausgefahrenen Fangzähne sichtbar wurden.

»Ich weiß genügend über sie, um sie dazu zu bringen, nach mehr zu schreien.«

»Töte mich einfach«, murmelte sie, aber sie konnte nicht das schnelle Flattern ihres Pulses verbergen. Die mächtige Erregung hatte nicht nur ihn erfasst. Das war verdammt gut, da er beabsichtigte, dass sie bald nackt unter ihm liegen sollte. »Eine schnelle Enthauptung wäre besser, als deiner Angeberei zuhören zu müssen.«

Seine Lippen zuckten. Gefangen, erschöpft und ganz offensichtlich verängstigt, fauchte sie noch immer wie ein in die Ecke getriebenes Kätzchen.

Er nahm eine der Dosen aus der Tüte, öffnete sie und entdeckte etwas, das nach Hühnchen, Reis und einer Handvoll anderer menschlicher Zutaten roch.

»Iss«, befahl er.

Sie riss ihm die Dose aus der Hand und benutzte ihre Finger, um sich den Eintopf in den Mund zu schaufeln. Tane schwieg, während er die Tüte neben ihr ausräumte, sodass deren Inhalt leicht für sie zu erreichen war. Schließlich sollte sie so schnell wie möglich wieder zu Kräften kommen.

Sie trank die Milch und dann das Wasser aus und leerte noch zwei weitere Dosen mit Essen, bevor sie schließlich den Kopf hob und ihn misstrauisch ansah. »Wo hast du das eigentlich her?«

Er unterdrückte ein Stöhnen, als sie unbewusst ihre Finger sauberleckte.

»Spielt das etwa eine Rolle?«

Ihr Atem stockte, als sie mühelos sein heftiges Verlangen spürte, das urplötzlich in ihm aufflammte. »Hör auf, mich so anzusehen.«

Seine Fangzähne pochten im gleichen Tempo wie ihr Herzschlag. »Wie denn?«

»Als ob du dich fragst, ob ich Blutgruppe B positiv oder A negativ habe.«

»Ich habe keine Mühen gescheut, um dir ein Abendessen zu besorgen«, erwiderte er mit heiserer Stimme und ließ seinen Blick auf ihrer zarten Halsbeuge ruhen. »Es wäre nur gerecht.«

Sie stand mit einem Ruck auf, und etwas Gefährliches funkelte in ihren herrlichen Augen.

»Wenn du mein Blut willst, musst du mit mir kämpfen.«

Tane hob eine Braue. Sie erholte sich schnell. Er konnte bereits erkennen, dass Farbe in ihre Wangen zurückkehrte und sie aufgehört hatte zu zittern.

Dennoch wusste er, dass es ihn wenig Mühe kosten würde, sie flach auf den Rücken zu bugsieren. Diese Position wünschte er sich mit einer solchen Verzweiflung, dass sie ihn hart und sehnsüchtig werden ließ, aber er wollte dem keine Taten folgen lassen, bevor sie sich wieder vollständig erholt hatte.

»Setz dich hin und beende dein Mahl.« Er zuckte mit den Schultern. »Ich habe Nahrung zu mir genommen, bevor ich Hannibal verließ.«

Widerwillig setzte sie sich wieder hin und griff nach dem Schokoladenkuchen.

»Ich hoffe, du hast davon eine Magenverstimmung bekommen.«

»Tatsächlich war sie ein schmackhafter Leckerbissen.« Er beugte sich vor und ließ sich vom Duft des Frühlingsregens einhüllen. »Zu schade, dass ich nicht länger bei ihr verweilen konnte. Sie war ganz darauf erpicht, mir mehr anzubieten als eine Mahlzeit.«

»Du kannst gerne zurückeilen, um deine Mahlzeit zu beenden und alles, was du sonst noch machen willst. Lass dir Zeit.« Sie nahm einen großen Bissen von dem Kuchen, und etwas Glasur blieb an ihrer Unterlippe hängen. »Also, lass dir ruhig eine Ewigkeit lang Zeit.«

Nicht imstande, der Versuchung zu widerstehen, schnellte Tane vor und leckte die Glasur von ihrer Lippe. Dann raubte er ihr einen Kuss reiner, ungehemmter Begierde.

Tane fluchte, als das Verlangen ihn mit unbändiger Macht übermannte. Es war nicht gelogen, als er sagte, dass er Nahrung zu sich genommen hatte, bevor er die Blockhütte in Hannibal betreten hatte, aber allein die Tatsache, dass diese Frau ihm so nahe war, reichte aus, um eine gefährliche Sehnsucht in ihm zu wecken.

Nach Blut und so vielem mehr.

»Ich könnte dich freilassen, Laylah«, flüsterte er an ihren Lippen.

Mit so viel Wucht, dass sie ihm eine Rippe hätte brechen können, stieß sie ihn von sich und stand auf. In ihrem Gesicht stand ein Ausdruck reiner Panik.

Tane konnte ihr keinen Vorwurf machen.

Er war sich nicht sicher, ob er nicht ebenfalls in Panik ausbrechen sollte.

Niemals hatte er es zugelassen, dass sein Penis die Herrschaft über seinen Kopf übernahm. Nicht mehr.

Doch nun begann er zu argwöhnen, dass diese Frau ihn mit dem richtigen Anreiz dazu bringen konnte, seine eigene geistige Gesundheit zu opfern, um das zu vollenden, was er soeben begonnen hatte.

»Schön, dann mache ich mich mal auf den Weg. Du brauchst mir nicht zu schreiben ...«

Mit einer fließenden Bewegung erhob er sich und schlang die Arme um ihren schlanken Körper, um sie von ihrer Flucht abzuhalten.

»Und wohin willst du gehen?«

»Ganz egal, Hauptsache, fort von hier.«

Er umfasste ihr Kinn mit der Hand und zwang sie, den Kopf zu heben, um ihn anzusehen. »Caines Versteck befindet sich inzwischen in Salvatores Gewalt.«

Sie biss sich auf die Lippe und versuchte, sich ihre Erschütterung nicht anmerken zu lassen.

»Das weißt du nicht sicher.«

Natürlich wusste er es nicht mit Sicherheit. Doch als er Salvatore mit seinen Wolfstölen und dem nervtötenden Gargylen im Tunnel zurückgelassen hatte, hatte der König der Werwölfe vor Wut geschäumt und seine Klauen in Caine graben wollen, um ihm das Herz herauszureißen.

Und wenn ein zorniger Werwolf entschlossen war, jemandem das Herz herauszureißen, gab es kaum etwas, was ihn aufhalten konnte.

»Eine Wolfstöle kann es nicht mit einem reinblütigen Rassewolf aufnehmen. Insbesondere, wenn es sich bei diesem Rassewolf zufällig um den König handelt. Mittlerweile ist Caine tot, und die restlichen Wolfstölen werden für ihren Verrat bestraft.« Impulsiv glitten seine Hände über Laylahs Rücken und blieben auf der verlockenden Wölbung ihrer Hüften liegen. »Sobald du den Versuch unternimmst, in die Nähe des Verstecks zu gelangen, wirst du gefangen genommen werden.«

Abgelenkt durch den intensiven Genuss, den es ihm bereitete, sie so nahe an seinem Körper zu spüren, war Tane nicht darauf vorbereitet, dass sie plötzlich scharf die Luft einsog und ihre Augen sich vor Entsetzen verdunkelten.

Sie wand sich aus seinen Armen und fiel auf die Knie, die Hände flehentlich bittend zusammengepresst.

»Bitte, ich bitte dich«, flüsterte sie, »lass mich gehen.«

KAPITEL 2

*E*s war nicht das erste Mal, dass Laylah auf die Knie fiel. Während ihrer Zeit unter Sergei Krakovs brutaler Aufsicht hatte sie das Flehen zu einer Kunstform erhoben.

Was zum Teufel scherte sie ihr Stolz, wenn die Sicherheit eines hilflosen Kindes auf dem Spiel stand?

»Tane ...«

Er unterbrach ihr Flehen, indem er sie an den Armen packte und sie auf die Füße zog. Er presste sie dicht an seinen Körper und flüsterte ihr direkt ins Ohr: »Pst, meine Süße. Wir sind nicht mehr allein.«

Laylah versteifte sich. Sie war durch Tane so abgelenkt gewesen, dass ihr der unverkennbare Geruch, der in der Luft lag, gar nicht aufgefallen war.

»Vampire.« Ihre Augen verengten sich. »Freunde von dir?«

Sein unglaublich schönes Gesicht spannte sich an, und ein grausames Lächeln legte sich auf seine Lippen.

»Ich habe keine Freunde.«

»O Gott«, murmelte sie, als empfinde sie nicht urplötzlich Mitgefühl. Ihr war schmerzhaft bewusst, wie es sich anfühlte, ohne eine einzige Menschenseele durchs Leben zu gehen, die es kümmerte, ob sie lebte oder tot war. Wie um ihre Anteilnahme zu bezwingen, stieß sie ironisch hervor: »Ich kann mir überhaupt nicht vorstellen, warum.«

»Bleib hier.« Tane ließ sie los und trat einen Schritt zurück, um ihr einen warnenden Blick zuzuwerfen. »Und, Laylah, wenn ich sage, du sollst hierbleiben, dann meine ich das auch so. Die meisten meiner Brüder hegen kein Interesse an deinem Stammbaum oder daran, dich an die Kommission auszuliefern.« Sein Honigblick glitt über ihren schlanken Körper, der durch ihre Shorts und das so ungeheuer winzige Oberteil mehr entblößt als verhüllt wurde. »Sie werden in dir nicht mehr als eine wunderschöne Frau sehen, die mehr als eine ihrer Begierden zu befriedigen in der Lage ist.«

Mit einer fließenden, anmutigen Bewegung zog er seinen Dolch und eilte lautlos in den Tunnel.

Als sie allein war, fuhr sich Laylah mit der Hand durchs Haar und versuchte sich zu konzentrieren.

Das Essen half ihr dabei, einen Teil ihrer Kraft zurückzugewinnen, aber sie war immer noch erschöpft. Das bedeutete, auf ihre Kräfte konnte sie sich jetzt nicht verlassen – und das, wo sie selbst unter den besten Bedingungen schon alles andere als stabil waren.

Sollte sie wirklich schattenwandern?

Das Talent, sich zwischen den Dimensionen hin- und herzubewegen, hatte sie von ihren Dschinnvorfahren geerbt. Allerdings war sie eher durch Zufall auf diese Fähigkeit gestoßen. Nie würde sie vergessen, wie entsetzt sie gewesen war, als sie plötzlich von dem Schleier eingehüllt wurde, der zwischen den Welten schwebte. Und ihr Entsetzen war noch gewachsen, als es ihr gelungen war, sich von den seltsamen Nebeln zu befreien, und sie dann entdeckt hatte, dass sie um die halbe Welt gereist war.

Im Lauf der Jahre hatte sie sich selbst beigebracht, ihre seltene Fähigkeit zu nutzen, aber sie hatte es vermieden, wenn es nicht absolut notwendig gewesen war.

Denn dabei bestand nicht nur die Gefahr, versehentlich in

andere Dimensionen zu geraten, von denen viele die schlimmsten Höllen waren, die man sich nur vorstellen konnte. Außerdem plagte sie der Albtraum, in den Nebeldurchgängen eingeschlossen zu werden.

Noch in ihre Überlegungen vertieft, ob sie es tun sollte oder nicht, schoss Laylah unvermittelt hinter einen Stalagmiten, als plötzlich der Geruch eines Vampirs in der Luft lag.

»Komm her, Miez, Miez, Miez!«, rief jemand mit gedämpfter Stimme.

Laylah veränderte ihre Position, um einen Blick auf den Vampir zu erhaschen, der sich ihr näherte. Sie rümpfte die Nase, als sie seine verdreckte Jeans und seine nackte Brust zu Gesicht bekam. Sein langes blondes Haar hing verfilzt auf die Schultern herab, und sein hageres Gesicht war verzerrt. Sie erkannte darauf einen Ausdruck bösartiger Vorfreude.

Die meisten Vampire nutzten ihre überirdische Schönheit, um ihre Opfer anzulocken. Aber dieser hier … Er hatte sich offensichtlich ziemlich gehen lassen.

Also wirklich. Konnte ein gelegentliches heißes Bad tatsächlich so schlimm sein?

Laylah fluchte, als er immer weiter auf sie zukam. Offensichtlich wusste er, dass sie sich hinter den Stalagmiten duckte.

Sie wollte niemandem etwas tun. Verdammt, sie würde alles dafür geben, einen Ort zu finden, an dem sie sich in Ruhe und Frieden mit ihrem Kind verstecken konnte.

Na klar, als ob so ein Ort wirklich irgendwo existierte …

Grimmig trat sie in die Mitte der Höhle, die Hände warnend vor sich ausgestreckt.

»Bleib zurück, sonst tue ich dir weh!«

Der Vampir ließ seine Fangzähne aufblitzen, während er sie lange und gründlich musterte.

»Versprichst du mir das?«

Widerstrebend sammelte Laylah ihre bereits so schmerzlich erschöpften Kräfte. Sie wünschte sich, stattdessen die Energie ihrer Umgebung aufnehmen zu können. Als Dschinn war sie ein Geschöpf der Natur. Eigentlich sollte sie in der Lage sein, mit den Kräften der Erde umzugehen. Leider war sie noch nie imstande gewesen, irgendetwas anderes als ihre eigenen inneren Kräfte anzuzapfen.

Trotzdem waren es machtvolle Kräfte.

Sie erschauerte. Ihr Blut erhitzte sich und begann zu kochen, als die geistige Essenz sie durchströmte.

O Götter. Es war so ungeheuer schön. Schön und erschreckend – und es machte auf eine so verführerische Weise süchtig.

Wie schade, dass sie nie wusste, was zum Teufel passieren würde, wenn ihre Selbstbeherrschung nachließ.

»Ich meine das ernst!«, stieß sie hervor.

Der Vampir beachtete ihre Warnung nicht weiter, sondern umkreiste langsam ihren zitternden Körper, wobei er eine Hand in seinen Schritt legte.

»Was bist du? Du riechst appetitlich.«

»Ich warne dich nicht noch einmal.«

Der Vampir sprang mit entblößten Fangzähnen auf sie zu. Laylah zögerte nicht, sondern hob die Hand und ließ explosionsartig einen Teil ihrer Macht wirken. Sie kniff die Augen zusammen, als ein greller Blitz durch die Höhle zuckte, dicht an dem schockierten Vampir vorbei.

»Du Miststück!«, fauchte der Dämon und griff hinter sich, um eine Handfeuerwaffe aus dem Bund seiner Jeans zu ziehen. »Dafür wirst du bezahlen!«

Laylah bereitete sich darauf vor, ihn erneut anzugreifen, hielt aber inne, als Tane abrupt in die Höhle zurückkehrte. Er bewegte sich in einem erschreckend hohen Tempo und trat zwischen Laylah und den wütenden Vampir.

»Weshalb spielt Ihr nicht mit jemandem von Eurer eigenen Größe?«

»Charon.« Der unbekannte Vampir lächelte und vergaß Laylah, als er Tane einen merkwürdig triumphierenden Blick zuwarf, als habe er im Lotto gewonnen.

Konnten Vampire verrückt werden?

Was für ein erschreckender Gedanke.

»Kennen wir uns?«, fragte Tane gedehnt.

»Ihr habt meinen Clanbruder getötet.«

Ein beleidigendes Lächeln zeigte sich auf Tanes Lippen. »Und Ihr habt Euch entschieden, mich aufzuspüren, damit ich Euch ebenfalls töte? Wie aufmerksam.«

Der andere Dämon knurrte und richtete die Waffe auf Tanes Kopf. »Ich bin auf Eure Fährte gestoßen, als ich zu meiner abendlichen Jagd aufbrach. Es ist beinahe hundert Jahre her, aber Euren Gestank werde ich nie vergessen.« Er erschauerte, und in seinen hellen Augen glühte ein fanatisches Feuer. »Er hat mich verfolgt.«

»Ich befürchte, ich kann diese abschreckende Besessenheit nicht erwidern.« Mit langsamen Schritten bewegte sich Tane zur Seite, wobei er den anderen Vampir absichtlich von Laylah wegführte. »Ich weiß nicht, wer Ihr seid, und es ist mir auch gleichgültig.«

Laylah runzelte die Stirn. Warum riskierte Tane Kopf und Kragen, um einen Dschinnmischling zu beschützen, von dem er wollte, dass er eliminiert wurde? Und warum hatte der andere Vampir ihn »Charon« genannt?

»Ich nehme an, für Styx die Söldnermarionette zu spielen, bedeutet, dass es für Euch keine Rolle spielt, wen Ihr tötet?«, stieß der andere Vampir hervor.

»Es gibt einige Fälle, auf die ich mehr hoffe als auf andere.« Tane drohte auffordernd mit seinem Dolch. »Sollen wir nun kämpfen, oder ist es Eure Absicht, mich zu Tode zu langweilen?«

»Oh, wir werden durchaus kämpfen«, krächzte der andere Vampir und drückte ab.

Laylah unterdrückte einen Schrei, als mindestens eine Kugel in Tanes Arm stecken blieb, bevor dieser sich auf den kleineren Vampir stürzte und ihm die Waffe entwand. Die Pistole segelte in den hinteren Teil der Höhle, und Tane stieß den Dolch tief in den Brustkorb des anderen Vampirs.

Blut floss in Strömen, als die Dämonen mit Zähnen und Klauen darum kämpften, einander auszulöschen.

Laylah drückte sich am Rande des Gemetzels herum, fasziniert von dem Kampf zwischen den beiden tödlichen Raubtieren.

Tane war offensichtlich der überlegene Kämpfer. Er hatte nicht nur einen Größenvorteil, sondern seine eisige Macht erfüllte die Luft so gewaltsam, dass Laylah vor Schmerz die Zähne zusammenbiss.

Sie konnte sich kaum vorstellen, wie groß die Qualen wohl sein mochten, wenn er sie auf sie richtete.

Aber für den kleineren Vampir sprach sein vollkommener Mangel an Zurechnungsfähigkeit.

Mit einer erschreckenden Gleichgültigkeit gegenüber den brutalen Verletzungen, die Tane ihm zufügte, schlug der Eindringling seine Fangzähne in diesen, dabei zerriss er Fleisch und Muskeln wie ein tollwütiger Hund. Im Gegenzug zerschnitt Tane seinen Rücken mit seinem Dolch, sodass Blut durch die ganze Höhle spritzte.

Instinktiv wich Laylah zurück und presste eine Hand auf ihren revoltierenden Magen. Es war Zeit zu verschwinden. Tane war gut genug abgelenkt, und das Essen, das sie zu sich genommen hatte, milderte ihre Erschöpfung.

Zumindest so sehr, dass sie noch ein paar Stunden länger laufen konnte.

Eine bessere Gelegenheit zur Flucht würde sie nicht bekommen.

Also warum ging sie nicht einfach?

Sicher nicht, weil sie zögerte, Tane alleinzulassen, der den irren Vampir oder seine Bande von Verrückten, die spürbar auf sie zusteuerte, ohne Hilfe bekämpfen musste. Oder auch wegen des sich nähernden …

Sie war irritiert über den muffigen Granitgeruch. Woher nur kannte sie ihn?

»Tane«, sagte sie.

Ächzend entriss Tane seinen Arm den Fangzähnen seines Gegners. »Das ist nicht gerade der beste Zeitpunkt, Laylah.«

»Da ist noch jemand in den Gängen unterwegs.«

Mit einer wilden Bewegung schlang Tane seine Arme um den anderen Vampir und warf ihn gegen die gegenüberliegende Wand. Der Vampir fiel schlaff zu Boden. Er war für den Moment bewusstlos.

Tane stand mitten in der Höhle. So mit Blut bedeckt, wie er war, wirkte er wie ein wunderschöner Eroberer. Nur einen Augenblick lang hatte Laylah die Gelegenheit, sein edles Profil, die fein gemeißelte Perfektion seines muskulösen Körpers und seine bronzefarbene seidige Haut zu bewundern.

Dann fuhr er sich mit der Hand durch seinen Irokesenschnitt und drehte sich um. In seinen Augen glühte ein honigfarbenes Feuer und seine Fangzähne waren vor Wut ausgefahren.

Laylah erzitterte. Heilige Scheiße. Sie war schon gefährlichen Raubtieren begegnet, doch keines davon ähnelte Tane auch nur im Entferntesten.

»Ich spüre die anderen Vampire«, sagte er heiser.

»Ich meine nicht die Vampire.«

Er runzelte die Stirn. »Was denn?«

Die Erkenntnis kam ihr, sobald der unterentwickelte Gargyle in die Höhle gewatschelt kam.

Laylah schnitt eine Grimasse, als sie den winzigen Dämon sogleich erkannte.

Natürlich. Wer könnte auch einen Gargylen vergessen, der kaum einen Meter groß war und große, leuchtend rote und blaue hauchdünne Flügel besaß, die von goldenen Adern durchzogen waren und besser zu einer Elfe passten als zu einer Furcht einflößenden Bestie? Es war nicht so, als wäre er vollkommen ungargylisch. Er verfügte über die grotesken Gesichtszüge seiner Vorfahren, ebenso wie über den langen Schwanz, der liebevoll poliert war, und die Hörner auf seinem Kopf.

Er war ein Begleiter von Salvatore gewesen, als sie und Caine den Werwolf entführt hatten, und sie hatte die Pflicht gehabt, ihn zurück in Caines Versteck zu tragen.

Es war nicht ihre Schuld gewesen, dass Tane und seine Wolfstölenbande ihnen so schnell auf den Fersen gewesen waren, dass sie gezwungen gewesen war, den Gargylen buchstäblich auf den Kopf fallen zu lassen, und dann hatte sie schattenwandern müssen, um ihnen zu entkommen.

Oder dass sie in ihrer Hast einen kleinen Teil ihrer Macht hatte entweichen lassen.

»Oh«, flüsterte sie, den Blick auf den Gargylen gerichtet, der auf sie zukam, gerade, als zwei weitere Vampire in die Höhle stürmten und auf Tane losgingen.

»Verdammt«, murmelte Tane und rammte den Dolch in die Brust des dunkelhaarigen Vampirs, der aussah wie ein Statist aus einem Film von Tim Burton. »Als hätte ich nicht schon genug Schwierigkeiten.«

Laylah legte die Stirn in Falten. »Ich dachte, er wäre auf deiner Seite.«

»Können wir diese Diskussion auf später verschieben?«, ächzte Tane, als der zweite Vampir sich von hinten auf ihn stürzte. »Ich könnte hier etwas Hilfe gebrauchen.«

Laylah ballte die Hände zu Fäusten und ignorierte ihr lächerliches Bedürfnis, sich in den Kampf zu stürzen.

»Warum sollte ich dem Mann helfen, der mich an die Orakel ausliefern will? Es ist mir egal, wenn du umgebracht wirst.« Sie schob das Kinn vor. Es war ihr egal. Wirklich. Verdammt. »Tatsächlich bleibt es mir dann erspart, das selbst zu tun.«

Der winzige Gargyle wich einem Schlag Tanes aus und blieb neben Laylah stehen. In seinen grauen Augen funkelte Belustigung.

»Ah, eine *belle femme* genau nach meinem Geschmack«, murmelte er mit einem ausgeprägten französischen Akzent und vollführte eine leichte Verbeugung. »Gestatten Sie mir, mich vorzustellen. Levet, Beschützer hilfloser junger Damen, Märchenprinz, Ritter in schimmernder Rüstung, zu Ihren Diensten.«

Laylah sah ihn verwirrt an. Sie hatte den Gargylen während ihrer ersten Begegnung mit einem Blitzschlag außer Gefecht gesetzt. Sie hatte keine Ahnung gehabt, dass er so … hmmm, *was* war? Eine schillernde Persönlichkeit?

»Großer Gott«, keuchte sie.

Er wedelte herablassend mit der Hand. »*Non, non.* Das ist ein verbreiteter Fehler, aber ich bin keine Gottheit. Nun, nur wenn man damit auch einen Sexgott meint …« Abrupt verengten sich seine Augen, und er legte den Kopf in den Nacken, um zu wittern. »*Sacrebleu.* Sie sind die Dschinn!«

Tane fluchte. Er drückte den einen Vampir mit dem Knie zu Boden, während er den anderen, der sich an seinen Rücken klammerte, abzuschütteln versuchte.

»Levet, entweder du machst dich nützlich, oder du verschwindest.«

Der Gargyle ignorierte Tanes Befehl. Er drehte sich um, um Laylah den Abdruck ihrer Hand zu zeigen, den sie in seinen Hintern eingebrannt hatte, kurz bevor sie ihn in den Tunneln fallen gelassen hatte.

»Sehen Sie nur, was Sie getan haben!«

»Es war ein Unfall.«

»Ein Unfall?« Levet drehte sich wieder um, seine Flügel zuckten. »Sie haben Perfektion verunstaltet! Das ist so, als schändete man die Mona Lisa.«

Laylah musste feststellen, dass ihre Lippen unwillkürlich zu zucken begannen. Levet hatte keine Ähnlichkeit mit irgendeinem anderen Wesen, dem sie je begegnet war.

»Ich wollte Ihnen wirklich keinen Schaden zufügen«, sagte sie mit echter Aufrichtigkeit. »Bitte verzeihen Sie mir.«

Er schürzte die Lippen. »Nun, ich vermute, ich könnte eine gewisse Vergebung in Erwägung ziehen. Schließlich bin ich berühmt für den Großmut meines Herzens.« Er prustete verächtlich in Tanes Richtung, als der Vampir seiner Meinung über wertlose Gargylen Ausdruck verlieh. »Und wir lernten uns nicht unter den besten Bedingungen kennen.«

»Nein.« Sie räusperte sich. »Ich nehme an, dass Caine gefangen genommen wurde und dass es in seinem Versteck nur so von Werwölfen wimmelt?«

Der winzige Dämon schnaubte. »Das Letzte, was ich von Salvatore mitbekam, war, dass er Harley rettete und dass die beiden vor Caine flohen, während seine räudigen Speichellecker ihnen auf den Fersen waren.«

Laylah sog scharf Luft ein, ihr Herz pochte heftig gegen ihre Rippen. Also war Caine weit von seinem Versteck entfernt und ganz offensichtlich abgelenkt.

Eine bessere Gelegenheit würde sich ihr nicht mehr bieten.

»Können wir das Schwelgen in Erinnerungen vielleicht verschieben?«, unterbrach Tane abrupt das Gespräch der beiden. »Levet, komm hierher.«

Beide drehten sich um, um zuzusehen, wie Tane einen der beiden Vampire enthauptete, gerade als der erste, den er vorher außer Gefecht gesetzt hatte, aus seiner Ohnmacht erwachte und aufstand, um durch die Höhle zu stürmen.

»Sicherlich benötigt der mächtige Charon keinerlei Hilfe, um drei dürre Vampire zu erledigen?«, erkundigte sich Levet.

Es gelang Tane, den Vampir, der sich an seinen Rücken klammerte, über seinen Kopf zu schleudern, bevor er seinen Dolch tief in die Brust des Angreifers stieß.

»Nicht, wenn sie damit beschäftigt sind, einen großmäuligen Gargylen auszusaugen«, murmelte er.

»Als ob ich dermaßen widerlichen Kreaturen erlauben würde, mich zu berühren.« Levet rümpfte seine Schnauze. »*Mon Dieu*, sie riechen, als seien sie gerade erst aus ihren Gräbern gekrochen.«

Tane bleckte bedrohlich die Fangzähne. »Dann tu etwas, um dabei zu helfen, sie wieder dorthin zu verfrachten.«

»Nun, ich verfüge über einen großartigen Feuerballzauber«, bot Levet an. »Obwohl es zu einem klitzekleinen Zwischenfall kam, als ich ihn das letzte Mal angewandt habe.«

»Was für ein Zwischenfall?«

»Es gab da vielleicht einen geringfügigen Einsturz.«

Tane zog den Dolch aus der Brust des anderen Vampirs und zeigte damit auf Levet.

»Keine Feuerbälle.«

»Es ist nicht nötig zu brüllen.« Levet rümpfte gekränkt die Nase. »Willst du nun meine Hilfe oder nicht? Entscheide dich bitte.«

Laylah zwang sich, ihre Aufmerksamkeit von Tane abzuwenden, der das Herz des nächsten Vampirs herausschnitt. Obwohl er aus Dutzenden von Wunden blutete, war es klar, dass er seine Angreifer bald erledigt haben würde.

»Vielen Dank, Levet.« Sie tätschelte ihn zwischen den Hörnern. »Das mit Ihrer … Verletzung tut mir sehr leid. Jetzt muss ich aber wirklich los.«

Tane knurrte leise, packte den übrigen Vampir am Hals und hob ihn vom Boden hoch, während er Laylah seine Aufmerksamkeit zuwandte.

»Was glaubst du, was du da tust?«

»Verschwinden.«

»Jetzt?«

»Ja.«

»Du beabsichtigst, mich mitten in einem Kampf alleinzulassen?«

Sie warf einen Blick auf die beiden Vampire, die auf dem Boden lagen und sich auflösten, und auf den dritten, der so gut wie tot war, sich aber trotzdem alle Mühe gab, Tanes eisernem Griff zu entkommen.

»Denkst du, ich bin dumm genug, darauf zu warten, dass du mich vor die Kommission schleifst?«

Etwas, das Amüsement gefährlich nahekam, schimmerte in den Honigaugen.

»Ich habe dir Schokoladenkuchen mitgebracht.« Seine schwarzen Augenbrauen hoben sich. »Einen selbst gebackenen.«

Der Kuchen war wirklich lecker gewesen. Schokoladenkuchen mit frischer Kokosnuss und Pecannüssen …

Sie schüttelte den Kopf und ging auf den Tunneleingang zu. »Ist mir egal, ob der Kuchen mir einen Geschmacksorgasmus beschert hat – er ist es nicht wert, mich dafür eliminieren zu lassen.«

Ein verführerisches Lächeln umspielte Tanes Lippen. »Wenn du einen Orgasmus willst, meine Süße …«

»Tschüss, Tane.« Sie winkte ihm mit den Fingern zu und ignorierte dabei die Erregung, die in ihrem Blut kochte. Diese dummen Vampire konnten aber auch lächeln … »Ich kann nicht gerade sagen, dass es mir ein Vergnügen war.«

»Laylah!«

Laylah ignorierte Tanes Gebrüll und Levets wortreichen französischen Protest und schoss durch die Dunkelheit. Sie wusste, dass sie ihre Energie verschwendete, wenn ihr kein Fluchtplan einfiel.

Sie musste raus aus diesem Tunnel.

Und zwar, bevor Tane den letzten der Schwachköpfe erledigt hatte, die dumm genug gewesen waren, ihn anzugreifen.

Sie bog um eine Kurve und kam abrupt zum Stehen. Was war das? Eine Brise? Sie streckte die Hand in die Luft. Ja, definitiv eine Brise. Und die Luft war frisch. Das bedeutete, es musste in der Nähe eine Öffnung geben.

Ihr Herz schlug so laut, dass sie nicht imstande gewesen wäre, einen herannahenden Zug zu hören, als sie an der Tunnelwand nach oben kletterte. Sie benutzte ihre Stärke, um die kleinen Risse in der Decke aufzubrechen.

Es wäre wesentlich einfacher gewesen, wenn sie einfach hätte schattenwandern können, aber solange sie sich nicht ausgeruht hatte, war es schwierig genug, den Stein aus dem Gang aufzusprengen, ganz zu schweigen davon, ein Loch im Weltraum zu öffnen.

Für einen derartigen Versuch wollte sie wirklich in Bestform sein.

Sie erstickte fast an den Staubwolken, die den Gang erfüllten, und ihre Augen tränten, als ein Steinhagel auf ihren Kopf niederprasselte.

Allerdings hatte der Minieinsturz das gewünschte Ergebnis zur Folge. Sie hoffte, dass der leckere Schokoladenkuchen ihren

Hintern nicht breiter gemacht hatte, als sie durch die schmale Öffnung hindurchkroch.

Plötzlich blieb sie mit ihren Jeansshorts an einem schartigen Felsbrocken hängen, konnte jedoch ein Grasbüschel ergreifen und zog sich aus dem Tunnel.

Keuchend und mit Staub bedeckt entfernte sich Laylah kriechend von dem Loch und wischte sich ungeduldig das Blut aus dem Gesicht, das ihr aus einer Wunde auf der Stirn tropfte. Zu gern hätte sie sich auf das feuchte Gras fallen lassen, um zu verschnaufen, zwang sich aber aufzustehen und lief über das sanft ansteigende Feld.

Sie mochte diese Nervensäge Tane ja vorerst überlistet haben, denn kein Vampir, und sei er auch noch so arrogant, forderte die Sonne heraus, die jede Minute aufgehen würde. Aber er war nicht dumm und hatte erkannt, dass sie ihn absichtlich von Caines Versteck weggeführt hatte.

Er würde die Tunnel nutzen, um dorthin zurückzukehren.

Glücklicherweise konnte sie Caines Versteck auf direktem Weg erreichen, während die zahlreichen Kurven und Biegungen der unterirdischen Gänge Tane zwingen würden, fast die doppelte Strecke zurückzulegen.

Wenn sie nur ein bisschen Glück hatte, konnte sie ihr Baby holen und verschwinden, bevor ihr jemand folgen konnte.

Sie presste die Lippen fest aufeinander, als sie schließlich eine unbefestigte Straße erreichte, die sich durch eine unbewohnte Gegend wand, und erhöhte ihr Tempo. Die vergangenen fünfzig Jahre hatte sie nur Pech gehabt.

Warum sollte sich das jetzt ändern?

KAPITEL 3

Als Laylah Caines Versteck erreichte, ging die Sonne gerade unter, aber wie Levet versprochen hatte, war Caine schon lange verschwunden, ebenso wie die meisten seiner Wachtposten.

Den Göttern sei Dank!

Sie verlor keine Zeit, sondern schlich lautlos in das private Nebengebäude, das von einem ausgeprägten Trugbild umhüllt war, welches ihre Existenz vor der Welt geheim hielt. Wenigstens war es so gewesen, bis Caine darauf bestanden hatte, dass sie mit ihm nach Hannibal reiste.

Das Innere des Gebäudes bot wenig Komfort. Die Wohnzimmereinrichtung bestand lediglich aus einer heruntergekommenen Couch und einem klapprigen Stuhl, beides Fundstücke aus einem verlassenen Haus. Im angrenzenden Raum befanden sich ein schmales Klappbett und ein Gitterbett. Sie häufte keine Besitztümer an.

Seit dem Tod ihrer Pflegemutter hatte sie gelernt, sich an nichts zu binden, weder an Personen noch an Orte.

Beides konnte ihr genommen werden.

Nun ja … sie band sich *selten* an etwas, dachte sie, als sie den schlafenden Säugling aus dem Gitterbettchen hob und das Versteck verließ.

In dem Moment, als sie das goldhaarige Kind erblickt hatte, das nicht mehr als ein paar Monate alt zu sein schien, hatte sie sich Hals über Kopf verliebt. Es war ein kleiner, reiner Engel. Nicht, dass sie wusste, ob das Kind ein Anrecht auf den Himmel hatte oder nicht. Eigentlich wusste sie überhaupt nichts über das Baby.

Nichts außer der Tatsache, dass sie es aus den Nebeln mitgenommen hatte.

Und dass es durch einen Stillstandszauber festgehalten wurde, sodass es in einem schützenden Netz eingeschlossen blieb, unempfindlich gegenüber der Außenwelt.

Seit fast fünfzig Jahren versteckte sie den Jungen nun. Das war keine sonderlich schwierige Aufgabe, da es nicht nötig war, ihm die Pflege angedeihen zu lassen, die ein Kind normalerweise brauchte.

Dieses Kind war … unbelebt. Zumindest war das die einzige Beschreibung, die ihr in den Sinn kam. So, als ob es eine schöne Puppe sei, die darauf wartete, dass ihr der Funke des Lebens eingehaucht wurde.

Und soweit sie wusste, war sie das einzige Lebewesen auf der Welt, das den Zauber berühren konnte, der es umgab.

Dadurch war es noch wichtiger, das Kind in Sicherheit zu bringen.

Laylah legte auf ihrer Flucht aus Caines Versteck einen kurzen Zwischenstopp bei den örtlichen Baumgeistern ein. Trotz ihrer flatterhaften Natur schuldete die Sippe ihr einen Gefallen, nachdem sie ihrer Königin das Leben gerettet hatte. Es war an der Zeit, ihre Schuld einzufordern.

Und dann, nach einem kurzen Stoßgebet, dass ihr Glück anhalten möge, lief sie über die kürzlich bepflanzten Felder und von Kühen bevölkerten Wiesen in Richtung Nordwesten.

Sie wusste nicht, wohin sie lief.

Einfach nur … weg.

Weit, weit weg.

Gegen Mittag brach die Erschöpfung mit überwältigender Macht über sie herein.

Entweder fand sie irgendeinen Ort, an dem sie sich ausruhen konnte, oder sie würde mitten in einem Maisfeld zusammenbrechen.

Sie machte das nächstgelegene Haus ausfindig, schnappte sich ein paar Lebensmittel und machte es sich dann auf dem Heuboden der nahe gelegenen Scheune so gemütlich wie möglich. Es war nicht ganz das Waldorf Astoria, aber es würde sie vor dem beginnenden Nieselregen schützen. Und das Beste von allem war, dass es vampirfrei war.

Sie biss in einen Apfel und starrte auf die Scheune hinunter, die mit den üblichen technischen Geräten gefüllt war, die für eine kleine Farm benötigt wurden, sowie einem Haufen alter Fahrräder und vergessener Spielsachen. Ein rostiges Museum, gewidmet der Vergangenheit einer typischen Menschenfamilie.

Sie ignorierte den verräterischen Anflug von Neid in ihrem Herzen.

Sie war doch überglücklich, oder etwa nicht?

Immerhin hatte sie es geschafft, dem sicheren Tod zu entkommen.

Und wenn sie allein in einer dämlichen Scheune saß, mit matschigen Äpfeln statt mit einem dekadenten Schokoladenkuchen und verführerischen Vampirküssen, dann war das wahrlich kein hoher Preis, den sie dafür bezahlen musste.

Laylah grummelte leise vor sich hin, kuschelte sich unter die Heuhaufen und schloss die Augen.

Die vergangenen Tage hatten aus einer Katastrophe nach der anderen bestanden.

Sobald sie sich etwas ausgeruht hatte, würde sie die Scheune verlassen und eine Packung Schokoladenkekse stehlen. Schokolade war alles, was sie jetzt brauchte, um sich besser zu fühlen.

Sie hatte kaum die Augen geschlossen, als sie auch schon in einen längst überfälligen Tiefschlaf fiel. Das erklärte ohne Zweifel, warum sie die drohende Gefahr nicht bemerkte, bis es zu spät war.

Viel zu spät – das wurde ihr klar, als sie aufwachte und erkannte, dass ihr Körper bereits vor Erregung entflammt war, was ihr ein Stöhnen entlockte. Sie öffnete die Augen und war nicht weiter überrascht, als sie sah, dass Tane ausgestreckt neben ihr lag. Seine schlanken Finger hinterließen eine verheerende Spur der Erregung an dem tiefen Ausschnitt ihres Muskelshirts.

Er mochte ja ein kaltherziger, brutaler Kerl sein, aber aus Gründen, die sich jeder Erklärung entzogen, reagierte sie auf ihn wie eine brünstige Harpyie.

Okay, es gab eine Menge Gründe, wegen dieses Vampirs in Erregung zu geraten.

Die überwältigende Schönheit seines schmalen Gesichtes. Der breite Brustkorb, der nackt war und so seine glatte, bronzefarbene Haut und sein Muskelspiel erkennen ließ. Der flache Bauch und die langen Beine, die halb von den lockeren Khakishorts bedeckt wurden.

Und vor allem die rohe, mächtige Sexualität, die er wie eine tödliche Waffe handhabte.

Einen gedankenlosen Moment lang verlor sie sich im verführerischen Honigblick seiner Augen, und ihr Körper wölbte sich instinktiv seiner Liebkosung entgegen.

Aber als er dann die Lippen öffnete, um seine vollständig ausgefahrenen Fangzähne zu enthüllen, kam sie mit einem Ruck wieder zur Vernunft.

»Du Hurensohn!« Empört fauchend schlug sie mit den Fäusten gegen seine Brust. »Verschwinde!«

Mit ärgerlicher Leichtigkeit wehrte er ihren Schlag ab und rollte sich herum, um sie mit seinem Gewicht auf die Holzbretter des Heubodens zu drücken. Ein spöttisches Lächeln umspielte seine Mundwinkel.

»Du dachtest tatsächlich, du könntest vor mir davonlaufen, nicht wahr, süße Laylah?«

Sie verfluchte stumm die heftige Lust, die sie empfand, als er sich an sie presste. Die Intensität, mit der er dies tat, zeigte ihr, dass ihm ihre Nähe nicht gleichgültig war.

Götter. Ihr Mund fühlte sich trocken an, als sie seinen großen und vollständig erregten Penis spürte, der gegen die Innenseite ihres Oberschenkels gepresst war. Wenn es ihm noch weniger gleichgültig werden würde, wurde sie vielleicht noch ohnmächtig.

»Warum lässt du mich nicht einfach in Ruhe?«, murmelte sie.

Er senkte den Kopf, um mit seinen Fangzähnen über ihre Halsbeuge zu schaben.

»Was ist deiner Meinung nach der Grund dafür?«, fragte er und ließ seine Zunge über ihren hektisch schlagenden Puls an ihrem Hals gleiten.

Ihre Auen blitzten wütend, obwohl gleichzeitig ein heftiger Schauder der Erregung ihren Körper durchströmte.

»Verdammt, ich habe die Welt seit zweihundert Jahren verpestet, ohne dass der Himmel eingestürzt ist oder die Tore der Hölle sich geöffnet haben!« Sie bohrte ihre Fingernägel in seine Brust, als seine suchenden Lippen über ihr Schlüsselbein glitten, ihre Zehen spannten sich an vor Lust. »Ist es wirklich so wichtig, dass ich an die Kommission ausgeliefert werde?«

Er lachte leise und ließ seine Hände über ihre Hüfte wandern, immer weiter nach oben.

»Du unterschätzt deinen Charme, wenn du glaubst, der einzige Grund, weshalb ein Mann dich verfolgen könnte, sei der, dich an eine andere Person auszuliefern.«

»Tane.« Sie holte tief Luft, als seine Hände ihre Brüste umfassten. Oh … himmlisch … Sein Daumen rieb über ihre Brustwarze und reizte sie, bis sie sich in eine flehende Spitze verwandelt hatte. Sie wünschte sich, seinen Kopf zu sich herunterzuziehen und seine erotischen vollen Lippen zu verschlingen. Sie wünschte sich, zwischen ihre beiden Körper zu greifen, das Kommando über seinen harten Penis zu übernehmen und ihn zu streicheln, bis er um Erlösung bettelte. Sie wollte, dass er in ihren Körper eindrang, um das schmerzende Verlangen zu stillen, das sie quälte, seit dieser verdammte Vampir sie in der Höhle in die Enge getrieben hatte. Stattdessen biss sie die Zähne zusammen und rief sich ins Gedächtnis, dass dieser Dämon nicht nur für sie eine Bedrohung bedeutete, sondern auch für das Kind, das zu beschützen sie sich geschworen hatte. »Du solltest besser aufpassen, wohin du deine Hände legst, wenn du sie behalten willst.«

Er hob den Kopf, um ihr einen nachdenklichen Blick zuzuwerfen. »Gefiele es dir besser, wenn ich sie hierhin legte?« Seine dunkle Stimme strich über ihre Haut wie kühler Satin, und seine Finger verweilten auf ihren Nippeln, bevor sie an ihrem Bauch entlang nach unten glitten. »Oder hierher?«, fragte er mit heiserer Stimme. Aus seinen honigfarbenen Augen funkelte ihr ein sündiger Schimmer entgegen, als er an der Knopfleiste ihrer Jeansshorts zog. »Oder vielleicht hierhin?«

Ganz genau dorthin. Ihre Hüften hoben sich bereits in einer stummen Einladung, als Laylah endlich wieder zur Besinnung kam.

»Nur weiter so, dann mache ich dich fertig«, fuhr sie ihn an.

»Versprichst du mir das?«

Sie griff nach unten, um seine Hände von sich zu stoßen. Wenn er es erst einmal schaffte, sie nackt auszuziehen, ließe sich das Unausweichliche nicht mehr stoppen.

Es mochte ihr vielleicht unglaublich peinlich sein, aber es

gelang Tane, Begierden in ihr zu wecken, von denen sie nicht einmal gewusst hatte, dass sie sie besaß.

»Glaub' nicht, dass ich dich nicht grillen würde«, warnte sie ihn. »Du hast ja gesehen, was ich mit Duncan gemacht habe.«

»Du sagtest, das sei ein Unfall gewesen.«

»Unfall oder nicht – schlimme Dinge passieren, wenn Leute mich sauer machen.«

»Das bedeutet, dass gute Dinge passieren, wenn Leute dich zufriedenstellen.« Er senkte den Kopf, um durch den dünnen Stoff ihres T-Shirts hindurch an ihrer Brustwarze zu lecken, die zu einer harten Perle geworden war. »Und ich verspreche, dass ich in der Lage bin, dich zufriedenzustellen. Immer und immer und immer wieder.«

»Götter.« Sie kniff die Augen zusammen, als sich das Gefühl eines bevorstehenden Blitzeinschlages in ihrem Unterleib bildete. Ihre Kräfte waren noch nie beim Sex aktiviert worden. Aber andererseits war sie noch nie so erregt gewesen. Nicht einmal während des tatsächlichen Aktes. Panik ergriff sie und zog ihr das Herz zusammen. Sie fasste nach Tanes Haaren und riss seinen Kopf nach oben, sodass er ihr in die verzweifelten Augen sehen musste. »Hör auf!«

In seinen Augen loderte die Hitze, und seine Fangzähne schimmerten im schwachen Mondlicht, das durch ein Loch im Blechdach hereinfiel.

»Frühlingsregen.«

»Was?«

»Du riechst nach Frühlingsregen.«

»Warum tust du das?«

Er veränderte seine Position, sodass seine Erektion direkt gegen ihre empfindlichste Körperstelle gepresst war. Laylah unterdrückte ein Stöhnen. Fast wäre sie nur durch den bloßen Kontakt mit ihm gekommen.

»Ich versuche es dir zu demonstrieren«, murmelte er.

»Ich bin ein Dschinnmischling.«

Sein Blick glitt über ihren halb nackten Körper, und er ließ es ganz bewusst zu, dass seine Lust deutlich in der Luft zu spüren war.

»Du bist so bezaubernd.«

»Tane.«

Er senkte den Kopf, um ihr direkt ins Ohr zu flüstern: »Du solltest wissen, dass du vor einem Raubtier nicht davonlaufen kannst.«

Der sehnsuchtsvolle Schauder sorgte genauso wie sein herablassender Ton dafür, dass sie einen kleinen Teil ihrer aufgestauten Kräfte entweichen ließ, was Tane endlich schnell zurückzucken ließ.

»Du solltest nie den Fehler machen, mich für hilflose Beute zu halten«, fauchte sie.

Er lag ausgestreckt auf dem losen Heu, und ein spöttisches Lächeln kräuselte seine Lippen, als sie sich aufrappelte.

»Hilflos? Niemals. Aber Beute …« Er ließ den Blick langsam und gründlich über ihren angespannten Körper und seine Zunge über einen seiner riesigen Fangzähne gleiten. »Soll ich herausfinden, ob du ebenso süß schmeckst wie du riechst?«

Sie hob warnend eine Hand. Eigentlich sollte sie ihn einfach fertigmachen, wie sie es angekündigt hatte. Wenn sie mehr zu tun versuchte, als nur einen winzigen Teil ihrer Macht freizusetzen, wusste sie leider nie, ob sie damit einen Blitzschlag, einen Tornado, ein Erdbeben oder irgendeine andere umfassende Zerstörung hervorrief, die eine ganze Stadt auslöschen konnte.

»Nein.«

Mit der flüssigen Anmut, die nur ein Meistervampir besaß, erhob sich Tane und schritt auf sie zu.

»Bist du dir sicher?«

»Lass mich in Ruhe, He-Man«, warnte sie ihn und ballte die ausgestreckte Hand zu einer Faust, als er auf sie zukam. »Das ist kein Scherz. Wenn du mir zu nahe kommst, tue ich dir weh.«

Er hielt an, aber bevor sie auf die dumme Idee kommen konnte, zu denken, dass ihre Drohung ihn erschreckt habe, verschränkte er die Arme vor seiner muskulösen Brust.

»Wo ist das Kind?«

Bei dieser unvermittelten Frage zuckte sie zusammen, ein Gefühl des Selbstekels stach ihr ins Herz.

War das der Grund für die sexy Vampirnummer?

Vermutete er, dass das Kind, das sie versteckte, noch ein Dschinnmischling sei, den er aus seinem Schlupfwinkel zerren und den Orakeln übergeben musste? Oder war das nur sein Versuch, seine perverse Neugierde zu befriedigen, bevor er sie endlich losgeworden war?

Was auch immer der Grund sein mochte – der Gedanke an ihre sofortige Reaktion auf seine Berührungen weckte in ihr den Wunsch, die Erde aufzubrechen und ihn in die Eingeweide der Hölle zu stopfen.

»Du bist ja unheimlich besessen von diesem mythischen Kind.« Sie zwang sich zu einem spöttischen Lächeln. »Isst du vielleicht Babys zum Frühstück?«

Er legte den Kopf in den Nacken und witterte mit seinen überlegenen Sinnen.

»Ich kann nicht glauben, dass du es zurückgelassen hast. Nicht nach deiner Panik, es aus Caines Versteck zu retten. Aber es befindet sich nicht hier. Es sei denn, du hast es mit einem Zauber belegt, um es zu verbergen.« Ohne Vorwarnung kam er auf sie zu und packte sie an den Oberarmen. »Bist du eine Hexe?«

Sie funkelte ihm wütend in das allzu attraktive Gesicht.

»Wenn ich eine Hexe wäre, wärst du längst in einen Wassermolch verwandelt und in ein Glasgefäß gesteckt worden.«

»Sei vorsichtig, Laylah. Vampire sind Magie gegenüber nicht tolerant.«

»Und ich bin Vampiren gegenüber, die sich einmischen, nicht tolerant.« Sie entzog sich seinen Händen. »Wir sind fertig.«

Er ließ es zu, dass sie zurückwich, aber das milderte nicht die Nervosität, die sie packte, als er plötzlich mitten auf dem Heuboden stand und das Mondlicht auf wunderschöne Weise auf seine grimmigen Gesichtszüge und seine breite Brust fiel.

Er hätte den großen Dolch, der im Bund seiner Khakishorts steckte, oder auch die perlweißen Fangzähne nicht gebraucht, um gefährlich zu sein.

Das Gefährliche drang ihm aus jeder Pore.

»Bist du eine Hexe?«

Instinktiv wich sie zurück, bis sie gegen einen Stapel Heuballen stieß.

»Nein.«

Er näherte sich ihr, bedrängte sie und kniff die Augen zusammen, denn er spürte ihre Lüge.

»Du besitzt keine magischen Fähigkeiten?«

»Den Charme meiner sprühenden Persönlichkeit.«

Er strich mit den schlanken Finger über ihre Kehle, was einer subtilen Drohung gleichkam.

»Erzähle es mir.«

»Ich …« Laylah hielt inne. Götter, sie war so feige geworden wie ein Snallus-Dämon. Sie gewann ihren Mut zurück und warf Tane einen wütenden Blick zu. »Ich habe ein paar Fähigkeiten, aber ich bin keine Hexe.«

»Erkläre es mir.«

»Rechthaberisches. Arrogantes. Arschloch.«

»Laylah.«

Sie ballte die Hände zu Fäusten. Verdammt. Dieser Vampir würde die Sache nicht auf sich beruhen lassen, bevor er seine Antwort hatte. Natürlich würde sie ihm auf gar keinen Fall die Wahrheit erzählen.

Er konnte ja einfach zu dem Schluss kommen, dass sie auf dem Schwarzmarkt mehr wert war, als er von der Kommission bekommen konnte.

»Meine Pflegemutter war eine Hexe, aber sie hat behauptet, dass die Magie, die sie in mir spüren konnte, brachliegen würde«, stieß sie hervor. »Ganz egal, wie oft ich versucht habe, Zauber zu wirken, ich war ein hoffnungsloser Fall.«

»Worin bestehen dann deine magischen Fähigkeiten?«, drängte er, offensichtlich überzeugt, sie verberge irgendein großes magisches Mojo.

Wenn es doch bloß so wäre …

»Das hast du doch schon gesehen.« Sie zuckte mit den Achseln. »Ich kann die Natur manipulieren …«

»Nein, das sind die Kräfte einer Dschinn«, entgegnete er. »Über welche magischen Kräfte verfügst du?«

Wie ein Geschenk des Himmels öffneten sich abrupt die Türen der Scheune, und ein winziger Gargyle erschien auf der Bildfläche. Auf seinem hässlichen Gesicht zeigte sich ein Stirnrunzeln, als er einen Blick auf den Heuboden warf.

»Da seid ihr ja.« Seine Flügel zuckten, er klang verdrossen. »Wirklich, *ma chérie*, ich beginne allmählich zu vermuten, dass Sie versuchen, mir aus dem Weg zu gehen.«

Laylah ignorierte Tanes Gemurmel über Gargylen, die sich in alles einmischten, und über das Vergnügen, diese zu zerstückeln, und sprang vom Heuboden herunter. Anmutig landete sie vor ihrem Retter.

»Ich verspreche Ihnen, Levet, Sie sind nicht derjenige, dem ich aus dem Weg zu gehen versuche.« Sie warf Tane einen verärgerten Blick zu, als er grimmig dreinschauend neben ihr landete.

Der Gargyle schnitt eine Grimasse. »Nun gut, das ist vollkommen verständlich.«

Tane umkreiste den kleinen Dämon, vollkommen gleichgültig gegenüber den eben ausgesprochenen Beleidigungen, und spähte durch die Türöffnung, als ob er erwartete, dass Levet eine Horde wütender Zombies mitgebracht hätte.

»Weshalb bist du hier?«, verlangte er zu wissen.

»Dein furchtloser Anführer ist besorgt, da er nichts von seinem Schoßcharon gehört hat.«

Tane schien überzeugt zu sein, dass Levet allein hergekommen war. Er drehte sich um und warf dem Gargylen einen ungläubigen Blick zu.

»Styx schickt dich?«

Levet vollführte eine graziöse Handbewegung. »Gewissermaßen.«

Tanes Honigaugen verengten sich. »Hat er dich geschickt oder nicht?«

Levet war mit einem Mal sehr daran interessiert, sein Schwanzende zu polieren. »Nun, es ist schwierig, genau zu sagen, was er wollte, wenn man bedenkt, dass ich durch ein Portal sprach und unsere Verbindung nicht gerade die beste war. Man redete über dies und das und …«

»Levet.«

Laylah, die spürte, dass Tod in der Luft lag, suchte eilig nach einer Ablenkung.

»Was zum Teufel ist das überhaupt, ein Charon?«

Es war Levet, der antwortete. »Ein Vampirscharfrichter.«

»Wie nett.« Sie drehte sich um, um Tanes zurückhaltendem Blick zu begegnen. Verspätet wurde ihr klar, warum die Vampire so bestrebt gewesen waren, ihn in der Höhle zu töten. Sie würde jede Wette eingehen, dass er bei Familientreffen der unbeliebteste Typ war. »Kein Wunder, dass du so eifrig darauf bedacht bist, mich dem Lynchtrupp zu überlassen.«

Tane hob die dunklen Augenbrauen. »Dem Lynchtrupp?«

»Sag mal, gibt es irgendeine Art Scharfrichterehrenkodex?«, erkundigte sie sich. »Teilt ihr euch das Kopfgeld?«

»Ich erledige meine Pflicht.«

»Du handelst mit dem Tod.«

Er spannte sich an, beinahe, als hätten ihre harten Worte ihn verletzt. Das war doch wohl mehr als lächerlich.

»Mit dem Tod handeln.« Levet kicherte, ungeachtet des tödlichen Vampirs, der nur wenige Schritte von ihm entfernt stand. »Todeshändler … verstanden?« Seine grauen Augen weiteten sich. »Halloooo, hat denn niemand *Underworld* gesehen?«

Tane warf ihm einen zornigen Blick zu. »Verschwinde, Gargyle.«

»Laylah mit einem kaltherzigen Charon allein zurücklassen? Sei nicht albern.«

Mit einer langsamen, bedächtigen Bewegung zog Tane den Dolch aus seinem Hosenbund.

»Das war keine Bitte.«

»Nein.« Laylah trat zwischen die beiden wütenden Männer. »Ich will, dass er bleibt.«

Levet spähte hinter ihrem Knie hervor, um verächtlich in Richtung des hoch aufragenden Dämons zu prusten.

»Was soll ich sagen? Frauen finden mich unwiderstehlich.«

Tane ließ einen Finger über die geschärfte Klinge gleiten. »Ich bezweifle, dass sie dich so unwiderstehlich fände, wenn sie zuvor deine Ansicht über Dschinnen und ihre Nachkommen gehört hätte. Wenn ich mich recht erinnere, geifertest du regelrecht danach, Laylah vor die Kommission zu zerren.«

»*Non, non, ma chérie.* Ich habe niemals gegeifert«, protestierte der winzige Gargyle und veränderte seine Position, um Laylah flehentlich anzusehen. »Es ist nur so, dass ich vor einigen Jahren eine höchst unangenehme Begegnung mit einem Dschinn hatte. Man stelle sich vor, er hat doch tatsächlich einen meiner wunderschönen Flügel verstümmelt. Es dauerte Jahre, bis er wieder nachgewachsen war.«

Laylah tat das vertraute schmerzliche Gefühl der Zurückweisung mit einem Achselzucken ab. Was für eine Rolle spielte das schon? Sie musste Levet nur zu der langen Liste derer hinzufügen, die sie als Monster verurteilten, ohne irgendetwas über sie zu wissen.

Stattdessen konzentrierte sie sich auf seine schockierende Enthüllung, fiel auf die Knie und packte ihn an den Schultern.

»Ein Dschinn?«, flüsterte sie. »Bist du sicher?«

»Ich versichere dir, dass das eine Begegnung war, die sich mir ins Gedächtnis eingegrillt hat.«

»Eingegrillt?« Sie runzelte die Stirn und schüttelte dann den Kopf. »Egal. Hielt sich der Dschinn in dieser Dimension auf?«

»Gerade noch.« Levet erzitterte.

»Wo war das?«

Er erzitterte erneut. »In London.«

»Götter.« Ungläubig rang Laylah nach Luft, während sich ihr Herz zusammenzog. Seit dem Tag, an dem sie alt genug gewesen war, um herauszufinden, dass sie ein Mischling war, hatte sie verzweifelt nach einer anderen Person gesucht, in deren Adern Dschinnblut floss, bis sie schließlich akzeptiert hatte, dass sie auf dieser Welt vollkommen allein war. »Und wann?«

Levet blinzelte überrascht. »Wirklich, *ma belle*, ein Gargyle verrät sein Alter nicht.«

»Bitte, Levet. Es ist wichtig.«

»Vor zweihundert Jahren.« Er zuckte mit den Schultern. »Vielleicht eine Dekade mehr oder weniger.«

Tane trat mit misstrauischem Gesichtsausdruck einen Schritt nach vorne, da er mühelos Laylahs bange Aufregung spüren konnte.

»Laylah, wir müssen reden …«

»Ich denke nicht.« Sie leckte sich die trockenen Lippen. »Levet und ich müssen uns um wichtige Angelegenheiten kümmern.«

»Ah, auf diese Art von Angelegenheiten bin ich stets erpicht.« Levet hob mehrmals seine dichten Augenbrauen. »Ich hoffe wirklich, das beinhaltet die Entfernung von Kleidung und das Reiben von Flügeln.«

»Eigentlich beinhaltet es eine Reise nach London.«

»London.« Levet schüttelte den Kopf. »*Non*, ein feuchtkalter und grauer Ort. Ich ziehe Paris bei Weitem vor. Das ist doch eine Stadt, die für Liebende wie geschaffen ist.«

Laylah erhob sich langsam, während sie ihre Hand auf Levets Schulter liegen ließ. Sie hatte noch nie versucht, jemanden in die Nebel mitzunehmen, aber es schien der perfekte Moment zu sein, um es auszuprobieren.

»Ich muss den Dschinn finden.«

Levet räusperte sich. »Äh, Laylah …«

Tane begab sich instinktiv zur Scheunentür, um sie zu blockieren. Seine Miene war nicht zu deuten.

»Ich kann nicht zulassen, dass du gehst, Laylah.«

Dieser arrogante Arsch.

Sie lächelte spöttisch. »Ich brauche deine Erlaubnis nicht, Vampir.«

Seine Muskeln spannten sich an, als er sich darauf vorbereitete, sich auf sie zu stürzen. Mit einiger Verspätung wurde ihm bewusst, dass eine Dschinn über mehr als eine Möglichkeit der Fortbewegung verfügte.

»*Adios*, He-Man.«

Laylah schloss die Augen und konzentrierte sich auf die schwachen Echos, die sie ständig in ihrem Hinterkopf flüstern hören konnte. Gleichzeitig ignorierte sie den wütenden Tane, der auf sie zustürmte und dessen eisige Macht die Scheune erfüllte, genau wie den Gargylen an ihrer Seite, der wie wild am ausgefransten Saum ihrer Jeansshorts zerrte.

»Laylah, da gibt es etwas, das ich dir sagen muss …«

War ihnen denn nicht klar, wie gefährlich es war, sie in diesem Moment abzulenken?

Sie beschwor das Bild eines schimmernden Vorhangs, straffte mental die Schultern und trat einen Schritt vor, wobei sie den widerstrebenden Levet mit sich schleppte.

Unbewusst verzog sie das Gesicht, wie immer entnervt durch das Gefühl, eine scheußliche Schicht aus Spinnweben zu durchqueren. Es fühlte sich so greifbar an, dass sie jedes Mal erschrak, wenn sie versuchte sie fortzuwischen, aber nichts vorfand.

Und dann spürte sie den Schmerz. Winzige Nadelstiche, die in ihr Fleisch bissen, als ob es ihr von den Knochen gerissen würde.

Eins war sicher, dachte sie grimmig, das Schattenwandern würde nie Flugzeuge und Kreuzfahrtschiffe ersetzen.

Verdammt, sicher war es sogar angenehmer, auf einem Esel zu reiten.

Kaum war ihr dieser belanglose Gedanke durch den Kopf geschossen, da verwandelten sich die Nadelstiche abrupt in eine Welle der Qual.

Sie drückte Levet eng an sich und schrie, als sie grob durch die Barriere gezerrt wurden. Götter, sie hatte das Gefühl, als versuche jemand sie mit aller Gewalt auf links zu drehen.

Es folgte eine höllische Reise. Ihr Ende war eine unangenehme Landung, bei der sie ausgestreckt auf einem harten

Boden aufkam, der von einer Schicht dichten silbrigen Nebels bedeckt war. Laylah nahm sich einen sehr dringend benötigten Moment Zeit, um zu verschnaufen.

Was zum Teufel war denn bloß los?

Nicht einmal ihr erster Versuch, durch die Barriere zu gelangen, die die Dimensionen voneinander trennte, war derart grauenvoll gewesen. Derart brutal. Das war auch gut so. Sie hätte es sonst nie wieder probiert.

Laylah verzog das Gesicht zu einer Grimasse, als ihr Körper versuchte, ihre gebrochenen Rippen und mehrere innere Verletzungen verheilen zu lassen, über die sie gar nicht erst nachdenken wollte. Sie hievte sich mühsam in eine sitzende Position und riss mit ungläubiger Wut die Augen auf, als sie den Vampir erblickte, der zu ihren Füßen kauerte.

Dieser Mistkerl!

Kein Wunder, dass sie fast in tausend Stücke gerissen worden wäre.

Es war schlimm genug, dass sie Levet durch die Barriere mitgenommen hatte, aber jetzt hing auch noch dieser riesige Scheißvampir wie eine Klette an ihr …

Sie erschauerte.

Wurden auf diese Art nicht die schwarzen Löcher erschaffen?

Als spüre er ihren wilden Blick, bemühte sich Tane, den Kopf zu heben. Ganz offensichtlich war er durch die Reise genauso böse zugerichtet worden wie sie.

Gut. Er verdiente es zu leiden.

»Verdammt sollst du sein«, krächzte er und warf einen Blick auf den silbrigen Nebel, der um sie herumwirbelte. »Was hast du getan?«

»Ich?« Ungläubig öffnete sie den Mund. »Du hast mich fast umgebracht, du überdimensionaler Brutalo mit dem Hirn eines

Trolls!« Langsam stand sie auf, nicht willens, länger als nötig in dem Durchgang zu bleiben. Sie fürchtete nicht nur, dass sich vielleicht die Eingänge zu anderen Dimensionen öffnen und sie aus den Nebeln saugen könnten. Auch die merkwürdige Art, wie hier die Zeit verging, machte ihr Sorgen. Wenn sie wieder herauskam, konnte es sein, dass ein paar Minuten vergangen waren, es konnten aber auch Tage sein. Einmal hatte sie sogar festgestellt, dass sie zwei Tage, bevor sie die Reise überhaupt angetreten hatte, wieder zurückgekehrt war. So etwas passierte wohl, wenn man mit dem Raum-Zeit-Kontinuum herumpfuschte. Sie richtete ihre Aufmerksamkeit auf das winzige graue Bündel, das fast völlig im Nebel verborgen lag. Ihr Herz machte vor Angst einen kleinen Satz. »Ist Levet verletzt?«

Mit einem lauten Fauchen erhob sich Tane und wischte sich geistesabwesend das getrocknete Blut von seiner Brust, während er zu ihr kam.

»Nur ohnmächtig.«

»Gott sei Dank!« Erleichterung durchströmte sie, und sie hob eine Hand, um sich den schmerzenden Nacken zu massieren.

Tane runzelte die Stirn. »Was gibt es?«

»Ich fühle mich, als hätte mich ein Sattelschlepper überfahren.«

Er schob ihre Hand beiseite und ersetzte sie durch seine eigene. Seine Berührung war fest, aber ungemein talentiert, als er die Verspannungen aus ihren Muskeln herausmassierte.

Hmmm. Allmählich entspannten sich ihre Muskeln, während er sich an ihrer Wirbelsäule entlang nach unten arbeitete, und eine köstliche Wärme linderte den hartnäckigen Schmerz in ihren Gelenken.

Ungeachtet seiner Fehler, und er hatte viele davon, besaß dieser Vampir wirklich talentierte Hände.

Geschickte, verführerische, starke Hände.

Hände, die eine Frau in den Himmel heben oder in die Hölle schicken konnten, flüsterte eine Stimme in ihrem Hinterkopf.

Es war der Teil mit der Hölle, der sie dazu brachte, sich seiner hypnotisierenden Massage zu entziehen, bevor sie noch zu einer Pfütze zu seinen Füßen dahinschmolz.

»Fass mich nicht an!«

Er verzog die Lippen und zeigte ihr damit, dass er sich ihrer wilden Erregung nur zu bewusst war.

»Du hast mir meine Frage nicht beantwortet.«

»Versuch mich nicht zu drangsalieren, He-Man«, murmelte sie. »Das ist meine Domäne.«

»Deine Domäne?« Er hob eine Braue. »Das macht dich dann zu Skeletor?«

»Haha. Zum Brüllen.«

Er trat näher an sie heran. Seine Miene versteinerte, und es war unverkennbar eine Warnung darin zu lesen.

»Sag mir, wo wir sind.«

»Ich weiß nicht, ob es einen Namen hat oder nicht.« Sie zuckte die Achseln. »Ich bin zufällig darauf gestoßen.«

Er blickte sich um, und ein eigenartiges Feuer sprühte aus seinen Honigaugen. »Ist das eine andere Dimension?«

»Nein, es ist eher ein Durchgang. Ich benutze ihn, wenn ich es eilig habe zu reisen.« Sie warf geflissentlich einen Blick auf seinen halb nackten Körper. »Oder wenn ich vor einem verrückten Vampir flüchten will.«

Er ging einmal im Kreis, mit einer Hand umklammerte er seinen Dolch, als er den dicht wirkenden Nebel untersuchte, der sie umgab.

»Wie kommen wir nach draußen?«

Laylah runzelte irritiert die Stirn. Tane benahm sich ... sonderbar. Was an sich schon sonderbar war.

Wenn Vampire eins waren, dann berechenbar.

Arrogant, gefährlich und sich auf unerträgliche Art und Weise ihrer Überlegenheit bewusst.

Konnte es sein, dass Tane tatsächlich verängstigt war, nachdem er sich in den Nebeln wiedergefunden hatte?

Laylah beeilte sich, ihren Vorteil daraus zu ziehen. Sie ging auf den bewusstlosen Gargylen zu.

»Genauso, wie wir reingekommen sind«, erklärte sie.

»Dann tu das.«

»Nein.«

»Laylah!«

Sie nahm Levet auf die Arme und unterdrückte ein Stöhnen. Götter. Was aß diese kleine Kreatur? Blei?

»Ich nehme den Gargylen nach London mit, und du kannst mich nicht aufhalten«, ächzte sie und machte sich auf den Weg durch die Nebel.

Fluchend folgte Tane ihr. »Weshalb ist es so wichtig, dass du nach London gelangst?«

»Ich muss diesen Dschinn finden.«

»Ist das ein Verwandter von dir?«, bellte er.

»Genau das will ich rausfinden. Ich …« Sie unterbrach sich, um ihre verräterischen Worte zu unterdrücken.

Natürlich konnte er die Dinge nicht einfach so stehen lassen.

»Was?«

Sie funkelte ihn wütend an. »Ich dachte, ich wäre die Einzige. Okay?«

Er spannte sich abrupt an, als mache ihm ihre schonungslose Ehrlichkeit zu schaffen. Im nächsten Augenblick warf er einen undurchdringlichen Blick auf den Nebel und fluchte.

»Wenn du dafür sorgst, dass wir aus den Nebeln herauskommen, werde ich dafür sorgen, dass du nach London gelangst.«

Stand etwa ›Dummkopf‹ auf ihrer Stirn?

»Lügner.«

»Wie hast du mich genannt?«, fuhr er sie an.

»Ich habe dich einen Lügner genannt.« Sie wandte den Kopf, um den glühenden Honigblick zu erwidern. »Wir wissen beide, dass du, wenn ich idiotisch genug wäre, uns in die Scheune zurückzutransportieren, mich auf gar keinen Fall nach London reisen lassen würdest.«

KAPITEL 4

Das Reihenhaus aus dem achtzehnten Jahrhundert in der Nähe des Green Park in London galt als gutes Beispiel für die Architektur von Robert Adam. Tatsächlich war es der ganze Stolz der historischen Gesellschaft, wenn auch die Nachbarn nicht annähernd so begeistert waren.

Zweifellos lag eine klassische Schönheit in den alten Backsteinen und dem schlichten Säulengang. Die Fenster waren groß, und über ihnen waren girlandenähnliche Verzierungen aus Stein angebracht. Und man munkelte, das Innere sei sogar noch überwältigender: aus Marmor gemeißelte Treppen und prunkvoll bemalte Zimmerdecken, Chippendale-Möbel und unbezahlbare Kunstwerke.

Aber die luxuriöse Ausstattung änderte nichts an der Aura des Bösen, die das Gebäude umgab, ebenso wenig wie sie die schöne Lady Havassy weniger enervierend wirken ließ, wenn sie, was selten vorkam, einmal in Erscheinung trat.

Es hieß, dass die außerordentlich schöne Frau mit ihren langen dunklen Locken und ihren blitzenden schwarzen Augen, die einen Kontrast zu ihrer übermäßig blassen Haut bildeten, dem ungarischen Adel angehörte. Die Einheimischen interessierte ihre Herkunft nicht. Sie wussten nur, dass seit ihrer Ankunft vor zehn Jahren zahlreiche Leute verschwunden waren.

Mehr amüsiert als besorgt über die Verdächtigungen der

Menschen, fuhr sich Marika mit einer Hand durch ihre glänzenden Locken, während sie geistesabwesend in die Kellergewölbe tief unter den Straßen der Stadt hinabstieg. Sie trug ein hauchdünnes Kleid, das ihre sinnlichen Kurven betonte, aber die feuchte Kälte, die in der Luft lag, nicht zu bekämpfen vermochte. Es spielte aber auch keine Rolle. Vampire standen dem Wetter so gleichgültig gegenüber wie Marika ihren neugierigen Nachbarn.

Als sie auf dem Zementboden angekommen war, erwachten die Fackeln flackernd zum Leben, und ein großer Mann mit silbernem Haar, das ihm bis auf den Rücken fiel, tauchte aus den Schatten auf.

Die meisten Frauen würden Sergei Krakov als attraktiv bezeichnen. Er besaß ein schmales Gesicht mit hohen slawischen Wangenknochen und eisigen blauen Augen, in denen eine listige Intelligenz zu erkennen war. Sein Körper war schlank und muskulös und im Augenblick in einen feinen Gucci-Anzug in einem hellen Grauton gekleidet.

Marika jedoch hielt sich den Magier nicht wegen seiner männlichen Schönheit oder wegen seiner Vorliebe für teure Kleidung.

Sie ließ es zu, dass er ihre Hand ergriff und sie durch den offenen Raum führte, und blickte durch das Fenster in die angrenzende Zelle. Beim Anblick der hübschen jungen Frau, die an die Wand gekettet war, schnitt sie eine Grimasse.

Der Kopf der Frau war nach vorn gefallen, und ihr langes Haar hing ihr wie ein Vorhang über das Gesicht. Ihr nackter Körper war zusammengesunken, und ihr ganzes Gewicht hing an den Ketten, die sie in einer aufrechten Position hielten.

»Entspricht sie Eurem Geschmack?«, fragte Sergei drängend.

Marika pochte mit einem blutroten Fingernagel gegen das Fenster und war nicht sonderlich überrascht, als die Blondine nicht aus ihrem komatösen Zustand gerissen wurde. Die Blutergüsse, die auf ihrer bleichen Haut blühten, zeigten an, dass Sergei bereits für sein eigenes Vergnügen gesorgt hatte.

»Hast du sie gebrochen?«

Sergei lachte leise. Auf seinem schmalen Gesicht war keine Spur von Bedauern zu erkennen. »Sie ist womöglich ein wenig mitgenommen, doch sie trägt immer noch eine Menge Kampfgeist in sich.«

Mit einem angewiderten Laut wandte sich Marika ab, eine Hand auf ihre schmerzende Stirn gepresst.

»Vielleicht später.«

Sergei eilte zu ihr und legte ihr einen Arm um die Schultern.

»Ihr müsst etwas zu Euch nehmen, Marika. Eure Person ist von zu großer Bedeutung, als dass Ihr es zulassen dürft, geschwächt zu sein.« Er unternahm einen halbherzigen Versuch, besorgt zu wirken. »Bevorzugt Ihr Feenvolk? Oder seid Ihr in der Stimmung für eine Harpyie? Sie schreien stets so wunderschön.«

»Es reicht, Sergei.« Mit einer lässigen Drehung ihrer Hand packte sie Sergei im Genick und schleuderte ihn gegen die Wand. »Ich bin kein Kind. Wenn du Aufhebens um jemanden machen willst, dann kehre zu deinem Spielzeug zurück.«

Sergei hing widerstandslos im Griff der Finger, die um seine Kehle geschlungen waren. Er hatte nicht durch Dummheit mehrere Jahrhunderte als ihr Lieblingsschoßkind überlebt.

Er wartete ab, bis sie die Kontrolle über ihr hitziges Zigeunertemperament wiedererlangt hatte und ihn schließlich wieder losließ. Dann strich er seine schwarze Satinkrawatte glatt und setzte eine besorgte Miene auf, die beinahe überzeugend wirkte.

»Bitte verratet mir, was Euch beunruhigt.«

Mit einem Fauchen begab sie sich in die Mitte des Zimmers, wobei sie die Hand erneut gegen ihre Schläfe gepresst hielt.

»Sie ist schuld. Sie ist unruhig.«

Sergei benötigte keine weitere Erklärung.

Es gab nur eine einzige *Sie*.

Er zog die Augenbrauen zusammen. »Unmöglich.«

Marikas Augen verengten sich zu schmalen Schlitzen. »Gib auf deine Wortwahl Acht, wenn du mit mir sprichst. In meiner derzeitigen Stimmung könnte ich womöglich noch vergessen, dass ich dich benötige.«

Er hob beschwichtigend die Hände. »Ich meinte nur, dass sie in mehrere Schichten von Schutzzaubern gehüllt ist. Nicht einmal eine Atomexplosion könnte sie stören.«

»Vielleicht verlieren deine Zauber ihre …« Sie legte eine Kunstpause ein und richtete ihren Blick auf sein beeindruckendes Paket, das in seiner Gucci-Hose verstaut war. »Leistungsfähigkeit. Gibt es Viagra für Magie? Immerhin wirst du allmählich alt.«

Seine Lippen kräuselten sich und offenbarten reines männliches Selbstbewusstsein. »Mit meiner Leistungsfähigkeit ist alles in Ordnung.«

»Weshalb höre ich dann ihr Flüstern in meinem Kopf?«

Sergeis Großspurigkeit schwand dahin, als Marika ihm eine kurze, eiskalte Warnung übermittelte, indem sie mit ihren Kräften seine Haut versengte. Es war wirklich ironisch. Einst war es ihre Gabe gewesen, andere zu heilen. Seit sie verwandelt worden war, gestattete dasselbe Talent es ihr, mit außerordentlicher Präzision zu foltern.

Nervös räusperte er sich. »Was sagt sie denn?«

Marikas Freude daran, einer anderen Person Schmerzen zuzufügen, war augenblicklich vergessen, und sie ballte die Hände zu Fäusten. Sie war sich nicht sicher, wann das provozierende Raunen begonnen hatte. Anfangs war es so schwach gewesen, dass sie es einfach abgetan hatte. Es war für sie nicht sonderlich ungewöhnlich, Kata zu spüren, trotz der zahlreichen Barrieren, die sie voneinander trennten.

Ihre Verbindung war zu eng, als dass man sie vollständig hätte verdrängen können.

Doch im Verlauf der vergangenen Nächte war aus dem fernen Summen ein verzweifelter Singsang geworden, der ihr keine Ruhe mehr ließ.

»Laylah«, antwortete sie. »Immer wieder.«

»Laylah. Ist das ein Name?«

»Woher soll ich das wissen?«, fauchte sie.

»Ihr beide standet Euch stets so nahe«, versuchte Sergei sie zu beschwichtigen. »Seid Ihr Euch sicher, dass das Wort für Euch keine Bedeutung hat?«

Sie sank auf den Diwan, und die schweren goldenen Armreife, die ihre Handgelenke zierten, schimmerten im Schein der Fackeln.

»Diese Hündin versucht mich offensichtlich in den Wahnsinn zu treiben.«

Sergei lief mit gerunzelter Stirn im Raum auf und ab. »Oder sie versucht Euch eine Warnung zukommen zu lassen.«

Marika griff nach dem mit frischem Blut gefüllten Kelch, der auf dem Lacktischchen neben dem Diwan stand. Sie zog es vor, ihr Abendessen direkt aus der Quelle zu genießen, doch im Augenblick war sie zu abgelenkt, um diese Anstrengung auf sich zu nehmen.

»Verdammter Dummkopf«, knurrte sie. »Für den Fall, dass du es vergessen haben solltest: Die letzten Male, als wir Kata geweckt haben, versuchte sie mich zu verfluchen. Weshalb zum Teufel sollte sie mich jetzt warnen wollen?«

»Ich meinte nicht, dass sie Euch absichtlich warnt«, protestierte Sergei. Er schnitt eine Grimasse, als er sich an Katas wahnsinnigen Zorn erinnerte, der ausgebrochen war, als sie versucht hatten, sie zu befragen. »Offensichtlich gibt es etwas, das sie so sehr stört, dass es ihr gelungen ist, sich durch die Zauber hindurchzukämpfen, mit denen ich sie belegt habe. Ich bezweifle, dass ihr überhaupt bewusst ist, dass Ihr ihre Gedanken empfangt.«

»Was zum Teufel könnte sie stören? Sie ist unter beinahe zwei Metern Erde begraben, umgeben von Runensteinen und bewacht von den Sylvermyst.« Marika nahm einen weiteren großen Schluck Blut und hielt inne, um sich die dickflüssige Köstlichkeit von den Lippen zu lecken. Sie genoss den Anblick von Sergeis Unbehagen. Er hatte durchaus allen Grund, nervös zu sein, dachte sie mit wilder Freude. Sie war in der Stimmung, jemanden zu verletzen. Selbstverständlich war sie *immer* in der Stimmung, jemanden zu verletzen.

»Oder gibt es da etwas, das du mir erzählen willst?«, fuhr sie in eisigem Tonfall fort. »Gewiss bist du nicht dumm genug, den Versuch zu unternehmen, ohne mich mit Kata zu sprechen, nicht wahr?«

Seine Kehle schnürte sich zusammen, als er mühsam zu schlucken versuchte. »Ich habe meine Lektion gelernt.«

»Bist du dir sicher?«, schnurrte sie. »Ich könnte dir in Erinnerung rufen, was jenen Kreaturen zustößt, die versuchen, mich zu hintergehen.«

Sergei erbleichte. Zu Recht. Obgleich es beinahe fünfzig Jahre her war, vergaß es kein Mann, wenn er in einer langen Nacht bei lebendigem Leibe langsam gehäutet wurde, nur um am nächsten Morgen geheilt zu werden, damit die Folter erneut beginnen konnte. Insbesondere, wenn die Strafe mehrere Jahre andauerte.

Ein grausames Lächeln verzerrte ihre Züge. Er hätte wissen sollen, dass er zu ihr hätte kommen müssen, sobald es ihm gelungen war, Kata dazu zu bringen, den Aufenthaltsort ihrer

Mischlingstochter zu verraten. Nein, er hätte zu ihr eilen müssen, als sei der Teufel hinter ihm her, um ihr mitzuteilen, was er herausgefunden hatte.

Stattdessen hatte er sie verraten und beinahe alles ruiniert.

Dieser dumme Bastard.

»Ich tat es für uns.«

Ihr Gelächter hallte durch den Kellerraum. »O Sergei, du bist ein eitler, habgieriger Hundesohn, der mit Freuden seine eigene Mutter auf den Opferstein legen würde, um die Macht zu erlangen, nach der er so verzweifelt strebt.«

Er zuckte zusammen, doch ein Magier war nicht bei einer launischen Vampirin angestellt, ohne dass er sich ein Paar Hoden aus Titan zulegte. Er lächelte und kniete elegant vor ihr nieder, um die Hände über ihre Knie bis hinauf zu ihren Oberschenkeln gleiten zu lassen.

»Ich mag ja meine Fehler haben, doch Ihr braucht mich.«

Sie trank den letzten Rest des Blutes und stellte den Kelch zur Seite.

»Unglücklicherweise«, gestand sie voller Abscheu. Sie hasste es zutiefst, dass sie auf die betrügerische Ratte angewiesen war. Doch obwohl Kata über einige magische Fähigkeiten verfügte, war sie nur ein Mensch, und Marika besaß nicht die Macht, sie am Leben zu halten. Es sei denn, sie verwandelte sie in eine Vampirin. Der Gedanke war verlockend, doch sie konnte es sich nicht leisten, ihm nachzugeben. Nicht, wenn sie dann ihre letzte Verbindung zu dem vermissten Kind verlieren würde. »Es wäre so viel einfacher, wenn sie unsterblich wäre.«

Sergei lachte leise und ließ seine Hände zwischen ihre Schenkel gleiten, um sie mit einem Geschick zu liebkosen, das zu perfektionieren Jahrhunderte gekostet hatte.

»Vielleicht einfacher, doch Ihr würdet mich vermissen, wenn ich verschwunden wäre«, flüsterte er.

»So sehr bist du von dir überzeugt?«

In den hellen Augen schimmerte augenblicklich Erregung. »Ich diene mehr als einem Zweck.«

So schnell, dass es nur unscharf zu erkennen war, stellte sie ihren Fuß mitten auf seine Brust und schleuderte ihn gegen die gegenüberliegende Wand.

»Später«, knurrte sie und erhob sich von dem Diwan. »Ich will wissen, was Kata beunruhigt. Lass mich sie sehen.«

»Sie sehen?«

Marika kniff die Augen zusammen. »Bist du nicht nur dumm, sondern auch noch taub? Ich sagte, lass mich sie sehen.«

»Ja, natürlich.«

Sergei erhob sich, staubte seinen teuren Anzug ab und begab sich steif zu der schweren Holztür auf der anderen Seite des Zimmers. Marika folgte ihm und wartete, bis der Magier an dem Schloss herumgefingert hatte und sie endlich in den kahlen Raum führte, der in den Stein gemeißelt war.

Sie schürzte die Lippen, als ihr der Gestank nach Schimmel und all den scheußlichen Dingen in die Nase stieg, die unter dem Stein verrotteten. Im Gegensatz zu ihr, deren Kräfte angeboren waren, war Sergei gezwungen, Blut und Tod zu nutzen, um seine Zauber zu wirken.

Dieser Stümper.

Er umrundete den mit Blut befleckten Steinaltar, der mitten auf dem Fußboden stand, und blieb neben einer kleinen Vertiefung stehen, die mit stehendem Wasser gefüllt war. Dann ging er neben der Vertiefung in Hockstellung, schwenkte seine Hände über der Oberfläche hin und her und murmelte leise etwas vor sich hin.

Marika wartete ungeduldig neben ihm, während sie auf Zeichen achtete, die darauf hindeuteten, dass Sergei sie zu betrügen versuchte. Dieser Dummkopf würde lernen, dass eine allnächtliche Häutung unbedeutend war, verglichen mit dem, was darauf folgen würde.

Das Wasser begann einen Strudel zu bilden, als werde es von unten aufgewirbelt, und Sergeis Sprechgesang wurde intensiver und hallte auf unheimliche Weise von den Wänden in der Höhle wider.

Schließlich zog er ein schmales Stilett aus seiner Jacke hervor und schnitt sich damit in den Finger. Erst fiel ein Tropfen Blut ins Wasser, dann ein zweiter. Das Blut breitete sich eigenartig schimmernd auf der Oberfläche aus.

Marika beugte sich vor, als sich allmählich das Bild einer Frau formte, die in einer dunklen, mit Eisen ausgekleideten Zelle auf einem schmalen Feldbett ausgestreckt lag.

Eine Frau, die eine erstaunliche Ähnlichkeit mit Marika besaß.

Die gleichen schwarzen Locken und die gleichen perfekten blassen Gesichtszüge. Und wären ihre Augen nicht geschlossen gewesen, hätten sie mitternachtsschwarz gefunkelt.

Selbst ihre sinnlichen Kurven unter dem Leichentuch, das sie bedeckte, waren die gleichen.

Perfekte Zwillinge.

Zumindest waren sie das gewesen, bevor Marika verwandelt worden war.

Sobald sie als Vampirin erwacht war, war ihre Verbindung zu ihrem vorherigen Leben, einschließlich ihrer Familie, unterbrochen gewesen. Wenigstens hätte das der Fall sein sollen.

Jede Erinnerung an ihre Vergangenheit war vergessen, doch eine unüberhörbare Stimme in ihrem Kopf weigerte sich, ignoriert zu werden. Wochenlang hatte sie darum gekämpft, sich von dem lästigen Summen zu befreien. Daraufhin hatte sie die nächsten Wochen damit verbracht, die Quelle ihres Ärgers aufzuspüren.

Es war eine hässliche Überraschung gewesen, als sie entdeckt hatte, dass ein Abbild von ihr in einem Zigeunerlager lebte.

Ihr erster Impuls war es gewesen, diese Hündin töten zu wollen.

Das hätte ihrem Eindringen in Marikas Kopf ein Ende bereitet, ganz zu schweigen von dem unheimlichen Wissen, dass eine Kopie ihrer selbst dort draußen umherlief.

Doch irgendein mysteriöser Instinkt hatte ihrem Blutdurst Einhalt geboten.

Fast so, als habe sie einen Blick in die Zukunft geworfen und gespürt, dass sie ihre liebe, süße Schwester noch brauchen würde.

»Wie Ihr seht«, sagte Sergei, »schläft Dornröschen brav in seinem Bett.«

Marika runzelte die Stirn, zornig über den Anflug von Furcht, der ihr Herz ergriff.

Kata mochte nur ein Mensch sein, doch in ihren Adern floss Zigeunerblut. Und das bedeutete, dass sie die einzigartige Fähigkeit besaß, Vampire zu verletzen. Ihr weiches Herz hatte sich in der Anfangszeit dagegen gesträubt, dies zu tun. Damals hatte sie in Marika noch immer ihre geliebte Schwester gesehen.

Diese dumme Frau.

Aber im Laufe der letzten Jahrzehnte war Kata jedes Mal, wenn Sergei sie von seinen Zaubern befreit hatte, wild geworden und hatte so rasch angegriffen, dass es einem Wunder gleichkam, dass Marika nicht verletzt worden war.

Sie würde ihre Gesundheit nicht wieder aufs Spiel setzen.

»Sie regt sich«, zischte sie.

Sergei legte die Stirn in Falten, als die Frau in der wässerigen Vision den Kopf wandte, fast so, als sei sie sich dessen bewusst, dass sie beobachtet wurde.

»Ja.« Er schüttelte den Kopf. »Das sollte eigentlich nicht möglich sein.«

»Es sollte nicht möglich sein, doch offensichtlich ist es möglich. Finde heraus, weshalb.«

»Ich könnte sie wecken und …«

Seine Worte wurden gewaltsam erstickt, als Marika ihn am Hals packte und ihn gegen die roh behauene Wand stieß.

»Nein.«

Er lächelte trotz seiner Schmerzen. »Ihr seid noch immer besorgt wegen des Fluches?«

Der Griff ihrer Finger verstärkte sich. Marika war alles andere als erfreut darüber, dass Kata sie überlistet hatte.

Wieder einmal.

Sie wagte es nicht, es dem kleinen Miststück zu gestatten zu erwachen, und dennoch konnte sie nicht zulassen, dass Kata einfach starb.

Nicht, wenn für Marika noch immer die Möglichkeit offenstand, die Welt zu beherrschen.

»Achtung, Sergei, du bist nicht der einzige Magier in London«, sagte sie mit eiskalter Stimme.

»Ihr meint doch wohl nicht Lord Hawthorne?« Sergeis Gesicht verzog sich, als der eifersüchtige Hass auf den Magierrivalen sich seiner bemächtigte. »Dieser Mann ist ein drittklassiger Zauberer, der keinen Pfifferling mehr wert ist, seit er seinen Koboldlehrling verloren hat.«

»Er würde meinen Zwecken dienen.«

In den hellen Augen blitzte bei ihrer spöttischen Bemerkung Verärgerung auf.

»Ja, aber könnte er auch *Euch* dienen?«, erwiderte er, und sein unverschämter Blick glitt über ihre Kurven, die sich unter dem dünnen Stoff ihres Kleides abzeichneten. »Ihr seid eine anspruchsvolle Gebieterin, Marika.«

Damit hatte er nicht unrecht. Nur wenige Männer hatten eine Nacht in ihren Armen überlebt. Natürlich hatte niemand

Grund zum Klagen – die meisten Männer starben mit einem Lächeln auf den Lippen.

Jetzt war das Ende ihres kurzen Geduldsfadens erreicht. Ihre Finger drückten immer weiter zu, bis sie kurz davor waren, ihm den Kehlkopf zu zerquetschen.

»Finde heraus, was meine Zwillingsschwester beunruhigt, und zwar schnell.«

Er fauchte vor Schmerz. »Unverzüglich.«

Tane war ein Vampir, der überall in der Dämonenwelt gefürchtet war.

Räume leerten sich, wenn er eintrat. Clanchefs flüchteten sich in ihre Verstecke, wenn er sich ihren Territorien näherte. Man sprach seinen Namen aus, um Findlinge zu erschrecken.

Er war der Vampir, den selbst seinesgleichen fürchtete.

Aus gutem Grund.

Damit befand er sich am oberen Ende der Nahrungskette.

Zu schade, dass all seine Macht und all der Respekt, der ihm entgegengebracht wurde, in dem kalten, zähen Nebel nicht das Geringste wert waren.

Stumm die sonderbare Umgebung verfluchend, folgte er Laylah durch den dichten Nebel. Sie trug noch immer den ohnmächtigen Gargylen auf den Armen.

Tane hatte bittere Jahrhunderte darauf verwendet, dafür zu sorgen, dass er sich nie wieder wie ein machtloser Zuschauer fühlen würde, gleichgültig, um was für eine Situation es sich handelte. Er gehörte zu den Vampiren, die die Führungsrolle übernahmen. Seine gnadenlose Macht sorgte dafür, dass niemand seine Autorität in Zweifel zog.

Nun war es einem winzigen Mischling gelungen, ihn in dieses verdammte Labyrinth aus endlosem Nebel zu ziehen, wodurch uralte Gefühle in ihm geweckt wurden, die er gemeinsam mit seinem niedergemetzelten Clan begraben hatte.

»Woher weißt du, wohin du gehst?«, verlangte er zu wissen.

Laylah warf ihm über die Schulter hinweg einen spöttischen Blick zu. »Ich suche einfach, bis ich den Ort gefunden habe, den ich suche.«

Er knurrte leise. »Laylah.«

Sie seufzte und richtete ihre Aufmerksamkeit wieder auf den dichten Nebel, der sich vor ihnen ausbreitete, wobei sie mit einem Selbstvertrauen voranschritt, das Tane den letzten Nerv raubte.

Es war schlimm genug, an diesem bizarren Ort gefangen zu sein, ohne sehen zu können, ob irgendwo in der Nähe Gefahren lauerten.

»Was soll ich dazu sagen?«, meinte sie. »Das ist nichts, was ich erklären kann. Ich denke an den Ort, an dem ich sein will, und breche auf. Und irgendwann fühle ich, dass ich da bin.«

Er schnitt eine Grimasse. Das war nicht gerade eine tröstliche Erklärung.

Aber andererseits – gab es überhaupt irgendetwas, das er zu diesem Zeitpunkt als tröstlich empfunden hätte?

Was zum Teufel hatte er sich dabei gedacht, zu versuchen, Laylah vom Verschwinden abzuhalten?

Er hatte sich stets von seinem Kriegerinstinkt leiten lassen. Das war für ihn seit beinahe tausend Jahren der einzige Weg zu überleben. Also weshalb hatte sein Instinkt ihn nicht ermahnt, Laylah entkommen zu lassen, sodass er sich dafür hätte beglückwünschen können, sich von dieser nervtötenden, übellaunigen Frau befreit zu haben?

Es lag daran, dass nicht sein Kriegerinstinkt ihn leitete, wenn sie in seiner Nähe war, sondern ein weitaus primitiverer Instinkt.

Weshalb sollte er es nicht zugeben?

Er war weit über seine normale Pflicht hinausgegangen, einen umherstreunenden Dschinnmischling aufzuspüren. Nicht einmal Styx hätte ihm Vorwürfe gemacht, wenn er sich entschieden hätte, in sein Versteck zurückzukehren und zu berichten, dass es der Frau gelungen sei, ihm zu entkommen, während er um sein Leben gekämpft hatte.

Als Charon wurde von ihm erwartet, die wenigen Vampire zur Strecke zu bringen, die Blut tranken, das durch Drogen oder Alkohol vergiftet war. Nur wenige Kreaturen wussten, dass Vampire süchtig werden konnten oder dass sie dadurch schließlich dem Wahnsinn verfielen.

Und es war seine Aufgabe, dafür zu sorgen, dass es auch so blieb, und nicht, Laylah zu verfolgen wie ein brünstiger Hund.

Weshalb also hatte er das getan?

Er senkte den Blick zu ihrem schlanken Körper, der kaum von den Shorts bedeckt wurde, die sich eng an ihr perfektes Hinterteil schmiegten, und dem Muskelshirt, das nicht geeignet war, um die sanften Hügel ihres Busens zu verbergen.

Allein der Gedanke, sich an sie zu pressen, während sie unter ihm lag, ihre Lippen von seinen Küssen bedeckt, und ihre schlanken Beine um seine Körpermitte geschlungen …

Ein verheerendes Verlangen ergriff ihn, wie er es seit Jahrhunderten nicht empfunden hatte.

Verdammt.

Er wusste nicht, weshalb diese Frau die dunkelsten Leidenschaften in ihm weckte oder wie es ihr gelang, ihn dermaßen zu verzaubern, dass er sich zu leichtsinnigen Dummheiten hinreißen ließ.

Alles, was er wirklich wusste, war, dass er zugelassen hatte, dass sein Penis statt seines Gehirns das Kommando über seine Gedanken übernommen hatte. Dieser Umstand verursachte eine Katastrophe.

Zorniger auf sich selbst als auf die Frau, deren Schritte langsamer geworden waren, als näherten sie sich ihrem Zielort, trat Tane neben sie. Seine Finger umklammerten seinen Dolch, als könne dieser die Furcht bezwingen, die in ihm aufstieg.

»Und wie kommst du aus den Nebeln heraus?«

Laylah hielt an und wandte sich um. Sie hob die Augenbrauen, als sie seinen wachsamen Blick sah.

»Natürlich auf die gleiche Art, wie ich hineingekommen bin.«

»Wir haben kaum den Eintritt überlebt«, stieß er hervor. »Bist du dir sicher, dass der Austritt nicht noch schlimmer wird?«

»Wir haben kaum überlebt, weil mich ein unwillkommener Passagier begleitet hat«, rief sie ihm bissig ins Gedächtnis. »Ein Passagier, den ich auf meinem Weg nach draußen nicht mehr dabeihaben will.«

Er hielt inne und kniff die Augen zu gefährlichen Schlitzen zusammen. »Du kannst mich hier nicht zurücklassen.«

»Warum nicht?«, forderte sie ihn heraus, das Kinn trotzig vorgeschoben. Als trete sie in diesem Augenblick nicht einem der tödlichsten Dämonen der ganzen Welt entgegen. »Ich habe dich ganz bestimmt nicht zu der Reise eingeladen. Du kannst allein nach Hause finden.«

»Das ist nicht komisch.«

Sie schob das Kinn noch etwas weiter vor. »Das sollte es auch nicht sein.«

Er streckte die Hand aus, um nach ihrem Kinn zu greifen, wobei er den Gargylen nicht weiter beachtete, der in ihren Armen schlief.

»Dann wäre ich gefangen!«

»Na und?« In den dunklen Augen funkelte eine direkte Herausforderung. »Du willst meine Hinrichtung. Warum zum Teufel sollte ich dich nicht hier verrotten lassen?«

Sein nachdenklicher Blick glitt über ihre zarten Gesichtszüge und er erkannte die Erschöpfung, die sie zu verbergen suchte. Er hatte nicht die Absicht zuzugeben, dass er ihr aus einem weitaus persönlicheren Grund gefolgt war, als sie an die Orakel auszuliefern.

Sie verfügte über genügend Waffen, die sie gegen ihn einsetzen konnte.

Gefährliche, mächtige Waffen, dachte er grimmig, als eine glühende Erregung in seinem Körper brodelte.

»Der Befehl der Kommission lautet, dass Dschinnmischlinge zu ihr gebracht werden müssen«, entgegnete er mit einem Achselzucken. »Das bedeutet nicht, dass sie nicht befinden werden, du seiest keine Gefahr, und dich freilassen.«

»Na klar.« Ihr schrilles Gelächter klang durch den Nebel, der sie umgab, auf seltsame Weise gedämpft. »Ich nehme an, du willst mir außerdem auch noch faule Aktien verkaufen?«

Er zog die Augenbrauen zusammen. »Was?«

»Ich bin nicht dumm«, stellte sie klar. »Sobald sie mich in ihre widerlichen Finger bekommen, werde ich für das höhere Wohl geopfert.«

»Sehr dramatisch, doch ich kann dir versprechen, dass die Kommission sich um wesentlich wichtigere Angelegenheiten zu kümmern hat als um einen einzelnen Mischling.«

Geistesabwesend strich er mit dem Daumen über ihre sinnliche, volle Unterlippe, während sein Körper im Gleichklang mit ihrem rasenden Herzschlag pulsierte.

»Was für Angelegenheiten?«

Er schnitt eine Grimasse. Dämonenpolitik überließ er lieber Styx. Weshalb sollte man jemandem ein Messer in den Rücken stoßen, wenn es weitaus befriedigender war, ihm ein Messer ins Herz zu stoßen?

Irgendetwas Großes bahnte sich an, und die Kommission bereitete sich darauf vor, es abzuwenden.

»Ich werde nicht dafür bezahlt, an diesen Privatdiskussionen teilzunehmen, doch es ist kein Geheimnis, dass sich die Orakel seit Wochen in Styx' früherem Versteck südlich von Chicago versammeln«, erklärte er.

»Und was beweist das?« Sie zuckte vor seiner Berührung zurück, als habe er sie verbrannt. »Dass sie ein Haufen Schnorrer sind, die Styx' Gastfreundschaft überbeanspruchen?«

Tane schüttelte den Kopf, hin- und hergerissen zwischen dem Drang, sie eng an sich zu ziehen und gierig von ihrer leidenschaftlichen Natur zu trinken, und dem Bedürfnis, sie so lange zu schütteln, bis ihr Dickkopf endlich Vernunft annahm.

So faszinierend er ihr Feuer und ihre Leidenschaft auch finden mochte – die Kommission würde sich von ihrem Mangel an Respekt nicht im Geringsten amüsiert zeigen.

»Es geht bei der Vereinigung keineswegs darum, gemeinsam herumzuhängen und Wii zu spielen«, entgegnete er und sparte sich weitere Ermahnungen, dass sie die Kommission mit der angemessenen Ehrfurcht behandeln musste, für später auf. Wollte er wirklich schildern, wie gefährlich die launenhaften Dämonen sein konnten, wo er Laylah doch brauchte, um ihn aus den verdammten Nebeln zu befreien? »Jedes der Orakel ist ein mächtiger Dämon. Sie gehören unterschiedlichen Spezies an, und einige von ihnen stehen sich als Todfeinde gegenüber, die gezwungen sind, gute Miene zum bösen Spiel zu machen, wenn sie zusammenkommen müssen, um Konflikte zu lösen oder Entscheidungen zu fällen. Doch niemals verweilen sie auch nur eine Sekunde länger als notwendig.«

»Das bedeutet nur, dass sie sich praktischerweise schon zum Lynchen versammelt haben.«

Da er ihre Anschuldigung nicht leugnen konnte, wechselte er übergangslos in den Ablenkungsmodus.

Jeder Krieger wusste genau, dass eine Ablenkung zum richtigen Zeitpunkt ebenso effektiv wie ein umfassender Angriff war.

»Wenn sie Cezar nicht gelyncht haben, solltest du eigentlich in Sicherheit sein«, meinte er achselzuckend.

Sie verlagerte unbeholfen den schlafenden Gargylen, den sie immer noch in ihren Armen hielt.

»Wer ist Cezar?«

»Einer meiner Brüder, der unbesonnen genug war, das neueste Orakel zur Gefährtin zu nehmen.«

»Es gibt noch ein neues? Einfach perfekt.« Sie funkelte ihn böse an, als sei es allein sein Verschulden, dass Anna sich erst vor wenigen Wochen als Orakel entpuppt hatte. »Du hast ja nur gute Nachrichten auf Lager.«

»Ein neues Orakel ist immer ein Anzeichen für aufziehende Schwierigkeiten.«

»Wie ein Charon, der stur ist wie ein Esel?«

»Wie ein schlechtes Omen.« Tane verzog das Gesicht. Er war kein Adrenalinjunkie, dem es gefiel, den Helden zu spielen, und er war auch kein Vertreter der Ansicht, dass es aufregend sei, »in interessanten Zeiten zu leben«. Er erfüllte nur seine Pflichten und kehrte dann in die Abgeschiedenheit seines Verstecks zurück, wo er seinen diversen Bedürfnissen frönen und seine Vergangenheit vergessen konnte. Er hatte sich wirklich Mühe gegeben, das Gefühl der aufziehenden Gefahr zu ignorieren, da er die Vogel-Strauß-Politik vorzog. Aber jetzt … jetzt konnte er die beunruhigende Vorahnung nicht gänzlich abschütteln, dass diese Dschinn irgendwie in die große, böse Zukunft verstrickt war. Und dass sich ein Jäger unbemerkt an sie heranpirschte. Dieser Gedanke versetzte ihn zu seinem eigenen Entsetzen in Zorn. »Glaube mir, wenn sie das Vergnügen, Cezar weiterhin zu quälen, nicht als wichtig genug erachten, um ihm Aufmerksamkeit zu schenken, dann bist du nichts weiter als ein unbedeutender Ausschlag auf dem Radar.«

Sie betrachtete ihn mit unverhohlenem Misstrauen. »Wenn ich so unbedeutend bin, warum hast du dir dann überhaupt die Mühe gemacht, mich zu jagen?«

Eine gefährliche Hitze sammelte sich in seinem Unterleib, als er einen ausgiebigen Blick auf ihren schlanken Körper warf.

»Muss ich dich wirklich daran erinnern?«, meinte er heiser. »Weil ich bereit, willig und begierig bin, es zu tun.«

Der Puls an ihrem Hals begann als Reaktion auf seine Worte heftig zu pochen.

»Ich zweifle nicht daran, dass du immer begierig bist.«

Er lächelte und ließ den Blick betont auf diesem verräterischen Puls ruhen.

»Es gibt Zeiten, da bin ich begieriger als andere.«

Sie trat einen Schritt zurück. Nebel umwirbelte ihren Körper.

»Du hältst mich wohl für eine Idiotin«, warf sie ihm vor.

»Ich glaube, du fühlst dich in die Enge getrieben und triffst deshalb vorschnell Entscheidungen, die bewirken könnten, dass wir alle getötet werden«, beruhigte er sie, wobei seine Stimme so machtvoll klang, dass sie einen ausgewachsenen Ungmas-Dämon hätte in die Knie zwingen können. »Lass mich dir helfen.«

Erwartungsgemäß erwies sie sich als immun gegen den Zwang. Diese Frau war zu halsstarrig, um sich zu etwas zwingen zu lassen, gleichgültig, wie stark der Druck auch sein mochte.

»Ich brauche deine Hilfe nicht.« Sie biss die Zähne zusammen, und etwas Düsteres blitzte in ihren Augen auf. »Ich brauche von niemandem Hilfe.«

Tane unterdrückte den starken Drang, sie heftig in seine

Arme zu ziehen und die Schatten, die sie verfolgten, zu verbannen. Es waren die gleichen Schatten, die auch ihn verfolgten.

Allein.

Auf immer und ewig allein.

»Denk nach, Laylah«, drängte er sie. »Du bist nicht mehr durch den Zauber geschützt, den Caine einsetzte, um dich versteckt zu halten. Sobald du in London eintriffst, wirst du verletzlich sein.« Er verschränkte die Arme vor der Brust. »Und glaube mir, für einen Kopfgeldjäger spielt es keine Rolle, ob er dich tot oder lebendig erwischt.«

»Ach ja, aber für dich schon?«

»Wir wissen beide, dass du schon tot wärst, wenn ich es darauf abgesehen hätte.«

Sie kniff die Lippen zu einem schmalen Strich zusammen, als sie seine offenen, ehrlichen Worte hörte. »Wenn du versuchst, mit mir zu handeln, muss ich dir leider sagen, dass du darin ganz mies bist.«

»Es gehörte in der Tat noch nie zu meinen größeren Talenten.«

»Dann spuck's einfach aus.«

Er hob die Brauen, als er ihren herrischen Ton hörte, obwohl er ihn gleichzeitig auch belustigte und er sich ein Lächeln verkneifen musste. Weshalb zum Teufel sollte es ihn amüsieren, dass ein Wesen, das nur halb so groß war wie er, ihn herumzukommandieren versuchte?

»Wenn du überleben willst, wirst du meine Hilfe benötigen.«

Laylah biss sich auf die Unterlippe. Sie war klug genug zu wissen, dass sie leichte Beute sein würde, sobald sie in London ankam.

»Und worin würde deine Hilfe bestehen?«

Er wich ihrem argwöhnischen Blick nicht aus. »Ich würde mein Bestes tun, um dich zu beschützen.«

»Ich könnte Bodyguards engagieren.«

War sie darauf aus, ihn zu kränken?

»Du beweist mir stets aufs Neue, dass du kein Dummkopf bist«, meinte er gedehnt. »Es gibt keinen Bodyguard, für wie viel Geld auch immer, der es mit meiner Stärke oder meinem Kampfgeschick aufnehmen könnte.«

»Oder deiner Bescheidenheit.«

»Ich bin der Beste. Bescheidenheit würde daran nichts ändern.«

Sie hielt inne und biss nach wie vor auf ihrer Unterlippe herum. »Versprichst du mir, dass du nicht versuchst, mich vor die Kommission zu schleppen?«

»Mach dich nicht lächerlich. Du weißt, dass ich dir dieses Versprechen nicht geben kann.«

»Dann bleib hier«, fuhr sie ihn an.

»Verdammt, Laylah!« Blitzschnell hob er die Hand, um sie am Arm zu packen. Er spürte, dass sie kurz davor war, zu verschwinden und ihn seinem Schicksal zu überlassen. »Du willst mein Versprechen? Dann bekommst du es.«

»Du würdest doch alles sagen, um hier rauszukommen.« Sie hielt seinen Blick fest und dachte nicht daran, nachzugeben. Verdammt. Diese Tollkühnheit würde sie noch ins Grab bringen. »Du musst dir schon etwas Besseres einfallen lassen als ein Versprechen, das nicht das Geringste wert ist.«

»Was willst du?«

Sie zögerte für den Bruchteil einer Sekunde. »Ich will, dass du dir etwas wünschst.«

KAPITEL 5

*T*anes übler Fluch traf Laylah nicht unerwartet.

Ihre raffinierte Arglist, ihr unberechenbares Naturell und ihre mitleidlose Macht, mit der es nur wenige Dämonen aufnehmen konnten, machten Dschinnen allgemein unbeliebt. Ihre charmante Vorliebe für Gewalt trug ihr Übriges dazu bei.

Aber obwohl es die meisten Kreaturen nicht zugeben würden, war es die Fähigkeit der Dschinnen, andere zu versklaven, die sie wirklich unruhig machte.

Dagegen sahen die Wassergeister wie Waisenkinder aus.

Das Feenvolk vermochte es, mit seiner Magie Menschen in seinen Bann zu schlagen, aber nur dann, wenn die Sterblichen dumm genug waren, drei Wünsche zu äußern.

Die Dschinn hingegen waren ganz und gar keine Weicheier.

Sie brauchten nur ein Opfer, das sich ihnen freiwillig verpflichtete. Ganz egal, wie klein der Schuldschein auch war, es reichte aus, um Anspruch auf dessen Seele zu erheben. Und es spielte dabei auch keine Rolle, ob es sich um Sterbliche, Tauelfen oder Vampire handelte. Sie alle ließen sich vom Zauberbann der Dschinnen einfangen.

Als Laylah kaum dem Kindesalter entwachsen war, hatte sie aus Versehen einen Kobold versklavt, den sie gefangen in der Eisenfalle eines Wilderers entdeckt hatte. Es gehörte zu ihrer Natur, dass sie diejenigen heilte, die in Not waren. Sie war sich der damit verbundenen Gefahr nicht bewusst gewesen, bis der Kobold sich weigerte, die Farm ihrer Pflegemutter zu verlassen. Seine verzweifelten Versuche, sie zufriedenzustellen, verursachten ein völliges Chaos, bis es ihr schließlich gelungen war, herauszufinden, wie sie ihn befreien konnte.

Im Laufe der Jahre hatte sie ihr Bestes getan, um diese Gabe tief in ihrem Inneren einzuschließen. Es erschien ihr unmoralisch, Anspruch auf die Seele einer anderen Person zu erheben. Es war noch schlimmer, als diese zu töten.

Und erst als der Magier sie gefangen genommen hatte, hatte sie bewusst versucht, eine andere Person ihrem Willen zu unterwerfen. Leider hatte der Mistkerl dafür gesorgt, dass sie zu schwach war, um von ihren Kräften Gebrauch machen zu können.

Nun musste sie es mit Hangen und Bangen wieder versuchen. Wie üblich.

Tane kniff die Augen zusammen und schaute sie so merkwürdig an, als seien ihr plötzlich Hörner gewachsen.

»Du verfügst über die Macht, einen Vampir zu binden?«

Nun, das war die entscheidende Frage, oder?

Sie hatte keine Möglichkeit, zu berechnen, wie viel Kraft tatsächlich erforderlich war, um einen Vampir zu versklaven, war sich aber ziemlich sicher, dass es deutlich mehr war, als sie besaß. Ihre einzige Hoffnung bestand darin, ihn … dazu aufzufordern, zu tun, was sie ihm sagte.

»Ich kann dich nicht in meine Privatmarionette verwandeln, wenn es das ist, was dir Sorgen bereitet, aber ich behalte dann bei unseren Verhandlungen die Oberhand«, antwortete sie ruhig, wobei sie sich selbstsicherer gab, als sie sich fühlte.

Tane war ihre Unsicherheit nicht verborgen geblieben und er berührte leicht ihre Wange. »Du lügst.«

»Wie auch immer.« Sie zuckte mit den Schultern. »Kommst du mit oder nicht?«

»Vielleicht will ich mir etwas wünschen, das …«

»Ich zähle bis drei. Du kannst kommen oder hierbleiben, das ist mir scheißegal«, unterbrach sie ihn hastig.

»Oh, ich hege durchaus die Absicht zu kommen«, versicherte er ihr mit einem sündigen Lächeln. »Auf mehr Arten, als du dir vorstellen kannst.«

»Eins«, stieß sie hervor.

»Und du kommst mit mir.«

»Zwei.«

Er streifte mit seinen Lippen sanft über ihren Mund. »Hast du verstanden, süße Laylah?«

»Drei.«

Nachdem sie das Wort ausgesprochen hatte, begannen die Nebel herumzuwirbeln und wurden immer schneller und schneller, als sie den Schleier zwischen den Welten lichtete. Verdammt. Sie hatte ihre Entscheidung getroffen, und kein arroganter Blutsauger würde ihr dabei im Weg stehen.

»Ich wünsche mir, an deiner Seite zu bleiben«, murmelte er und packte sie am Arm, gerade, als sie sich anschickte, durch den Schleier zu treten.

Es war ein Gefühl von klebrigen Spinnennetzen und das Kribbeln von Elektrizität, aus dem Blitzschläge wurden, als sie sich durch den Schleier zwängte. Und Schmerz. So viel Schmerz, dass sie in die Knie gehen musste, als sie durch die Nebel fielen, hinein in eine kalte Finsternis.

Der Schmerz und der Schock, dem alles umhüllenden Nebel entrissen zu werden, in Berührung mit der sehr realen Welt aus hartem Stein und feuchtkalter Luft zu kommen – dies alles raubte Laylah vorübergehend die Orientierung. Zitternd holte sie Luft.

Das war das allerletzte Mal, dass sie Passagiere auf die Reise mitnahm.

Langsam kämpfte sich Laylah durch die Schmerzen hindurch und erkannte allmählich ihre Umgebung.

Die dunklen Tunnel, die unter den Außenbezirken von London verliefen. Der schwache Geruch des Regens, der auf sie herabfiel. Der Nachhall von Tanes Flüchen, als er sich aufrappelte. Und …

Erregung.

Die durch Tanes Anwesenheit verursachte Erregung, die tief in ihrem Inneren kribbelte.

Heilige Scheiße, hatte es tatsächlich geklappt?

Hatte sie tatsächlich einen mächtigen Vampir an die Leine gelegt?

Und wenn es so war, war das dann eine gute Sache oder der größte Fehler in der Geschichte der Erde?

Laylah war sich ziemlich sicher, dass Letzteres zutraf, sie wurde aber abgelenkt durch den Anblick von Levet, der wie zu einer Statue erstarrt auf dem glatt geschliffenen Boden des Tunnels lag.

»Scheiße.« Sie hastete zu ihm und berührte den winzigen Dämon, der sich nun so hart wie Granit anfühlte. »Levet?«

»Draußen herrscht Tageslicht«, erklärte Tane und hielt den Dolch fest umklammert, während er nach etwaigen Gefahren in der Nähe witterte. »Er wird erst zur Abenddämmerung wieder erwachen.«

Gott sei Dank. Angesichts ihrer augenblicklichen Pechsträhne hatte sie schon befürchtet, das arme Ding umgebracht zu haben.

Sie nahm den Gargylen auf den Arm und richtete sich stöhnend wieder auf. Das Wesen fühlte sich tonnenschwer an. Dann beschloss sie, ihre Kontrolle über Tane zu überprüfen.

»Finde für uns einen sicheren Ort zum Ausruhen.«

Es folgte ein kurzes, gefährliches Zögern, und Laylah verkrampfte sich ängstlich. Ihr Mund fühlte sich ganz trocken an. Sie war zu geschwächt durch das Schattenwandern, um gegen Tane zu kämpfen, falls er doch nicht gebunden war.

Tatsächlich war sie ihm völlig ausgeliefert, bis sie sich ausgeruht und etwas gegessen hatte.

Das war wirklich kein besonders beruhigender Gedanke.

Auf das Schlimmste gefasst, wäre Laylah vor Erleichterung fast auf die Knie gefallen, als Tane sich spöttisch vor ihr verbeugte.

»Euer Wunsch ist mir Befehl, Herrin. Hier entlang.«

Er wandte sich um und eilte mit fließenden Bewegungen durch einen Nebengang, wobei er sich nicht die Mühe machte, darauf zu achten, ob sie ihm folgte oder nicht. Sie wollte das als Zeichen dafür deuten, dass seine Kräfte wenigstens gedämpft waren.

Stumm liefen sie durch die engen Gänge. Laylah war bewusst, dass sie ein großes Risiko einging. Wenn sie sich durch das Bedürfnis, Informationen über den Dschinn zu sammeln, nicht so verrückt gemacht hätte, wäre sie bereits wieder unter Caines Schutz, das Kind sicher in ihrer Obhut.

Stattdessen setzte sie all das aufs Spiel – und wofür?

Informationen?

Bestätigung?

In ihre Grübeleien versunken, ließ sich Laylah durch das Labyrinth aus Gängen führen. Sie bemerkte nur vage, dass sie sich von London entfernten.

Fast eine halbe Stunde später wurde sie allerdings aus ihrer gefährlichen Geistesabwesenheit gerissen. Abrupt hielt sie an, die Augen misstrauisch zusammengekniffen.

»Halt!«, ertönte ihr Kommando.

Leise knurrend fuhr Tane herum, um sie mit einem ungeduldigen Stirnrunzeln anzusehen.

»Laylah, wir haben nicht mehr viel Zeit, bis unsere Fährte unwillkommene Aufmerksamkeit erregt.«

Sie hielt seinem finsteren Blick stand. Wenn sie es geschafft haben sollte, ihn zu binden, erwies er sich jetzt schon als der schlechteste Sklave, den es je gegeben hatte.

»Ich bin weitaus eher an der Fährte interessiert, die sich bereits hier befindet«, knurrte sie. »Du hast mich zu einem Vampirversteck gebracht.«

Er zuckte ohne das geringste Anzeichen von Reue die Achseln. »Welcher Ort könnte dir noch mehr Schutz bieten?«

»Na klar, und wenn sie erfahren, dass deine Begleiterin zur Hälfte Dschinn ist, servieren sie mich zum Abendessen.«

Ohne Vorwarnung stand er direkt vor ihr, und seine Augen funkelten mit erschreckender Intensität.

»Es besteht nicht das geringste Risiko, dass ein anderer Vampir seine Fangzähne in dich gräbt«, schwor er. Seine Stimme klang hart vor männlichem Besitzanspruch. »Nicht, solange ich lebe.«

Laylah ignorierte die seltsame Erregung, die sich in Richtung ihres Beckens ausbreitete. Sie würde sich nicht wieder ablenken lassen.

»Ich lasse mich nicht in eine Falle locken.«

»Vertraue mir, meine Süße, wenn ich beschließe, dich in eine Falle zu locken, wirst du sie niemals erahnen.«

Sie knirschte mit den Zähnen. »Das ist mir keine große Hilfe.«

Er gab auf und erläuterte geduldig: »Victor ist der Clanchef Londons. Wir werden seine Genehmigung benötigen, wenn du beabsichtigst, dich mehr als einige Stunden hier aufzuhalten.«

Sie verzog das Gesicht. Das Letzte, was sie wollte, waren noch mehr Vampire. Einer war mehr als genug, vielen Dank auch.

»Was wir brauchen, ist eine Hexe, die uns ein Amulett verkauft, um unseren Geruch zu überdecken«, gab sie zurück.

Da sie eine Auseinandersetzung erwartet hatte, reagierte sie überrascht, als er nur mit den Schultern zuckte.

»Ein weiterer Grund, Victor um Hilfe zu bitten.«

»Er hat eine Hexe eingestellt?«

»Tatsächlich nahm er sich eine Hexe zur Gefährtin.«

»Wirklich?« Sie schüttelte ungläubig den Kopf. Magie war die einzige Macht, gegen die ein Vampir sich nicht wehren konnte. Vampire waren nicht einmal imstande, einen Zauber zu spüren, bis es schließlich zu spät war. Die Folge davon war, dass sie einen krankhaften Hass sowohl auf Hexen als auch auf Magier entwickelten. »Eine Hexe und ein Vampir? Ist das nicht illegal oder so?«

»Oder so«, erwiderte er trocken, indem er seine eigenen Gedanken über einen Vampir, der eine Hexe zur Gefährtin hatte, sorgsam für sich behielt, zweifellos eine kluge Sicherheitsvorkehrung. »Tatsächlich ist Juliet zur Hälfte eine Hexe und zur anderen Hälfte eine Koboldin, und sie verfügt über das seltene Talent, magische Artefakte wahrzunehmen. Wenn bei irgendjemandem ein Reserve-Tarnungsamulett herumliegt, dann bei ihr.«

»Und du hast mich nur aus diesem Grund hergebracht?«, wollte sie wissen. Sie konzentrierte sich auf den bedrohlichen Umstand, dass sie Tanes Anwesenheit ständig bei dem Versuch, ihm ihren Willen aufzuzwingen, spürte.

»Das ist die Wahrheit.«

»Ich vernahm Gerüchte, dass Victor eine kurze Begegnung mit einem Dschinn gehabt haben soll.«

Sein nachdenklicher Gesichtsausdruck ließ nicht erkennen, ob er erzwungenermaßen die Wahrheit sagte oder einfach mitspielte.

»Vor Kurzem?«

»Ich vermute, das ist eine Frage des Blickwinkels.«

Laylah zog die Augenbrauen zusammen. »Tane.«

»Vor einigen hundert Jahren.«

»Was ist passiert?«

Er verschränkte die Arme vor seiner nackten Brust, wodurch ein faszinierendes Spiel der Muskeln unter seiner goldenen Haut einsetzte.

»Diese Geschichte muss er selbst erzählen.«

Sie wandte sich von seiner überwältigenden Schönheit ab, um über ihre Möglichkeiten nachzudenken.

Beziehungsweise über den Mangel an Möglichkeiten.

Falls Victor die Informationen besaß, die sie haben wollte, hatte sie doch keine andere Wahl, als ihn um Hilfe zu bitten, oder? Selbst wenn das bedeutete, sich sozusagen in die Höhle des Löwen zu wagen.

Außerdem hatte Tane, dieser lästige Vampir, recht – mochte seine Seele in der Hölle schmoren.

Ohne Schutz würde sie bald von der Gnade jedes Dämons in London abhängig sein, der Pluspunkte bei der Kommission sammeln wollte, indem er einen abtrünnigen Mischling auslieferte.

»Und du schwörst, dass du die Vampire nicht dazu benutzt, um mein Band zu durchtrennen?«, fragte sie.

»Ich schwöre es.« Er presste eine Hand auf diese wunderschöne Brust. Laylah unterdrückte ein Stöhnen. Sie war verängstigt, erschöpft und mit Schmutz besudelt, aber heiße Erregung durchzuckte sie bei dem Gedanken, sich an der glatten Haut entlang nach unten zu küssen, zu knabbern und lecken, bis sie den Bund seiner Khakihose erreichte und den … »Laylah.«

Tanes raues Knurren ließ sie abrupt den Kopf hochreißen,

sodass sie ihm in die glühenden Augen sah. Ihre Wangen röteten sich beim Anblick seiner ausgefahrenen Fangzähne und seiner starren Miene, als er gegen seine heftige Reaktion auf ihre Erregung ankämpfte.

»Na schön, dann lass uns gehen«, murmelte sie.

Er spannte den Kiefer an. Sein Bedürfnis, seinen Urinstinken zu folgen, war fast greifbar. Dann aber nahm er sich grimmig zusammen, wirbelte herum und führte sie durch die Dunkelheit.

Laylah folgte ihm schweigend. Sie war wütend wegen ihrer anhaltenden Erregung. Nicht, dass ihr heftiges Verlangen sie schockiert hätte. Sie hatte den größten Teil ihres Lebens abgeschieden auf einer kleinen Farm im australischen Busch verbracht, bevor sie von dem Magier gefangen genommen und in Sibirien versteckt gehalten worden war. Nach ihrer Rettung durch Caine hatte sie an das Baby denken müssen. Und das bedeutete, dass sie das Leben einer Einsiedlerin geführt hatte, ganz egal, wohin sie auch reisten.

Männliche Dämonen waren da äußerst selten vorgekommen. Und diejenigen von der großen, dunklen und aufregenden Sorte waren so gut wie nicht existent gewesen.

War es da ein Wunder, dass ihre Hormone den Turbogang einlegten?

Sie hatten erst einige Kilometer hinter sich gebracht, als Tane plötzlich ganz langsam wurde und über seine Schulter blickte.

»Warte hier«, befahl er.

»Nein …«

Ohne ihr die Gelegenheit zu geben, von ihm eine Erklärung darüber zu verlangen, was eigentlich los war, verschwand Tane durch einen Nebengang und ließ Laylah allein, sodass sie frustriert schmollen konnte.

Er war ganz ehrlich der schlechteste Sklave, den es je gegeben hatte.

Tanes Instinkte waren in höchster Alarmbereitschaft, als er anhielt und darauf wartete, dass sich der in der Nähe lauernde Vampir zu erkennen gab.

Er ging ein großes Risiko ein.

Nicht nur dadurch, dass er unangekündigt das Territorium eines anderen Vampirs betrat, sondern auch, indem er Laylah zu seinen Brüdern brachte.

Victors Clan hatte keinen Grund, einen Dschinnmischling zu beschützen, aber allen Grund, diesen an die Orakel auszuliefern, und zwar so schnell wie möglich. Niemand legte sich freiwillig mit der Kommission an.

Aber ihm blieb keine andere Wahl. Laylahs Duft breitete sich in den Tunneln aus. Er musste dafür sorgen, dass sie in Victors Versteck in Sicherheit gebracht wurde. Je eher, desto besser.

Und weshalb?

Seine Lippen kräuselten sich zu einem wehmütigen Lächeln.

Er hätte gerne behauptet, es liege daran, dass sie ihn mit ihrer Magie gebunden habe. Schließlich war es deutlich weniger beunruhigend zu glauben, dass die ständige Erregung, die an ihm nagte, ein Zauber sei, als etwas weitaus Gefährlicheres.

Stattdessen schob er seine Weigerung, seine Pflicht zu tun, auf den wachsenden Verdacht, dass es Mächte um Laylah und ihren mysteriösen Säugling gab, die womöglich die Zukunft bestimmen würden.

Eine eiskalte Brise umwehte ihn, als sich ihm ein Vampir von beträchtlicher Größe näherte. Mit einer langsamen, vorsichtigen Bewegung steckte er den Dolch in den Bund seiner Khakihose und hob beschwichtigend seine Hände.

»Uriel?«, fragte er leise. Er war Victors Stellvertreter vor beinahe drei Jahrhunderten bereits begegnet.

Wie aufs Stichwort kam ein großer Vampir mit großen braunen Augen und mit einem Heiligenschein aus braunen Locken zum Vorschein.

Ein zynisches Lächeln bildete sich auf Tanes Lippen, als er die scheinbar unschuldige Jugend, die Uriel in seiner ausgebleichten Jeanshose und seinem lässigen T-Shirt ausstrahlte, wahrnahm. Sein trügerisches engelhaftes Aussehen hatte schon so manchem seiner Feinde den Untergang beschert. Tane war nie so dumm gewesen, auf diesen äußerlichen Schein hereinzufallen.

Obgleich …

Er runzelte die Stirn, als ihm bewusst wurde, dass die Macht des jüngeren Vampirs sich seit ihrer letzten Begegnung deutlich vermehrt hatte.

Eigenartig. Normalerweise erreichte ein Vampir nur wenige Jahre nach seiner Verwandlung bereits sein volles Machtpotenzial. Noch nie hatte er davon gehört, dass ein Vampir Jahrhunderte, nachdem er der Findlingsphase entwachsen war, an Macht gewonnen hätte.

Es war ein Rätsel, doch ihm blieb nicht ausreichend Zeit, um länger darüber nachzugrübeln.

Nicht, wenn Uriel ein Schwert liebkoste, mit dem man einem Troll den Kopf hätte abtrennen können.

»Wir erhielten keine Warnung, dass der Charon nach London reisen würde«, sagte Uriel. Sein nüchterner Tonfall verhehlte nicht, dass ihn Tanes Anwesenheit verstimmte.

Tane zuckte die Achseln. Er war an den kühlen Empfang gewöhnt.

Entweder fürchteten ihn seine Brüder, oder sie verabscheuten ihn.

Keiner von ihnen wollte sein Freund sein.

»Ich bin nicht in meiner offiziellen Funktion hier.«

Uriel wirkte beunruhigt. »Ihr macht hier Urlaub?«

»Eigentlich nicht. Ich muss mit Victor sprechen.« Tane spürte seinen Sinnen nach. Er zog die Augenbrauen zusammen, als ihm verspätet bewusst wurde, dass er inzwischen hätte in der Lage sein müssen, Victors Machtsignatur wahrzunehmen. Im Gegensatz zu Viper, dem Chicagoer Clanchef, war der Anführer aus London niemals subtil. Seine Präsenz wirkte wie ein Vorschlaghammer. »Er hält sich nicht in London auf«, murmelte Uriel geistesabwesend. »Er ist in den Norden gereist.«

Uriels Finger zuckten am Griff seines Schwertes, als Tane unbewusst sein Talent demonstrierte.

Er war ein Charon, der seine Opfer mit unfehlbarem Geschick finden konnte.

»Victor war gezwungen, nach Dublin zu reisen, um sich mit Lansbury zu treffen, dem gegenwärtigen Fürsten der Elfen«, gestand er widerstrebend.

»Gibt es Schwierigkeiten?«

»Im Feenvolk wird gemunkelt, dass Sylvermyst gesichtet worden seien.«

»Unmöglich.« Tane widerstrebte dieser abscheuliche Gedanke aufs Äußerste. Bei den Sylvermyst handelte es sich um entfernte Verwandte des Feenvolkes mit einer Vorliebe für das Böse, gegen die Vampire im Vergleich wie Pfadfinder wirkten. »Sie wurden vor Jahrhunderten verbannt, gemeinsam mit dem Fürsten der Finsternis.«

»Ebenso wie zahlreiche andere Kreaturen, denen es gelang, im Laufe des vergangenen Jahres ungebeten in Erscheinung zu treten«, meinte Uriel trocken.

Tane zog eine Grimasse. »Das ist nur zu wahr.«

Mit einer plötzlichen Bewegung ließ Uriel das Schwert über

seinem Kopf kreisen und steckte es in eine Lederscheide, die er auf seinen Rücken geschnallt hatte.

»Weshalb seid Ihr hier, Tane?«

Tane lächelte, durch den schroffen Vorstoß seines Gegenübers mehr amüsiert als gekränkt.

»Offenkundig stellte Victor Euch nicht wegen Eures diplomatischen Geschicks ein.«

»Er stellte mich ein, damit ich den Frieden wahre.« Uriel spannte die Kiefermuskeln an. »Diese Aufgabe zu erfüllen war in letzter Zeit schwierig genug, auch ohne dass ein Charon auftauchte.«

Tane zog eine Augenbraue in die Höhe. Er verstand Uriels Notlage. Die wachsende Unruhe überall in der Dämonenwelt war für alle eine verzwickte Angelegenheit. Doch er war aus einem bestimmten Grund hier, und niemand würde sich ihm in den Weg stellen.

»Versucht Ihr damit anzudeuten, dass ich nicht willkommen bin?«

»Dass Ihr hier seid, bedeutet, dass noch mehr Öl ins Feuer gegossen wird.«

»Es ist nicht meine Schuld, dass Ihr nicht imstande seid, Eure Leute zu kontrollieren«, spottete Tane.

»Leute?«

»Speichellecker, Lakaien, Schmeichler …«

Uriel schnaubte ungeduldig. »Unsere Speichellecker sind nicht die Einzigen, die unruhig sind. Es fühlt sich an, als säße die ganze Welt auf einem Pulverfass. Eure Ankunft …« Uriel verstummte und riss schockiert die Augen auf. »Was zum Teufel … Ist das eine Dschinn? Und ein Gargyle?« Er warf einen Blick über Tanes Schulter hinweg. »Verdammt, hegt Ihr einen Todeswunsch? Victor wird Euch töten.«

»Das haben bereits viele versucht.« Tane trat auf Uriel zu. Er hatte genug von dem höflichen Geplauder. Immerhin musste er Laylah unbedingt in Sicherheit bringen. »Ich ersuche Euch um Asyl. Kommt Ihr meinem Wunsch nach?«

»Als hätte ich eine andere Wahl«, murmelte Uriel. »Styx hat befohlen, dass seinen Charons alles gegeben wird, worum sie bitten. Das ist ein recht beachtlicher Trumpf, den Ihr da ausspielen könnt.«

Tane öffnete die Lippen, um seine Fangzähne aufblitzen zu lassen. »Ich habe noch größere.«

»Schön«, räumte der jüngere Vampir widerstrebend ein. »Ihr könnt in den Kerkern wohnen.«

»Uriel …«

»Lasst mich ausreden.«

Tane kniff die Augen zusammen. »Redet schnell.«

»Ich sagte bereits: Es gibt Unruhen unter den Einheimischen, und es ist meine Pflicht, dafür zu sorgen, dass nicht vollkommenes Chaos ausbricht«, betonte Uriel. »Die Kerker sind in Illusionen gehüllt und durch Zauber geschützt. So sollte Eure Anwesenheit in London verborgen bleiben, zumindest, bis Victor zurückkehrt.«

»Und es ist außerdem ein effektives Mittel, um mich in eine Zelle zu sperren, aus der ich nicht mehr entkommen kann.«

Uriels schneidendes Gelächter hallte durch den engen Gang. »Und den Zorn unseres Anasso heraufzubeschwören?«

Tane ließ seine Macht durch die Luft peitschen. »Styx' Zorn wäre dann die geringste Eurer Sorgen.«

»Zum Teufel, ich habe verstanden.« Uriel hob eine Hand. »Vertraut mir.«

Tane unterdrückte seine erste Reaktion und zwang sich, den Vorschlag zu überdenken. Er befürchtete in Wirklichkeit nicht, dass Uriel versuchen würde, einen Charon in die Falle zu locken. Trotz der tätlichen Auseinandersetzung in der Höhle wäre kaum ein Vampir so dumm, etwas Derartiges zu tun. Und die Kerker würden Laylah den Schutz bieten, den sie so dringend benötigte.

Vorerst konnte er seinen enormen Stolz unterdrücken.

»Ich vermute, sie böten uns einen zeitweiligen Schutz. Gibt es dort Gefangene?«

»Im Augenblick nicht.«

Tane nickte. Er hatte seine Entscheidung getroffen. »Ich will einen Raum mit angemessenen Annehmlichkeiten.«

»Selbstverständlich.«

Urplötzlich bildete sich ein Lächeln um Tanes Mundwinkel. »Und Abgeschiedenheit.«

»Abgeschiedenheit?«

»Dicke Mauern, zweckmäßige Ketten an der Wand – schalldichte Abgeschiedenheit.«

Uriels Miene war nicht zu entziffern. »Ich nehme an, Ihr werdet den Raum mit der Dschinn teilen?«

Oh, er hegte die Absicht, mehr als nur den Raum mit der Dschinn zu teilen.

Er litt unter dem primitiven Bedürfnis, Anspruch auf Laylah zu erheben, seit ihn in den Tunneln ihr Duft betört hatte. Nun drohte sein überwältigender Drang, alles andere unter sich zu begraben, einschließlich seines Selbsterhaltungstriebes.

Er musste sie in seinem Bett haben.

Und zwar bald.

»Das werde ich.«

»Und der Gargyle?«, erkundigte sich Uriel.

Tane zuckte die Achseln. Laylah würde nicht länger das Kindermädchen für den lästigen kleinen Dämon spielen. Selbst wenn sie noch nichts davon wusste.

»Das ist Eure Entscheidung, obgleich ich eindeutig für das Flussbett der Themse plädiere.«

Uriel erschauerte. »Weshalb habe ich die hässliche Vermutung, dass ich diesen Gargylen kenne?«

Laylah blickte unbehaglich über ihre Schulter hinweg und verfluchte Tane dafür, dass er sie in den feuchtkalten Tunneln zurückgelassen hatte.

Mit jeder Sekunde, die verging, breitete sich ihr Geruch weiter in London aus und zog Dämonen an wie ein Zielfunkfeuer. Dieses Wissen machte sie nervös. Als beobachte sie ein Paar Augen aus der Finsternis.

Und als sei das noch nicht schlimm genug, fingen ihre Arme unter dem Gewicht des bewusstlosen Levet allmählich an zu schmerzen.

Es fühlte sich an, als schleppe sie einen Zementlaster.

Zum Glück sah sie, wie Tane in Begleitung eines großen Vampirs mit dem Gesicht eines Engels aus einem Nebengang trat, gerade als sie begonnen hatte, über die Möglichkeit nachzudenken, sich selbst Schutz zu suchen.

»Laylah, dies ist Uriel.« Tane trat neben sie. »Victors Stellvertreter.«

Uriel hielt den Blick von ihr abgewandt, als könne er es nicht ertragen, in ihre Richtung zu blicken.

»Ich habe für Eure Abgeschiedenheit gesorgt.«

Sie runzelte verwirrt die Stirn. »Abgeschiedenheit?«

Ohne Vorwarnung griff Tane nach dem schlafenden Gargylen und hielt ihn dem widerstrebenden anderen Vampir hin.

»Hier.«

Laylah beobachtete irritiert, wie Uriel ihn an einem verkümmerten Horn packte und den Gargylen an seiner Seite herunterhängen ließ.

»Was macht ihr mit Levet?«

»Er ist ein alter Freund von Uriel«, versicherte Tane ihr. »Die beiden haben eine Menge zu besprechen.«

Uriel warf Tane einen Blick zu, der ihn glatt hätte töten können.

»Ihr steht in meiner Schuld, Charon.«

Nachdem er seine Warnung ausgesprochen hatte, verschwand der andere Vampir durch den gegenüberliegenden Gang, während Tane Laylah durch den Tunnel führte, aus dem er soeben aufgetaucht war.

»Was ist hier los?«

»Ich habe einen sicheren Zufluchtsort ausgehandelt, wie du es von mir verlangt hast«, erklärte Tane und hielt an, um eine schwere Bleitür zu öffnen, die ihnen den Durchgang versperrte.

Laylah verzog das Gesicht und betrat den riesigen Kerker, in dem sich eine Reihe von Zellen befand, die mit Eisen verkleidet waren.

»Hier?«

Er nahm ihre Hand, um sie an den Zellen vorbeizuführen. »Hast du etwa das Ritz erwartet?«

»Natürlich nicht.« Sie zitterte. Niemals hätte sie zugegeben, dass dieser Kerker sie unmittelbar an die albtraumhaften Monate erinnerte, die sie als Gefangene des Magiers verbracht hatte.

Eine kluge Dämonin protzte nicht mit Kindheitstraumata vor sündhaft attraktiven Vampiren. Immerhin waren Vampire Meister in Sachen emotionale Manipulation.

Außerdem hasste sie es, Schwäche zu zeigen.

Als sie schließlich die andere Seite des Kerkers erreicht hatten, öffnete Tane die Tür und trat beiseite, sodass sie eintreten konnte.

Misstrauisch betrat sie den Raum und war erleichtert zu entdecken, dass jemand sich einige Mühe gegeben hatte, um ihn mit ein paar Annehmlichkeiten auszustatten.

Da gab es ein breites Bett mit einer handgenähten Patchworkdecke und zwei Ohrensessel, die neben einem Backstein-kamin standen. Es gab sogar ein Bücherregal mit in Leder ge-bundenen Büchern, die die Regalbretter füllten.

Es war ein Raum, der entweder von einem Wachtposten genutzt wurde, oder er war bestimmt für …

Eheliche Besuche.

Erregung ergriff sie. Süße, verräterische Erregung, die in ihr die Sehnsucht weckte zu vergessen, dass sie sich in einem feuchtkalten Kerker befand, zusammen mit einem Vampir, der sie in den Tod schicken würde, sobald er ihr entkam.

Sie wandte sich langsam um und stellte fest, dass Tane die schwere Tür geschlossen hatte und sich mit einer Nonchalance dagegenlehnte, die ihrer bis zur Verkrampfung angespannten Muskeln spottete. Sie rang nach Luft.

Er war einfach wunderschön. Von dem rabenschwarzen Satin seiner Haare über die nackte Brust und den flachen Bauch, auf denen sein Muskelspiel zu erkennen war, bis hin zu seinen lan-gen, kräftigen Beinen strahlte er männliche Stärke aus.

Und Sex.

Er strahlte jede Menge Sex aus.

Laylahs Magen zog sich zusammen, als sein honigfarbener, anerkennender Blick langsam an ihrem angespannten Körper entlang nach unten glitt und auf ihren Brustwarzen verweilte, die langsam steif wurden und unter ihrem T-Shirt deutlich zu erkennen waren.

Götter. Sie wollte ihn aufs Bett werfen und sich an diesem harten, goldenen Körper reiben, bis er sich auf sie legte und sie mit wilder Begierde nahm.

Tane, der sich der in ihr aufwallenden Erregung sehr deutlich bewusst war, stieß sich von der Tür ab. Dabei bewegte er sich wie eine Raubkatze, die die Fährte ihrer Beute aufgenommen hat.

Laylah wich instinktiv zurück. Ihr Mund war trocken, und ihr Herz pochte heftig in ihrer Brust.

»Bist du ...«

»Ja?«, fragte Tane nach, als sie zögerte.

»Hast du Räumlichkeiten in der Nähe?«

Mit flüssiger Anmut warf er den Dolch auf den Boden neben dem Bett. Dann öffnete er einen Knopf und ließ die Khakishorts zu Boden fallen, um seine männliche Pracht zu enthüllen, die bereits voll erigiert war und begierig, sie zu befriedigen.

»So könnte man sagen.«

Ein Gefühl der Hitze durchströmte Laylahs Adern und sammelte sich in ihrer Magengrube. Sie besaß erbärmlich wenig Erfahrung, wenn es um Männer ging, aber sie war sich ziemlich sicher, dass Tane genau wusste, was er mit diesem wundervollen Instrument anfangen musste.

Und wie er eine Frau dazu brachte, um mehr zu betteln.

»Was machst du?«

Er lächelte und zeigte dabei die voll ausgefahrenen Fangzähne, die in der Dunkelheit glänzten.

»Ich ziehe mir etwas Bequemeres an.«

Etwas Bequemeres? Die Gefühle, die auf Laylah einstürmten, waren alles andere als bequem.

Ihre Haut prickelte, ihre Brüste waren schwer und ihre Nippel so erregt, dass sie schmerzten. Und zwischen ihren Beinen gab es eine schmerzhafte Lücke, die danach verlangte, gefüllt zu werden.

Sie unterdrückte ein Stöhnen.

Es war eine verdammte Schande, dass er ihr Feind war.

Ansonsten ...

Ansonsten läge er auf diesem Bett, und sie würde sich Dutzende Fantasien erfüllen.

»Also, geh und führe den Striptease in deinen eigenen Räumlichkeiten auf«, murmelte sie.

»Welchen Sinn hätte ein Striptease, wenn es keinen Zuschauer gäbe, der ihn genösse?«, fragte er langsam. Unvermittelt hob er sie auf seine Arme und lächelte auf sie herab. »Abgesehen davon habe ich immer noch die Absicht, mir meinen Wunsch erfüllen zu lassen.«

KAPITEL 6

*T*ane ließ seine Hände an Laylahs Rücken entlang nach unten gleiten und genoss den schweren Duft ihrer Erregung, der würzig in der Luft lag.

Mochte sich Laylah auch beschweren und ihn wütend anfunkeln, so viel sie nur wollte, die Wahrheit konnte sie nicht verhehlen. Sie begehrte ihn mit einer Wildheit, die stärker war als sie selbst.

»Was hast du gesagt?«, wollte sie wissen. Ihre atemlose Stimme rang Tane ein Lächeln ab. Er war ein Vampir und für seine sexuelle Leistungsfähigkeit berühmt, doch dieser Dämonin gelang es, ihn zu verunsichern, als wäre er ein Grünschnabel. »Ich habe dich aus den Nebeln geholt.«

Er senkte den Kopf, um seine Sinne von ihrem frischen Regenduft erfüllen zu lassen.

»Aber mein Wunsch war ein anderer.«

Sie erzitterte. »Du …«

»Ich wünschte mir, an deiner Seite zu sein.«

»Tane.« Er brachte sie erneut zum Erzittern, als er die Stelle an ihrer Halsbeuge fand, die ihren Puls zum Hämmern brachte und sie schwer atmen ließ. »Ich befehle dir, deine Räumlichkeiten aufzusuchen.«

»Dein Wunsch ist mir Befehl«, murmelte er und nahm sie auf die Arme, um sie auf das nahe gelegene Bett zu legen.

Ihre Augen weiteten sich, als er sich neben ihr darauf ausstreckte.

»Warum verschwindest du nicht?«

»Es könnte daran liegen, dass *dies* meine Räumlichkeiten sind.« Er zeichnete auf ihrem T-Shirt mit dem Finger die Umrisse ihrer steifen Brustwarze nach. »Aber am ehesten liegt es wohl daran, dass du in Wahrheit gar nicht willst, dass ich verschwinde.«

»Arroganter Arsch«, stieß sie heiser hervor, obwohl sich ihm ihr Körper gleichzeitig einladend entgegenwölbte.

Er lachte leise auf und badete sein Gesicht in der Hitze, die ihre Kehle ausstrahlte.

»Störrischer Mischling.«

Hunger ergriff ihn, sein Penis zuckte schmerzhaft. Er konnte das süße Blut riechen, das unter der seidigen Hitze ihrer Haut floss. Es trieb ihn förmlich in den Wahnsinn.

Während Tane in seiner uralten Sprache verführerische Worte murmelte, packte er unvermittelt ihr T-Shirt am Ausschnitt und riss es ihr mit einem Ruck vom Körper.

Sie öffnete die Lippen, um zu protestieren, aber noch bevor sie ihn scharfzüngig tadeln konnte, ließ er einen kleinen Teil seiner Macht los, als seine Finger die sanfte Wölbung ihrer Brust umfassten.

Sie keuchte und bäumte sich auf, hilflos vor Lust, die schönen Augen schockiert geweitet.

»Was zum Teufel war das?«, flüsterte sie.

Tane lächelte. Er verfügte über mehrere besondere Talente. Sein ungeheures Jagdgeschick. Seine rohe Stärke. Seine Gerissenheit. Und die seltene Gabe, seine Kraft zu sammeln, bis sie am Gipfel des Vergnügens seine Gespielin durchzuckte.

Er verlagerte sein Gewicht auf ihrem Körper und fuhr mit der Zunge an der sinnlichen Wölbung ihrer Lippen entlang.

»Meine Talente erstrecken sich nicht nur auf das Töten, meine Süße.«

»Oh.«

Sie schloss zitternd die Augen, als er ihre Lippen mit einem rücksichtslos besitzergreifenden Kuss zermalmte. Tane stöhnte, als er ihr süßes Feuer schmeckte. Seltsamerweise bedauerte er es, dass sie sich in einem feuchtkalten Kerker befanden, statt von dem eleganten Luxus umgeben zu sein, den Laylah verdiente.

Sie sollte sich eigentlich auf Satinlaken ausstrecken, mit samtenen Kissen unter ihrem Kopf und Champagner, der über diese herrliche Elfenbeinhaut perlte.

Später, versprach er sich insgeheim selbst, die Tatsache ignorierend, dass die einzigen Pläne, die er eigentlich für die Zukunft machen sollte, darin bestanden, die abtrünnige Frau an die Kommission auszuliefern.

Er war ein Vampir, der begehrte.

Er sollte nicht klar denken können.

Tane plünderte Laylas geöffnete Lippen immer und immer wieder und reizte mit seinem Daumenballen ihren Nippel, während er seinen Penis gegen ihre schlanke Hüfte presste.

»Noch einmal?«, fragte er leise.

Sie erzitterte erwartungsvoll. »Ja.«

Sorgfältig setzte er erneut einen Teil seiner Macht frei und bedeckte ihren Mund mit einem wilden Kuss. Leidenschaftlich schrie sie auf. Er knurrte warnend, als sie sich unter ihm wand und sich dabei an seiner Erektion rieb. Damit drohte eine Beschleunigung, mit der er nicht gerechnet hatte.

»Laylah …«

Mit einiger Mühe ließ er seinen Kuss sanfter werden und seine Hände über den Schwung ihrer Taille und Hüfte gleiten. Seine Finger gruben sich in ihr weiches Fleisch und versuchten, sie zum Stillhalten zu bewegen. Verdammt. Wer hätte gedacht, dass nach so vielen Jahrhunderten ein winziger Mischling ihn schwach werden zu lassen drohte?

Seine Lippen glitten über ihre Wange und kosteten langsam und anerkennend ihre samtene Haut. Seine Zunge zeichnete die Kontur ihres Ohres nach und liebkoste ihr Ohrläppchen, bevor sie die winzige Mulde darunter fand. Es fühlte sich perfekt an, wie Laylah in seinen Armen lag. Sie war schlank, verfügte aber über eine verborgene Stärke, die ihn vor Erwartung schmerzhaft pochen ließ.

Er konnte sich bereits vorstellen, wie sie die Beine um seinen Körper schlang und ihn gefangen hielt, während er tief in ihren willigen Körper eindrang und ihnen beiden den Himmel auf Erden bereitete.

Seine Fangzähne glitten über ihre Schulter und erinnerten ihn deutlich daran, dass er mehr als einen sehnsüchtigen Hunger stillen musste.

Noch nicht, riet ihm eine innere Stimme.

Während des Geschlechtsaktes zu trinken, bedeutete eine Intimität, die absolutes Vertrauen erforderte.

Und daran mangelte es bedauerlicherweise, zumindest was Laylah betraf.

Stöhnend widerstand er dem Drang, mit den Fangzähnen in die seidige Haut einzudringen, und verlagerte stattdessen seine Position, um eine von Laylahs steifen Brustwarzen zwischen seine Lippen zu saugen. Er benutzte seine Zunge, um Laylah dazu zu bringen, sich zu winden und zu stöhnen, während ihre Leidenschaft aufloderte.

Irgendwann würde er auch den süßen Geschmack ihres Blutes auf seiner Zunge spüren.

Bis dahin konnte er zumindest *ein* Verlangen stillen.

Während er mit der Zungenspitze die feste Knospe ihres Nippels umkreiste, lockerte Tane seinen Griff um ihre Hüfte und strich mit den Fingern über ihren Oberschenkel. Er erschauerte, als sie bereitwillig die Beine spreizte und ihm ganz Zugang gewährte. Sie war schon feucht, ja nass, und mehr als bereit für ihn.

Den Göttern sei Dank.

Als er kurz davor war, sie auf den Rücken zu drehen, um sie zu besteigen, hielt Tane überrascht inne. Er wurde nach hinten gestoßen und Laylah setzte sich mit gespreizten Beinen auf ihn.

»Verdammt«, murmelte sie. Ihr Stachelhaar umrahmte wie ein flammend roter Heiligenschein ihr schönes Gesicht, und in ihren Augen loderte wildes Verlangen. »Lass es uns tun.«

Mit zusammengekniffenen Augen musterte er ihre geröteten Wangen.

Sein Körper schrie angesichts ihrer verführerischen Ungeduld geradezu zustimmend auf, nur selten wohnte er so forschen Frauen bei. Der Anblick von Laylah, die nackt auf ihm saß, ihre festen Brüste in direkter Reichweite seines Mundes und die Öffnung ihres Körpers auf verlockende Weise gegen seinen voll erigierten Penis gepresst, reichte aus, um ihn die Zähne zusammenbeißen zu lassen, um den drohend näher rückenden Höhepunkt hinauszuzögern.

Nur eine winzige Bewegung, und dies wäre augenblicklich vorüber.

»Sachte, meine Süße«, beschwor er sie sanft und packte ihren Hintern, als sie sich über ihm wand.

»Sachte?« Sie funkelte ihn an. »Weißt du eigentlich, wie lange es bei mir her ist?«

Tane runzelte die Stirn. Irgendetwas Primitives und Besitzergreifendes regte sich tief in seinem Inneren. Dieses Gefühl war ihm fremd, aber etwas in ihm sträubte sich heftig gegen die Vorstellung, dass irgendeine andere Hand als die seine diese Frau berührte.

»Die Wolfstöle?«, verlangte er zu wissen. Er hatte die Absicht gehabt, Caine Salvatore zu überlassen, sodass dieser ihn töten konnte, aber wenn er Laylah berührt hatte, würde er diesen Bastard selbst aussaugen.

»Er ist als Komplize geeignet, nicht aber als Bettgenosse.« Sie erbebte, und ihr Atem ging keuchend. »Gott, ich … sehne mich nach dir.«

Er umfasste ihre Hüften fester. »Warte.«

Sie runzelte ungeduldig die Stirn. »Was ist?«

»Du begehrst mich doch nicht nur deshalb, weil du eine Trockenperiode hinter dir hast.«

»Was ist los, Tane?«, spottete sie. »Habe ich dein zerbrechliches Ego verletzt?«

»Du solltest mich nicht herausfordern, süße Laylah«, knurrte er warnend.

»Oder was?«

Langsam begann ein Lächeln seine Lippen zu umspielen. »Ich versprach dir bereits, ich würde dich dazu bringen, mich anzuflehen.«

»Nicht mal in deinen wildesten … oh … oh …« Ihr Kopf fiel ihr in den Nacken, und sie kniff die Augen fest zusammen, als er sie schlagartig seine Kraft spüren ließ. Sie grub die Fingernägel in seine Brust, und der winzige Schmerz ließ seine Hüften vor Lust mit einem Ruck nach oben zucken. »Verdammt«, murmelte sie. »Das ist nicht fair.«

Tane umfasste ihre Hüften mit festem Griff und ließ sie über seine harte, lange Erektion gleiten. Er fauchte bei der intensiven Empfindung.

»Aber es gefällt dir«, meinte er und fuhr mit der Hand an der Wölbung ihrer Hüfte entlang nach oben, um ihre Brust zu umfassen.

»Das habe ich nicht gesagt.«

Sein Lächeln wurde breiter, als ihr sanftes Aufseufzen als Bestätigung seiner Worte zu vernehmen war.

»Dein Luststöhnen hat dich verraten.«

Sie holte tief Luft und öffnete die Augen, wobei sich ein gefährliches Funkeln in den dunklen Tiefen zeigte.

»Ach ja? Na ja, vielleicht sollten wir rausfinden, was du so magst.«

Bevor er ihre Absicht erraten konnte, beugte sie sich vor und rieb ihre Brüste absichtlich an seinem Brustkorb, bevor sie ihren Mund über seine Lippen gleiten ließ.

Diese Liebkosung war leicht wie eine Feder, aber Tane zuckte zusammen wie nach einem Stromschlag. Es lag an dieser Frau. Ihre Berührungen, ihr Duft, ihre leisen, lustvollen Laute. All das zusammen bewirkte, dass seine Lust ins Uferlose wuchs.

Ebenso sanft teilte sie seine Lippen mit ihrer Zunge und ließ sie über seinen riesigen Fangzahn gleiten. Er stöhnte und fragte sich, ob sie wusste, was zum Teufel sie ihm damit antat.

»Gib Acht, dass du nicht etwas beginnst, das zu beenden du nicht bereit bist«, stieß er heiser hervor.

»Ich sorge dafür, dass du bereit bist.« Sie lachte und verteilte Küsse auf sein angespanntes Gesicht. Und dann arbeitete sie sich, boshaft seine zusammengebrochene Selbstbeherrschung missachtend, an seiner Brust entlang schamlos immer weiter nach unten vor.

Seine Hände umklammerten das Laken, auf dem er lag, als sie ihn mit zartem Beißen und Knabbern folterte. Sie berührte ihn überall, nur nicht an der Stelle, die sich am meisten nach ihrer Berührung sehnte.

Diese Sadistin.

Er hob seinen Kopf vom Kissen und starrte auf seine Peinigerin. Die Protestrufe erstarben ihm auf den Lippen, als er ihr wunderschönes Gesicht erblickte, das einen völlig konzentrierten Ausdruck trug, als sie in ihrer selbst gewählten Aufgabe aufging, und ihr leuchtendes Haar, das wie Feuer loderte.

Allein dieser Anblick reichte beinahe aus, um ihn zum Höhepunkt kommen zu lassen.

Dann lugte ihre winzige Zunge hervor, und sie leckte ihn von der Wurzel bis zur Spitze.

Tane brüllte vor Lust und grub die Finger in ihr Haar, als sie die Lippen öffnete und um seine Eichel schloss. Ihre Zunge tat Dinge mit ihm, die ihn weitaus wirkungsvoller zu versklaven drohten als ihre Dschinnmagie.

Ganz offensichtlich mit dem Vorsatz, ihn zu bestrafen, erkundete sie ihn mit ihren Lippen und ihrer Zunge. Ihre Liebkosungen bedeuteten eine langsame, ausgiebige Peinigung für ihn.

Er stöhnte, und schließlich packte er Laylah an den Schultern und zog sie an seinem Körper entlang nach oben.

»Wenn du mich noch bereiter machst, wird unser Vergnügen vorüber sein, noch bevor es begonnen hat«, murmelte er.

Sie blickte zu ihm herunter, und ein selbstgefälliger Anflug von Belustigung schimmerte in ihren dunklen Augen, als sie sich mit gespreizten Beinen auf seinen Hüften niederließ.

»Was ist mit dem berühmten Durchhaltevermögen der Vampire? Ich nehme an, es wäre zu schön, um wahr zu sein?«

Seine Raubtierinstinkte regten sich heftig. Das war eine direkte Herausforderung.

Mit einer Bewegung, die zu schnell war, als dass sie sie hätte vorhersehen können, drehte sich Tane herum, sodass Laylahs schlanker Körper unter dem seinen gefangen war. Sie stemmte die Hände gegen seinen Brustkorb und hatte die Augen weit aufgerissen.

»Du willst Durchhaltevermögen?« Tane ließ seine Lippen über ihren störrischen Kiefer gleiten und schabte mit seinen Fangzähnen an ihrem Hals entlang. Er lächelte, als sie darauf mit einem Schauder der Erregung reagierte. »Ich kann dir mehr Durchhaltevermögen geben, als du jemals brauchen wirst.«

»Tane …«

Sie unterbrach sich mit einem Seufzer, als sich seine Lippen um ihre Brustwarze schlossen und seine Zunge den steifen Nippel neckte, bevor sie nach unten glitt, auf den Mittelpunkt ihres Körpers zu. Er hielt inne, um die Zunge in ihren Bauchnabel gleiten zu lassen. Dann machte er es sich zwischen ihren gespreizten Beinen bequem, um das köstlichste Festmahl zu genießen.

Den Duft ihrer Erregung genießend, knabberte Tane an der Innenseite von Laylahs Oberschenkel, und ein Lächeln kräuselte seine Lippen, als ihr leises Wimmern den Raum erfüllte.

Ganz vorsichtig und bedächtig drehte er den Kopf, um seine Zunge sanft in die wartende Hitze ihres Körpers gleiten zu lassen. Er ließ sie durch den süßen Honig gleiten, erst einmal, dann noch einmal, die Hände gegen ihre Beine gepresst, als sie den Körper vor intensiver Lust wölbte. Kaum hatte Tane die winzige Perle gefunden, nach der er gesucht hatte, da hatte Laylah bereits nach unten gegriffen, um ihn an seinem Irokesenschnitt zu packen, und versuchte, ihn nach oben zu ziehen.

»Bitte …«

Tane hegte die feste Absicht, Laylah leiden zu lassen, wie sie ihn hatte leiden lassen, doch sein Penis stand kurz davor zu explodieren und drohte ihn in Verlegenheit zu bringen.

Er erhob sich und betrachtete die Frau genau, die unter ihm ausgestreckt dalag, die Augen dunkel vor Leidenschaft und die Lippen erwartungsvoll geöffnet. Sein Blick glitt an ihrer perfekten, elfenbeinfarbenen Gestalt entlang nach unten, über ihre Brüste mit den rosafarbenen Spitzen und ihre leicht ausgestellten Hüften.

Ein atemberaubend schönes Wesen.

Das ihm gehörte.

Nur ihm allein.

»Dein Wunsch ist mir Befehl«, schwor er leise und ließ seine Hände unter ihre Beine gleiten, um sie nach oben zu kippen.

Ihre Blicke verschmolzen miteinander, als er mit einem einzigen ruhigen Stoß in ihre einladende Hitze glitt.

Tane erstarrte, als ihn eine überwältigende Ekstase durchzuckte, gepaart mit einem Gefühl der … absoluten Stimmigkeit.

Allmächtiger Gott. Er hätte schwören können, dass er alles wusste, was es über Sex zu wissen gab.

Die Frauen, denen er bisher beigewohnt hatte, waren für einige Stunden unterhaltsame Gespielinnen gewesen, und er hatte alles in seiner beträchtlichen Macht Stehende getan, um dafür zu sorgen, dass beide auf ihre Kosten kamen.

Aber dies …

Dies berührte ihn an gefährlichen Stellen. Stellen, die er seit der Nacht des furchtbaren Blutbades bewusst ausgeblendet hatte.

Die gefährlichen Gefühle ignorierend, stöhnte Tane leise, als er seine Hüften zurückzog, um dann langsam erneut in Laylahs engen Tunnel einzudringen. Seine Hände umfassten ihren Hintern, und er beobachtete, wie sich ihre dunklen Wimpern senkten und sich ihre Zähne in ihre Unterlippe gruben, als er wieder in ihren Körper eindrang.

Magie. Es gab kein anderes Wort für die Empfindung, die seinen Körper durchströmte.

Reine Laylah-Magie.

Er erhöhte sein bedächtiges Tempo allmählich, als ihre Hüften nach oben kippten, um seinen Stößen zu begegnen, und sein anfänglicher Wunsch, dies die ganze Nacht andauern zu lassen, wurde durch die Verheißung des Paradieses aufgehoben.

Laylah reckte die Arme über den Kopf, und ihr leises Keuchen war so schön wie Musik, als sie ihren Höhepunkt erlebte.

Seine Fangzähne schmerzten, als er den wellenförmigen Druck auf seinen Penis spürte, und der Drang, mit seinem Biss Anspruch auf sie zu erheben, war beinahe überwältigend.

Und dann erfasste ihn sein eigener Orgasmus und ließ ihn alles vergessen bis auf den erschütternden Genuss.

Man ließ sie bis zum folgenden Abend im Kerker warten.

Tane protestierte nicht dagegen.

Er war leichtsinnigerweise zufrieden, sich die winzige Zelle mit seinem wunderschönen Mischling zu teilen.

Diese Einstellung hätte einen Sinn ergeben, wenn er die vergangenen Stunden damit verbracht hätte, seine anhaltende Lust zu befriedigen. Welcher Vampir hätte nicht mehrere Stunden ununterbrochenen Liebesspiels genossen?

Insbesondere, wenn es sich um überwältigenden Sex handelte, den besten aller Zeiten.

Stattdessen hatte Tane Laylah fest im Arm gehalten, als sie in einen tiefen Schlaf gefallen war, vollkommen erschöpft durch die Ereignisse der vergangenen Tage.

Stunde um Stunde hatte er über ihr gewacht und sich geweigert, es irgendjemandem, einschließlich Uriel, zu gestatten, den Kerker zu betreten, um sie nicht zu stören.

Der Abend brach an, als er spürte, dass Laylah sich zu regen begann. Ihm wurde klar, dass seine Anwesenheit sie möglicherweise in Verlegenheit bringen würde. Also verließ er die Zelle, damit sie genügend Intimsphäre hatte, um Jeans und T-Shirt anzuziehen, die Uriel ihr zuvor heruntergeschickt hatte.

Jemanden so überaus zärtlich zu umsorgen, war für ihn eine neue Erfahrung.

Er war doch ein kaltherziger Assassine und kein Kindermädchen für verletzliche Mischlinge.

Nicht, dass die sture Frau seine Bemühungen zu schätzen

gewusst hätte, dachte er, als er sich vor der Tür der Zelle postierte, um diese zu blockieren, und mit aufkeimender Verärgerung Laylah in das störrische Gesicht starrte.

»Wir werden darüber nicht streiten, Laylah.«

»Du bist derjenige, der streitet, nicht ich.« Sie piekste ihn mit dem Finger mitten in die Brust und schien sich zweifellos dabei zu wünschen, es wäre ein Pfahl. Undankbares Mädchen. »Ich werde zusammen mit dir gehen, um mit dem Clanchef zu sprechen, und damit Schluss.«

»Verdammt, Laylah!« Er ballte die Hände fest zu Fäusten. »Victor ist keine lahme Wolfstöle wie Caine, die du mit einem Lächeln und einem zu engen T-Shirt manipulieren kannst.«

Ihr Gesicht lief rot an, als sie beide einen Blick auf ihr elastisches Oberteil warfen, das sich liebevoll an all ihre Kurven schmiegte.

»He, das war nicht meine Idee!«

Tane spannte den Kiefer an. »Glaube mir, ich habe die Absicht, eine lange Unterhaltung mit Uriel zu führen, sobald ich die Gelegenheit dazu erhalte.«

»Als ob du ein Mitspracherecht bei meinen Klamotten hättest.«

Welch lächerliche Auseinandersetzung.

Was für eine Rolle spielte es, was sie trug, solange sie in der Kleidung ungehindert rennen oder sogar kämpfen konnte, falls nötig?

Verdammt, sein einziges Interesse an Frauenkleidern bezog sich darauf, wie schnell er sie aus ihnen herausschälen konnte.

Nun jedoch weckte die Vorstellung, dass irgendein anderer Mann so viel von Laylahs Elfenbeinhaut und ihren sanften Kurven sehen könnte, Mordlust bei ihm.

»Ich bin dein Liebhaber«, sagte er mit einer Arroganz, die ihre Augen ärgerlich zum Funkeln brachte. »Ich beabsichtige, ein Mitspracherecht bei allem zu haben, was dich betrifft, süße Laylah.« Er schlüpfte aus seinem grauen Kapuzenshirt, sodass er nur noch eine Cargohose trug. Das spielte eigentlich keine Rolle. Die Kälte störte ihn nicht. Er hüllte Laylah in den weichen Jersey, zog den Reißverschluss hoch und trat einen Schritt zurück, um sie zufrieden zu betrachten. Das Kapuzenshirt war zu groß, aber zumindest bedeckte es sie vom Hals bis unter die Hüften. »Viel besser.«

Sie streckte die Arme aus, um zu demonstrieren, dass die Ärmel ihr bis über die Hände reichten.

»Im Ernst?«

Er streckte die Hand aus, um ihr die Kapuze aufzusetzen, sodass ihr Gesicht nicht zu erkennen war.

»Je weniger Leute dich beschreiben können, sobald wir das Versteck verlassen, desto besser«, improvisierte er aalglatt.

Sie verdrehte die Augen und schob die Ärmel des Sweatshirts nach oben bis über ihre Ellbogen. Dann sah sie ihn ungeduldig an.

»Na schön. Können wir jetzt einfach gehen?«

»Was ich sagen wollte, bevor du mich abgelenkt hast: Victor ist ein grausamer Clanchef, der dafür berüchtigt ist, zuerst zuzuschlagen und dann erst Fragen zu stellen.« Er widerstand dem Drang, sie zu schütteln, bis sie Vernunft angenommen hatte. »Wenn es der Wahrheit entspricht, dass er Vorurteile gegenüber Dschinnen hat, wird er angreifen, bevor ich dich beschützen kann.«

»Ich will deinen Schutz nicht«, schnauzte sie ihn an. »Was ich will, sind Antworten.«

»Dann kann ich vielleicht behilflich sein«, sagte eine sanfte Frauenstimme hinter Tane.

Tane wirbelte herum und verfluchte stumm seine Unaufmerksamkeit. Er fletschte die Fangzähne, als er die kleine Frau

116

mit ihrer langen Mähne aus rotblondem Haar und den leicht schräggestellten Augen von sehr hellem Grün beobachtete, die nur wenige Schritte entfernt stehen blieb. Jedoch war es der hoch aufragende Vampir mit seinem langen schwarzen Haar und den silbernen, schwarz umrandeten Augen, der seine Aufmerksamkeit fesselte.

Victors Macht war beinahe greifbar, was Tanes aggressives Bedürfnis herausforderte, seine Überlegenheit zu beweisen. Es wurde immer unangenehm, wenn sich zwei Alphatiere an demselben Ort aufhielten.

»Sachte, Jungs«, murmelte die Frau.

Tane warf Victor ein angespanntes Lächeln zu. »Jungs?«

Der Londoner Clanchef zuckte leicht mit den Achseln. »Meine Gefährtin verfügt über einen faszinierenden Sinn für Humor.«

Es folgte eine kurze Pause, als die beiden Raubtiere sich miteinander bekannt machten. Tane nutzte die Gelegenheit, um einen erfahrenen Blick über den schlanken Körper der Frau gleiten zu lassen, die mit einer Jeanshose und einem kurzärmeligen Pullover bekleidet war, bevor er sich dem riesigen Victor zuwandte, der eine dunkle Chinohose trug, die zu seinem schwarzgrauen Seidenhemd passte.

Er entdeckte mühelos den Silberdolch, der unter Victors Hemd versteckt war, und nahm den Geruch der Handfeuerwaffe wahr, die in einem Knöchelhalfter steckte. Soweit er feststellen konnte, trug die Frau keine Waffen.

Zumindest keine gewöhnlichen.

Durch ihre Adern strömte Hexenblut, was sie gefährlicher machte, als es irgendein Dolch oder irgendeine Feuerwaffe gewesen wäre.

»Charon«, sagte Victor gedehnt, und seine silbernen Augen verengten sich. »Und eine Dschinn.« Er witterte. »Nein. Eine Halbdschinn.«

»Wie Ihr meint«, knurrte Tane und nahm eine drohende Haltung ein.

Hinter ihm erklangen Schritte, und dann spürte er einen völlig unmotivierten Schlag in seinen Rücken, als Laylah das Bedürfnis verspürte, ihrem Missfallen Ausdruck zu verleihen.

Tane wechselte einen amüsierten Blick mit Victor und trat widerwillig zur Seite, damit Laylah die Zelle verlassen konnte. Ihr Gesicht wurde noch immer durch die Kapuze verhüllt.

»Ich heiße Laylah.«

»Ein schöner Name«, beeilte sich Victors Gefährtin das angespannte Schweigen zu durchbrechen. Sie lächelte Laylah freundlich an. »Ich bin Juliet, und das ist Victor.« Sie warf dem Vampir, der neben ihr stand, einen ironischen Blick zu. »Mein Gefährte, wenn ich mich entscheide, Anspruch auf ihn zu erheben.«

Tane trat auf den Clanchef zu. Sein Körper war starr durch den Drang, so viel Abstand wie möglich zwischen Victor und Laylah zu bringen.

»Ich muss unter vier Augen mit Euch sprechen«, forderte er.

Laylah packte ihn am Arm. »Tane …«

»Ich muss Sie warnen, Laylah, Sie verschwenden Ihren Atem, wenn Sie mit Vampiren streiten«, meinte Juliet und legte Laylah einen Arm um die Schultern.

»Aber ich habe verschiedene Fragen!«

»Das habe ich gehört. Kommen Sie mit.« Juliet schob Laylah in Richtung einer Öffnung zwischen den Zellen, offenbar auf die Treppe in der Nähe zu. »Ich glaube die Antworten zu kennen, die Sie haben wollen.«

Tane zog ungläubig die Augenbrauen zusammen, als er mitansehen musste, wie die beiden Frauen verschwanden. Verdammt, versuchte Laylah etwa, ihn in den Wahnsinn zu treiben?

Victor schnippte mit den Fingern vor seinem Gesicht. »Erde an Tane.«

Tane zuckte zusammen und begegnete Victors belustigtem Blick. »Wohin zum Teufel wollen die beiden?«

Victor zog eine Braue hoch. »Ist das von Belang?«

»Laylah ist ein Wesen, das von der Kommission auf den Index gesetzt wurde. Sobald sie die Tunnel verlässt, wird sie verletzlich sein.«

»Na und? Das wird Euch die Mühe ersparen …Verdammt!« Victors Humor wich kaltem Zorn, als Tane ihn am Hals packte und gegen die Wand der Zelle schleuderte. »Wenn Ihr keine überwältigende Sehnsucht nach Eurem Grabe verspürt, schlage ich vor, Ihr lasst mich los.«

Tane handelte selten dumm.

Er hatte eine grausame Lehre daraus gezogen, als er seinen Emotionen erlaubt hatte, sich über die Vernunft hinwegzusetzen. Bis er auf Laylah getroffen war.

Nun machte er es sich allmählich zur gefährlichen Gewohnheit, von einer schlechten Entscheidung zur nächsten zu hasten.

Zu schade, dass er nicht das Geringste dagegen tun konnte.

»Die Dschinn gehört mir«, fauchte er und ließ den anderen Vampir widerwillig los.

Victor strich sein Seidenhemd glatt, und seine süffisante Miene verbarg den heftigen Zorn, den Tane jedoch in der Luft vibrieren spürte.

»Ich bezweifle, dass die Orakel damit einverstanden wären.«

»Um sie werde ich mich später kümmern.«

Victor verschränkte die Arme vor der Brust. Auf seinen edlen Zügen war ein grüblerischer Ausdruck wahrnehmbar.

»Was ist los, Tane?«, verlangte er zu wissen. »Ihr habt den Ruf, ein erbarmungsloser Hund zu sein, der seine Pflicht tut und dann wieder in seinem Versteck verschwindet. Wie Batman, nur ohne den unheimlichen Butler.«

Tane zögerte. Er wollte nicht zugeben, dass er auf so eigenartige Weise von Laylah besessen war, doch irgendeine Erklärung würde er abgeben müssen, wenn er wollte, dass Victor ihm half.

»Würdet Ihr mir glauben, wenn ich Euch erzählen würde, dass ich meiner Intuition folge?«, sagte er schließlich.

»Ja«, antwortete Victor mit einer erstaunlichen Aufrichtigkeit. »Lasst uns einen angenehmeren Ort aufsuchen.«

Er ging auf die Tür zu, die aus dem Kerker herausführte. Seine italienischen Lederschuhe klackten auf dem Steinboden. Tane war wie üblich barfuß. Wen scherte schon teures Leder? Lautlosigkeit übertrumpfte Mode jederzeit.

Tane beeilte sich, den Clanchef einzuholen. Gemeinsam erklommen sie die schmalen Stufen, um die prächtige Villa darüber zu betreten.

»Laylah …«, stieß er hervor.

»Sie ist bei Juliet in Sicherheit«, versprach ihm Victor in einem gleichgültigen Tonfall, der Tane dazu brachte, die Zähne zusammenzubeißen. Dieser Vampir hatte Glück, dass Tane ihn brauchte.

»Nicht, wenn die Hälfte aller Dämonen in London versucht, sie gefangen zu nehmen.«

»Keine Sorge.« Victor lächelte selbstzufrieden. »Meine Gefährtin verfügt über eine Sammlung magischer Artefakte, mit denen man den Louvre füllen könnte. Irgendwo in ihrem geheimen Lager gibt es Hunderte Amulette, Talismane und Kristalle, die Laylah vor neugierigen Dämonen verstecken werden.«

Sie durchquerten die in schwarzen und weißen Tönen gestaltete Vorhalle des palladianischen Meisterwerkes und stiegen eine imposante Treppe mit einer vergoldeten Balustrade hinauf. Von dort führte Victor Tane durch die Marmorhalle, die eine unbezahlbare Sammlung griechischer Statuen, die in flachen Nischen standen, und eine gewölbte Decke enthielt, welche mit wilden Engeln bemalt war, die gegen eine Horde Dämonen kämpften. Dann betraten sie den offiziellen Salon.

Die hohen Wände waren mit blutroten Seidenpaneelen verkleidet, und diese kräftige Farbe fand sich in den Bezügen der traditionellen englischen Einrichtung und den schweren Samtvorhängen wieder, die zur Seite gezogen worden waren, um eine Reihe von Bogenfenstern mit Blick auf einen tief liegenden Garten zu enthüllen.

Es sah nach uraltem Reichtum aus und roch auch danach.

Es war ein Ort mit einer einschüchternden, prunkvollen Ausstrahlung, wo man das Gefühl hatte, nichts berühren zu dürfen. Tane vermittelte er Juckreiz.

Obgleich er keine Erinnerung an sein Leben als Mensch besaß, hatte er die Vorliebe seines Volkes beibehalten, von Natur umgeben zu sein.

Victor begab sich zu einem schweren Sideboard und zog ein mit Schnörkeln verziertes Paneel auf. Ein darin verborgener Miniaturkühlschrank kam zum Vorschein. Glas klirrte, und dann wandte er sich um, um über den orientalischen Teppich zu schreiten, und drückte Tane ein Glas mit frischem Blut in die Hand.

»Hier.«

Tane rümpfte die Nase. »Ich will nicht …«

»Ich weiß, was Ihr wollt«, unterbrach ihn Victor in einem Tonfall, der keine Diskussion zuließ. »Doch vorerst werdet Ihr Euch damit zufriedengeben. Erzählt mir, wie Ihr an einen Dschinnmischling geraten seid.«

Tane berichtete kurz und bündig von den Ereignissen, die dazu geführt hatten, dass er Laylah verfolgt hatte, und von ihren verzweifelten Versuchen, ihm zu entkommen und was sie schließlich beide in London hatte landen lassen.

Victor hörte ihm schweigend zu. Seine Miene war undurchdringlich. »Also hattet Ihr sie zweimal in Eurer Gewalt, und es gelang Euch nicht, sie zu den Orakeln zu bringen? Ein gefährliches Spiel.«

Tane schnitt eine Grimasse und trank das Blut in einem einzigen Schluck aus. Augenblicklich spürte er, wie seine Stärke zurückkehrte, obgleich das Blut fade und geschmacklos war.

Zum ersten Mal in seiner langen Existenz hungerte er nach ganz bestimmtem Blut.

»Es hat bereits vor Tagen aufgehört, ein Spiel zu sein.«

Victor nickte – verständnisvoll oder mitleidig?

Unmöglich zu sagen.

»Was ist mit Eurer Intuition?«, fragte er.

»Laylah versteckt etwas«, gestand Tane.

»Etwas?«

»Einen Säugling.«

Zum ersten Mal wirkte Victor überrascht. »Ihren eigenen?«

»Nein.« Tane stieß einen frustrierten Laut aus. »Aber das ist auch schon alles, dessen ich mir wirklich sicher bin.«

Victor nahm ihm sein leeres Glas ab und kehrte zum Sideboard zurück. Als er sich wieder umdrehte, hielt er zwei Gläser mit Whiskey in den Händen. Er trat zu Tane und bot ihm eines davon an.

»Was für ein Interesse habt Ihr dann an dem Kind?«

Tane stürzte den feinen irischen Branntwein hinunter und genoss das Brennen in der Kehle.

»Laylah war willens, ihr Leben zu geben, um das Kind zu schützen. Ich will wissen, weshalb.«

Victor sah ihn mit einem durchdringenden Blick an. »Tane, seid Ihr sicher, dass Ihr Euch nicht einfach nur Gründe ausdenkt, um Laylah bei Euch zu behalten, statt sie an die Kommission auszuliefern?«

Tane schritt auf die Gartenanlage zu, die in einen silbrigen

Nebel gehüllt war. Er war verärgert, weil der andere Vampir in seinen persönlichen Bereich eingedrungen war.

Wie jeder andere Vampir stand er Styx Rede und Antwort, dem Anasso, doch als Charon verfügte er über keinen Clan und keinen Clanchef. Und das bedeutete, dass er niemandem Rechenschaft über seine Entscheidungen ablegen musste.

Vielleicht war er aber auch nur verärgert über die Möglichkeit, dass der Clanchef den Nagel auf den Kopf getroffen hatte.

»Ich bin mir verdammt noch einmal wegen nichts sicher, mit Ausnahme der Tatsache, dass diese Frau mir unter die Haut geht«, murmelte er. »Aber ich habe das Gefühl …«

»Was denn?«

»Ich habe das Gefühl, dass der Säugling wichtig ist.« Er forschte mit störrischer Miene in dem Gesicht des anderen Vampirs. »Und Laylah ebenfalls.«

KAPITEL 7

*L*aylah hatte noch nie eine Freundin gehabt. Nicht einmal, als sie noch in der tröstlichen Obhut ihrer Pflegemutter gewesen war.

Geheimhaltung war immer wichtiger gewesen als ihr sehnsüchtiger Wunsch nach Gesellschaft.

Einsamkeit war der Preis für ihre Freiheit.

Nun stellte sie fest, dass sie … was war ein gutes Wort dafür? Durcheinander war, ja genau, das traf den Nagel auf den Kopf. Juliet brachte sie in ein riesiges Gästeschlafzimmer, das in Elfenbein- und Lavendeltönen eingerichtet war. Sie ließ Laylah kaum zu Wort kommen, als sie ihr ein Tarnungsamulett um den Hals legte und sie dann drängte, in das angrenzende Badezimmer zu gehen, das der feuchte Traum jeder Frau sein musste.

Eine in den Boden eingelassene Marmorwanne so groß wie Rhode Island befand sich genau in der Mitte des Bades und war bereits mit dampfendem heißem Wasser gefüllt. Eine Reihe von Flaschen, die Öle, Seifen, Shampoos und beruhigende Kristalle enthielten, stand auf den gläsernen Regalbrettern. Brennende Kerzen erfüllten die Luft mit einem leichten Vanilleduft.

Als sie allein war, gab Laylah der Versuchung nach und nahm ein ausgedehntes Bad, um den Schmutz und die Anspannung der vergangenen Tage abzuwaschen. Sie verließ das Wasser erst, als sie anfing, einer Dörrpflaume zu ähneln. Und warum hätte sie nicht eine Weile in der Wanne verbringen sollen? Vorerst würde das Amulett ihre Anwesenheit selbst vor dem hartnäckigsten Dämon geheim halten.

Als sie schließlich ins Gästezimmer zurückkehrte, fand sie eine saubere Jeanshose und ein hübsches gelbes Hemd vor, ebenso Spitzenunterwäsche und Tennisschuhe, die auf dem Himmelbett ausgebreitet lagen.

Sie schüttelte den Kopf, während sie die Kleidungsstücke anzog und eine Bürste durch ihr rotes Stachelhaar zog. Sie wusste nicht, was sie erwartet hatte, als Tane sie ins Versteck von Londons Clanchef gebracht hatte, aber ganz sicher nicht, behandelt zu werden wie ein willkommener Gast.

Es klopfte an der Tür. »Kann ich sonst noch irgendetwas für Sie besorgen, Laylah?«, hörte sie Juliet.

Mit einem Lächeln ging Laylah zur Tür und öffnete diese. Hastig trat sie zur Seite, und die winzige Frau kam geschäftig mit einem Silbertablett herein, das sie ohne weitere Umschweife zu dem Kirschholztisch trug.

»Nein, ich glaube, Sie haben an alles gedacht«, entgegnete Laylah trocken.

»Tut mir leid.« Juliet lachte. Sie war damit beschäftigt, die diversen Teller abzuladen. Auf ihnen waren Sandwiches, Scones, frische Sahne angehäuft und … Laylah schnupperte, ihr lief das Wasser im Mund zusammen. Kuchen. Schokoladenkuchen. »Ich habe so selten Gäste, die nicht hier sind, um Victor den Arsch zu küssen oder versuchen, ihn zu ermorden, dass ich nicht mehr weiß, wie man einen normalen Gast behandelt.«

Laylah schnaubte, als sie die Tür schloss. »Machen Sie sich nichts draus, an mir ist nichts normal.«

»Schlechte Wortwahl.« Juliet goss heißen Tee in zwei Tassen. »Wussten Sie, dass ich ein Mischling bin? Hexe und Koboldin.

Oder Koboldin und Hexe, das hängt davon ab, wen ich zu schockieren versuche.«

Angelockt durch das freundliche Geplauder ihrer Gastgeberin und natürlich den verlockenden Kuchen, durchquerte Laylah den Raum, um Juliet neben dem Erkerfenster mit Blick auf die ausgedehnte Parklandschaft Gesellschaft zu leisten.

»Ich glaube, mit der Halbdschinn-Sache übertreffe ich Sie, was den Schockfaktor angeht.«

»Na gut. Ich hoffe, Sie …« Juliets Worte verklangen, als sie den Kopf hob und Laylah mit weit aufgerissenen Augen überrascht anstarrte. »Zum Teufel!«

»Was ist los?« Laylah hob eine Hand und rieb sich über die Wange. »Habe ich irgendwas im Gesicht?«

Juliet schüttelte den Kopf. »Haben Sie Verwandte in London?«

Laylahs Herz schlug heftig. Also war das hier doch keine aussichtslose Suche.

»Um das herauszufinden, bin ich hier. Levet hat gesagt, dass er in London einen Dschinn getroffen hat. Oh.« Laylah verzog das Gesicht, als ihr verspätet bewusst wurde, dass sie keinen einzigen Gedanken an den armen kleinen Dämon verschwendet hatte, seit sie aufgewacht war. »Wo ist der Gargyle?«

»Auf der Jagd.« Juliet schauderte. »Fragen Sie nicht.«

Nachdem sie jetzt die beruhigende Gewissheit hatte, dass Levet in Sicherheit war, wandte Laylah ihre Aufmerksamkeit wieder dem Grund zu, der sie nach London geführt hatte.

»Also wissen Sie irgendwas über den Dschinn?«

Juliet räusperte sich und drehte sich unvermittelt um. Dann lief sie ziellos im Zimmer hin und her. Ganz offensichtlich war ihr unbehaglich zumute.

»Ich fürchte ja.«

Laylah runzelte die Stirn. »Inwiefern?«

»Ich nehme an, es war vor zweihundert Jahren, vielleicht ist es auch schon länger her«, antwortete Juliet, die Laylah den Rücken zuwandte. »Es war, bevor ich Victors Gefährtin wurde, auch wenn er sich schon als Nervensäge erwiesen hatte.«

»Offensichtlich ein vampirischer Charakterzug«, murmelte Laylah, wobei sie den Stich in ihrem Herzen ignorierte.

Sie tat ihr Bestes, um nicht an den wilden, ungestümen Sex zu denken, den sie mit Tane gehabt hatte. Was gab es schließlich schon groß darüber nachzudenken?

Er hatte ihre Welt erschüttert. Verdammt, er hatte ihr den Himmel auf Erden bereitet.

Und jetzt war er wieder ihr Feind.

Und damit Schluss.

»Ja«, stimmte Juliet bereitwillig zu. »Wie auch immer. Levet war zu einem Hausbesetzer meines jetzigen Göttergatten und zu einem meiner wenigen Freunde geworden. Also bin ich aufgebrochen, um ihn zu retten, als er entführt wurde. Ich hatte keine Ahnung, dass es ihm gelungen war, einen Dschinn wütend zu machen, sonst hätte ich es mir vielleicht noch einmal überlegt.«

»Sind Sie dem Dschinn tatsächlich begegnet?«

»Nicht direkt.« Mit einem Aufseufzen drehte sich Juliet um. Ihr Gesicht trug den Ausdruck von Reue. »Er war nicht in Plauderstimmung. In Wahrheit war es so, dass er sein Bestes tat, um mich zu töten, als sich unsere Wege kreuzten.«

»Und es war ein Mann?« Laylah ging auf Juliet zu. Sie konnte einfach nicht glauben, dass sie möglicherweise wirklich in der Lage war, die Wahrheit über ihre Vergangenheit herauszufinden. Nicht, nachdem sie so lange gewartet hatte. »Sind Sie sich da sicher?«

»Völlig sicher.«

Also musste ihr Dschinnblut von der väterlichen Seite herstammen. Das war immerhin ein Anfang.

»Aber Sie wissen nicht, warum er in London war?«

»Nein.« Juliet spreizte die Hände. »Alles, was ich tatsächlich weiß, ist, dass er wunderschön und erschreckend war, und so mächtig, dass ich wirklich dachte, er würde mich töten, ganz zu schweigen von Victor und Levet.«

Laylah seufzte enttäuscht auf. Sie hatte gehofft, dass Levets Begegnung mit dem Dschinn, die er erwähnt hatte, mehr als einen kurzen Moment der Gewalt umfasste.

»Verdammt.«

»Laylah.«

»Hmmm?«

In Gedanken versunken, bemerkte Laylah erst, dass ihre Gesprächspartnerin zu ihr zurückgekehrt war, als diese ihr eine Hand auf den Arm legte.

»Es gibt keine einfache Art, Ihnen das zu sagen. Ich habe ihn getötet«, gestand Juliet leise. »Es tut mir so leid.«

Laylah gab einen erstickten Laut von sich. Nicht vor Kummer. Warum sollte sie um einen vollkommen Fremden trauern, selbst wenn dieser Fremde zufällig ihr lange verloren geglaubter Vater war? Es war vielmehr der Schock, dass die schlanke Hexe tatsächlich eine Begegnung mit einem mächtigen Dschinn überlebt haben sollte, ganz zu schweigen davon, dass sie verantwortlich für seinen Tod sein sollte.

»*Sie* haben ihn getötet?«

Juliet sah jetzt elend aus. »Ich schwöre, es war Notwehr.«

Laylah nahm Juliets Hand und drückte leicht ihre Finger.

»Sie müssen es mir nicht erklären«, versicherte sie der anderen Frau. »Ich habe genug nachgeforscht, um zu wissen, dass reinblütige Dschinnen hinterlistige, unmoralische Wesen sind, die niemandem außer sich selbst gegenüber loyal sind.«

Juliets Augen verdunkelten sich vor Bedauern. »Das spielt keine Rolle, wenn er zu Ihrer Familie gehörte.«

Laylah zuckte die Achseln. Sie war sich ihrer Gefühle nicht ganz sicher.

Wäre sie ein naives Unschuldslamm, hätte sie vielleicht versucht, sich selbst zu überzeugen, dass der Dschinn wirklich ihr Vater gewesen war. Es wäre eine perfekte Erklärung dafür gewesen, dass man sie ausgesetzt hatte. Schließlich konnte nicht einmal der hingebungsvollste Vater den Tod besiegen, um sein Kind zu beschützen.

Nun ja, nur dann, wenn er zufällig ein Ghul war.

Aber sie war eine Dämonin, die es im Leben nicht leicht gehabt hatte, und soweit es sie betraf, waren Märchen etwas für Naivlinge.

»Ich vermute, das tat er wohl, wenn ich ihm so ähnlich sehe, dass Sie es gemerkt haben«, meinte sie.

»O nein.« Juliet sah überrascht aus. »Sie sehen dem Dschinn nicht ähnlich. Na ja, vielleicht etwas, um Nase und Mund herum, aber Sie könnten die Tochter von Lady Havassy sein.« Sie ließ den Blick über Laylahs blasses Gesicht schweifen. »Es ist absolut frappierend.«

Laylah verschlug es für einen Augenblick die Sprache.

Sie war so darauf konzentriert gewesen, Informationen über den Dschinn zu finden, dass sie nie über die Möglichkeit nachgedacht hatte, noch andere Verwandte zu haben, die sich in London herumtrieben.

»Wer ist Lady Havassy?«, stieß sie schließlich hervor.

»Eine hiesige Vampirin mit einem scheußlichen Temperament und einer Abneigung gegen Victor.« Juliet schnitt eine Grimasse. Sie war eindeutig nicht gerade ein großer Fan von Lady Havassy. »Glücklicherweise verlässt sie nur selten ihr Haus in der Nähe des Buckingham-Palastes.«

»Eine Vampirin.« Laylah runzelte verwirrt die Stirn. »Vampire können sich nicht fortpflanzen, oder?«

»Nein, aber sie sind Menschen, bevor sie sich verwandeln«, betonte Juliet. »Natürlich haben sie Familien.«

»Aber dann wäre ich sterblich.«

»Ja. Wenn sie sich mit einem Dschinn eingelassen und Sie geboren hat und dann erst in eine Vampirin verwandelt wurde.«

»Oh.«

Laylah hatte nie die Möglichkeit bedacht, dass einer ihrer Elternteile sterblich sein könnte. Immerhin verfügte sie über Talente, die nichts mit Dschinnmagie zu tun hatten.

Sie fuhr sich mit der Hand durch ihr immer noch feuchtes Haar. Eigentlich war sie nach London gekommen, um Antworten zu finden, aber bisher war sie nur auf noch mehr Fragen gestoßen.

Als spüre sie Laylahs Enttäuschung, machte Juliet eine hastige Handbewegung. An ihren ausdrucksstarken Gesten erkannte man ihr Feenvolkblut sehr deutlich.

»Es könnte auch bloßer Zufall sein«, versicherte sie Laylah. »Es heißt ja, wir alle haben irgendwo da draußen einen Doppelgänger, stimmt's?«

Laylah nickte, obwohl sie nicht ganz überzeugt war. »Vermutlich.«

Die Tür flog auf und krachte mit solcher Wucht gegen die Wand, dass beide Frauen sich überrascht umdrehten. In demselben Moment watschelte der kleine Gargyle in den Raum. Sein hässliches Gesicht war zu einer angewiderten Grimasse verzogen.

»Nebel, Nebel, Nebel. Mit wem muss ein Gargyle schlafen, um von dieser feuchten Insel verschwinden zu können?«, beschwerte er sich. Seine Augen weiteten sich plötzlich, als er Laylah entdeckte, die neben dem Fenster stand. »*Ma chérie*, geht es Ihnen gut?«

»Ich mache mir mehr Sorgen um Sie«, erwiderte Laylah.

Schuldgefühle versetzten ihr einen Stich ins Herz, als der Miniaturdämon auf sie zueilte. Sie hatte den Gargylen einfach dazu gezwungen, mit ihr nach London zu kommen. Wie selbstsüchtig konnte man eigentlich sein? »Es tut mir so leid. Mir war nicht klar, dass das Schattenwandern Sie umhauen würde.«

»Umhauen?« Levet rümpfte die Nase, und seine Flügel zuckten entrüstet. »Wie absurd. Ich habe nur meine Augen ausgeruht. Ein Ritter in schimmernder Rüstung zu sein, ist eine mühsame Angelegenheit.«

»Natürlich«, beschwichtigte Laylah ihn augenblicklich.

Levet legte den Kopf in den Nacken und witterte. »Kuchen. Ich rieche Kuchen.«

Der Gargyle hastete an den Frauen vorbei und machte sich daran, den reichlichen Rest der Essensberge zu verdrücken, der auf dem Tablett übrig geblieben war, wobei er Juliets vergeblichen Versuch ignorierte, ein Stück Kuchen für Laylah zu retten.

Dankbar über diese Ablenkung, wanderte Laylah durch den Raum. Geistesabwesend blieb sie an dem Marmorkaminsims stehen, auf dem kostbare Fabergé-Eier in einer Reihe nebeneinanderstanden.

Anscheinend war sie in einer Sackgasse gelandet, soweit es den Dschinn betraf, zumindest, bis sie jemanden in London finden konnte, der sich vor zweihundert Jahren tatsächlich mit dem flatterhaften Wesen unterhalten hatte.

Aber die Vampirin …

Juliet hatte gesagt, dass die Ähnlichkeit zwischen ihnen bemerkenswert sei. Bestimmt gab es da doch irgendeine familiäre Verbindung, oder? Laylah glaubte nicht an Zufälle.

Sie spürte eine leichte Berührung am Arm, als Juliet zu ihr kam, ihr hübsches Gesicht zu einer besorgten Miene verzogen.

»Laylah?«

»Ja?«

»Ist alles in Ordnung?«

Laylah zögerte. Sie mochte Juliet jetzt schon. Tatsächlich betrachtete sie sie bereits als Freundin.

Als ihre *einzige* Freundin.

Das war ja wohl erbärmlich.

Aber das verzweifelte Bedürfnis herauszufinden, woher sie kam, wer ihre Eltern waren und warum sie ausgesetzt worden war, beherrschte sie als überwältigender Drang.

»Ich habe Kopfschmerzen«, antwortete sie mit einem steifen Lächeln und hasste sich für diese Lüge. »Haben Sie zufällig ein Aspirin für mich?«

Juliet konnte ihr Erstaunen über die hastig hervorgebrachte Ausrede nicht ganz verhehlen. Dämonen, sogar die Mischlinge, neigten dazu, immun gegen die üblichen menschlichen Beschwerden zu sein. Aber sie hatte ihre Verwirrung schnell im Griff und tätschelte Laylah tröstend die Hand.

»Ich habe einen Heilkristall, mit dem es eigentlich viel schneller klappen müsste.«

»Das wäre fantastisch.«

»Ich bin gleich wieder da.«

Laylah beobachtete, wie Juliet aus dem Zimmer eilte. Dann lief sie ins Badezimmer, wo sie das übergroße Sweatshirt gelassen hatte. Götter, sie kam sich ziemlich fies vor. Juliet hatte allen Grund dazu, sie wie eine gefährliche, labile Bestie zu behandeln, die eigentlich eingesperrt gehörte.

So reagierten die meisten Leute, sobald sie herausfanden, dass sie zur Hälfte Dschinn war.

Stattdessen war sie freundlich und nett gewesen und …

»Äh, Laylah?«

Sie drehte den Kopf und stellte fest, dass Levet in der Türöffnung zum Bad stand. »Wohin gehen Sie?«

Sie schob die überlangen Ärmel nach oben und lief dann

schnell auf das Fenster zu. »Ich will sehen, ob ich meine liebe Mutter finden kann.«

»Sie verschwinden?«

»Ich weiß … Ich fühle mich schrecklich.« Sie öffnete das Fenster und stieg auf den Hocker, um über die Fensterbank zu klettern. »Bitte sagen Sie Juliet, dass es mir leidtut.«

Levet rannte auf sie zu und hielt nur an, um sich eins der Tarnungsamulette zu schnappen, die Juliet auf einem Tisch liegen gelassen hatte.

»*Mon Dieu*, warte auf mich!«

Laylah war ein wenig gerührt. Und sehr verlegen.

So nett es auch war, dass dieser Dämon ihr seine Gesellschaft anbot – sie konnte es sich nicht leisten, dass er ihr hinterherlief und ungewollt Aufmerksamkeit auf sich zog.

»Ich weiß deine Sorge zu schätzen, aber du musst wirklich nicht mitkommen.«

»Hast du noch alle Tassen im Schrank?«, fragte Levet und kletterte neben ihr auf die Fensterbank.

»Wie bitte?«

»Ich habe nicht die Absicht, in die Nähe eines Charons zu kommen, wenn er entdeckt, dass seine Gefangene entkommen ist.«

»Gutes Argument.« Sie verzog das Gesicht zu einer Grimasse. Tane würde wütend sein, wenn er herausfand, dass sie sich weggeschlichen hatte. Wieder einmal.

»Vielleicht sollten wir uns beeilen.«

Die unteren Küchenräume des Londoner Reihenhauses waren bereits vor langer Zeit an Sergei übergeben worden. Marika hatte keine Verwendung dafür, und obgleich sie darauf bestand, dass die Blutopfer im Keller stattfanden, gab es immer Zaubertränke zu brauen und Zaubersprüche vorzubereiten.

Sie legte großen Wert darauf, die höhlenartigen Räume zu meiden, die von sonderbaren Hieroglyphen gesäumt wurden, welche auf die Backsteinmauern gekritzelt waren und von getrockneten Pflanzen, die von der offenen Balkendecke herabhingen. In den Steinboden war ein Kreis geätzt, in dessen Mitte sich ein hölzerner Altar befand. Auf diesem lag ein uraltes Buch, das Marika vor Abscheu erbeben ließ.

Wie jeder andere Vampir hasste sie Magie.

Beinahe ebenso sehr, wie sie Personen hasste, die Magie anwandten.

Und die Tatsache, gezwungen zu sein, sich auf eine von ihnen zu verlassen, damit sich ihr glorreiches Schicksal erfüllte, heizte ihre ohnehin schon kochende Wut noch mehr an.

Sie nahm den zu ihrem schwarzen Valentino-Kleid passenden Hut mit dem Schleier ab, die sie für ihren Abend in der Oper gewählt hatte, warf die Kopfbedeckung achtlos beiseite und ließ ihre schweren Locken über ihre Schultern fallen.

Der Abend hatte so verheißungsvoll begonnen.

Ihr Abendessen hatte mit zwei zarten Baumgeistern begonnen, die sich in den Green Park verirrt hatten, gefolgt von einem reizenden türkischen Geschäftsmann in Covent Garden. Von dort aus hatte sie sich auf den Weg zum Royal Opera House gemacht, wo sie die übliche Unruhe hervorrief, als sie sich den Weg zu ihrer Privatloge bahnte.

Dann war, mitten im zweiten Akt von *La Traviata*, einer ihrer zahllosen Lakaien in ihre Loge eingedrungen und hatte ihr ins Ohr geflüstert, dass es Gerüchte gebe, wonach man nahe London die Fährte einer Dschinn aufgenommen habe.

Ihre Lippen hatten sich vor Zorn verzogen.

Sie war augenblicklich imstande gewesen, den anhaltenden weiblichen Geruch in den Tunneln wahrzunehmen.

Aber sie war zu spät gekommen.

Die Dschinn war verschwunden, hatte sich scheinbar in Luft aufgelöst.

Als sie die Küchenräume betrat, wandte Sergei sich von seiner Arbeitsplatte ab, die vor verschiedenen scheußlichen Ingredienzen nur so überquoll, und runzelte die Stirn.

»Habt Ihr sie gefunden?«, erkundigte er sich törichterweise.

»Sieht es denn aus, als hätte ich sie gefunden?« Sie breitete die Arme aus. »Narr.«

Der Magier schlüpfte aus seinem Schutzumhang, wodurch der elegante graue Anzug, den er darunter trug, zum Vorschein kam.

»Ihr sagtet, die Spur der Dschinn sei gestern Abend gefunden worden«, meinte er und trat unmittelbar vor sie. Das war eine demonstrative Geste seiner ungeheuren Arroganz, wenn man ihre üble Laune bedachte. Von Marika war bekannt, dass sie Leuten die Kehle herausgerissen hatte, auch wenn sie nur leicht verärgert war. »Sie kann nicht so schnell verschwunden sein. Es sei denn …«

Ihre Augen verengten sich. »Es sei denn – was?«

»Es sei denn, es handelt sich bei ihr nicht um die Dschinn, nach der wir suchen.« Er schnitt eine Grimasse. »Oder sie verfügt über weitaus mehr Dschinnkräfte, als wir ursprünglich vermuteten.«

»Du solltest die diversen Talente dieser Frau eigentlich sehr gut kennen, wenn man bedenkt, dass du sie monatelang als Geisel gehalten hast«, zischte sie.

»Ich hatte sie in eine eiserne Zelle gesperrt, die ihre Kräfte dämpfte.« Er warf unvermittelt einen Blick über die Schulter, als suche er in den Schatten der angeschlossenen Vorratskammer nach einem unsichtbaren Beobachter. Dann drehte er sich mit einem Kopfschütteln wieder zu Marika um und begegnete ihrem eisigen Blick. »Darüber hinaus wird ihre Macht in den nächsten fünfhundert Jahren noch wachsen.«

Ein eisiger Luftstoß wirbelte durch die Küche, erfasste Sergeis Silberhaar und warf Tonschüsseln und Kupferpfannen von den Regalen.

Marika hatte Jahre damit vergeudet, nach diesem Dschinnmiststück und dem Säugling, den sie versteckte, zu suchen, und ständig waren ihr die Macht und die Herrlichkeit versagt worden, die ihr eigentlich zustanden.

Und jetzt, gerade, als sie wieder ihre Fährte aufgenommen hatte, wurden ihr diese erneut versagt.

Ihr Blutdurst befand sich auf dem Siedepunkt.

»Vorausgesetzt, dass sie überhaupt so lange lebt«, knurrte sie.

Sergei hob die Hand, wie um sie zu berühren, trat aber hastig einen Schritt nach hinten zurück, als er ihre voll ausgefahrenen Fangzähne erblickte.

»Marika, vergesst nicht, dass wir sie vorerst lebendig benötigen«, versuchte er sie zu beschwichtigen. »Zumindest, bis wir das Kind in die Finger bekommen.«

Sie machte eine schnelle Bewegung mit der Hand, und die getrockneten Pflanzen zerfielen zu Staub. »Erdreiste dich nicht, mich zu belehren.«

Sergei presste missmutig die Lippen zusammen wegen des Verlustes seiner raren Ingredienzen, aber er hegte keinen Todeswunsch und beschwerte sich daher nicht.

»Ich möchte lediglich etwaigen Fehlern vorbeugen, die Ihr womöglich später bereut.«

»Bereuen?« Sie legte die Finger um seine Kehle und drückte zu, bis sein Gesicht eine interessante dunkelrote Färbung angenommen hatte. »Ich bereue nur, dass ich mich jemals für einen treulosen Magier entschieden habe, dessen einzige Hilfe bisher darin bestanden hat, mich zu verraten.«

Sergei keuchte, und seine blauen Augen umwölkten sich in einer Mischung aus Schmerz und machtloser Wut, die sich darin spiegelten.

»Wenn Ihr mich freilasst, kann ich versuchen, die Frau in meiner Glaskugel ausfindig zu machen«, stieß er mit erstickter Stimme hervor.

»Du hast es bereits früher versucht und bist daran gescheitert.«

»Offensichtlich hat sie aber inzwischen den Schutzschleier verloren, der sie vor mir verborgen hatte.« Er bemühte sich zu sprechen, und ein Anflug von echter Furcht lag in der Luft. Appetitanregend. Es gab nichts Besseres als Schrecken, um Marika Appetit zu bereiten. »Wenn ich schon nichts anderes erreichen kann, entdecke ich aber möglicherweise eine Spur, die uns zu ihr führen wird.«

Von seinen Worten abgelenkt, stieß Marika den Magier beiseite, und ihr heftiger Zorn verwandelte sich allmählich in Neugierde.

»Ja«, meinte sie langsam, »weshalb sollte sie nach einer so langen Zeit so unvorsichtig sein?«

Sergei richtete sich auf und glättete hastig seine schwarze Seidenkrawatte.

»Vielleicht ist die wichtigste Frage die, was sie überhaupt nach London führt«, murmelte er.

Marika lächelte spöttisch. Das Feenvolkblut, das sie zuvor zu sich genommen hatte, sprudelte noch immer wie Champagner in ihren Adern.

Ursprünglich hatte sie beabsichtigt, sich in der Oper einen Liebhaber zu suchen, mit dem sie es bis zur Besinnungslosigkeit treiben konnte, während sie sich noch in ihrer Hochstimmung befand. Doch Sergei dabei zu beobachten, wie er sich wand, war beinahe ebenso amüsant.

»Ah, armer Sergei.« Sie schnalzte mit der Zunge. »Hast du Angst, dass sie die Kontrolle über ihre Kräfte erlangt und sich entschieden hat, Rache an dem Magier zu üben, der sie aus ihrer idyllischen Farm riss und sie in einem Käfig hielt wie ein Tier?«

Er blickte erneut über seine Schulter und rieb sich den Nacken.

»Sie kann doch überhaupt nicht wissen, dass ich mich hier aufhalte. Ich überdeckte meinen Geruch, während sie sich in meiner Obhut befand.«

»In deiner Obhut?«, fragte Marika gedehnt. »Ich bezweifle, dass sie deine Gastfreundschaft in so guter Erinnerung behalten hat.«

Sergei trat unbehaglich von einem Fuß auf den anderen und wandte seine Aufmerksamkeit wieder Marika zu.

»Außerdem hüllte ich mich in ein Trugbild, als ich sie aus ihrer Zelle ließ. Sie verfügt nicht über die Mittel, um mich wiederzuerkennen.«

Marika hob die Hand, um mit der ebenmäßigen Perlenkette zu spielen, die sie am Hals trug.

»Irgendetwas hat sie aber nach London geführt.«

Der Körper des Magiers verspannte sich abrupt. »Ihr glaubt doch nicht …«

»Was?«

»Könnte es sein, dass Kata nach ihr gerufen hat?«

»Laylah«, flüsterte Marika. »Ist das ihr Name?«

»Woher soll ich das wissen?« Er machte eine verächtliche Handbewegung. »Ich machte mir nie die Mühe, danach zu fragen.«

»Du bist so ein Dummkopf«, fauchte Marika. Sie sehnte sich danach, diesen Narren auszusaugen.

Es war schlimm genug, dass Sergeis Gier ihre Pläne, den

Fürsten der Finsternis zurückzubringen und als seine Herrscherin an seiner Seite zu stehen, auf Eis gelegt hatte. Außerdem hatte seine grausame Art, diese Frau zu behandeln, zusätzlich dafür gesorgt, dass der Mischling vor nichts zurückschrecken würde, um nicht gefunden zu werden.

»Katas Beziehung zu dem Mädchen ist bemerkenswert«, fügte er hastig hinzu, eifrig auf eine Ablenkung bedacht.

»Ja«, stimmte Marika ihm zu. Sie hatte Katas Fähigkeit, mental mit ihrem Kind zu kommunizieren, beobachtet, sobald dieses Balg geboren worden war. Unglücklicherweise war Marika nicht eingeweiht gewesen, trotz ihrer eigenen Beziehung zu Kata, die nach wie vor weiter bestand. »Und sie ist der einzige Grund, dass meine herzallerliebste Schwester noch immer am Leben ist.«

»Wenn sie das Gefühl hätte, ihre Tochter befände sich in Gefahr, wäre sie vielleicht in der Lage, die Kraft aufzubringen, die notwendig ist, um die Zauber, die sie gefangen halten, zu durchbrechen«, gab Sergei zu bedenken. Er machte ein finsteres Gesicht, als Marika den Kopf in den Nacken legte, um überaus belustigt zu lachen. »Habe ich etwas Lustiges gesagt?«

»Ich genoss lediglich die Ironie.«

»Ironie?«

»Kata hat Jahrhunderte der Folter überdauert, um ihre kostbare Tochter zu beschützen.« Die Vorfreude wärmte ihr totes Herz. Katas Erwachen. Die Dschinnspur. Die wachsende Unruhe in der Dämonenwelt. Das waren doch gewiss Vorahnungen, dass ihr glorreiche Zeiten bevorstanden. »Es wäre einfach hervorragend, wenn ausgerechnet sie diejenige wäre, die dafür sorgt, dass uns ihre Tochter direkt in die Hände fällt.«

»Es wäre sogar noch hervorragender, wenn die Frau das Kind bei sich hätte«, murmelte Sergei.

»Das spielt keine Rolle. Sobald sie in meiner Gewalt ist, wird

sie mir den Aufenthaltsort des Säuglings verraten. Ich kann …«
Sie blickte auf ihre langen Nägel hinunter, die in sattem Blutrot
lackiert waren, »recht überzeugend sein.«

Sergei schnitt eine Grimasse, als er sich daran erinnerte, was
diese Nägel empfindlichem Fleisch antun konnten. Mit einem
kleinen Schauder durchquerte er den Raum. Er trat vor einen
kleinen Schrank, der durch eine Reihe von Symbolen geschützt war, die in die Holztür eingebrannt waren.

Mit der Hand fuchtelte er über dem schweren, altmodischen
Schloss herum und murmelte leise Worte, die bei Marika eine
Gänsehaut hervorriefen.

»Was tust du da?«, fuhr sie ihn an. Der Magier wusste, dass sie
es hasste, wenn in ihrer Gegenwart Zauber gewirkt wurden.

»Ich benötige einen Gegenstand der Frau.« Sergei öffnete das
Schränkchen und holte ein kleines Kästchen aus Zedernholz
hervor. Er klappte den Deckel auf und entnahm dem Kästchen
eine feuerrote Haarsträhne, die er dem Mischling abgeschnitten
hatte, während er ihn gefangen gehalten hatte. »Das sollte für
eine einfache Wahrsagung ausreichen.«

Dieser eingebildete Bastard.

Marika wirbelte auf dem Absatz herum und ging voran in
den unteren Keller. *Bald*, versuchte sie ihre angespannten Nerven zu beruhigen. Bald würde sie ihre Nichte in ihrer Gewalt
haben und wäre nicht mehr auf den Magier angewiesen.

Sie plante, seinen langsamen, schmerzhaften Tod mit einer
Flasche *Chateau Margaux* aus dem Jahre 1787 zu begießen, die
sie in ihrem Privatversteck aufbewahrte.

Schweigend stiegen sie die schmale Treppe hinunter und
schritten durch den Keller in eine dahinter liegende Kammer.
Marika machte einen großen Bogen um den Altar und blieb
neben der flachen Vertiefung im Fußboden stehen.

Sergei folgte ihr und beugte sich nach unten, um die Haarsträhne in die Mulde zu werfen. Er beobachtete, wie die rote Strähne an der Wasseroberfläche trieb.

Dann machte er seine üblichen Handbewegungen und murmelte seine üblichen fremdartigen Worte. Sein attraktives Gesicht war in konzentrierte Falten gelegt, und das silberne Haar fiel ihm über die Schultern, als seine Macht den Raum erfüllte.

Zweifelsohne hatte ein solcher Anblick die russischen Zaren ungemein beeindruckt, die Sergei ein luxuriöses Leben ermöglicht hatten, bevor Marika ihn für ihre Dienste einspannte. Jetzt wollte sie nur, dass er mit dem törichten Hokuspokus aufhörte und ihr mitteilte, wo zum Teufel sie den Dschinnmischling finden konnte.

»Nun?«, stieß sie hervor.

Sergei richtete sich wieder auf, und ein Lächeln umspielte seine Mundwinkel.

»Eure Nichte war hier. Erst kürzlich.«

Marika ballte die Hände zu Fäusten, sodass ihre Fingernägel kleine Wunden in ihren Handflächen hinterließen, aus denen Blut auf den Steinboden tropfte.

Nahe. So nahe.

»Und wo ist sie jetzt?«

Sergei zuckte mit den Achseln und deutete auf das Wasser. »Sie ist dorthin verschwunden.«

Marika beugte sich vor und studierte das Bild, das sich auf der Wasseroberfläche gebildet hatte. Es dauerte nur einen kurzen Augenblick, bis sie die Tunnel erkannte.

»Victors Versteck.«

Sergei fluchte und erbleichte. Jedes Wesen der Dämonenwelt wusste, dass es einfacher war, den Tiefen der Hölle zu entkommen als den Kerkern des Clanchefs.

»Das ergibt keinen Sinn«, stieß er mit rauer Stimme hervor. »Weshalb sollte sie einen Vampir aufsuchen?«

Marika zuckte mit den Schultern und steuerte auf die Tür zu. »Es ist eher wahrscheinlich, dass Victor das Eindringen einer Dschinn in sein Territorium bemerkt und Schritte unternommen hat, um sie gefangen zu nehmen. Das würde erklären, weshalb ich ihre Fährte so schnell verloren habe.«

Sergei beeilte sich, sie einzuholen. »Wohin geht Ihr?«

Sie betrat den äußeren Kellerraum und hielt auf eine Tür zu, die durch einen Illusionszauber getarnt war. Victor war nicht der Einzige, der über Privattunnel verfügte, um sich durch die Stadt zu bewegen.

»Es gibt nur einen Weg, herauszufinden, ob unser geliebter Clanchef die Frau in seiner Gewalt hat.«

»Und wenn das der Fall ist?«

Marika warf ihrem Begleiter einen kalten Blick zu. »Dann wirst du dafür sorgen, dass mir mein Eigentum zurückgegeben wird.«

Sergeis bereits zuvor fahles Gesicht verlor nun jegliche Farbe und wurde geradezu kreidebleich.

»Verdammt.«

KAPITEL 8

*L*aylah kam hinter der Treppe hervor, als der seltsame Magier und die unheimliche Vampirin durch die Hintertür verschwanden.

Sie blieb mitten im feuchtkalten Keller stehen und rieb sich geistesabwesend ihre schmerzenden Schläfen.

Es schien ein Abend der Schocks zu sein, dachte sie trübselig.

Zuerst war sie über den Anblick der eleganten Vampirin, der sie in das Stadthaus gefolgt war, erstaunt gewesen. Juliet hatte nicht übertrieben. Sie beide hätten als Zwillinge durchgehen können. Na ja, abgesehen von dem langen dunklen Haar der anderen Frau. Und von den tödlichen Fangzähnen. Und von der krankhaften Reizbarkeit.

Und dann hatte es ihr natürlich einen Schock versetzt, dem Magier so nahe gekommen zu sein, der sie brutal aus dem Haus ihrer Pflegemutter entführt und in Russland gefangen gehalten hatte. Dieser arrogante Hurensohn. Sie hatte ihre ganze Willenskraft zusammennehmen müssen, um nicht in die Küche zu rennen und ihm sein schwarzes Herz herauszureißen.

Laylah erbebte und versuchte sich auf das zu konzentrieren, was sie herausgefunden hatte.

Eine Frau entdeckte nicht jeden Tag, dass sie eine Tante hatte, die ein Vampir war, und dass dieses Miststück nicht nur unter einer Decke mit dem Magier steckte, der sie monatelang eingesperrt hatte, sondern auch noch immer auf der Suche nach ihr war.

Allerdings schweiften ihre Gedanken immer wieder ab, da sie von der weichen Stimme abgelenkt wurde, die ihren Namen rief.

Woher kam das nur, zum Teufel?

Ihre Umgebung vergessend, lief sie zu dem Zimmer zurück, das die Vampirin und der Magier erst vor so kurzer Zeit verlassen hatten.

»Laylah, da gibt es so eine alberne Redewendung, die besagt, man solle gehen, solange die Gelegenheit dafür günstig ist«, meinte Levet, als er ihr hastig auf dem Fuß folgte. »Ich glaube, dieser Moment ist sehr gut geeignet, um zu gehen.«

»Hörst du das nicht?«, fragte sie und schnitt eine Grimasse, als sie die angrenzende Kammer betrat und den Steinaltar erblickte, der den feuchtkalten Ort dominierte. Waren das Blutflecken?

Sie umkreiste den abstoßenden Gegenstand, während ihr die Stimme immer noch im Ohr klang.

»Was soll ich hören?«

Laylah war irritiert. Levet konnte die Stimme nicht hören? Das bedeutete wohl, dass sie entweder verrückt wurde oder dass irgendein unbekanntes Wesen ihr eine vulkanische Gedankenverschmelzung verpasst hatte.

Keine dieser Möglichkeiten gefiel ihr besonders gut.

»Jemand ruft meinen Namen.«

Levets Schwanz peitschte hin und her und zuckte in wachsender Aufregung. »Ich kann aus schmerzvoller Erfahrung sagen, dass es nie eine gute Sache ist, wenn irgendeine geheimnisvolle Kreatur in deinem Kopf deinen Namen ruft.«

Laylah beachtete seine Warnung nicht weiter und näherte

sich langsam der Wasserlache auf dem Boden, die auf merkwürdige Art flimmerte.

»Ich muss es einfach wissen.«

Levet stapfte zu ihr. »Natürlich.«

»Laylah«, flüsterte die weiche Stimme. »Meine schöne Laylah.«

Laylah blieb am Rand der Lache stehen und blickte in das stehende Wasser. Ihr Herz machte schockiert einen Satz, als sie das Bild einer Frau sah, die in einer dunklen Zelle auf einem Feldbett ausgestreckt lag.

Einen verwirrten Moment lang dachte sie, es handele sich um Marika.

Verständlicherweise.

Sie hätten Klone sein können, bis die Frau in dem Bild abrupt die Augen aufschlug.

Die Augen mochten sich in Form und Farbe ähneln, aber damit endete die Ähnlichkeit auch schon.

Marika war ein kaltes, listiges Raubtier ohne Gewissen.

Die Frau, deren Spiegelbild in dem Wasser zu sehen war, besaß dunkle Augen, in denen wilde Emotionen loderten.

»Wer bist du?«, flüsterte Laylah, und ignorierte dabei Levets unheilvolle Warnung, nicht mit fremden Frauen zu sprechen, die auf magische Weise im Wasser auftauchten, vollkommen.

»Kata«, antwortete die Frau. Ihre Lippen bewegten sich, und ihre Stimme verließ Laylahs Kopf und ertönte in der Höhle. »Deine Mutter.«

Mutter.

Laylah leckte sich über die Lippen, und ihr Herz pochte schmerzhaft in der Brust.

Bei allen möglichen Szenarien, die sie sich von der Begegnung mit ihrer Mutter bisher ausgemalt hatte, war ihr diese hier nie in den Sinn gekommen.

»Was ist mit dir passiert?«, stieß sie mühsam hervor. »Wirst du gefangen gehalten?«

Kata schüttelte heftig den Kopf, und ihr Körper zitterte unter dem Leichentuch, als kämpfte sie gegen unsichtbare Fesseln an.

»Das spielt keine Rolle. Hör mir zu.«

»Ich kann dir helfen.«

»Nein.« Kata schüttelte wild den Kopf. »Du musst das Kind beschützen.«

»Kind?«, quiekte Levet. »Welches Kind?«

Laylah bedeutete dem Gargylen durch eine Handbewegung, dass er still sein sollte. »Er ist in Sicherheit, das verspreche ich dir. Aber du …«

»Mein Schicksal ist nicht von Bedeutung«, protestierte die Frau.

Laylah sank neben der kleinen Wasserlache auf die Knie, ohne es selbst zu merken.

»Für mich schon.«

»Oh, meine liebe Tochter.« Katas Gesichtsausdruck wurde sanfter, und Laylah hätte schwören können, dass sie spüren konnte, wie eine Wärme sich tief in ihr Herz senkte. »Ich wusste seit dem ersten Augenblick, in dem ich dich in meinen Armen hielt, dass du für Großes bestimmt bist.«

Na klar.

Laylah wusste, dass sie leichtgläubig sein konnte, aber dumm war sie nun doch nicht.

»Warum hast du mich dann verstoßen?«

Die dunklen Augen nahmen einen weichen, kummervollen Ausdruck an. »Niemals, *kicsim*. Es brach mir das Herz, dich in Sadiras Obhut lassen zu müssen.«

Laylah runzelte die Stirn. Sadira war ihre Pflegemutter. Eine sanfte Hexe mit einer wilden Mähne aus silbernen Locken und

146

einem runden Gesicht, das auf eine großmütterliche Art und Weise hübsch war.

Sie war die einzige Person auf der ganzen Welt, der Laylah wirklich vertraute.

Und jetzt sollte sie glauben, dass diese sie angelogen hatte?

»Woher weißt du von Sadira?«

»Sie war meine beste Freundin, als wir beide noch Kinder waren, in der alten Heimat.«

Laylah wusste nicht, was zum Teufel »die alte Heimat« bedeuten sollte, und es war ihr auch egal. Sie wollte weitaus lieber hören, dass man sie nicht weggeworfen hatte wie vergammelten Abfall.

»Aber …« Laylah musste sich räuspern. »Sie hat mir erzählt, dass sie mich einsam und verlassen in der Kanalisation von London gefunden hätte und dass sie nichts über mich oder meine Eltern wüsste.«

»Ich weiß, und es tut mir leid«, erwiderte die Frau. Ihre Stimme klang heiser vor Bedauern. »Ich ließ sie schwören, dir niemals irgendetwas über deine Vergangenheit zu erzählen.«

»Warum?«

»Ich konnte nicht riskieren, dass du nach mir suchst. Ich musste Marika und ihren Lieblingsmagier davon abhalten, dich dazu zu benutzen, das Böse in die Welt zu bringen.«

Laylah zuckte gequält zusammen. Obwohl sie es gewohnt war, Reaktionen hervorzurufen, als sei sie eine Kreuzung zwischen dem Monster unter dem Bett und Rosemarys Baby, tat das weh.

»Ich bin nicht böse.«

»Nein, natürlich nicht. Jeder kann spüren, dass dein Herz rein ist«, protestierte ihre angebliche Mutter. »Doch du bist mit der Fähigkeit gesegnet, in die Nebel einzutreten.«

»Oh.« Mit einem Mal verstand Laylah. »Das Baby.«

»Ja.«

Sie versteifte sich, und eine Welle von Emotionen überschwemmte sie, bestehend vor allem aus Angst und einem erschreckenden mütterlichen Bedürfnis, das Kind zu beschützen.

»Aber er ist unschuldig. Das schwöre ich dir!«

»In ihm fließt das Blut des Fürsten der Finsternis.«

Verdammte Scheiße.

»Sein Sohn?«

»Sein Gefäß.«

Levet beugte sich vor. »Gefäß? Sind Sie sicher?«

Laylah warf ihm einen misstrauischen Blick zu. »Weißt du irgendwas darüber?«

»Ich weiß, dass du jedenfalls nie ein Gefäß für einen bösen Gott sein willst«, sprach der Gargyle das Offensichtliche aus. »Sehr schlechtes Karma.«

Laylah reckte das Kinn vor.

Es war ihr egal, wessen Blut möglicherweise in ihrem Baby floss. Oder wozu es gezeugt worden war.

Sie würde töten, um es in Sicherheit zu bringen.

»Das Baby steht unter einem Bann, aber ich weigere mich zu glauben, dass es böse sein soll«, entgegnete sie. »Ich kann seine Reinheit fühlen.«

Die Frau zögerte, als würde Laylahs offensichtliche Sorge um das Kind sie beunruhigen.

»Nicht böse, aber … leer.«

»Ich verstehe nicht.«

»Der Junge wurde auf magische Weise erschaffen, um von der Seele eines anderen Wesens erfüllt zu werden.«

Laylah verkniff sich ihren Protest. Sie hatte nicht die Absicht, ihr umfassendes Wissen über das Kind weiterzugeben.

An niemanden.

»Von der Seele des Fürsten der Finsternis?«, fragte sie stattdessen.

»Ja.« Trotz der unsichtbaren Fesseln, die sie festhielten, erzitterte Kata vor Entsetzen. »Eine echte Wiedergeburt, die die
Schleier zwischen den Welten zerreißen und es der Hölle gestatten wird, über uns hereinzubrechen.«

»*Mon Dieu.*« Levet knuffte Laylah gegen das Bein. »Ich mag
es nicht besonders, wenn die Hölle über uns hereinbricht. Laylah, du musst etwas unternehmen!«

»Ich arbeite daran.« Sie wandte den Blick nicht von der Vision ihrer Mutter ab. Götter. Sie hatte schon immer gefühlt, dass
das Kind von großer Bedeutung war. Vielleicht sogar gefährlich.
Aber sie hätte nie gedacht, dass es die bevorstehende Apokalypse bedeuten könnte. »Was kann ich tun?«

Die Frau starrte Laylah so verzweifelt an, dass es fast greifbar
zu sein schien.

»Du musst das Kind von Marika fernhalten«, antwortete sie,
und ihre Augen blitzten in wilder Intensität. »Sie wird es zu
ihren eigenen abscheulichen Zwecken benutzen.«

»Also, Kata, ist das wirklich die richtige Art, von deiner einzigen Schwester zu sprechen?«, durchschnitt eine kalte und erschreckend bekannte Stimme die Kammer.

Laylah kam stolpernd auf die Beine, drehte sich um und sah,
wie die elegante Vampirin den Raum durchquerte, um in das
Wasser zu spähen.

»Laylah!«, rief Kata aus.

Mit einem Furcht einflößenden Lachen benutzte Marika die
Spitze ihres Manolo-Schuhs, um das Wasser aufzuwirbeln, wodurch sich die Vision von Kata auflöste.

»Gehabe dich wohl, liebe Schwester.«

Da ertönte das Geräusch von Schritten, und Laylah drehte
sich um. Der Magier kam herein und gesellte sich zu der Vam-

pirin. Laylah musste sich zum Weiteratmen zwingen, ihr Magen zog sich vor zu lange schon aufgestauter Wut zusammen.

Dieser Mistkerl hatte sie wie ein Tier eingesperrt und gezwungen, in die eisige sibirische Höhle zu gehen, wobei es ihm völlig gleichgültig gewesen war, ob der Zauber, der den Eingang schützte, tödlich für sie war.

Zum Glück war ihre ungeheure Angst stärker als jedes sinnlose Bedürfnis, Rache an dem Mann zu üben, der sie durch eine solche Hölle hatte gehen lassen.

»Ich habe Euch doch gesagt, dass ich eine Ratte aus dem Schatten lugen sah«, meinte Sergei gedehnt, und der Blick aus seinen hellblauen Augen ruhte auf dem Gargylen, der neben Laylah stand.

»Eine Ratte?«, ereiferte sich Levet. »*Sacrebleu.* Ich werde dich in einen …«

Laylah packte ihn hastig an einem zarten Flügel, um ihren Kameraden davon abzuhalten, sich in einen Haufen Kies zu verwandeln.

»Levet, nein!«

Sergei lachte grausam auf. »Hast du ihn schrumpfen lassen, oder wurde er in dieser Größe geliefert?«

»Sergei, es ist unhöflich, sich über Gäste lustig zu machen.« Marika ließ ihre Fangzähne aufblitzen und tat einen Schritt vorwärts. »Ich habe so ungemein lange auf dieses Familientreffen gewartet.«

Laylah verzog das Gesicht.

War sie wirklich so dumm gewesen zu beten, dass sie eines Tages ihre Verwandten fand?

Ja. Das war ein Fehler, den sie kein zweites Mal begehen würde.

»Halt dich von mir fern.«

Die Frau kam immer näher auf sie zu und streckte eine

Hand aus, um einen blutroten Nagel über Laylahs Wange gleiten zu lassen. Es hätte durchaus eine liebevolle Geste sein können, wenn sie nicht so viel Druck angewandt hätte, dass Blut herausquoll.

»Du hast doch gewiss keine Furcht vor deinem Tantchen?«

Ein Gefühl von eiskalter Angst bildete sich in Laylahs Magengrube, und ihre verborgenen Kräfte regten sich bei der unverkennbaren Drohung.

Sergei berührte seine Begleiterin leicht an der Schulter.

»Achtung, Marika, wir kennen das Ausmaß ihrer Macht noch nicht.«

Marikas dunkle Augen verengten sich, und ihre schmale Nase kräuselte sich vor Abscheu.

»Das ist wahr. Sie verfügt über das Aussehen ihrer Zigeunermutter, doch ihr Blut stinkt nach Dschinn.«

Laylah wischte das stinkende Dschinnblut weg, das ihr über die Wange tröpfelte. »Du hast meinen Vater gekannt?«

Marikas gellendes Gelächter hallte durch die Höhle. »Niemand ist töricht genug, um einen Dschinn tatsächlich näher kennenlernen zu wollen, doch wir sind uns kurz begegnet, bevor Sergei ihn mit deiner Mutter in den Raum eingesperrt hat, sodass er sie schwängern konnte. Er war …« Sie legte eine Kunstpause ein, und ein schwärmerisches Lächeln legte sich auf ihre Lippen. »Hinreißend.«

Empörung gewann die Oberhand über Laylahs Angst. Sie hatte keinen Moment lang daran gezweifelt, dass der Magier weder ein Gewissen noch Moral besaß. Aber Marika war offensichtlich die Königin der bösartigen Miststücke.

»Du hast deine eigene Schwester in einen Raum gesperrt, damit sie von einem mächtigen Dschinn vergewaltigt wird?«

Marika zuckte mit den Achseln. »Wer weiß schon, was hinter verschlossenen Türen geschieht? Es heißt doch …« Sie machte eine Pause und warf dem grinsenden Magier einen Blick zu. »Wie sagt man, Sergei?«

»Was ich nicht weiß, macht mich nicht heiß.«

»Auf alle Fälle wurdest du neun Monate später geboren.« Marika winkte ab. »Das ist alles, was zählt.«

Laylah machte impulsiv einen Schritt auf sie zu. »Du bist …«

Eisige Macht peitschte durch die Luft und traf Laylah gegen die Brust wie ein Vorschlaghammer.

»Vorsicht, Laylah, manchmal lasse ich es zu, dass mein Temperament mit mir durchgeht«, schnurrte Marika, und in ihren Augen glühte die Lust daran, Schmerzen zu erzeugen. »Keine von uns beiden sollte vergessen, dass ich dich noch immer brauche.«

Verdammt. Laylah rieb sich die gebrochene Rippe. Das tat weh.

»Was willst du von mir?«

Marika gewann ihre Fassung zurück. »Das Kind, natürlich.«

»Um es dem Fürsten der Finsternis zu opfern?«

Die Vampirin wirkte ehrlich verblüfft über diese direkte Frage.

Sie blickte Sergei an, der gehorsam schwieg. »Offensichtlich liegt Intelligenz nicht in der Familie. Zu schade.« Sie richtete ihre Aufmerksamkeit wieder auf Laylah. »Weshalb sollte ich mein perfektes Mittel, über die Welt zu herrschen, vernichten wollen?«

Levet schnaubte verächtlich. »Deine Tante ist vollkommen wahnsinnig, auf alle Fälle aber sehr ehrgeizig.«

Laylah kniff ihm warnend in den Flügel. Wollte das dumme Wesen etwa sterben?

»Levet.«

»Wahnsinnig?« Marika gab ein kehliges Kichern von sich. »Genies werden stets missverstanden.« Sie genoss es sichtlich, im

Mittelpunkt der Aufmerksamkeit zu stehen, und schlenderte durch die Höhle, wobei sie ihre Hand über das teure Material ihres Designerkleides gleiten ließ. »Jahrhundertelang haben die Jünger des Fürsten der Finsternis danach gestrebt, ihre Gottheit in die Welt zurückzuholen. Rot floss das Blut der Opfer über Altäre, und die Magier erwarben einen Reichtum, mit dem sie in ihren kühnsten Träumen nicht gerechnet hätten. Sie profitierten davon, dass Dämonen ihre Dienste in Anspruch nahmen, um die Schleier zwischen den Welten zu teilen.« Marika hielt inne, um ihrem Schoßmagier ein herablassendes Lächeln zuzuwerfen. »Nicht wahr, Sergei?«

Der Mann zuckte mit den Schultern. »Diese Dummköpfe.«

»Mehr als Dummköpfe«, entgegnete Marika. »Sie bringen ihr Blut, ihre Magie und ihre kostbarsten Besitztümer dar, und all das in der Hoffnung, einen Gott zu beschwören, der ihre Treue mit einem grausamen Tod vergelten wird.«

Laylah schnitt eine Grimasse. Es war kein Geheimnis, dass der Fürst der Finsternis ein *wirklicher* Bösewicht war. Glücklicherweise war der unheimliche Dämonenfürst vor Jahrhunderten hinter die Nebel verbannt worden. Und obwohl seine Lakaien zusammen mit seinen Möchtegernlakaien ständig versuchten, ihn von der anderen Seite zurückzuholen, hatten sie damit bisher noch keinen Erfolg erzielt.

Also, was zum Teufel hatten diese verrückte Vampirin und ihr schleimiger Magierkumpel vor?

»Also willst du nicht, dass der Fürst der Finsternis zurückgeholt wird?«

»Selbstverständlich will ich, dass er zurückgeholt wird, aber nicht als wütende, zu allem fähige Gottheit, die nach Rache giert«, blaffte Marika. »Ich will ihn … gefügig.«

»*Mon Dieu.*« Levets Flügel zitterten, und er drückte sich an Laylahs Bein. »Sind Sie dem Fürsten der Finsternis je begegnet?

Er ist sogar noch weniger gefügig als meine Großtante Zepharina, und die hat sich seit 1163 nicht von Notre-Dame wegbewegt.«

Marika trat direkt vor Levet, und ihre Miene jagte Laylah einen Schauder des Ekels über den Rücken.

Die Vampirin streckte die Hand aus und strich mit den Fingern über Levets unterentwickeltes Horn. Dabei veränderte sich ihre Macht und wurde zu etwas weitaus Tödlicherem als bloße rohe Gewalt.

Es war eine finstere, intensive Macht, die sich lieblich gab, hinter der sich jedoch widerliche Fäulnis verbarg.

»Eine kluge Frau verfügt jederzeit über die Mittel, einen Mann zu beherrschen, sei er nun ein missgebildeter Gargyle oder ein Gott«, sagte sie mit rauer Stimme.

»Ah.« Levets Schwanz zuckte, als Marika an seinem Horn zog. »*Oui.*«

Laylah verdrehte die Augen. Männer. Sie waren doch alle gleich. Ganz egal, ob groß, ob klein.

»Wie willst du denn …« Sie unterbrach sich, als ihr ein schrecklicher Verdacht kam. »O Götter. Das Baby.«

Marika warf ihr einen spöttischen Blick zu. »Vielleicht bist du doch nicht so dumm, wie ich dachte.«

»Was?« Levet schüttelte den Sinneszauber ab und rieb sich geistesabwesend sein Horn, als versuche er sich von dem anhaltenden Gefühl, das die Hand der Vampirin bei ihm hinterlassen hatte, zu befreien. »Was ist los?«

Laylahs Magen krampfte sich zusammen vor lauter Schuldgefühlen. Verdammt. Sie war eine Idiotin gewesen. Eine selbstsüchtige Idiotin.

In ihrer Eile, nach London zu gelangen und die Spur irgendeines vagen Gerüchtes über einen Dschinn zu verfolgen (der seit mehr als zweihundert Jahren nicht mehr gesichtet worden war), hatte sie nicht nur das Baby in der Obhut von Baumgeistern zurückgelassen. Noch schlimmer war, dass sie, nachdem es ihr gelungen war, sie beide für Jahre versteckt zu halten, jetzt auch noch die ganze Welt darauf aufmerksam gemacht hatte, dass ein Dschinnmischling herumstreunte. Und dann war sie auch noch direkt in die Arme ihrer Familie spaziert, bei der es sich zufällig gleichzeitig auch um ihre schlimmsten Feinde handelte.

Da hatte sie ja selbst für ihre Verhältnisse rekordverdächtigen Mist gebaut.

»Sie hat vor, irgendwie den Fürsten der Finsternis in dem Kind auferstehen zu lassen«, teilte sie Levet mit, wobei sie ihren Blick keinen Augenblick von Marikas kaltem, makellosem Gesicht abwandte.

»Sergei hat versprochen, dass er über das nötige Talent für ein solches Wunder verfügt.« Die Vampirin wandte sich mit einem spöttischen Lächeln dem Magier zu. »Lass uns hoffen, dass er hinsichtlich seiner Fertigkeiten nicht übertrieben hat.«

Sergei zuckte die Achseln und wirkte wie immer selbstgefällig. Aber Laylah entging keineswegs das Unbehagen, das in seinen hellblauen Augen lag.

Entweder der Mistkerl vertraute seiner Fähigkeit, böse Gottheiten wieder zum Leben zu erwecken, nicht annähernd so sehr, wie er vorgab, oder er war intelligent genug, Angst vor seiner Komplizin zu haben.

Laylah tippte auf Letzteres.

»Ich verspreche nie mehr, als ich zu erfüllen imstande bin«, erwiderte er gedehnt.

»Wenn ihr es wirklich schaffen würdet, den Fürsten der Finsternis auferstehen zu lassen, welchen Nutzen hätte er dann als kleines Kind für euch?«, wollte Laylah wissen.

Sollte sie diese Begegnung überleben, musste sie alle erdenklichen Informationen sammeln. Sie hatte viel zu lange schon im Nebel gestochert, um es so auszudrücken.

Wie konnte sie das Baby beschützen, wenn sie nicht wusste, welche Gefahren ihm drohten?

»Kinder werden irgendwann erwachsen.« Marika warf ihre rabenschwarzen Locken zurück. »Wenn sie von ihrer hingebungsvollen Mutter sorgsam beschützt werden, natürlich.«

»Mutter?« Laylah zuckte bei der bloßen Vorstellung zusammen. Sie war sich nicht sicher, ob irgendjemand, selbst der Fürst der Finsternis, ein dermaßen schreckliches Schicksal verdiente. »Du?«

»Was wäre besser geeignet, um meinen Zwecken zu dienen, als einen Gott zu formen?« Marika breitete die Arme aus. »Wenn er schließlich seinen rechtmäßigen Platz als Herrscher über diese Welt einnimmt, werde ich an seiner Seite stehen.«

Laylah unterdrückte das Bedürfnis zu lachen, als ihr blitzartig die Erinnerung an Leonardo DiCaprio in den Sinn kam, der an der Reling der Titanic stand und schrie: »Ich bin der König der Welt!«

Es gab nichts Amüsantes an der Vorstellung, dass eine verrückte Vampirin und ein böser Gott die Herrschaft über die Welt übernahmen.

Sie wandte sich dem Magier zu und bebte vor Zorn, als sie sich an seine vorsätzliche Grausamkeit erinnerte. Eines Tages würde sie ihm dieses großspurige Lächeln von den Lippen wischen.

»Darum hast du mich entführt? Um an das Kind zu kommen?«

»Nur eine Dschinn konnte den Schleier durchqueren, der die Höhle umgab, und da kein Magier verrückt genug wäre, solch seltenen Schatz einem reinblütigen Dschinn anzuvertrauen, war es naheliegend, dass wir einen Mischling suchten.«

Laylahs Verstand schreckte vor der Vorstellung zurück, wie sehr ihre Mutter in der Gewalt des Dschinns gelitten haben musste.

Sie würde sich mit der perversen Art und Weise ihrer Empfängnis später befassen, wenn nicht gerade wie jetzt eine ungeheure Katastrophe bevorstand.

Stattdessen konzentrierte sie sich auf das Kind, das zu beschützen sie sich geschworen hatte.

»Hat der Fürst der Finsternis das Baby erschaffen oder bloß die DNS gespendet?«

»Was für eine Rolle spielt das?« Marikas Stimme enthielt einen gereizten Unterton, als ob die Frage sie verärgerte. Merkwürdig. Die anderen Fragen hatte sie doch so bereitwillig beantwortet … »Ich hörte Gerüchte über seine Existenz und wusste, dass es das perfekte Mittel sein würde, um meinen rechtmäßigen Platz einzunehmen.«

Laylah schluckte den Kloß in ihrem Hals herunter.

Der einzig rechtmäßige Platz für Tantchen Marika war in der nächsten Klapsmühle.

»Wo hältst du meine Mutter gefangen?«

Die Vampirin blinzelte langsam, überrascht von dem abrupten Themenwechsel.

Leider war Laylahs Hoffnung, sie würde mit der Wahrheit herausrücken, zum Scheitern verurteilt. Stattdessen verhärtete ein berechnender Gesichtsausdruck Marikas feine Züge.

»Ah. Die arme Kata«, schnurrte sie. »Ich kann dir nicht sagen, wie traurig es mich gemacht hat, dass ich sie einsperren musste. Aber sie ließ mir wirklich keine andere Wahl.«

Mit anmutigen Bewegungen ging sie auf Laylah zu. Der Duft eines teuren Parfüms und kalter Boshaftigkeit hüllte Laylah ein wie eine Wolke. »Natürlich besteht nun, da wir dich haben, nicht länger die Notwendigkeit, sie als Gefangene zu behalten. Mit dem richtigen Anreiz könnte ich mich dazu überreden lassen, sie freizugeben.«

Laylahs Kehle schnürte sich zu, als die Vampirin ihre Hand mit eisigen Fingern ergriff.

Sie hatte noch nie die Grenzen ihrer Selbstheilungskräfte ausgelotet, und es wäre ihr lieber gewesen, wenn sie nicht gerade zum jetzigen Zeitpunkt herausfinden musste, wo diese lagen.

»Anreiz?«, stieß sie hervor.

Marikas Finger umfassten ihr Gesicht fester, die Nägel bohrten sich in ihr Fleisch.

»Das Kind.«

»Laylah …« Levet zerrte an ihrer Jeans. »Nein!«

»Halte den Mund, Gargyle«, knurrte Sergei.

Marika ignorierte die Einwürfe. Ihre dunklen Augen durchbohrten Laylah mit dem ausdrucks- und seelenlosen Blick einer Schlange.

»Was meinst du, Nichte?«, drängte sie. »Wir können doch gewiss zu einer Einigung kommen, die für uns beide von Vorteil ist? Schließlich ist das Kind wertlos für dich.«

Laylah schluckte ihren Protest herunter. Im Moment war das Baby ihre einzige Trumpfkarte. Und ihr einziges Mittel, um lebendig aus dem Keller herauszukommen.

»Wohl kaum wertlos.«

Marika forschte mit unverhohlenem Misstrauen in ihrem Gesicht. »Du willst feilschen?«

Laylah zwang sich zu einem Lächeln. »Du hast behauptet, ich hätte Zigeunerblut in den Adern.«

Levet zog an ihrer Jeans. »Laylah.«

Sergei hob die Hand und ließ eine unsichtbare Energieentladung vor dem winzigen Gargylen explodieren.

»Ich sagte, halte den Mund!«, donnerte der Magier.

Laylah funkelte den hoch aufragenden brutalen Kerl wütend

an. »Das ist nicht gerade die beste Art, um mit Verhandlungen anzufangen!«

Marikas Griff drohte Laylah den Kiefer zu brechen, als diese sie ruckartig nach hinten stieß, sodass Laylah das bösartige Verlangen sehen konnte, das tief in den braunen Augen verborgen lag.

Die Machtgier der Vampirin war zu einer gefährlichen Sucht geworden.

Es war sehr gut möglich, dass diese Sucht Laylahs Tod bedeutete.

»Ich will das Kind!«

»Ja.« Laylah versuchte zu schlucken, und ihre Knochen begannen unter dem Druck der schlanken Finger zu brechen. »Das habe ich verstanden.«

»Und ich werde alles tun, was immer auch notwendig ist, um dieses Balg in meine Finger zu bekommen«, zischte Marika. »Angefangen damit, dass ich Kata opfern werde, wenn du mir nicht das gibst, was ich haben will.«

Visionen des Todes tanzten vor Laylas Augen, aber bevor die verrückte Vampirin durchdrehen und sie alle töten konnte, legte Sergei beruhigend seine Hand auf Marikas Arm.

Dieser tapfere Magier.

»Marika«, raunte er leise. »Wir sind nicht mehr allein.«

Es folgte ein angespannter Moment, in dem die Frau gegen ihren Blutdurst ankämpfte. Ihr harter Griff um Laylahs Gesicht lockerte sich, und sie legte den Kopf in den Nacken, um zu wittern.

Marikas schönes Gesicht verzerrte sich vor Zorn.

»Victor.«

»Und sein gesamter Clan.« Sergei steuerte bereits auf die Tür zu. »Wir müssen gehen.«

Marika schüttelte den Kopf. »Nicht ohne meine Beute.«

Laylah nutzte die Tatsache aus, dass die Vampirin vorübergehend abgelenkt war, und riss sich los. Sie zog Levet eng an sich und hielt warnend eine Hand in die Höhe, nur um überraschter zu sein als alle anderen, als die Erde bebte und ein großer Felsbrocken von der Decke fiel, der Marika zu Boden warf.

»Zurückbleiben«, stieß sie hervor.

»Du Hündin! Hast du keinen Respekt vor einem Valentino-Original?« Marika erhob sich wieder und klopfte den Staub ab, der an ihrer Kleidung haftete. Sie war besorgter um das Kleid als um die Wunde an ihrer Schulter. Natürlich würde die Wunde heilen. Aber das Kleid? Das konnte sie womöglich abschreiben. »Dafür wirst du bezahlen!«

Laylah wappnete sich für den drohenden Angriff, aber Sergei packte die zornige Vampirin in einem bemerkenswerten Tempo am Arm und zog sie auf die Tür zu.

»Marika, wir sollten gehen.«

Eiskalter Hass lag in der Luft, aber Laylahs Kräfte schlugen erneut zu, ließen den Steinboden zerbersten und erfüllten die Luft mit dem Prickeln eines sich nähernden Blitzschlages.

Es war eine beeindruckende Machtdemonstration.

Zu schade, dass ihre Kräfte den Großteil der Zeit im Winterschlaf lagen. Und wenn sie sich dann entschlossen, zum Vorschein zu kommen, sorgten sie normalerweise für mehr Ärger, als sie wert waren.

Glücklicherweise war Marika angemessen erschrocken über die Beben, die die Höhle nach wie vor erschütterten. Sie wich zum Eingang zurück und warf Laylah einen drohenden Blick zu.

»Bringe mir das Kind, sonst werde ich deiner Mutter unvorstellbare Qualen bereiten.«

Laylah schob das Kinn vor. »Fahr zur Hölle!«

Marika fauchte. »Dann wirst du den Rest deines Lebens in

dem Wissen verbringen, dass sie vor Schmerzen schreit und du dir selbst die Schuld daran geben musst.«

Marika lächelte, da Laylah nicht ihre ganze Angst vor ihr verbergen konnte, ließ sich aber von Sergei aus der Höhle ziehen.

Als sie wieder allein mit Levet war, fiel Laylah auf die Knie. Ihre Kräfte schalteten sich so abrupt aus, wie sie sich eingeschaltet hatten.

Verdammt. Sie hatte die Begegnung mit ihrer Tante aus der Hölle überlebt, aber zu welchem Preis?

»Laylah!«

Der ferne Klang von Tanes Stimme, der ihren Namen rief, hallte durch den Keller. Die Stimme erklang aus einer solchen Entfernung, dass sie fast annehmen konnte, die dunkle, rauchige Stimme enthielte einen Unterton von Angst statt von Zorn.

Sie versuchte aufzustehen.

Noch ein paar Augenblicke, dann würde es in der Höhle von Vampiren nur so wimmeln, und sie wollte nicht, dass irgendjemand sie auf den Knien sah.

Nicht schon wieder.

Aber ihr Körper verweigerte den Dienst. Stattdessen drang unaufhörlich immer mehr Finsternis in ihr Bewusstsein.

Offenbar forderten sogar Minierdbeben ihren Tribut.

Sie zitterte, in ihrem Kopf drehte sich alles. Und als dann der kühle, exotisch männliche Duft von Tane die Höhle erfüllte, merkte sie, dass sie in ein Paar wartende Arme taumelte.

KAPITEL 9

*T*ane war sich vage der wachsamen Vampire bewusst, die sich beeilten, ihm einen Weg zu bahnen, als er von dem Londoner Stadthaus zu Victors Versteck stürmte. Und der neugierigen Blicke, als er die bewusstlose Frau in seinen Armen trug, die Treppe erklimmend, auf dem Weg in die Abgeschiedenheit des Schlafzimmers in Elfenbein- und Lavendeltönen.

Doch abgesehen davon, dass er von Levet eine genaue Berichterstattung forderte, was von dem Augenblick an geschehen war, in dem Laylah den Landsitz verlassen hatte, bis hin zu dem Zeitpunkt, als sie ohnmächtig in seine Arme gesunken war, war ihm alles gleichgültig gewesen außer seinem vordringlichen Bedürfnis, diese Frau vor all jenen in Sicherheit zu bringen, die ihr etwas antun wollten. Weit entfernt von neugierigen Blicken, sodass er ihr seine persönliche Meinung über impulsive, starrköpfige Dschinnmischlinge sagen konnte, die nicht einmal den Verstand einer betrunkenen Tauelfe besaßen.

Er betrat den großen Raum, der sanft von dem Feuer erleuchtet wurde, das in einem marmornen Kamin brannte, und schloss die Tür mit einem so wuchtigen Tritt hinter sich, dass die Fenster klirrten. Dann durchquerte er das Zimmer und verdarb seine beeindruckende Demonstration übler Laune, indem er Laylahs schlanken Körper mit einer Zärtlichkeit auf das Himmelbett legte, die er selbst von sich nicht kannte.

Tane wollte sich gerade aufrichten, hielt aber inne, als Laylahs dichte Wimpern sich langsam hoben. Müde Belustigung schimmerte in ihren dunklen Augen.

»Fühlst du dich jetzt besser?«

»Nein«, knurrte er. Er verspürte einen Kloß im Hals, als Laylah sich bemühte, das Bewusstsein wiederzuerlangen. »Wenn du das nächste Mal versuchst, ohne mich zu verschwinden, werde ich dafür sorgen, dass du in Ketten gelegt und in Victors Kerker geworfen wirst.«

»Du bist nicht mein Boss.«

Er schnaubte und streckte sich auf der Matratze neben ihr aus, wobei er impulsiv die Hand ausstreckte, um ihre blasse Wange zu streicheln.

»Du klingst wie ein verzogenes Kind.«

»Das ändert aber nichts an den Tatsachen.« Ihre Stimme war schwach, doch in ihren wunderschönen Augen blitzte ein Anflug von Sturheit auf. »Ich muss von dir keine Befehle entgegennehmen.«

Seine Macht erzeugte einen eiskalten Luftzug, da er sich an seine Angst erinnerte, als er entdeckt hatte, dass sie ihm entschlüpft war.

Victor hatte sich gezwungen gesehen, ihn mit roher Gewalt davon abzuhalten, durch die Finsternis zu eilen, um Laylah zu verfolgen. Nur, weil Juliet ihm versichert hatte, sie wisse genau, wo Laylah und der widerwärtige Gargyle zu finden seien, war er im Augenblick nicht damit beschäftigt, London Stein für glitschigen Stein auseinanderzunehmen.

»So naiv bist du nicht, Laylah.« Er beugte sich zu ihr hinunter, bis ihre Nasenspitzen sich beinahe berührten, und sog tief ihren Duft ein, der ihn allmählich auf verhängnisvolle Weise süchtig zu machen begann. »Ich werde es auf gar keinen Fall zulassen, dass du dich blindlings in Gefahr bringst.«

Sie hob die Hände, um sie gegen seine Brust zu stemmen. Ein Schauer der Erregung überlief ihn, als die Wärme ihrer Handflächen seine Haut durchdrang, seinen eisigen Zorn zum Schmelzen brachte und ihn durch eine weitaus angenehmere Empfindung ersetzte.

»Das geht dich nichts an.«

Er raubte ihr einen kurzen, aber ganz und gar besitzergreifenden Kuss. »Hast du etwa vergessen, dass du meine Gefangene bist?«

Sie spannte ihre Finger an und grub sie in sein Fleisch, wobei sie gerade genug Schmerz in ihm hervorrief, um ihm Genuss zu bereiten.

Tane stöhnte. Die Lust überfiel ihn mit einer Intensität, die vielleicht schockierend gewesen wäre, wenn er ganz bei Verstand gewesen wäre.

Aber das war nicht der Fall.

Und es war nicht mehr der Fall gewesen, seit er sich auf die Suche nach einem Dschinnmischling begeben hatte.

»Ich denke, du hast das falsch verstanden. Du bist meine Gefangene.«

Sie holte verblüfft Luft, als er das Kapuzenshirt ergriff. Mit einer einzigen geschmeidigen Bewegung hatte er es ihr vom Körper gerissen und auf einen zierlichen Sessel im Stil Ludwigs XIV. auf der anderen Seite des Zimmers geworfen. »Was zum Teufel tust du da?«

Er zog die Lippen zurück und zeigte seine ausgefahrenen Fangzähne, die vor Verlangen pochten.

Götter, er sehnte sich so sehr danach, von ihr zu kosten.

Sein Hunger war noch niemals so ausgeprägt gewesen.

Nicht einmal in der dunklen Zeit, in der er sich vor der Welt versteckt und nur dann Nahrung zu sich genommen hatte, wenn sein Körper ihn dazu genötigt hatte.

Aber er hatte soeben zugesehen, wie Laylah nach einer brutalen Auseinandersetzung mit einer bösartigen Vampirin und einem Magier, der eine geheimnisvolle Verbindung zu ihrer Vergangenheit hatte, in seinen Armen zusammengebrochen war.

Sein Urbedürfnis, sie zu beschützen, gewann die Oberhand über sein Verlangen nach dem Geschmack ihres Blutes auf seiner Zunge.

Wahrhaft erstaunlich.

Natürlich gab es mehr als einen Weg, seinen Hunger zu befriedigen.

Er senkte den Kopf und nutzte seine Fangzähne, um sie durch Laylahs dünnes Oberteil zu bohren. Eine angenehme Hitze durchströmte ihn, als der gelbe Stoff von ihr abfiel und das dünne Stück Stoff enthüllte, das nichts dazu beitrug, die Wölbung ihrer Brüste zu verbergen.

»Wenn wir streiten wollen, dann können wir es uns ebenso gut bequem dabei machen.«

Ihre Augen weiteten sich, doch es war keine Furcht, die in den mitternachtsschwarzen Tiefen aufblitzte. Er lächelte, als der Duft ihrer Erregung prompt in der Luft lag.

»Nein, Tane«, keuchte sie. »Das können wir nicht tun.«

»Wir haben bereits bewiesen, dass wir das tun können«, erwiderte er. Seine Stimme wurde vor Erregung tiefer und klang belegt. »Mit spektakulären Folgen.«

Er spürte das Treiben um sich herum, wie Victors Clan geschäftig in dem Herrenhaus umherlief. Zweifelsohne wurde darüber diskutiert, was die beste Strategie war, mit der betrügerischen Lady Havassy und ihrem Magierhandlanger umzugehen. Ganz zu schweigen von der Bedrohung durch eine bevorstehende Apokalypse.

Eigentlich sollte er an diesen Diskussionen teilnehmen.

Stattdessen war er ganz und gar auf die Frau konzentriert, die ihm alles abverlangte.

Er musste … was?

Seine Dominanz beweisen? Sein Territorium markieren? Sich selbst nochmals versichern, dass sie unverletzt wieder in seinen Armen lag, wohin sie gehörte?

Irgendetwas krampfte sich in seiner Brust zusammen.

Etwas, das zu gefährlich war, als dass er darüber nachdenken wollte.

Als kämpfe sie gegen ihre eigenen inneren Dämonen an, hob Laylah die Hände, um ihre Finger in sein Haar zu graben. Sie versuchte das rohe Verlangen zu verbergen, das von ihrem Körper Besitz ergriff, was Tane nicht verborgen blieb.

»Ich muss …« Sie verschluckte die verräterischen Worte. »Da gibt es Dinge, die ich tun muss.«

Seine Lippen kräuselten sich. Würde sie ihm je ihre Geheimnisse anvertrauen?

»Das Kind holen?«

Sie hielt den Atem an, als sie seine direkte Frage hörte. »Woher weißt du das?«

»Levet wurde gedrängt zu gestehen, was geschehen ist, nachdem du dich davongestohlen hattest.«

Sie kniff die Augen zusammen. »Gedrängt oder gezwungen?«

Er zuckte mit den Achseln. Seine Finger streiften an ihrem Spitzenbüstenhalter entlang, bevor sie über die seidige Wärme ihres Bauches glitten. Reine männliche Genugtuung durchzuckte ihn, als er spürte, wie sich unter seiner sanften Berührung ihre Muskeln lustvoll zusammenzogen. Dann knurrte er, frustriert über das Amulett, das sie um den Hals trug.

Er konnte ihre köstliche Hitze und ihre wachsende Erregung genießen, doch das einzigartige Aroma von frischem Frühlingsregen wurde durch den Zauber der Hexe unterdrückt.

Aus Gründen, die er sich nicht erklären konnte, wollte er von ihrem unverwechselbaren Duft eingehüllt werden.

»Ich habe Vorbereitungen für unsere Rückkehr in die Vereinigten Staaten getroffen«, versicherte er ihr, und seine Finger machten kurzen Prozess mit der Knopfleiste, sodass er ihr die Jeans ausziehen konnte. Ein Wurf, und sie landete neben dem Sweatshirt.

Laylahs Augen funkelten verärgert, aber sie machte keinerlei Anstalten, die sanfte Liebkosung seiner Hand an ihrem bloßen Oberschenkel aufzuhalten.

»Ich habe es nicht nötig, dass du meine Reisepläne bestimmst. Ich kehre auf dieselbe Weise zurück, wie ich hergekommen bin.«

»Große Worte. Du vergisst, dass wir aneinander gebunden sind.« Er beugte sich zu ihr hinunter, um leicht in ihr Ohrläppchen zu beißen, und machte sich nicht die Mühe zu erwähnen, dass seine Erregung nichts mit ihren magischen Kräften zu tun hatte, sondern vielmehr die eines Mannes war, der von einer bestimmten Frau fasziniert war. »Ich kann spüren, dass du noch immer geschwächt bist.«

Sie versteifte sich, als hätte es sie beunruhigt, dass er ihre Verletzlichkeit so mühelos erkannte.

»Ich bin nicht machtlos.«

»Nein«, stimmte er ihr prompt zu, und seine Lippen glitten an ihrer verführerischen Kehle entlang nach unten. Laylah war zerbrechlich. Sie war nicht nur erschöpft durch den Kampf mit diesem Vampirmiststück und diesem Magier, sondern auch traumatisiert durch ihre Begegnung mit ihrer angeblichen Familie aus der Hölle. Tane jedoch verstand ihr Bedürfnis, stark zu erscheinen. Das gehörte zu ihrer Persönlichkeit. Und er würde niemals ihren Geist brechen. »Du bist überhaupt nicht machtlos, doch du bist erschöpft und benötigst Ruhe.«

Sie begann sich zu bewegen, als seine Finger den Rand ihres Slips fanden, und ihre Hüfte presste sich gegen seine beginnende Erektion, während sie die Lippen öffnete, um ein sanftes Stöhnen der Erwartung auszustoßen.

Dennoch kämpfte sie gegen das Verlangen ihres Körpers an. »Ich kann mir den Luxus, mich auszuruhen, nicht erlauben. Wenn diese Irren das Baby in die Finger bekommen …«

»Laylah, Victor steht eine Flotte an Privatjets zur Verfügung«, unterbrach er sie mit rauer Stimme. Unvermittelt rollte er sich herum, um sie gegen die Matratze zu drücken. Er wollte nicht, dass sie grübelte, wenn er sie verführte. Er wollte, dass sie von ihrer Lust erfüllt wurde. Von *ihm* erfüllt wurde. Tane vergrub sein Gesicht in der zarten Biegung, wo ihr Hals in die Schulter überging. »Einer wird im Augenblick für uns vorbereitet.«

Sie packte ihn an den Schultern und drückte in stummer Aufforderung den Rücken durch, als er mit einem Ruck seine Khakihose abstreifte und sich dann zwischen ihre Beine senkte.

»Vampire fliegen?«, fragte sie heiser.

Er schabte mit den Fangzähnen leicht über ihr Schlüsselbein und nutzte seine jahrhundertelange Erfahrung, um ihren Spitzenbüstenhalter aufzuhaken und ihn ihr auszuziehen, ohne dass sie bemerkte, dass er fehlte.

»Nur mit Flugzeugen, die so gebaut sind, dass wir geschützt sind, und mit treuen Bediensteten, die Wache stehen«, antwortete er geistesabwesend. Seine Aufmerksamkeit war vollständig auf die sanften, mit dunkelrosa Brustwarzen ausgestatteten Hügel ihrer Brüste gerichtet, die sich bereits erwartungsvoll vergrößert hatten. »Wir werden in wenigen Stunden in Chicago sein.«

»Wie schön …«

Ihre Worte endeten mit einem gehauchten Aufseufzen, als er einen der emporgereckten Nippel in den Mund nahm. Ein zustimmendes Stöhnen durchdrang ihn grollend, als sie die Hände über seinen Rücken gleiten ließ und das schmerzhafte Verlangen tief in seinem Inneren stillte.

Götter, er war ein Vampir, kein Werwolf.

Weshalb zum Teufel sehnte er sich mit einer solchen Intensität nach ihrer Berührung?

»Natürlich wird es noch eine Stunde dauern, bevor es zum Abflug bereit ist«, meinte er und zeichnete die Unterseite ihrer Brust mit seiner Zunge nach, bevor er sich weiter nach unten vorarbeitete.

Soweit es ihn betraf, konnte das Privatflugzeug eine Ewigkeit warten.

Laylah stützte sich auf die Ellbogen. Ihre Elfenbeinhaut war vor Verlangen gerötet, als sie mit ansah, wie er sich an der Kurve ihrer Hüfte entlang nach unten küsste und ihr dabei den winzigen Slip auszog.

»Ich muss mit Victor sprechen«, sagte sie. Ihre Stimme war ein ersticktes Keuchen.

Er ließ sich zwischen ihren Beinen nieder und knabberte an der seidigen Haut innen an ihrem Oberschenkel.

»Weshalb?«

Sie unterdrückte einen Schrei, als er seine Position verlagerte und seine Zunge durch ihre feuchte Hitze gleiten ließ.

»Meine …« Sie krallte ihre Finger in die Tagesdecke und atmete flach und keuchend. »Meine Gründe gehen dich nichts an.«

Tane lachte leise. Er ließ seine Hände zu ihrem Unterleib gleiten und drückte dagegen, um Laylah an Ort und Stelle festzuhalten, als er an der winzigen Perle leckte, knabberte und schließlich saugte, die die Quelle ihrer Lust verbarg.

Laylah stöhnte auf und fiel schlaff auf die Kissen zurück.

Er fuhr dennoch fort, sie zu erregen. Erst, als er spürte, dass sie kurz vor ihrem Orgasmus stand, drängte er nach oben und ragte über ihr auf, seine Penisspitze an ihrer Scheidenöffnung.

»Empfindest du es als moralische Verpflichtung, mit allen zu streiten, oder liegt es an mir?«, verlangte er zu wissen.

Sie griff nach oben, um sich sein Haar um die Hand zu wickeln und ihn zu einem Kuss zu sich herunterzuziehen, der grob vor femininer Begierde war.

»Ich mag es nicht, drangsaliert zu werden.«

Mit einem ruhigen Stoß drang er tief in sie ein, und das Stöhnen beider erfüllte den Raum.

»Es wird kein Fehler sein, wenn ich beschließe, dich zu drangsalieren, meine süße Laylah«, stieß er rau hervor.

Er verschlang ihre Lippen mit einem Kuss hemmungsloser Begierde und wölbte langsam die Hüften, bevor er in ihre enge Scheide zurückglitt. Ein Schauer überlief ihn, als sie die Hüften hob, um seinem Stoß zu begegnen, während sich ihre Zungen in einem Tanz erotischer Wonne begegneten.

Er beabsichtigte, eines Tages Stunden damit zu verbringen, diese komplizierte, unglaubliche Frau zu verführen.

Nein, nicht Stunden … Wochen, vielleicht auch Monate.

Aber vorerst war die Lust noch zu neu, zu mächtig.

Es war ein Feuer, das ihn zu verschlingen drohte.

Tane unterdrückte das Bedürfnis, seine Fangzähne tief in Laylahs zartes Fleisch zu graben, und konzentrierte sich stattdessen auf das exquisite Gefühl, in die einladende Hitze ihres Körpers einzutauchen. Er murmelte Worte in der Sprache seiner Vorfahren, die er seit Jahrhunderten nicht gebraucht hatte, und gab ein Tempo vor, das sie beide auf einen explosionsartigen Höhepunkt zusteuern ließ.

Laylahs keuchende Versuche, wieder zu Atem zu kommen, genoss er und wartete darauf, dass das Beben ihres Körpers nachließ, bevor er sich zur Seite rollte und sie fest in die Arme nahm.

Er kuschelte nicht.

Unverbundene Vampire kuschelten nicht.

Sie hatten Geschlechtsverkehr. Punkt. Ende der Geschichte.

Aber Laylah war nicht wie seine üblichen Geliebten, und er traute es ihr durchaus zu, vor ihm fliehen zu wollen, trotz der unglaublichen Lust, die sie soeben gemeinsam genossen hatten. Er verfügte weder über die Zeit noch über die Energie, um ihr nachzujagen.

Zufrieden mit dieser zweifelhaften Erklärung, drückte Tane Laylahs Kopf gegen seine Schulter, wobei er wieder einmal das Amulett verwünschte, das ihren süßen Duft überdeckte.

»Nun erzähle mir, weshalb du mit Victor sprechen willst«, befahl er.

Sie verkrampfte sich, doch erstaunlicherweise versuchte sie nicht, sich aus seinem besitzergreifenden Griff zu befreien.

Er war nicht dumm genug anzunehmen, sie hätte sich geschlagen gegeben. Nein. Dies war lediglich eine einstweilige Schonfrist. Und diese würde nur so lange anhalten, wie sie glaubte, dass sie ihn brauchte.

Sie legte den Kopf in den Nacken und sah ihm in die Augen.

»Meine …« Sie hielt inne und dachte über ihre Wortwahl nach. »Eine Frau, die behauptet, meine Mutter zu sein, wird als Geisel gehalten. Sie muss gefunden und befreit werden.«

»Das weiß ich.« Er legte seine Hand an ihre Wange. »Victor hat versprochen, Uriel auszusenden, um nach der Frau zu suchen.«

Er erwähnte nicht, dass es mehrere Tage dauern würde, bis Victor mit dem örtlichen Hexenzirkel verhandeln konnte, damit dieser einen Zauber wirkte, um den Ort zu finden, an dem die Frau versteckt wurde.

Sie zog ruckartig die Brauen zusammen. »Ohne auch nur zu fragen, ob ich bei der Suche mitmachen will? Typisch.« Angesichts ihrer Miene war Tane froh, dass sie keinen angespitzten Pflock griffbereit hatte. »Sie ist meine Mutter.«

Er begegnete ihrem anklagenden Blick, ohne zusammenzuzucken, und lehnte es ab, sich zu entschuldigen. Sie hatte vielleicht ihren Stolz, aber er hatte auf grausame Weise gelernt, was geschehen konnte, wenn man zuließ, dass Gefühle den gesunden Verstand besiegten. Bis Laylah Gelegenheit gehabt hatte, sich zu beruhigen und genau zu überprüfen, was sie im Keller des Londoner Stadthauses vorgefunden hatte, würde sie keine Entscheidungen treffen.

»Nein, du hast es richtig erkannt«, meinte er. »Sie ist eine fremde Frau, die behauptet, deine Mutter zu sein.«

Sie kniff die Lippen zu einem dünnen Strich zusammen. »Willst du auf irgendwas Bestimmtes hinaus?«

»Es ist sehr gut möglich, dass diese Frau nicht mehr ist als ein geschicktes Lockmittel.«

»Ein Lockmittel wofür?«

»Für dich.«

Laylah schüttelte den Kopf. »Das ist unmöglich.«

»Weshalb? Boris und Natasha machten deutlich, dass sie jede Mühe auf sich nehmen würden, das Kind in ihre schmutzigen Hände zu bekommen.« Er lächelte über das Erstaunen, das sich bei seiner Anspielung auf *Die Abenteuer von Rocky & Bullwinkle* in ihren Zügen zeigte. Ohne Zweifel hatte sie angenommen, er verbringe seine Freizeit damit, Schwerter zu schärfen und Kinder zum Frühstück zu verspeisen. Und damit war sie nicht allein. »Und was wäre besser, als dich zu zwingen, den Säugling einfach im Austausch für deine seit langer Zeit verloren geglaubte Mutter auszuliefern?«

»Vielleicht, aber wenn sie keine Propheten sind, können sie nicht gewusst haben, dass ich ins Stadthaus kommen würde«, entgegnete Laylah. »Ganz zu schweigen davon, dass ich mich in ihrem Keller versteckt habe, sodass sie die Falle zuschnappen hätten lassen können.«

»Der Gargyle gab zu, dass der Magier deine Anwesenheit wahrnahm.«

»Erst, nachdem wir da angekommen sind. Sie wussten nicht, dass wir kommen würden«, beharrte Laylah hartnäckig. Ein Teil von ihr wollte offenkundig an die Wunschvorstellung von ihrer Mutter glauben. »Auf gar keinen Fall hätten sie eine so raffinierte Täuschung arrangieren können.«

Tane strich mit dem Daumen über ihre Wange. Irgendwann würden sie über das Kind reden müssen, das sie beschützte. Und natürlich über die Orakel, die nach wie vor eine Bedrohung waren (und die ihn durchaus kastrieren konnten, wenn sie herausfanden, dass er einen Dschinnmischling versteckte), aber er würde ein Problem nach dem anderen angehen.

Vorerst musste er sich darum kümmern, dass Laylah nicht weglaufen konnte, um sich auf irgendeine aussichtslose Suche nach einer Mutter zu begeben, die höchstwahrscheinlich nur ein Lockvogel war, mit dem man sie fangen wollte.

»Ein mächtiger Magier kann mit einer Handbewegung alle möglichen Illusionen erzeugen. Es wäre leicht, dich zu täuschen.«

Ihre Hand landete mit so viel Gewalt auf seinem Brustkorb, dass sie ihm eine Rippe gebrochen hätte, wenn er kein Vampir gewesen wäre.

»Also bin ich nicht nur impulsiv, sondern auch dumm?«

Tane bemühte sich eilig um Schadensbegrenzung.

Verdammt. Jahrhundertelang hatte er sich Frauen ausgesucht, die nur eines von ihm wollten.

Und sein Charme gehörte eindeutig nicht dazu.

Er umfasste mit einer Hand Laylahs Kinn und hielt ihren Blick fest, während er sich herunterbeugte, um seine Lippen über ihren Mund gleiten zu lassen.

»Du hast nicht gelernt, gleichgültig zu erscheinen«, meinte er heiser. »Das ist eine gefährliche Schwäche, die andere begierig ausnutzen werden.«

Sie erzitterte, und ihre Lippen schmolzen augenblicklich unter seinem Kuss dahin, doch gleichzeitig stemmte sie die Hände fest gegen seinen Brustkorb. In ihren dunklen Augen lag ein sorgenvoller Ausdruck. Er spürte, dass sie sich gegen diese Besorgnis wehrte.

»Wie will Uriel denn herausfinden, ob sie real ist oder nicht?«

Froh, sie von ihren Sorgen ablenken zu können, ließ Tane seine Lippen über ihre Kieferpartie wandern.

»Juliet wirkte irgendeinen Zauber mit ihrer Kristallkugel, die es Uriel ermöglicht, die Fährte der Frau aufzunehmen. Sobald er ihr nahe genug ist, wird er sie finden.«

Ihre Hand, die sich gegen seine Brust presste, gab nach und erkundete seine harten Muskeln, während seine Zunge die empfindliche Stelle unterhalb ihrer Kehle entdeckte.

»Und was ist mit Marika und dem Magier?«, brachte sie heiser hervor.

»Victor hat seine besten Krieger auf die Suche nach ihnen geschickt, doch ich bezweifle, dass sie mehr als Blendwerk vorfinden werden. Dieser verdammte Magier wird wohl imstande sein, seinen Fluchtweg auf magische Weise zu tarnen.« Tane hob den Kopf und forschte nachdenklich in Laylahs Gesicht. »Sie befinden sich vermutlich auf der Suche nach dir.«

»Sie suchen schon seit langer Zeit nach mir. Und sie sind nicht die Einzigen.« Stirnrunzelnd sah sie ihn an. »Ich könnte eine verdammte Dämonenparade durch die Fifth Avenue anführen.«

Die Wahrheit, die in ihren Worten steckte, weckte seinen Zorn.

Mit dem Verstand konnte er folgen.

Sie gehörte zu den gefährlichen Mischlingen, die von der Kommission auf den Index gesetzt worden waren. Und sie beherbergte ein geheimnisvolles Kind, in dessen Adern das Blut des Fürsten der Finsternis floss und das das Zeug dazu hatte, die Welt vollständig zum Stillstand zu bringen.

Darüber hinaus war sie eine zauberhafte, sinnliche, verführerische Frau, die wohl jeden unverbundenen Dämon in ihrer Umgebung dazu brachte, sie zu verfolgen wie ein brünstiger Hund.

Ja, er konnte die Suche nachvollziehen, doch das Ganze machte ihn auch überaus zornig.

»Sie können dich nicht kriegen.« Er strich mit der Hand über ihren Rücken und presste sie gegen seine entstehende Erektion, eine unverhohlene Demonstration seines männlichen Besitzanspruchs. »Du gehörst nun mir.«

Sie kniff die Augen zu gefährlichen Schlitzen zusammen. Dann rollte sie ihn mit einer einzigen geschmeidigen Bewegung auf den Rücken, sodass sie sich auf ihn setzen konnte.

»Ich gehöre dir?«

Er umfasste mit den Händen fest ihre Hüften, und eine intensive Hitze breitete sich bei ihrer unverfrorenen Herausforderung in ihm aus.

»Du gehörst mir.«

Ganz bewusst rieb sie ihre Scham an seiner steinharten Erektion und lächelte, als sich seiner Kehle ein Stöhnen entrang. Seine Finger gruben sich in ihr Fleisch. Er hatte noch niemals zuvor etwas so Wunderschönes gesehen wie den Anblick, wie sie über ihm balancierte, die Wangen vor Verlangen gerötet und Herausforderung im Blick.

»Sogar in England ist das Feudalsystem schon lange überholt«, erklärte sie und veränderte ihre Position, bis seine Spitze gerade in ihre heiße, nasse Vagina eindrang. »Frauen sind kein Eigentum mehr, das vom Mannsvolk gekauft und eingetauscht wird.«

Tane fuhr mit der Hand ihren gewölbten Rücken entlang nach oben und drängte sie, sich zu ihm herunterzubeugen, sodass er an einer ihrer steifen Brustwarzen saugen konnte. Eine Stimme in seinem Hinterkopf wisperte ihm eine Warnung zu, die seine niemals endende Sehnsucht nach dieser Frau betraf.

Doch ließ sich die Stimme mühelos durch die Flut köstlicher Wonne zum Verstummen bringen, als Laylah sich langsam auf seiner schmerzenden Erektion niederließ. Eine sengende Hitze durchzuckte ihn, und er verdrehte die Augen, bis nur noch das Weiße zu sehen war.

Verdammt.

Nichts anderes konnte sich je so gut anfühlen.

»Menschliche Gesetze haben für einen Vampir keinerlei Bedeutung«, murmelte er und leckte mit seiner Zunge über die Spitze ihrer Brustwarze, wobei er sorgsam darauf achtete, ihre Haut nicht mit seinen voll ausgefahrenen Fangzähnen zu verletzen.

Dass er behauptete, sie gehöre ihm …

Das kam dieser ganzen Sache mit der Verbindung schon ein wenig zu nahe.

Und obgleich die Lust ihn fast vollständig in ihrer Gewalt hatte, war er doch nicht töricht genug, das Risiko einzugehen, auf Dauer eine Beziehung mit irgendeiner Frau einzugehen, ganz zu schweigen von einer Frau, die dazu bestimmt war, sich selbst und jeder Person, die sich in ihrer Nähe befand, eine Unmenge Ärger zu bereiten.

Laylah ließ die Hüften kreisen und nahm ihn noch tiefer in sich auf. »Was ist mit den Geboten des Anstandes?«

Er stöhnte und nahm ihr Gesicht in seine Hände, sodass er ihre Lippen mit einem feurigen Kuss erobern konnte.

»Ich ziehe Unanständigkeit vor.«

Sie lachte leise, offenkundig erfreut über die sexuelle Macht, die sie über ihn hatte.

»Ich dachte, da wäre ein Flugzeug, das auf uns wartet?«

Er ließ seine Zungenspitze über ihre Unterlippe gleiten und wölbte den Rücken, als sie ihn in einem langsamen, bedächtigen Tempo ritt.

»Victor wird uns melden, wenn es zum Abflug bereit ist.«

Sie hielt die Luft an, als er die Hüften hob, um ihrer Abwärtsbewegung zu begegnen.

»Gibt es in der ersten Klasse Särge?«, spottete sie.

»Nein, aber ich hoffe, es gibt winzige Dschinnflaschen für deinen Komfort. Ich hege die Absicht, den gesamten Flug damit zu verbringen, mir dich in einer dieser dünnen Pluderhosen und einem winzigen Oberteil vorzustellen, ausgestreckt auf einem runden Samtdiwan.«

Er knurrte zustimmend, als sich ihr sinnliches Tempo beschleunigte. Sie zerkratzte ihm mit den Fingernägeln die Brust, als Bestrafung für seine Wunschvorstellung der *Bezaubernden Jeannie*.

Aber wer hätte es ihm verübeln können?

Sie war eine Dschinn. Welcher Mann hätte sie sich nicht liebend gern in einer bequem tragbaren Flasche eingesperrt vorgestellt, verführerisch gekleidet und immer nur darauf wartend, dass er sie hervorzauberte?

»Eher friert die Hölle ein, als dass du mich je in einer Pluderhose siehst«, knurrte sie und drückte den Rücken durch, als sich ihr Höhepunkt aufzubauen begann.

In seinen Augen loderte es verheißungsvoll, und seine Zunge folgte dem verlockenden Schatten ihrer Drosselvene.

»Ich kann warten.«

Caines Versteck außerhalb von Chicago war seit Jahren verlassen, aber dank des hohen Betrags, den er dem örtlichen Hexenzirkel bezahlt hatte, waren die Illusionszauber immer noch absolut unversehrt und hüllten das zweistöckige Backsteinbauernhaus in das Trugbild einer verfallenen Scheune. Außerdem umgaben etliche Abstoßungszauber das Grundstück, um unwillkommene Eindringlinge abzuschrecken, und es waren einige wenige Flüche für diejenigen verhängt worden, die die diversen »Betreten verboten«-Schilder ignorierten.

Die Folge davon war, dass das Haus in so tadellosem Zustand war wie an dem Tag, an dem er es verlassen und die Tür hinter sich abgeschlossen hatte.

Nicht einmal ein Spinnennetz wagte es, diese Perfektion zu verunzieren.

Caine hatte seinen Zusammenbruch aufgeschoben, bis er sein persönliches Quartier erreicht hatte.

Im Lauf der vergangenen Tage hatte er ein gefährliches Spiel mit dem König der Werwölfe gespielt, mit einem Zombiewerwolf gekämpft, der ihn seit Jahren benutzt und missbraucht hatte, und er war von einem Dämonenlord getötet worden, der ihn mit der Gewalt einer Atomexplosion durchschlagen hatte.

Und als ob das noch nicht genug gewesen wäre, hatte er, nachdem er wieder zum Leben erwacht war, festgestellt, dass er keine einfache Wolfstöle mehr war, sondern ein reinblütiger Rassewolf. Und dass er irgendwie automatisch zum Hüter einer genetisch veränderten Werwölfin geworden war, die von dem Dämonenlord gefangen gehalten worden war. Und weil das noch nicht genug war, handelte es sich bei dieser Werwölfin um eine Prophetin von unschätzbarem Wert. Das seltenste und begehrteste Wesen der Welt.

Ja, da kam es nicht gerade unerwartet, dass er ziemlich reif für die Insel war.

Aber nachdem er die Fastfood-Tüten auf dem Weg zu seinem Versteck geleert und weggeworfen hatte, machte Caine doch keine Anstalten, sich auf den Weg in sein Schlafzimmer zu begeben. Stattdessen fuhr er sich mit den Händen durch das kurze blonde Haar, das in Verbindung mit seinen hellblauen Augen und seiner von Natur aus gebräunten Haut (die im Augenblick durch sein fehlendes Hemd und die verschlissene Jeans, die tief auf seinen schlanken Hüften saß, äußerst vorteilhaft entblößt wurde) die meisten Leute dazu brachte, ihn für einen harmlosen Surfer zu halten.

Dieses Image pflegte er gewöhnlich auch immer, bis sein innerer Wolf bereit war hervorzukommen, um zu spielen.

Caine lächelte in sich hinein und beobachtete die schlanke Frau, die mit einer derartigen Intensität durch die Küche streifte, dass es ihn zu Tode ängstigte.

Nicht, dass sie es nicht wert gewesen wäre, dass man sie sich genauer ansah.

Ihr Haar war nicht einfach nur blond, sondern es schimmerte wie das reinste Silber, obwohl es ärgerlicherweise zu einem Zopf geflochten war, der ihr fast bis zur Taille reichte. Ihre Haut leuchtete so rein wie Alabaster und war so glatt und seidig, dass sie einen Heiligen hätte in Versuchung führen können. Und ihre großen, unschuldigen Augen besaßen den Farbton von Sommergras und waren auf erstaunliche Weise mit goldenen Sprenkeln durchsetzt.

Und dann gab es da noch diesen makellosen Körper.

Obwohl er in einer ausgefransten Jeans und einem unförmigen Sweatshirt steckte, waren diese schlanken, muskulösen Kurven nicht zu übersehen, die ihm bewiesen, dass sie keineswegs ein zartes Pflänzchen war.

Sie war vielmehr eine Frau, die es mit einem äußerst erregten Wolf aufnehmen konnte.

Caines Nasenflügel blähten sich, als er ihren süßen Lavendelduft einatmete. Sein Körper war angespannt, und er verspürte den Drang, sich auf sie zu stürzen.

Ah, die Dinge, die er tun konnte …

Stattdessen lehnte er sich an die Anrichte, die Arme vor der Brust verschränkt, während er zusah, wie sie ihre Hand zaghaft über den Toaster gleiten ließ, bevor sie zum Mikrowellenherd hinüberging und geistesabwesend die Tasten auf dem Bedienfeld drückte.

An dem Bauernhaus gab es nichts Prunkvolles. Die Küche war mit blauen und weißen Kacheln verziert und verfügte über die obligatorischen Ginghamvorhänge sowie einen einfachen Holztisch und Holzstühle, die mitten im Raum standen. Es war die Art von heimeliger Atmosphäre, die im Mittelwesten geschätzt wurde.

Kassandra inspizierte ihre Umgebung allerdings mit einer Faszination, als hätte sie eine Reise zur Raumstation angetreten.

Ihr Erstaunen war nur allzu verständlich.

Sie war in einer finsteren, feuchtkalten Höhle gefangen gehalten worden – Gott allein wusste, wie viele Jahre lang. Selbst die einfachste Technologie musste ihr unglaublich vorkommen.

Also warum empfand er dann die Tatsache, dass sie so gebannt sein Haus betrachtete, fast als Beleidigung?

Weil er wollte, dass die gesamte weibliche Faszination einzig und allein für ihn reserviert war?

Caine machte eine abrupte Kopfbewegung und zwang sich, die Anrichte loszulassen und Kassandra direkt den Weg zu verstellen.

»Hast du vor, die ganze Nacht damit zu verbringen, durch die Zimmer zu laufen?«

Aufgrund ihrer eigenartigen Angewohnheit, alles in der Welt und jede Person darin wörtlich und für bare Münze zu nehmen, hielt sie inne, um über seine Frage nachzudenken.

»Ich bin mir nicht sicher. Muss ich dir meine Entscheidung schon jetzt mitteilen?«

Er rieb sich den Nacken und erinnerte sich dunkel an die bitteren Voraussagen seiner Mutter.

»Man hat mir prophezeit, dass meine Sünden mich in die Hölle bringen würden«, murmelte er.

Die grünen Augen studierten ihn mit unerschütterlichem Interesse. »Du bist aufgebracht.«

»Meine Laune wird tendenziell schlecht, wenn ich sterbe.«

»Du warst nur wenige Minuten lang tot, und nun besitzt du das, was du dir stets wünschtest«, hob sie mit perfekter Logik hervor. »Du bist ein reinblütiger Werwolf.«

»Ja, ich habe das Memo bekommen.«

Caine erschauderte. Er war noch damit beschäftigt, sich an die Gefühle zu gewöhnen, die ihn überfluteten. Es fühlte sich an, als ob die Schleusen aufgerissen worden wären, um einen Strom an roher Kraft hervorbrechen zu lassen. Es würde Tage, wenn nicht sogar Wochen dauern, bis er sich an seine frisch geschärften Sinne und die seltsamen Sehnsüchte gewöhnt hatte, die ihn nun beherrschten.

»Weshalb bist du dann unzufrieden?«, fragte sie sanft.

Er schnitt eine Grimasse angesichts ihrer Verwirrung. Es stimmte: Er hatte noch nie ein Geheimnis daraus gemacht, dass er die Talente eines Rassewolfes haben wollte. Welches Lebewesen würde nicht stärker, schneller und den meisten anderen völlig überlegen sein wollen?

Und natürlich war da noch die ganze Sache mit der Unsterblichkeit.

Aber als ihm die Visionen zuteilgeworden waren, in denen

ihm versprochen worden war, dass er dazu bestimmt sei, ein Rassewolf zu werden, hatte er nicht mit dem Opfer gerechnet, das dafür gebracht werden musste.

»Weil es ...«

»Was denn?«

Er ballte die Hände in ohmächtigem Zorn. »Ich dachte, es wäre meine Bestimmung, das Geheimnis zu entschlüsseln, wie man Wolfstölen in Rassewölfe verwandelt«, stieß er hervor. »Und nicht, gentechnisch verändert zu werden, weil ein durchgeknallter Dämonenlord mich bei dem Versuch, in eine andere Dimension zu fliehen, durchschlagen hat.«

Kassandra neigte den Kopf und dachte über seine Worte nach.

»Bedauerst du, dass du nicht imstande sein wirst, deine wunderbare Verwandlung mit anderen zu teilen?«

Er schnaubte über die naive Frage. Offensichtlich hatte Kassandra noch nicht begriffen, dass er ein selbstsüchtiger Mistkerl war, der in seinem Leben noch nie irgendetwas getan hatte, aus dem er nicht auf die eine oder andere Weise Nutzen ziehen konnte.

»Ich bin nicht Gandhi.«

»Wer?«

Er seufzte gequält. »Vergiss es.«

»Ich verstehe noch immer nicht, weshalb du so aufgebracht bist.«

»Ich wollte meine Visionen auf wissenschaftliche und nicht auf magische Weise verwirklichen.«

»Weshalb?«

»Für eine Gabe, die man auf magische Weise erhält, muss man immer einen Preis bezahlen. Das Universum schafft es immer, eine Bezahlung aus einem herauszuquetschen. O Gott.« Er schauderte. »Ich habe nicht einmal die geringste Ahnung, wie hoch die kosmische Schuld für Unsterblichkeit wohl sein mag.«

»Jetzt ist es zu spät für Reue.« Kassandra runzelte die Stirn, als er in schallendes Gelächter ausbrach. »Habe ich etwas Komisches gesagt? Ich bin mir da nie sicher.«

»Ich behaupte schon seit einem Jahrzehnt, dass es zu spät für Reue ist«, antwortete er murmelnd.

»Aha.« Sie drehte sich um, ging zum nahe gelegenen Fenster und betrachtete die ungezähmte Natur draußen. »Und dennoch verspürst du Reue.«

»Ich …« Ihm klappte vor Fassungslosigkeit der Unterkiefer herunter, als Kassandra sich geistesabwesend das Sweatshirt über den Kopf zog und es dann auf den Boden fallen ließ. Die Jeanshose folgte rasch, und schließlich stand sie nur in einem einfachen weißen Büstenhalter und einem dazu passenden Slip vor ihm. »Heilige Scheiße, was machst du?«

Sie wandte sich um und blickte ihm in die Augen, in denen das Feuer seines Wolfes glühte. Ganz offensichtlich war sie überrascht über seine erstickte Frage.

»Meine Kleidung riecht nicht gut.« Sie rümpfte die Nase. »Und ich bin reif für ein Bad.«

Ein heißes, wildes Lustgefühl übermannte Caine und ließ ihn beinahe in die Knie gehen.

Es war die Art von Lust, die einen Mann in den Wahnsinn treiben konnte.

Nur aus diesem Grund wandte er sich von der schlanken Eleganz ihrer fast nackten Gestalt ab und umklammerte die Anrichte so kraftvoll, dass die Arbeitsplatte aus Marmor zerbrach.

In den letzten Jahrzehnten hatte er eine schlechte Entscheidung nach der anderen getroffen.

Es war an der Zeit, dass er anfing, sein Gehirn einzuschalten.

»Nun ja, so sehr ich den spontanen Striptease einer hinrei-ßenden Frau auch zu schätzen weiß – meine Selbstbeherr-schung ist am Ende, also schlage ich vor, dass du nach oben gehst«, knurrte er.

Er hörte, wie sie witterte, um mühelos seine Erregung wahr-zunehmen. »Du willst mich?«

Ob er sie wollte?

Sein Penis drückte mit so viel Kraft gegen seine Jeans, dass die Blutzufuhr abgeschnitten wurde.

Mit einer einzigen fließenden Bewegung wirbelte er herum und durchquerte den Raum, um die provozierende Frau ge-gen die Wand zu drücken. Geistesabwesend erinnerte er sich daran, dass er seine neue Kraft zügeln musste, und rieb sein Gesicht an ihrer Halsbeuge, während er ihren einzigartigen Duft einatmete.

»Ich korrigiere: Ich verzehre mich nach dir«, stieß er heiser hervor. Sein Körper stand vor Begierde in Flammen. »Aber jetzt im Moment sind wir beide durcheinander. Wenn du meine Geliebte wirst, dann erst, wenn ich mich ausschließlich damit beschäftigen kann, dich absolut zufriedenzustellen.«

Caine wusste nicht, was er erwartet hatte, aber es war be-stimmt nicht, plötzlich auf dem Rücken zu liegen, während Kassandra sich mit einem selbstgefälligen Lächeln über ihn beugte.

»Du wirst mein Geliebter, wenn ich es sage, und keine Mi-nute früher«, versicherte sie ihm.

Caine drehte sich gerade rechtzeitig herum, um zu sehen, wie sie aus dem Zimmer stolzierte. Die wiegende Bewegung ihres kleinen Hinterteils ließ seinen Blutdruck in die Höhe schnellen.

Scheiße.

Wer zum Teufel war Kassandra?

Eine einsame Höhlenbewohnerin mit prophetischen Fähigkeiten, die von einem verrückten Dämonenlord unwiderruflich geschädigt worden war?

Oder eine erbarmungslos verführerische Frau, die ihn soeben mit erschreckender Leichtigkeit niedergeschlagen hatte?

Caine kam wieder auf die Beine und rieb sich die Beule am pochenden Hinterkopf. Karma war definitiv eine schwierige Angelegenheit. Dann steuerte er auf das Gästeschlafzimmer im oberen Stockwerk zu.

Als er das in verschiedenen Gelbtönen eingerichtete Zimmer betrat, öffnete Caine den Kleiderschrank aus Walnussholz und entnahm ihm eine Jeanshose und ein einfaches T-Shirt.

Wie jede andere Wolfstöle besaß er in seinen diversen Verstecken immer eine zusätzliche Auswahl an Kleidungsstücken.

Wer wusste schließlich schon, wann er das Bedürfnis verspüren würde, sich zu verwandeln?

Aber natürlich gehörte all das jetzt der Vergangenheit an.

Als Rassewolf verfügte er nun über die Fähigkeit, seine Verwandlungen zu kontrollieren.

Caine schüttelte den Kopf über diesen bestürzenden Gedanken, betrat das angrenzende Badezimmer und duschte, nachdem er seine schmutzige Jeans ausgezogen hatte.

Er hatte unzählige Stunden damit verbracht, sich aus den Tunneln zu befreien, die über ihm und Kassandra zusammengebrochen waren, und brauchte jetzt dringend heißes Wasser und Seife, einzig und allein, um den Dreck abzuwaschen, und nicht, damit er nach Blumen duftete.

Er hatte sich gerade abgetrocknet und war dabei, eine frische Jeans anzuziehen, als die Tür zu seinem Schlafzimmer geöffnet wurde und sein Gast mit finsterem Gesicht hereinkam.

»Verdammt, Kassandra!« Er zog seine Jeans mit einem Ruck hoch. Sein Körper wurde hart beim Anblick der engen Jeans, die sich zärtlich an ihre schlanken Kurven schmiegte, und des lässigen ärmellosen Hemdes, das die weiche Rundung ihres Busens erkennen ließ. Ihr feuchtes Silberhaar hing ihr offen über den Rücken. Er ballte die Hände zu Fäusten, so stark war sein Drang, es zu streicheln. »Wenn wir gemeinsam in einem Haus wohnen, müssen wir anscheinend ein paar Grundregeln aufstellen.«

Sie ignorierte seinen Tadel, schien mit den Gedanken weit weg zu sein. »Wir müssen gehen.«

»Gehen? Wohin gehen?«

Sie hob die Hand in einer vagen Geste. »Nach Osten.«

Ihm lief ein Schauder über den Rücken. Er hatte dieser Frau nicht das Leben gerettet, nur damit sie es aus einer Laune heraus wegwarf.

»Auf gar keinen Fall. Bis ich herausgefunden habe, wie wir den Umstand, dass du eine Prophetin bist, geheim halten können, bleibst du hier.«

Sie schüttelte den Kopf, die Hand unbewusst gegen den Magen gepresst.

Caines Herz zog sich zusammen, als er sich an das kleine Mal des Dämonenlords erinnerte, das die seidige Haut direkt unter ihrem Bauchnabel verunzierte. Das schimmernde Tattoo weckte in ihm den dringenden Wunsch, vor Wut zu heulen.

Kassandra gehörte ihm.

Niemand sonst konnte sie haben.

»Ich muss …«

Er lief zu ihr und umfasste sanft ihre Schultern. »Was musst du?«

Ohne Vorwarnung ging sie auf die Tür zu. »Komm mit mir.«

Caine blieb gerade genug Zeit, um sein T-Shirt anzuziehen. Er hatte es sich eigentlich zur Regel gemacht, eine Frau nie warten zu lassen, ahnte aber bevorstehenden Ärger.

Caine trat in den Flur hinaus, tappte über den Fußboden aus Hartholz und betrat das große Schlafzimmer. Es überraschte ihn nicht im Geringsten, zu entdecken, dass sein Gast das beste Zimmer des ganzen Hauses in Beschlag genommen hatte. Kassandra war zwar in den Jahren zuvor gefangen gehalten worden, trotzdem war sie in allererster Linie ganz und gar Frau.

Sie ging um das schwere Walnussholzbett herum, das von Baumgeistern geschnitzt worden war, und deutete auf die Wand, die in einem zarten Elfenbeinton gestrichen war.

»Sieh mal«, befahl sie.

Caine fluchte beim Anblick der schimmernden Hieroglyphen, die direkt über der Wandoberfläche waberten.

Er wusste nicht das Geringste über Prophezeiungen, aber diese sonderbaren Symbole hatte er bereits gesehen – sie hatten die Wände von Kassandras Höhle gesäumt. Es handelte sich um Visionen zukünftiger Ereignisse.

Visionen, für die mächtige Dämonen Massenmorde begehen würden, nur um sie in ihre gierigen Finger zu bekommen.

»Ist es schon so weit? Konntest du dir nicht ein paar Tage freinehmen?«

Bei seinen impulsiven Worten kniff sie die Lippen zusammen. »Es ist nicht wie bei einem Wasserhahn. Ich kann das Ganze nicht auf- und abdrehen.«

Er unterdrückte einen Seufzer. Natürlich konnte sie das nicht.

Genauso wenig, wie er auf die Vordertür zusteuern und so weit wie nur möglich vor dieser Frau wegrennen konnte, die dazu bestimmt war, ihn direkt ins Unglück zu stürzen.

Verdammt, er war bereits gestorben.

Was könnte ihm Schlimmeres widerfahren?

Indem er es sich wohlweislich verkniff, an die zahlreichen unangenehmen Antworten auf seine Frage zu denken, streckte

Caine die Hand aus, um das herumwirbelnde Symbol zu berühren.

»Was ist das?«

Kassandra trat zu ihm, als suche sie unbewusst nach seinem Trost. Ohne zu zögern, schlang er seinen Arm um ihre Schultern und zog sie an sich.

»Die Zwillinge«, flüsterte sie.

»Das Sternzeichen?«

»Alpha und Omega.«

»Immer noch zu ungenau.«

Sie erzitterte. »Ein Kind.«

»Ja, das wäre meine nächste Vermutung gewesen.« Er hauchte ihr einen beruhigenden Kuss auf den Scheitel. Diese zarte Geste kam ihm besorgniserregend natürlich vor und erschreckte ihn nachträglich. »Was bedeutet das?«

»Es ist eine Warnung.« Die umwerfenden grünen Augen verrieten eine Angst, die Caine den Magen umdrehte. »Das Kind muss beschützt werden.«

»Wovor beschützt werden?«

»Vor der Finsternis.« Sie erschauerte. »Vor dem Bösen.«

»Wo ist denn das mysteriöse Kind?«

»Ich bin mir nicht sicher.«

Er verzog die Lippen. Genau das hatte er erwartet.

»Na toll.«

Kassandra legte den Kopf in den Nacken und durchbohrte ihn mit einem wilden Blick. »Caine, es *muss* beschützt werden.«

KAPITEL 10

Es war bereits tiefe Nacht, als der kleine Jet auf der privaten Landebahn in einem abgelegenen Feld südlich von Chicago landete.

Mit reibungsloser Effizienz ließ man ihn schnell in dem kleinen Hangar verschwinden. Ebenso rasch wurde die Landebahnbeleuchtung ausgeschaltet, bevor sie ungewollte Aufmerksamkeit auf sich ziehen konnte.

Neben Vampiren erschienen Drogenkuriere wie Amateure, wenn es darum ging, »unter dem Radar zu fliegen«.

Laylah legte das Hochglanzmagazin beiseite, in dem furchtbar abgemagerte Frauen abgebildet waren, gekleidet in lächerliche Outfits und mit Schuhen, die Folterinstrumenten glichen. Natürlich wären die Pfennigabsätze praktisch, wenn sie noch mehr Zeit in der Gesellschaft von Vampiren verbringen musste. Jedenfalls, wenn die Absätze aus Holz bestanden.

Darüber sollte man einmal nachdenken.

Die Räder kamen zum Stehen, und Laylah sprang auf. Sie lief an den niedrigen Ledersitzen vorbei, die um kleine Tische herum so arrangiert waren, dass man von dort aus mühelos das Geschehen auf dem Flachbildschirm an der Wand verfolgen konnte.

Die elegante Einrichtung setzte sich bis in die Gourmetküche und die Cocktailbar fort, die bis obenhin mit Delikatessen bestückt waren, von denen selbst der kritischste Dämon in

Versuchung geführt worden wäre. Zweifellos war der Schlafzimmerbereich, wo Tane wohlvermummt in einer abgedichteten Kammer lag, genauso luxuriös, aber sie hatte es sich streng untersagt, die Vorderkabine zu verlassen.

Sie machte sich nichts vor.

Der Sex mit Tane war …

Sie überlegte sich eine Reihe von Adjektiven, aber keines davon konnte auch nur ansatzweise den explosiven Genuss beschreiben, den Tanes Berührungen ihr bereitet hatten.

Dieser Mann war ein Naturtalent im Bett.

Nein, sie konnte sich nicht durchringen, Reue zu empfinden, dass sie der Versuchung nachgegeben hatte, aber sie musste auch anerkennen, wie viele Probleme in erschreckend kurzer Zeit entstanden waren.

Eine Frau, vielleicht ihre Mutter, die an einem unbekannten Ort gefangen gehalten würde.

Eine irre Tante, die mit einem verrückten Magier unter einer Decke steckte und ihr ohne Zweifel dicht auf den Fersen war.

Ein Kind, das bald von jedem Dämon, der hoffte, sich bei dem Fürsten der Finsternis einschmeicheln zu können, als Hauptgewinn betrachtet werden würde.

Und ein rücksichtsloser Vampir, von dem sie befürchten musste, dass er sie jeden Moment, in dem sie nicht wachsam genug war, sofort an die Kommission ausliefern würde.

Ja, das alles summierte sich zu Problemen mit einem ganz großen P.

Die Tür des Jets wurde von einem uniformierten Vampir geöffnet. Ohne zu zögern, lief Laylah die Metallstufen hinunter und ließ den Blick durch den Hangar schweifen. Er war größer, als sie zuerst vermutet hatte, und von Neonlampen, die über die gesamte Länge der gewölbten Decke verliefen, taghell erleuchtet. Und er war makellos. Ein Beweis für Victors Kontrolle, die er über seine Bediensteten ausübte, selbst wenn er sich auf der anderen Seite des Ozeans aufhielt.

Und das bedeutete auch, dass sie bereits die Order bekommen hatten, die ihnen befahl, Laylah auf keinen Fall entkommen zu lassen.

Sie schnitt eine Grimasse und ignorierte den Ausgang in ihrer Nähe, als mit einem Mal Tanes berauschender Duft würzig in der Luft lag. Irgendwie hatte sie geahnt, dass sie keine Gelegenheit haben würde zu fliehen. Selbst dann nicht, als er noch in dem Privatabteil eingeschlossen gewesen war.

Es war trotzdem wahnsinnig ärgerlich.

Das Geräusch von flatternden Flügeln war zu hören, als Levet neben ihr landete, das hässliche Gesichtchen missbilligend verkniffen.

»Das ist die schlimmste Fluglinie, die ich je erlebt habe«, murmelte er und fuchtelte mit seinen pummeligen Ärmchen herum. »Keine Drinks, keine Erdnüsse, kein Film während des Fluges. Nicht einmal eine sexy Flugbegleiterin, die darauf wartet, mich in den Mile High Club einzuführen.«

Laylah lächelte, obwohl ihre Laune nicht die beste war. »Du warst doch die meiste Zeit leblos.«

Levet rümpfte die Nase. »Umso größer ist der Grund, nach dem Erwachen eine angemessene Unterkunft erwarten zu können.«

»Ich hatte dir doch dringend geraten, ihn in London zurückzulassen.« Tanes dunkle Stimme umschmeichelte Laylah und machte ihr Fleisch vor Erregung kribbelig. Dieser verdammte Vampir. »Natürlich warnte Victor mich davor, ohne ihn fortzuschleichen.«

Laylah widerstand hartnäckig dem Impuls, sich umzudrehen und Tane entgegenzusehen.

Aber was nutzte ihr das schon?

Ihr Körper reagierte bereits heftig auf ihn.

Die leisen Schritte seiner nackten Füße auf dem Zementboden. Der kühle Sog seiner Macht. Der männliche Duft, der sie an Dinge denken ließ, die in einigen Staaten verboten waren.

Und dann stand er neben ihr. Seine goldene Haut, die im Licht der Deckenbeleuchtung glänzte, und sein unglaublich schönes Gesicht …

Laylahs Herz machte einen merkwürdigen, gefährlichen Satz, ehe sie dieses Gefühl gnadenlos unterdrückte.

Dieser Vampir sah so wahnsinnig gut aus, war so ungeheuer attraktiv, auf eine Johnny Depp-artige Weise. Und dann waren da natürlich noch dieser Irokesenschnitt und der riesige Dolch, der im Bund seiner Shorts steckte – ein böser Junge, wie er im Buche stand.

Er brauchte den knallharten Typen gar nicht zu spielen, er war es einfach, es lag in seinen Genen.

War das denn ein Wunder, dass ihre Hormone verrückt spielten, wenn er auch noch so herumlief, nur mit Khakishorts an diesem Körper?

Heiße Erregung durchströmte sie, als sie ihm in die Augen blickte, die wie flüssiger Honig flirrten. Aber ehe sie sich völlig zum Affen machen konnte, wirbelte Tane unvermittelt herum, starrte in den hinteren Bereich des Hangars und stellte sich zwischen sie und das, was er wahrgenommen zu haben schien.

»Was ist das für ein Gestank?«, beschwerte sich Levet. Dann weiteten sich seine Augen überrascht. »Ah, ich hätte es wissen müssen. Der König von Ich-habe-einen-größeren-Stock-in-meinem-Gesäß-stecken-als-du naht.«

Laylah runzelte verwirrt die Stirn. »Wer?«

»Der Anasso.« Tane warf dem Gargylen einen warnenden Blick zu. »Du wirst ihm den angemessenen Respekt erweisen, sonst hänge ich mir deinen Kopf als Trophäe an die Wand, Gargyle.«

»Scheiße.« Laylah dachte nicht lange nach. Sie wirbelte herum und schickte sich an, wegzurennen.

Doch nach zwei Schritten hatte Tane sie bereits am Arm gepackt. Er drehte sie zu sich herum, sodass sie ihm in die Augen schauen musste.

»Wo willst du hin?«

»Irgendwohin. Hauptsache weg von hier.« Sie biss die Zähne zusammen und wehrte sich gegen seinen Griff, jedoch vergeblich. »Vielleicht hast du ja vergessen, dass ich in der Dämonenwelt als eine Art Typhusüberträgerin betrachtet werde, aber ich bin sicher, der König der Vampire hat das nicht vergessen. Er wird es als seine Pflicht betrachten, mich an die Orakel auszuliefern.«

»Laylah, es ist zu spät, um fortzulaufen.«

Wütend kniff sie die Augen zusammen. »Verdammt! Du hast mich direkt in eine Falle gelockt.«

Betroffen zog er die Augenbrauen zusammen. »Nein, Laylah. Ich habe keinen Kontakt zu Styx aufgenommen.«

»Na klar. Du erwartest, dass ich dir glaube, dass er ganz zufällig einen winzigen Flughafen mitten im Nirgendwo mit seinem königlichen Besuch beehrt?«

»Tane sagt die Wahrheit«, hallte eine Stimme durch den Hangar. Eine eiskalte Macht erfüllte die Luft auf eine so intensive Weise, dass Laylah kaum atmen konnte.

Heilige Scheiße.

Was für ein Auftritt.

Mit einem dicken Kloß im Hals zwang Laylah sich, nach hinten zu schauen. Und erschrak ein zweites Mal.

Aber wer wäre da nicht erschrocken?

Styx, der König aller Vampire, war eine hoch aufragende Bestie. Er war gut und gerne zwei Meter groß und besaß verboten breite Schultern. Er war in schwarzes Leder gekleidet, das zu den schweren Springerstiefeln passte, die jedem stilsicheren

Modeschöpfer ein Magengeschwür verursacht hätten, und sein rabenschwarzes Haar war zu einem Zopf geflochten, der ihm bis zu den Kniekehlen reichte.

Aber es war nicht die ganze *Blade*-Atmosphäre, die ihr die Nackenhaare zu Berge stehen ließ und ihre angeborenen Kräfte weckte.

Es waren vielmehr das grimmige, bronzefarbene Gesicht, das auf aztekische Vorfahren hindeutete, und der Ausdruck in den dunklen Augen, die ein uraltes Wissen verbargen. In seinem attraktiven Gesicht spiegelte sich eine Grausamkeit wider, die erkennen ließ, dass dieser Vampir seine Position als Anasso keineswegs durch irgendeinen albernen Beliebtheitswettbewerb erworben hatte.

Er war der größte, bösest rücksichtsloseste Dämon, den es überhaupt gab.

Punkt.

Styx trat direkt vor Laylah und wandte Tane sein Gesicht zu. Er zog eine rabenschwarze Braue in die Höhe, als der jüngere Vampir beschützend einen Arm um Laylahs Schultern legte.

»Tane war es nicht, der mir von Eurer bevorstehenden Ankunft berichtete, und ebenso wenig wusste ich von ihm, dass er beabsichtigte, Victors Territorium mit einer Kreatur zu betreten, die gefangen zu nehmen ihm aufgetragen worden war«, meinte der Anasso gedehnt. »Dies werden wir aber noch zu gegebener Zeit ausführlich erörtern.«

Laylah versteifte sich. Verdammt. Es war kindisch, die Beleidigte zu spielen, aber sie hatte es verdammt satt, immer wie ein Gegenstand behandelt zu werden. Schließlich hatte sie auch ihren Stolz.

»Kreatur?«

Tanes Griff um ihre Schultern wurde fester. »Laylah, vielleicht solltest du mich diese Angelegenheit erledigen lassen.«

Styx' Macht wurde intensiver, bis Laylah das Gefühl hatte, die Haut würde ihr abgezogen.

»Ihr trachtet danach, mich herauszufordern, Charon?«, fragte Styx ungemein sanft.

Es ehrte Tane, dass er nicht einmal zusammenzuckte. Dennoch verhielt er sich vorsichtig und respektvoll.

Dieser kluge Vampir.

»Ich bitte Euch um die Gelegenheit zu einer Audienz.«

Styx warf Laylah einen kurzen Blick zu. »Faszinierend.« Er legte eine kurze Pause ein und wandte sich wieder Tane zu. »Und beeindruckend. Nicht viele Vampire sind so lebensmüde, den Orakeln einen auf dem Index stehenden Mischling direkt unter die Nase zu halten.«

»Das war auch nicht meine Absicht.«

»Ich bin erleichtert, dies zu vernehmen.«

Laylah öffnete den Mund, um das unverschämte Duo darauf hinzuweisen, wie unhöflich es war, über sie zu reden, als wäre sie nicht anwesend, aber bevor sie völlig in geistige Umnachtung fallen konnte, stürmte Levet mit flatternden Flügeln vorwärts.

»Hey, wo ist der Starbucks? Von einem Gargylen kann vor dem Genuss seines Vanille-*Dolce Latte* nicht erwartet werden, dass er sich gesittet benimmt.« Er stemmte die Fäuste in die Hüften. »Und was ist mit meinen Zimtrollen? Wo sind die Zimtrollen?«

Styx schnappte mit riesigen Fangzähnen nach dem Gargylen, aber ganz unvermittelt ließ die schneidende Macht nach, und etwas wie resignierte Belustigung blitzte in den dunklen Augen des Anasso auf.

»Ihr schätzt es wohl wirklich, am Rande des Abgrundes zu leben«, sagte er trocken zu Tane.

Dieser schnaubte. »Victor drohte mir einen internationalen Zwischenfall an, wenn ich ihn in London zurücklasse.«

Styx schüttelte den Kopf. »Weshalb tue ich mir das an?«

Ein unverkennbarer Werwolfgeruch breitete sich aus, und eine winzige Frau mit kurzem blondem Haar und grünen Augen, die ihr herzförmiges Gesicht beherrschten, betrat den Hangar und stellte sich neben Styx.

»Weil du mich liebst«, sagte sie mit einem Lächeln, bei dem Grübchen sichtbar wurden.

Der turmhohe Vampir blickte zwar finster drein, aber nicht einmal dem begriffsstutzigsten Dämonen konnte die grenzenlose Liebe entgehen, die seine Züge weicher werden ließ.

»Ja, aber ich dachte, ich hätte dich gebeten, im Auto zu warten.«

»Du hast mich nicht gebeten, sondern es mir befohlen. Und wir wissen beide, wie gut ich darin bin, Befehle zu befolgen«, erwiderte die Frau keck und drehte sich um, um Laylahs Hand zu ergreifen. »Hi, Sie müssen Laylah sein.«

Laylah rang nach Worten. Obwohl sie wusste, dass sie der hübschen Werwölfin noch nie begegnet war, vermeinte sie einen Augenblick lang, Harley auf sich zukommen zu sehen.

Aus der Nähe entdeckte sie jedoch die kleinen Unterschiede zwischen dieser Frau und der Werwölfin, die sich als schwer bewachter Gast in Caines Haus aufhielt. Trotzdem war die Ähnlichkeit überwältigend.

»Sie sind …«

»Darcy«, erwiderte die andere. In ihrem Lächeln lag eine Freundlichkeit, die augenblicklich Laylahs Wachsamkeit auf den Plan rief. Sie hatte jede Menge Erfahrung damit gesammelt, gefürchtet, gehasst und getreten zu werden, auch wenn sie bereits am Boden lag. Aber Freundlichkeit? Damit kannte sie sich nicht aus. »Harleys Zwillingsschwester.«

»Wo ist Harley?«, fragte Laylah. Harley war zurückgeblieben, als Caine und Laylah nach Hannibal gefahren waren. Laylah war sich aber ziemlich sicher, dass alles den Bach hinuntergegangen war, als die Wolfstöle so dumm gewesen war, den König der Werwölfe entführen zu wollen. »Geht es ihr gut?«

»Sie ist in Chicago.« Darcy kicherte. »Und ich glaube schon, dass sie in Ordnung ist. Jedenfalls kann man davon ausgehen, da sie gerade die Stellung als Königin der Werwölfe angenommen hat.«

Laylahs Mund blieb offen stehen.

Das war aber jetzt wirklich ein Schock.

Caine hatte zwar immer dafür gesorgt, dass Laylah seinem Rudel fern blieb, aber trotzdem hatte sie Gerüchte vernommen, wonach der König der Werwölfe Harleys Familie ermordet habe und beabsichtige, Harley in seine Spur der Verwüstung einzubeziehen, sobald er sie nur finden würde.

Offensichtlich waren diese Gerüchte falsch gewesen, es sei denn, Harley gelüstete es nach Nervenkitzel im ganz großen Stil.

»Sie hat sich mit Salvatore verbunden?«

Darcy nickte. »Verrückt, wie? Aber sie ist sich sicher, den arroganten Rassewolf zu lieben.«

»Ich freue mich sehr für sie«, murmelte Laylah und bekämpfte den Stich der Eifersucht, der sich in ihrem Herzen regte.

Hatte sie nicht gerade vor Kurzem erst eine Bestandsaufnahme ihrer zahlreichen riesigen Probleme erstellt?

Wenn sie auch noch einen Gefährten hätte, würde das dem Ganzen doch die Krone aufsetzen.

»Sie macht sich Sorgen um Sie.«

Laylah blinzelte überrascht. Zwischen Harley und ihr herrschte eine seltsame, distanzierte Beziehung. Beste Freundinnen waren sie nicht gerade.

»Wirklich?«

»Ich musste ihr versprechen, dafür zu sorgen, dass Sie nicht von einem Haufen übereifriger Vampire tyrannisiert werden.«

»Ich habe mein Bestes getan, um sie zu beschützen«, verkündete Levet und watschelte herbei, um sich in einer eigenartig rührenden Geste an Laylahs Bein zu schmiegen. »Aber du weißt ja, wie unerträglich Vampire sein können.«

Darcy warf ihrem Gefährten einen Seitenblick zu. »Nur zu gut.«

Styx streckte eine Hand aus, um zärtlich über Darcys Wange zu streichen. »Meine Liebe, vielleicht könnten wir diese Unterhaltung an einem sichereren Aufenthaltsort fortführen?«

Laylah trat instinktiv einen Schritt zurück. Ihre vorübergehende Freude, auf dieser Welt tatsächlich Leute anzutreffen, die sich etwas aus ihr machten, wurde von einer Flutwelle der Angst weggespült.

»Nein.«

Tane zog sie wieder neben sich. Sein Körper war so angespannt, als bereite er sich auf einen Angriff vor.

»Wohin wollt Ihr sie mitnehmen?«, knurrte er.

»Sachte, Tane.« Styx hob eine Hand. Die Bewegung ließ das Medaillon, das ihm um den Hals hing, im Licht der Deckenbeleuchtung aufblitzen. »Vorerst will ich Laylah lediglich einige Fragen stellen. Sie wird in meinem Versteck in Sicherheit sein.«

Tane war nicht zufriedengestellt. »Habt Ihr Kontakt zu den Orakeln aufgenommen?«

Styx' Augen verengten sich. Er war gerne bereit für einen Schwanzlängenvergleich.

»Stellt Euer Glück nicht auf die Probe, Charon.«

»Oh, du liebe Güte, kommen Sie mit mir, Laylah.« Darcy murmelte leise etwas über den unfassbaren Mangel an Intelligenz bei Männern vor sich hin, hakte sich bei Laylah ein und zog sie zur nächsten Tür. »Wir lassen die Männer lieber in Ruhe, damit sie sich ungestört angiften können.«

Laylah ließ sich nicht ungern von ihr wegführen. Jeder Abstand zwischen ihr und dem Vampirkönig war ihr willkommen.

Aber sobald sie aus dem Hangar traten, versuchte sie sich sanft zu befreien.

»Ich kann nicht mitkommen.« Sie schaute sich gedankenvoll auf dem abgelegenen Platz um, für den man zahlreiche Bäume aus einem dichten Eichenbestand gefällt hatte. Es war eine vollkommene Frühlingsnacht mit einem Himmel, der von Sternen übersät war, aber Laylah war eher an der Großraumlimousine interessiert, die in der Nähe der Straße wartete, und an den drei kampfbereiten Vampiren, die Wache hielten. Verdammt, sie wusste ja, dass es das alberne Gerücht gab, sie sei gefährlich. Aber dennoch … Laylah richtete ihre Aufmerksamkeit wieder auf Darcy. »Ich habe …« Sie hielt inne und wählte ihre Worte sorgfältig. »Jemand wartet auf mich.«

Darcy lächelte, zog aber Laylah trotzdem unaufhaltsam in Richtung des wartenden Wagens.

»Leisten Sie uns wenigstens beim Abendessen Gesellschaft«, drängte sie. »Leider wird es vegetarisches Essen geben, aber ich habe eine tolle Köchin, deren Gemüselasagne einfach unwiderstehlich lecker schmeckt.«

Bevor Laylah protestieren konnte, fand sie sich hinten in der eleganten Limousine sitzend wieder, in der man mühelos ein ganzes Footballteam hätte unterbringen können.

»Wenn man bedenkt, dass ich befürchtet hatte, der Anasso wäre erbarmungslos …«, murmelte sie resigniert.

Das private Arbeitszimmer des Anasso war nicht so, wie Tane es erwartet hatte.

Wenn er auch keinen mit den Häuptern der Feinde und Folterinstrumenten geschmückten Raum erwartet hatte, so überraschte ihn dennoch das Mobiliar aus poliertem Mahagoniholz und der empfindliche Perserteppich, die ihm deutlich zu kultiviert für den mächtigsten Vampir der Welt erschienen.

Positiv vermerkte er jedoch, dass das riesige Anwesen am Stadtrand von Chicago mit einem Dutzend von Zaubersprüchen und Flüchen belegt war und eine ganze Horde Vampire auf dem Gelände patrouillierte.

Nichts und niemand konnte ohne Styx' Genehmigung das Anwesen betreten oder verlassen.

Im Augenblick befand sich Laylah in Sicherheit.

Weshalb zum Teufel lief er dann auf dem albernen Teppich hin und her und kämpfte gegen den verrückten Impuls an, auf der Suche nach dieser Frau durch das riesige Haus zu stürmen?

Verdammt. Er hatte Darcy ermutigt, die widerstrebende Laylah fortzubringen, sodass sie ein heißes Bad und ein Abendessen genießen konnte. Die Angelegenheit, die er mit Styx zu besprechen hatte, ließ sich am besten unter vier Augen klären.

Aber nun, da sie sich allein in dem Arbeitszimmer aufhielten, das mit Blei ausgekleidet und mit einem äußerst wirksamen Versteckzauber gesichert war, konnte Tane sich auf nichts anderes konzentrieren als auf die Tatsache, dass er nicht imstande war, Kontakt zu Laylah aufzunehmen.

Obgleich sie ihr Amulett bei sich trug, war er bisher in der Lage gewesen, ihre sonderbare Verbindung zu spüren. Als ob ein Teil von ihr sich tief in sein Inneres eingegegraben hatte.

Doch sofort ließ er diesen beunruhigenden Gedanken wieder fallen. Nein. Darauf würde er sich nicht einlassen.

»Verdammt, Tane, ich habe das Gefühl, mitten in einem Gewittersturm zu stehen«, knurrte Styx und unterbrach so seine gefährlichen Gedanken.

Mit einer Grimasse wandte sich Tane um und sah, wie sich der große Vampir mit der Hand über den Nacken strich. Gott. Es war ihm nicht aufgefallen, dass seine Kräfte ausgeströmt waren.

»Es tut mir leid.«

Styx lehnte sich gegen den stabilen Schreibtisch und verschränkte die Arme vor der Brust.

»Es wäre nicht so beunruhigend, wenn da nicht auch Genuss im Spiel wäre«, beschwerte er sich. »Selbst wenn ich mich nicht bereits verbunden hätte, wärt Ihr nicht mein Typ.«

»Das kann ich nur zurückgeben.«

Styx schnaubte. Sein starrer Blick ließ Tane zusammenzucken. »Ich hätte eine Vermutung, wie Euer Typ aussieht«, erklärte er schließlich.

»Fangt bitte nicht damit an.«

»Hübsch.«

Tane zog die Augenbrauen zusammen. »Wunderschön.«

»Beherzt.«

»Eine Nervensäge.«

Styx legte vorsätzlich eine Pause ein. »Verboten.«

Ein Gefühl kalter Furcht breitete sich in Tanes Magengrube aus. »Weiß die Kommission von ihr?«

Styx setzte eine besorgte Miene auf. »Von mir erfuhr sie nichts, doch das heißt nicht, dass ihr keine Gerüchte über einen Mischling zugetragen wurden. Sie wäre nicht erfreut, wenn sie herausfände, dass ein Vampir dazu beigetragen hat, Laylah vor der Kommission zu verbergen.«

»Ich begreife, wie groß das Risiko ist.«

»Das bezweifle ich.«

Tane kniff die Augen zusammen. »Was genau wollt Ihr damit sagen?«

»Euer Verstand ist getrübt.«

»Lächerlich.«

»Vertraut mir, Tane, ich erkenne einen Vampir, dessen Urteilsvermögen gefährdet ist, weil er von einer bestimmten Frau besessen ist.«

Tane hatte vor langer Zeit gelernt, sein hitziges Temperament zu zügeln. Es hatte schlimme Folgen, wenn er zuließ, dass er sich von seinem Zorn beherrschen ließ. Doch dass ein anderer Vampir eine Schwäche aufdeckte, ärgerte ihn.

»Mein Urteilsvermögen steht nicht zur Diskussion.«

Styx stieß sich vom Schreibtisch ab und bewegte sich mit blitzartiger Geschwindigkeit auf Tane zu, um ihn gegen das hoch aufragende Bücherregal zu pressen.

»*Ich* entscheide, was zur Diskussion steht, Charon«, knurrte er. »Vergesst das niemals.«

Da sie beide derart in ihren persönlichen Machtkampf vertieft waren, bemerkte keiner von ihnen, wie die Tür geöffnet wurde. Jedenfalls nicht, bevor ein seltsames Knistern zu hören war. Gleichzeitig wandten sich beide Männer der Tür zu und fluchten. Das Knistern fühlte sich wie das Gefühl vor einem Blitzschlag an.

Und Vampire und Blitze passten nicht sonderlich gut zusammen.

Ungerührt von der Gefahr, stürmte Laylah auf die beiden zu. Ihre Macht brachte das Licht zum Flackern.

»Was machen Sie da?«, wollte sie wissen und trat dem Vampirkönig furchtlos gegenüber.

Tane knurrte anerkennend. Sein Blick liebkoste die leichte Röte auf ihrer Elfenbeinhaut und das Feuer, das in ihren dunklen Augen brannte.

Sie war nie zuvor so wunderschön gewesen.

Eine leidenschaftliche Kriegerin, die zur Rettung eilte.

Zu *seiner* Rettung.

Erstaunlich.

Er wurde gefürchtet, gehasst und gelegentlich begehrt.

Aber nie, niemals beschützt.

Es überraschte nicht, dass Styx ihm einen ungläubigen Blick

zuwarf, bevor der Gestank nach verschmorten Stromleitungen ihn an seinen Schreibtisch eilen ließ.

»Verdammt, dieser Computer war brandneu.« Er warf Tane einen finsteren Blick zu, dem er die Schuld an dem Zwischenfall gab. »Ihre Macht ist nicht annähernd so amüsant wie die Eure.«

Laylah errötete, aber sie weigerte sich, nachzugeben.

Typisch.

»Warum haben Sie Tane wehgetan?«

Styx warf den Computer in den Abfalleimer. Seine Miene war undurchdringlich, als er das Gesicht der empörten Frau musterte.

»Ich benötige Antworten, Dschinn«, sagte er langsam. »Wenn ich sie nicht von Euch erhalte, dann werde ich sie mir von Tane holen. Ob er willens ist, sie mir zu geben, oder nicht.«

Tane wartete nur darauf, dass Laylah dem Anasso sagte, er solle sich zum Teufel scheren.

Weshalb sollte es sie kümmern, wenn er gemaßregelt wurde?

Sie hatte ihm mehr als einmal damit gedroht, ihm das selbst angedeihen zu lassen.

Stattdessen verschränkte sie die Arme vor der Brust und starrte Styx wütend an.

»Na schön. Was wollen Sie wissen?«

»Erzählt mir, was Ihr über Eure Vergangenheit wisst.«

Tane ballte die Hände zu Fäusten. Nun, da Laylah sich im Zimmer befand, konnte er erneut die Verbindung spüren, die zwischen ihnen bestand. Ein zweischneidiges Schwert, wie sich nun herausstellte. Denn während sein heftiger Impuls, dafür zu sorgen, dass sie unversehrt blieb, nachgelassen hatte, war er sich umso mehr dessen bewusst, welche Qualen Styx' Forderung in ihr auslösten.

Dennoch hielt er den Mund. So sehr er sich auch wünschte,

Laylah beschützen zu können – er begriff, dass das einzige Mittel, sie in Sicherheit zu bringen, darin bestand, die Wahrheit über das Kind herauszufinden, das sie beschützte.

»Meine ersten Erinnerungen handeln von meinem Leben auf einer Farm in Australien mit meiner Pflegemutter«, verriet sie widerstrebend.

»War sie eine Dämonin?«

»Eine Hexe.«

Styx kniff bei ihrer knappen Antwort irritiert die Augen zusammen. »War sie schlecht zu Euch?«

Tane trat näher an sie heran, da er die Traurigkeit spürte, die sich in Laylahs Herz ausbreitete.

»Nein, sie hat mich geliebt wie eine leibliche Tochter«, erklärte sie. Ihre Stimme war so leise, dass sie kaum zu vernehmen war. »Aber wenn das, was ich in London gehört habe, stimmt, war alles, was sie mir erzählt hat, gelogen.«

Styx ließ sich auf der Schreibtischkante nieder. »Das gefährlichste Wesen auf der Welt ist eine Mutter, die ihr Junges beschützt. Sie lügt, betrügt, tötet und stirbt sogar, wenn es sein muss, für ihr Kind. Würdet Ihr nicht das Gleiche tun?«

Laylah runzelte die Stirn. Schließlich nickte sie. Offenbar hatte das Gefühl, verraten worden zu sein, ein wenig nachgelassen.

»Ich nehme es an.«

»Was wurde aus ihr?«

»Eines Tages war ich gerade dabei, Kräuter zu suchen, die Sadira für ihre Illusionszauber benötigte, als ich sie schreien hörte.« Die völlige Ausdruckslosigkeit in Laylahs Stimme verriet, wie tief ihre Verletzungen reichten. Sie war noch weit von einer Heilung entfernt. »Ich bin zurück zu unserem Haus gerannt, aber es war zu spät. Sie war …« Laylah versagte die Stimme, sie hielt inne und räusperte sich, ehe sie weitersprechen konnte. »Sie lag auf der Veranda. Jemand hatte ihr die Kehle aufgeschlitzt.«

»War sie tot?«

Laylah erschauerte. »Ich bin immer davon ausgegangen, dass sie tot war. Da war so viel Blut. Aber ich wurde von dem Magier gefangen genommen, bevor ich sie erreichen konnte.«

Styx warf Tane einen warnenden Blick zu, der instinktiv einen Schritt in Laylahs Richtung gemacht hatte.

Widerwillig blieb Tane stehen. Sie waren auf die Gnade des Anasso angewiesen. Er war gewillt, Laylah zumindest anzuhören, aus welchem Grunde auch immer, doch Tane ließ sich nicht täuschen. Sobald Styx zu dem Schluss kommen würde, dass sie eine Gefahr für seine Vampire darstellte, würde sie den Orakeln geopfert werden.

Ohne Wenn und Aber.

»Victor sagte, der Zauberer heiße Sergei«, sagte Styx.

Wut ergriff Laylah und drängte die schmerzlichen Erinnerungen in den Hintergrund. »Er hat mir seinen Namen nie genannt.«

»Was tat er Euch an?«

»Styx«, knurrte Tane.

Ein scharfer Schmerz durchzuckte Tane, als Styx ihn für seine Einmischung bestrafte.

Es war nur ein winziger Vorgeschmack dessen, was ihm möglicherweise bevorstand.

»Nur die Wahrheit kann sie retten, Tane«, ermahnte ihn der König. Dann richtete er seine Aufmerksamkeit wieder auf Laylah. »Nun?«

Laylah versteifte sich, aber sie hielt unbeirrt dem kühlen Blick stand.

»Ich weiß nicht genau, wie der Magier mich außer Gefecht setzen konnte, aber ich bin in einer Zelle in Nordsibirien aufgewacht, in die er mich eingesperrt hatte.«

»Sibirien?«, wiederholte Tane überrascht. »Das ist ein wenig abgelegen, oder nicht?«

»Tatsächlich bestätigt es das, was Victor über den Magier herausgefunden hat«, antwortete Styx.

»Victor hat bereits Informationen über diesen Bastard?« Tane war beeindruckt. »Das ging aber schnell.«

»Wenn Victor eines ist, dann effizient.«

Effizient?

Ja, und außerdem war er ein grausamer, unbarmherziger, eiskalter Killer.

Es war kein Wunder, dass die Datenautobahn direkt auf seinen Schreibtisch führte.

»Was brachte er in Erfahrung?«

»Sergei Krakov trat zum ersten Mal als Mystiker am Königshof von Peter dem Großen in Erscheinung.« Styx' Stimme drückte die Verachtung aus, die alle Vampire gegenüber den Personen empfanden, die Magie anwandten. »Er führte ein Leben in Luxus, indem er einige kleine ›Wunder‹ wirkte und als geistiger Berater fungierte, doch aus dem, was Victor herausfand, kann angenommen werden, dass sein wahres Interesse den uralten Prophezeiungen galt. Es heißt, seine Bibliothek könne es mit Jagrs Büchersammlung aufnehmen.«

»Und das will etwas heißen«, murmelte Tane. Gerüchte besagten, dass die Bibliothek des uralten Goten mehr als zwanzigtausend Bücher und Schriftrollen enthielt.

»Der Magier ist überzeugt, dazu bestimmt zu sein, die Welt in eine neue Ära zu führen«, fuhr Styx mit einer Grimasse fort. »Was auch immer das heißen mag.«

Tane verdrehte die Augen. Jeder halbgare Tyrann behauptete, die Fähigkeit zu besitzen, die Welt in eine neue Ära zu führen.

Laylah jedoch griff sich ans Herz, und der Geruch ihrer Furcht lag deutlich in der Luft.

»Das Baby«, flüsterte sie. »Der Kerl und meine völlig durch-geknallte Tante glauben, sie könnten das Kind dazu benutzen, den Fürsten der Finsternis wieder zum Leben zu erwecken.«

Styx nickte. Victor hatte ihm offensichtlich haarklein von Laylahs Begegnung mit Marika berichtet.

»Woher stammt das Kind?«

»Ich bin mir nicht ganz sicher.« Laylah hob die Hand, als in Styx' Augen Frustration aufblitzte. »Beruhigen Sie sich.«

Styx wölbte eine Braue. »Ich soll mich beruhigen?«

»Sie haben diesen Blick, der mir sagt, dass Sie vorhaben, mir einen Vortrag über das Verschweigen von Informationen zu halten … bla bla bla.«

»Ich halte niemals Vorträge.« Styx versuchte es zu leugnen, musste aber einlenken, als er Tanes schallendes Gelächter hörte. »Möglicherweise *bestärke* ich andere, Dinge aus meiner Perspek-tive zu sehen.«

»Es ist nicht nötig, mich zu bestärken«, entgegnete Laylah. »Ich habe meine Zeit bei dem Magier entweder in einer Zelle oder so gründlich von Zaubern umwoben verbracht, dass ich meine Umgebung kaum wahrnehmen konnte.«

»Ihr müsst Euch doch an irgendetwas erinnern«, ermunterte Styx sie.

»Ich erinnere mich daran, dass der Magier eines Morgens in die Zelle kam, und dann wurde alles um mich herum schwarz.« Laylah rieb sich ihre nackten Arme, als friere sie plötzlich. »Als ich aufgewacht bin, war ich in einer dunklen, eiskalten Höhle.«

»In einer Höhle?« Styx blickte sie irritiert an. »Wo?«

Sie zuckte mit den Schultern. »Ich glaube, sie war nördlich von dem Ort, an dem wir wohnten, aber ich kann nicht sagen, wie weit weg sie davon entfernt war. Wahrscheinlich könnte ich sie wiederfinden, wenn ich schattenwandern würde.«

Styx und Tane wechselten stumme Blicke. Niemand ließe

ein Kind, von dem gemunkelt wurde, dass es Anteile des Fürsten der Finsternis besaß, in einer Höhle liegen.

Gleichgültig, wie abgeschieden sie auch sein mochte.

»War an der Höhle irgendetwas Besonderes?«, erkundigte sich Styx.

Laylah schüttelte den Kopf. »Nein, nichts außer dem Nebel.«

Tane streichelte geistesabwesend den Griff seines Dolches. »Der gleiche Nebel, den du nutztest, um uns nach London zu bringen?«

»Auf gewisse Weise ja. Wenn ich die Nebel betrete, spüre ich einen …« Sie hielt inne und legte die Stirn in Falten, als sie nach dem richtigen Wort suchte. »Durchgang. Wie eine Straße an der Schwelle von verschiedenen Welten. Dies hier war allerdings eher so was wie eine Blase.«

»Als sei es in sich geschlossen?«, fragte Styx.

»Genau«, stimmte Laylah zu. Es war deutlich zu erkennen, dass sie überrascht von Styx' genauer Beschreibung war.

Tane konnte ihr daraus keinen Vorwurf machen.

Styx war so gut darin, seine Muskeln spielen zu lassen, dass man leicht vergessen konnte, dass er auch über ein Gehirn verfügte.

Natürlich rief er absichtlich diesen Eindruck hervor, denn es gefiel ihm einfach, wenn andere ihn unterschätzten.

Tane wandte sich Styx wieder zu. »Wisst Ihr, wo das ist?«

»Nein, doch ich vermute, ich weiß, *was* es ist.«

»Werdet Ihr es uns mitteilen?«

Styx zuckte die Achseln. »Ich hörte nur Gerüchte, doch es heißt, dass reinblütige Dschinnen imstande seien, kleine Spalten zwischen den Welten hervorzurufen, um ihre Schätze zu verbergen.«

KAPITEL 11

*L*aylah presste die Hand auf ihren rebellierenden Magen. Sie wollte nicht über das Kind diskutieren. Insbesondere nicht mit einem Vampir, der ihr noch nicht bewiesen hatte, dass er keine Vorbereitungen zu treffen gedachte, sie an die Orakel auszuliefern.

Trotzdem musste sie zugeben, dass sie Informationen brauchte, wenn sie das Baby beschützen wollte.

»Das wäre eine Erklärung dafür, weshalb sie einen Dschinnmischling benötigten«, meinte Tane und verschränkte die Arme vor seiner bloßen Brust.

Styx nickte, wobei er den Blick nicht von Laylah abwandte. Vermutete der Anasso, sie würde verschwinden, sobald sie die Kraft zum Schattenwandern hatte?

Wenn er das nicht täte, wäre er ein Idiot.

»Gab es in den Nebeln noch irgendetwas anderes als das Kind?«

Laylah zwang sich, an ihre Zeit in der Höhle zurückzudenken. Sie erinnerte sich an die Kälte. Die Art von Kälte, die ihre Lungen schmerzen ließ. Und das Gefühl von öder Leere, als seien sie meilenweit von der nächsten Stadt entfernt.

Dann hatte der Magier sie nach vorn geschubst, und sie war in die wogenden Nebel gefallen.

Damals hatte sie Angst gehabt. Sie hatte nur wenig Erfahrung mit dem Schattenwandern gehabt und dachte für einen kurzen Moment, er habe sie durch den Durchgang in eine andere Welt gestoßen.

»Nein.« Sie schauderte, denn es war ihr bewusst, dass es wahrscheinlich das Beste gewesen wäre, wenn sie das Baby dort gelassen hätte, wo es versteckt gewesen war.

Aber wie hätte sie das fertigbringen sollen?

Selbst jetzt war sie noch davon überzeugt, dass das Kind die Hand ausgestreckt hatte, um ihr Herz zu berühren.

Wenn das nicht zutraf, gab es nur noch die Möglichkeit, dass sie komplett verrückt war.

»Zu schade«, murmelte Styx mit gefurchter Stirn. »Es wäre zu schön gewesen, wenn wir wüssten, wer das Kind in der Spalte versteckt hat.«

»Es war doch gewiss ein Dschinn«, forderte Tane ihn heraus.

»Nicht notwendigerweise.« Styx hielt Laylahs Blick fest. »Der Fürst der Finsternis …«

»Das Kind ist nicht böse«, unterbrach sie ihn, die Hände zu Fäusten geballt.

»Wie könnt Ihr Euch so sicher sein?«

»Ich weiß es einfach.«

Styx verdrehte zwar nicht die Augen, blickte andererseits aber so drein, als sei er alles andere als überzeugt. Das war ja nicht weiter überraschend. »Ich weiß es einfach« war nicht gerade eine idiotensichere Garantie.

Zum Glück drängte er sie nicht.

»Also holtet Ihr den Säugling aus den Nebeln«, nahm er den Gesprächsfaden wieder auf. »Was geschah dann?«

»Sergei brachte uns wieder in sein Haus und sperrte mich zusammen mit dem Kind wieder in meine Zelle.«

Styx stieß sich vom Schreibtisch ab. Er schien nicht zu bemerken, wie sehr er sie überragte.

Wenigstens konnte sie davon ausgehen, dass ihm nicht klar war, wie bedrohlich er auf sie wirkte. Aber wer kannte sich schon so genau mit Vampiren aus?

»Weshalb ließ er den Säugling bei Euch, nachdem er sich solche Mühe gegeben hatte, ihn in die Finger zu bekommen?«, fragte er mit rauer Stimme.

Laylah zögerte und rang sich dann widerstrebend dazu durch, die Wahrheit zu sagen. »Weil er Angst vor dem Stillstandszauber hat, in den das Baby gehüllt ist. Soweit ich weiß, bin ich die Einzige, die es anfassen kann.«

Tane trat neben Styx. Laylah stockte der Atem.

Das war ja fast zu viel des Guten.

Obwohl sie wegen ihrer Einmischung wütend auf die Vampire war, verfügte sie über ausreichend weibliche Instinkte, um den Anblick dieser zwei schönsten Muskelpakete, die es je auf Erden gab, zu schätzen. Der große Azteke mit seiner beängstigenden Schönheit und seiner alles bestimmenden Macht. Und dann das Bild von einem Mann mit gebräunter Haut und Honigaugen, eine Verführung für jede Frau, die von heißen, tropischen Nächten und exotischem Sex träumt.

Einer ganzen Menge Sex.

Tane warf ihr einen wissenden Blick zu, war aber klug genug, etwaige Klugscheißerkommentare für sich zu behalten.

»Vielleicht war es ein Auslöser«, meinte er stattdessen.

»Ja«, stimmte Styx zu.

Laylah versuchte, nicht allzu neugierig zu sein. »Was ist ein Auslöser?«

»Die mächtigsten Dämonen sind in der Lage, einen Zauber zu wirken, um eine bestimmte Person oder ein bestimmtes Ereignis zu erkennen«, erklärte Tane. »Es wäre möglich, dass der Zauber gewirkt wurde, um das Kind an die erste Person zu binden, die die Nebel betrat.«

Laylah hatte noch nie von einer solchen Macht gehört, andererseits aber hatte ihre Pflegemutter eine Menge Dinge vor ihr geheim gehalten.

Sie verdrängte die Erinnerung an Sadiras Täuschung, als diese versucht hatte, Laylah Magie beizubringen. Von Anfang an hatte sie gewusst, dass ihre Kräfte die einer Zigeunerin waren, nicht die einer Hexe.

Aber sie musste es auf später vertagen, Ordnung in ihre verworrenen Gefühle zu bringen.

»Was auch immer der Grund war – der Magier ist jedenfalls ausgerastet«, erklärte Laylah. »Ich konnte seinen Wutanfall durch die stabilen Eisenwände hindurch hören.«

Styx ließ ein kaltes Lächeln aufblitzen. »Ließ er Euch damals gehen?«

»Soll das ein Witz sein?«, höhnte Laylah. »Dieser Mistkerl hat mich überhaupt nie gehen lassen. Ein paar Wochen, nachdem ich das Baby gefunden hatte, hat Sergei plötzlich Angst bekommen.« Sie hob unvermittelt die Hand, als er den Mund öffnete, um ihr die absehbaren Fragen zu stellen. »Fragen Sie mich nicht, warum. Wir waren nicht gerade die besten Kumpels, die die Nächte damit verbrachten, sich gegenseitig Zöpfe zu flechten und intime Geheimnisse zu erzählen. Eines Nachts kam er in die Zelle und setzte mich außer Gefecht.« Sie zuckte mit den Schultern. »Ich bin in Rom aufgewacht.«

»Rom?« Styx zog eine Augenbraue in die Höhe. »Er ging ein großes Risiko ein, indem er eine Stadt wählte, die so dicht mit Dämonen besiedelt ist.«

Sie lachte schrill auf, als sie sich an Sergeis panische Flucht aus seinem Versteck erinnerte.

»Ich glaube, er hat sich eher auf die Schnelle dazu entschlossen, als dass er einem gut durchdachten Fluchtplan gefolgt wäre.« Sie erschauerte. »Und ich kann es ihm auch nicht verübeln, falls ihm meine charmante Tante Marika auf den Fersen war. Diese Frau könnte jeden in die Flucht treiben.«

Tane nickte zustimmend mit grimmiger Miene, Styx jedoch führte sein Verhör weiter konzentriert durch.

Zweifellos war er während der Spanischen Inquisition ausgebildet worden.

»Besaß er ein Privatversteck in Rom?«

Laylah schüttelte den Kopf. Ihre kurze Zeit in Rom war nicht angenehmer gewesen, als in dem sibirischen Versteck gefangen gehalten zu werden. Sie hatte eine eiserne Zelle gegen ein verzaubertes Kämmerchen und silberne Fesseln eingetauscht, die sie fast um den Verstand gebracht hatten.

»Nein, wir haben beim Hexenzirkel des Ortes gewohnt«, erklärte sie. Ihre Stimme war belegt, als sie sich an ihren damaligen Schmerz erinnerte.

Styx' Gesichtausdruck wurde verkniffen, als Tane zu Laylah ging, um ihr beschützend einen Arm um die Schultern zu legen.

Sie wusste nicht, ob er es missbilligte, dass Tane einen scheußlichen Dschinnmischling berührte, oder ob ihm öffentliche Liebesbezeigungen zuwider waren.

Und es war ihr auch egal. Es fühlte sich jedenfalls gut an, etwas Unterstützung zu haben.

»Sie gewährten einer auf dem Index stehenden Dämonin Zutritt zum Hexenzirkel?«, fragte der ältere Dämon, ungerührt von ihren Gefühlsäußerungen.

Na ja, das kannte sie ja inzwischen von ihm.

»Sergei hielt mich sorgfältig in seinem Privatraum versteckt. Außerdem hatten sie Angst vor ihm. Wenn Caine nicht gewesen wäre, wäre ich zweifellos immer noch in diesem verdammten Kämmerchen.«

Tane warf ihr einen überraschten Blick zu. »Die Wolfstöle rettete dich?«

Sie rümpfte die Nase. »Ich bin nicht sicher, ob ›retten‹ das richtige Wort ist. Sagen wir es so, wir haben eine Übereinkunft getroffen, die für beide Seiten vorteilhaft war.«

Tane strich mit dem Finger über ihre Wange. Seine Berührung war tröstlich. »Wie hat er dich gefunden?«

»Eine der Hexen war seine Geliebte, und sie hatte wohl gehofft, ihn mit dieser Nummer à la ›Jeannie in der Flasche‹ beeindrucken zu können. Caine ist am nächsten Morgen zurückgekommen, um mir die Chance anzubieten, Sergei zu entkommen, wenn ich zustimmte, seine ...«, sie verzog die Lippen, als sie sich an die Worte der attraktiven Wolfstöle erinnerte, »Geheimwaffe zu werden.«

»Dieser eingebildete Hund«, knurrte Tane.

Sie legte den Kopf in den Nacken, verblüfft über die reine Wut, die in den honigfarbenen Augen aufblitzte.

»Ich dachte, du kennst Caine nicht?«

Es war Styx, der antwortete. »Die Vampire hatten noch nicht das Vergnügen, doch ich bin zuversichtlich, dass Caine bald mein Gast sein wird.«

Hilfe ...

»Warum habe ich nur das Gefühl, dass das für Caine nicht gut sein wird?«, murmelte Laylah.

»Dieser Hund hat die Schwester meiner Gefährtin gefangen gehalten.« Styx' düsterer Ton wies darauf hin, dass jedem größte Qualen bevorstanden, der so dumm war, seiner Gefährtin Leid zuzufügen. Komischerweise fragte Laylah sich für einen kurzen Moment, wie es sich wohl anfühlen mochte, von einem derart mächtigen Dämon geliebt zu werden. Darcy musste sich ... *wie* fühlen? Vergöttert? Erdrückt? Vielleicht eine Mischung aus allem? »Für dieses Verbrechen wird er irgendwann bezahlen«, fuhr Styx fort, der ihre gedanklichen Ausreißer nicht bemerkt hatte. »Doch ich denke, vorerst haben wir wichtigere Angelegenheiten zu besprechen. Wie gelang es Caine, Euch von dem Magier fortzuholen?«

»Caine hat ein Händchen dafür, Arzneimittel herzustellen«, gab sie zu. Im Lauf der Jahre hatte die Wolfstöle durch seine Fähigkeit, von den Menschen hochbegehrte Designerdrogen zu kreieren, ein Vermögen verdient. »Er hat Sergei K.-o.-Tropfen in den Orangensaft gemischt, und während dieser bewusstlos war, haben wir uns weggeschlichen.«

Styx wirkte überrascht. »Der Magier wurde durch K.o.-Tropfen zur Strecke gebracht?«

»Glauben Sie mir, die hatten Megapower.«

Tane kniff die Augen zusammen. »Bist du bei Caine in Rom geblieben?«

»Nein, Caine hat mich in sein Versteck nach Amerika geschickt, wo seine Privathexen mich verstecken konnten.« Sie lächelte. Als sie Caines Versteck bei Chicago kennenlernte, war ihr das fast wie das Paradies vorgekommen. Klar, sie war in einem Nebengebäude untergebracht, das von mächtigen Versteckzaubern eingehüllt war, und oft vergingen Jahre, ohne dass sie mit einer anderen Person hätte sprechen können. Aber ihre Räumlichkeiten waren ziemlich komfortabel, und das Beste von allem war, dass sie und das Baby sich in Sicherheit vor dem Rest der Welt befunden hatten.

Oh, und außerdem hatte es einen Breitbildfernseher und fünfhundert Fernsehkanäle gegeben.

Nicht schlecht.

»Ich habe ihn nicht wiedergesehen, bis er mit einem Werwolfbaby in St. Louis auftauchte.«

»Harley«, sagte Styx.

»Ja, aber er hat sich geweigert preiszugeben, woher sie kam oder warum er sie beschützte«, teilte Laylah ihm hastig mit. Darcy hatte bereits die letzte Stunde damit verbracht, Informationen darüber, wie Caine Harley in die Finger bekommen hatte und ob er irgendetwas hatte verlauten lassen, was Darcys andere Schwestern betraf, aus ihr herauszuquetschen. Anscheinend fehlte immer noch einer der Vierlinge. »Tut mir leid, aber ich weiß sonst nichts.«

Styx forschte schweigend in ihrem Gesicht und erwog den Wahrheitsgehalt ihrer Worte.

»Erzählt mir von dem Kind«, sagte er schließlich abrupt.

Sie unterdrückte einen Seufzer. Wenn der König der Vampire eins sein konnte, dann erbarmungslos.

Wie die chinesische Wasserfolter.

»Da gibt es nichts zu erzählen. Das Baby ist in einen Stillstandszauber gehüllt, den ich nicht durchdringen kann. Ich bin mir nicht mal sicher, ob es ein Junge oder ein Mädchen ist.«

Tane umfasste ihr Kinn und drehte sie um, während er sie mit einem undurchdringlichen Gesichtsausdruck musterte.

»Bist du sicher, dass es am Leben ist?«

Aha, er dachte also, ihre Einsamkeit habe sie dazu gebracht, eine magische, aber leblose Hülle mit sich herumzuschleppen.

Vielleicht wäre sie auch gekränkt gewesen, wenn seine Annahme vollkommen abwegig gewesen wäre. Sie hätte doch ohne Weiteres verrückt werden können, wenn es das Baby nicht gegeben hätte, auf das sie sich hatte konzentrieren können, statt an ihre elende Existenz zu denken.

»Ich kann es spüren, aber es ist nicht bei Bewusstsein«, erklärte Laylah. Ihr Tonfall machte entschieden klar, dass sie nicht über das diskutieren wollte, was sie als tiefes Wissen in ihrem Herzen trug.

Das Kind war am Leben, und es gehörte zu ihr.

Styx trat auf sie zu. »Und es hat sich im Laufe der Jahre nicht verändert?«

»Nein.«

»Wo befindet sich das Kind jetzt?«

Die abrupte Frage kam ohne Vorwarnung, aber Laylah war darauf vorbereitet. Sie verschränkte die Arme vor der Brust und sah Styx in die Augen, ohne zurückzuzucken.

»In Sicherheit.«

»Ihr müsst …«

»Nein.«

»Vielleicht wäre es besser, wenn ich unter vier Augen mit Laylah spräche«, unterbrach Tane die beiden, womit er Laylah klugerweise davon abhielt, den gefährlichsten Dämon der Erde in Rage zu bringen.

Tane wartete ab, bis Styx den Raum verlassen hatte, und schloss die Tür hinter ihm, bevor er sich umwandte und in Laylahs verschlossenes Gesicht blickte.

Sie hob die Hand und wies mit dem Finger auf sein Gesicht.

»Denk nicht mal dran.«

»Was soll ich nicht denken?«

»Dass du mich manipulieren kannst, nur weil du mir an die Wäsche gegangen bist.«

Ärger flammte in ihm auf. *Ihr an die Wäsche gegangen?*

Das hörte sich an, als sei er ein unbedarfter Jüngling, der begierig auf schnelle Eroberungen aus war. In Wahrheit hatte er die schönsten und mächtigsten Frauen der Welt dazu gebracht, ihn um einen Platz in seinem Bett anzuflehen.

Doch es war nicht sein männlicher Stolz, der ihn dazu trieb, Laylah hart an sich zu ziehen und ihr tief in die weit aufgerissenen Augen zu blicken.

»Du darfst über das, was in uns beiden brennt, niemals so leichtfertig urteilen«, stieß er heiser hervor.

Der Puls hämmerte an ihrem Hals, aber sie weigerte sich hartnäckig, seinem Drängen nachzugeben.

»Nichts brennt in uns beiden. Wir hatten Sex. Ende der Geschichte.«

Er beugte sich zu ihr hinunter und ließ einen voll ausgefahrenen Fangzahn über den Umriss ihrer Drosselvene gleiten. In ihm regte sich das primitive Bedürfnis, den gehaltvollen Nektar ihres Blutes zu kosten.

»Wenn ich wirklich glauben würde, dass du das meinst, was du sagst, würde ich dich gleich hier und jetzt nehmen und dir beweisen, wie unrecht du hast«, sagte er, wobei seine Lippen sich an ihrer seidigen Haut berauschten.

»Tane …« Laylah erbebte, und der Duft ihrer Erregung reizte seine Sinne, dann aber stemmte sie die Hände gegen seinen Brustkorb. »Halt.«

Er zog sich ein Stück zurück, um in ihrem Gesicht zu forschen und betrachtete die Röte, die ihr in der Erregung in die Wangen gestiegen war, mit selbstgefälliger Genugtuung.

»Du gehörst mir.«

Ihre Augen blitzten, aber sie war klug genug, die alberne Auseinandersetzung nicht fortzuführen.

»Ich dachte, du wolltest über das Baby reden?«

Seine Lippen zuckten. »Und ich dachte, du wolltest das nicht tun.«

Ohne Vorwarnung wand sie sich aus seinen Armen und schüttelte den Kopf, während sie zurückwich.

»Du wirst mich nicht reinlegen.«

Tane gab seinem Bedürfnis, sie wieder heftig zu umarmen, nicht nach, sondern ließ stattdessen seinen Blick über ihr wieder erblasstes Gesicht und ihren verkrampften Körper gleiten.

Sie war so schön wie eh und je.

Das leuchtend rote Haar, das in der Deckenbeleuchtung wie Feuer schimmerte. Die fein gemeißelten Züge ihres zarten, elfenbeinfarbenen Gesichtes. Der schlanke Körper, der eine unwiderstehliche Komposition aus harten Muskeln und femininen Kurven war.

Doch sein forschender Blick erspähte auch die dunklen Ringe unter ihren Augen und die Anspannung ihres Körpers.

Laylah sehnte sich danach, zu ihrem Kind zurückzukehren, und argwöhnte, dass er sie davon abhalten wollte.

Unglücklicherweise war dieser Verdacht durchaus begründet.

Jeder verdammte Dämon auf der Welt würde in absehbarer Zeit der letzten und größten Hoffnung nachjagen, den Fürsten der Finsternis zurückzuholen. Entweder, um mit dieser Tat Ruhm zu erwerben, oder um damit eine potenzielle Bedrohung abzuwenden.

Und Tane würde es nicht zulassen, dass Laylah in die Schusslinie geriet.

»Dich hereinlegen?«, sagte er, Unschuld vortäuschend.

Laylah schob das Kinn vor. Sie kaufte ihm seine Darstellung keinen Augenblick lang ab. »Ich liefere das Kind nicht aus.«

Tane fluchte frustriert. Er hatte gehofft, einen Streit vermeiden zu können.

»Welche Wahl hast du denn, Laylah?« Er stemmte die Hände in die Hüften. »Du bist keine Närrin.«

»Das steht noch nicht fest.«

Er ignorierte ihre gemurmelte Randbemerkung.

»Man weiß nun von dir, meine Süße. Viel zu viele Dämonen wissen, dass ein Dschinnmischling frei herumläuft, und zwar mit einem Kind, das über das Potenzial verfügt, den Fürsten der Finsternis auferstehen zu lassen.« Er nahm ihr Gesicht in seine Hände und hielt ihren Blick mit dem seinen fest, während er versuchte, ihr seinen Standpunkt zu erklären. Dabei musste er ihr schonungslos reinen Wein einschenken. »An keinem Ort der Welt wäre der Säugling in Sicherheit, gleichgültig, wo du ihn versteckst.«

Furcht flackerte in ihren Augen auf, doch dann bemäntelte sie diese rasch wieder durch reine Wut.

»Wenn es keinen sicheren Ort gibt, warum sollten die Vampire sich dann einmischen wollen? Oder soll ich mal raten?« Ihre Augen verengten sich. »Sobald ich dämlich genug bin zu verraten, wo das Baby versteckt ist, lieferst du uns beide der Kommission aus. Sag mir, Tane, bekommst du eine Zusatzprämie für ein Pauschalangebot?«

»Du bist wohl süchtig danach, mit dem Feuer zu spielen«, ermahnte er sie mit sanfter Stimme.

»Ganz im Gegenteil.« Sie stieß seine Hände weg. »Alles, was ich will, sind Ruhe und Frieden und ein Ort, an dem das Baby in Sicherheit ist.«

Tane biss die Zähne zusammen. Er würde es nicht zulassen, dass sich dieser Anflug von wehmütiger Sehnsucht in sein Herz schlich.

»Ein unmöglicher Traum.«

»Vielleicht im Moment, aber irgendwann schaffe ich es, für ein Zuhause für uns zu sorgen. Ich bin nicht hilflos.«

Er verzog die Lippen zu einem humorlosen Lächeln. »Ich bin mir deiner Kräfte schmerzhaft bewusst, jedoch nicht willens, die Augen vor den Gefahren zu verschließen, die auf dich lauern. Ich würde meine Lieblingsrolex darauf verwetten, dass Marika und ihr Magier sich schon auf der Suche nach dem Kind befinden.«

Urplötzlich drehte Laylah sich um und lief durch das Büro. Ihre schönen Züge zeigten grimmige Entschlossenheit.

»Nein, sie suchen mich«, korrigierte sie ihn. »Ich bin die Einzige, die das Baby anfassen kann. Sie brauchen mich.«

Es lief ihm eiskalt über den Rücken.

»Hör sofort auf, Laylah.«

Sie warf einen Blick über ihre Schulter. »Wie bitte?«

»Ich kenne diesen Gesichtsausdruck bei dir allmählich.«

Abrupt begann sie wieder, ruhelos auf und ab zu wandern. »Ich weiß nicht, wovon du redest.«

Blitzartig durchquerte er den Raum und drehte sie mit einem Ruck zu sich, sodass sie gezwungen war, sein Stirnrunzeln wahrzunehmen, das eindeutig »Verarsch mich nicht« ausdrückte.

»Du heckst irgendeinen wahnsinnigen Plan aus, und das lasse ich nicht zu.«

»Du lässt das nicht zu?« Die Luft füllte sich mit einem gefährlichen Kribbeln. »Ich sollte dich einfach nur dafür braten, dass du so ein arroganter Arsch bist.«

»Und ich sollte dich in den nächsten Kerker sperren.« Mit einiger Mühe gelang es ihm, seinen Griff um ihren Arm zu lockern, indem er seine steinzeitlichen Triebe zügelte. »Laylah, du wirst dich nicht selbst als Köder anbieten.«

Sie hielt inne. Vielleicht wägte sie das Vergnügen ab, das sie dabei empfinden mochte, ihn mit einem Blitz zu erschlagen, gegen die weniger tödliche, aber immer noch erschreckende Freude, ihn in die Nebel zwischen den Welten zu sperren.

»Nur lange genug, um Marika und Sergei wegzulocken«, unterbrach sie schließlich das spannungsvolle Schweigen. »Sobald sie meine Fährte verloren haben, kann ich zurückkommen, um das Baby zu holen und endgültig zu verschwinden.«

Seine Macht entwich explosionsartig, warf kostbare Erstausgaben von den Regalbrettern und brachte das Licht zum Flackern.

»Soll das ein Scherz sein?«

Sie erbleichte, blieb aber standhaft. »Ich gebe zu, es ist nicht gerade der beste Plan …«

»Es ist eine Selbstmordmission, und das weißt du«, fuhr er sie an.

»Es ist nicht nötig, so melodramatisch zu werden. Ich habe lange ganz allein überlebt.«

»Das war reines Glück, das irgendwann zwangsläufig enden muss.«

Laylah holte wütend Luft, stellte sich auf die Zehenspitzen und stach ihn mit einem Finger mitten in die Brust.

»Ich habe dich nicht um deine Erlaubnis gebeten, He-Man.«

Er packte sie an den Armen und hob sie hoch, bis sich ihre Nasenspitzen beinahe berührten. Sie funkelten einander wütend an.

»Dann hast du offensichtlich vergessen, dass du meine Gefangene bist. Du gehst nirgendwohin.«

»Hast du das nicht falsch verstanden?«, stieß sie hervor und überflutete ihn mit dem köstlichen Gefühl von Hitze und zorniger Frau. Selbst wenn sie ihn wie jetzt verärgerte, brannte sich die Vorstellung, sie auf Styx' Schreibtisch zu legen, ihre Beine zu spreizen und tief in sie einzudringen, in sein Gehirn ein. »Du befindest dich in meiner Gewalt, und ich befehle dir, mich gehen zu lassen.«

Er eroberte ihre Lippen mit einem Kuss, der seinen unverhohlenen Besitzanspruch deutlich machte. »Schachmatt.«

Laylahs Lippen gaben in einem kurzen Moment der geistigen Umnachtung nach, dann aber stemmte sie die Hände gegen seinen Brustkorb.

»Tane …«

»Nein, Laylah, du wirst nicht allein davonstürmen.« Er ließ sie wieder herunter, bis ihre Füße den edlen Teppich berührten, hielt sie aber weiter an den Armen fest, nicht imstande, sie gehen zu lassen. Verdammt. Es gab keine guten Wahlmöglichkeiten. Nicht, solange die Kommission Laylah als Gefahr betrachtete. Was er benötigte, war Zeit, um die verdammten Orakel davon zu überzeugen, dass diese Frau keine Bedrohung darstellte. Und was noch wichtiger war, war die Fähigkeit, sie davon abzuhalten, sich töten zu lassen, bevor er das selbst tun konnte. »Du kannst nirgendwohin gehen, ohne dass ich dir folge.«

Sie runzelte die Stirn, als sie die schroffe Warnung in seiner Stimme hörte. »Warum?«

»Ich weiß es nicht.«

KAPITEL 12

*E*s war seine schlichte Ehrlichkeit, die ihr den Atem raubte.

Und ihre höheren Hirnfunktionen.

Ich weiß es nicht …

Auch ihr ging es so.

Dieser verdammte Vampir hatte sie so verwirrt, dass sie nicht mehr wusste, wo ihr der Kopf stand.

Einmal wollte sie ihn in ein Häufchen Staub verwandeln, und dann wieder wollte sie ihn gegen die nächste Wand drängen und sündhafte Dinge mit seinem harten, perfekten Körper anstellen.

Laylah verlor sich in dem Honigblick und zuckte heftig zusammen, als plötzlich Styx' Stimme aus der Gegensprechanlage dröhnte.

»Tane. Ich brauche Euch oben.«

Tane spannte sich an, und sein Griff um ihre Arme wurde fester.

»Nicht jetzt«, knurrte er.

»Jetzt«, schnauzte der andere Vampir zurück.

»Verdammt.« Tane machte abrupt einen Schritt nach hinten. Seine Miene wurde angespannt vor Enttäuschung. »Ich werde bald wieder da sein.«

»Ich komme mit …«

»Nein, meine Süße«, setzte sich Tane bestimmt über ihre

Worte hinweg und verschränkte die Arme vor der Brust. »Wenn Styx gewollt hätte, dass du uns Gesellschaft leistest, hätte er nach dir gefragt.«

Laylah runzelte die Stirn. Inzwischen neigte sie deutlich eher dazu, ihn in Toast zu verwandeln, als ihn von Kopf bis Fuß abzulecken.

»Also soll ich hier warten wie ein braves Mädchen, während ihr über meine Zukunft entscheidet?«

»Es ist weitaus wahrscheinlicher, dass es nichts mit dir zu tun hat, Laylah.«

Sie ballte die Hände zu Fäusten. »Na klar.«

»Hast du vergessen, dass Styx der König der Vampire ist und ich sein Charon?« Er wandte den Blick nicht von ihr ab, und der Ausdruck auf seinem unendlich schönen Gesicht verriet nicht, was er dachte. »Bleib hier.«

Ihr Herz setzte aus.

Verdammt. Glaubte er, das würde die Angelegenheit besser machen?

»Tane«, sagte sie, als er auf die Tür zuging.

Er blieb stehen, wandte sich um und sah ihren besorgten Blick. »Ja?«

»Was ist, wenn das hier Vampirangelegenheiten sind?«

Er zuckte mit den Schultern. »Dann werde ich meine Pflicht tun.«

Sie stand plötzlich wieder unmittelbar vor ihm, ohne zu wissen, wie sie dahin gekommen war.

»Die Pflicht eines Charons?«

Wieder folgte ein Schulterzucken. »Ja.«

Lass ihn gehen, flüsterte eine Stimme in ihrem Hinterkopf.

Während Styx und Tane abgelenkt waren, gab es für sie die perfekte Gelegenheit zu verschwinden. Vielleicht die *einzige* Gelegenheit.

Aber stattdessen packte sie ihn am Arm. Ihr Blick blieb auf sein Gesicht geheftet, als wolle sie sich unbedingt jeden einzelnen seiner edlen Züge einprägen.

»Was bedeutet das?«

»Es ist nicht die richtige Zeit …«

»Bitte, ich muss es wissen.« Laylah verstärkte ihren Griff, bis sich ihre Nägel in sein Fleisch gruben. Sie hegte bereits den Verdacht, dass seine Stellung bei den Vampiren nicht nur Macht, sondern auch große Gefahr bedeutete. »Was macht ein Charon genau?«

Sie fühlte, wie sich sein Körper anspannte, als würde ihn ihre heftige Reaktion überraschen.

Zum Teufel, er konnte nicht verblüffter sein als sie selbst.

Minuten verstrichen, bis er schließlich mit seinen Fingern durch ihr Stachelhaar fuhr.

»Es ist nicht allgemein bekannt, aber es gibt Vampire, die süchtig nach dem Blut von Alkoholikern und Drogenabhängigen werden«, erklärte er, wobei er seine Stimme instinktiv senkte, als er die geheime Schwäche der Vampire verriet. »Das führt schließlich dazu, dass sie wahnsinnig werden. Wenn ich sie nicht aufspüre, bevor es zu spät ist, verfallen sie vollständig dem Blutrausch.«

Ein eisiger Ball bildete sich in Laylahs Magengrube. »Was passiert dann?«

»Sie beginnen mit einem blindwütigen Amoklauf und zerstören alles und jeden auf ihrem Weg.«

Laylah holte schockiert Luft.

Auf Gefahren war sie gefasst gewesen.

Nicht jedoch auf blindwütige Amokläufer.

»Und dein Job ist es, sie zu stoppen?« Ihre Stimme klang belegt.

»Es gibt keine andere Möglichkeit.« Geistesabwesend strichen seine Finger über die Umrisse ihrer Ohrmuschel. »Sobald ein Vampir die Schwelle zum Wahnsinn überschritten hat, beendet er sein Massaker erst dann, wenn er keine Opfer mehr findet oder enthauptet wird.«

Seine Berührung enthielt die gleiche Magie wie immer und ließ winzige Blitzschläge der Wonne in Laylah entstehen, aber gleichzeitig war sie von einer schrecklichen Angst vor den ungeheuren Risiken erfüllt, für die dieser Vampir sein Leben aufs Spiel setzte.

»Warum du?«

Der Blick aus seinen Honigaugen bohrte sich tief in ihre weit aufgerissenen Augen und schien nach ihren Gefühlen für ihn zu forschen.

Viel Glück dabei.

»Ich?«, fragte er heiser.

»Warum musst du derjenige sein, der die psychopathischen Massenmörder zur Strecke bringt?«

»Weil ich ein Charon bin.«

Ihr Atem entwich zischend durch ihre zusammengebissenen Zähne. Tane wich ihr absichtlich aus.

Was bedeutete, dass er irgendetwas zu verbergen hatte.

»Bist du eingezogen worden, oder hast du dich freiwillig gemeldet?«

»Styx trat an mich heran und bot mir die Stellung an, und ich akzeptierte sein Angebot.«

»Einfach so?«

»Weshalb klingst du so skeptisch?«

»Weil ich nicht glaube, dass irgendjemand freiwillig die Stellung eines Scharfrichters annimmt.«

Er senkte die Hand, und seine Miene war verschlossen wie die sprichwörtliche Auster.

»Es muss getan werden.«

Ihre Angst wurde bei seiner ausdruckslosen Äußerung noch größer. Diese Art von Dingen sagte ein Mann, wenn er nicht vorhatte, vernünftig zu handeln.

»Ich bezweifle nicht, dass diese Arbeit notwendig ist, sondern bedenke nur den Grund, aus dem du dich dafür entschieden hast.«

»Weshalb sollte ich es nicht tun?« Der Blick aus den honigfarbenen Augen richtete sich auf irgendeine Stelle über Laylahs Schulter. »Jeder Vampir liebt den Reiz der Jagd. Styx hat sein Bestes versucht, um uns zu zivilisieren, also ist es ein seltenes Vergnügen, wenn ich mich mit einem würdigen Gegner messen kann.«

Laylah schnaubte. Nur ein Idiot würde bezweifeln, dass Tane aggressiv genug war, es zu genießen, einem Feind die Kehle herauszureißen. Aber auf gar keinen Fall würde sie sich davon überzeugen lassen, dass er Spaß daran hatte, einen Bruder zu töten, der verrückt vor Blutdurst war.

Außerdem übernähme niemand absichtlich eine Stellung, die seine eigene Familie dazu brächte, ihn zu meiden.

»Du liebst die Jagd so sehr, dass du dich freiwillig von deiner eigenen Familie fürchten und ächten lässt?«, forderte sie ihn heraus.

Er hob die Brauen. »Weshalb denkst du, ich sei ein Ausgestoßener?«

»Ich bin nicht dumm, Tane.« Laylah verschränkte die Arme vor der Brust und spürte einen vertrauten Schmerz in ihrem Herzen. Sie wusste, wie es war, gemieden zu werden. Und kannte das Gefühl, ständig als Bedrohung betrachtet zu werden, ganz egal, wie sehr sie sich Mühe gab, sich zu bewähren. »Ich habe doch beobachtet, wie Victors Clan dich behandelt hat. Die einen schauten drein, als wollten sie das Weite suchen, wenn du ins Zimmer kamst, und die anderen vermittelten den Eindruck, als wollten sie dir am liebsten von hinten einen Pflock ins Herz rammen.«

Mit einer raschen Bewegung drehte er sich um und ging auf den schweren Schreibtisch zu, konnte es aber nicht verhindern, dass Laylah der alten seelischen Verletzungen gewahr wurde, die die wunderschönen honigfarbenen Augen verdunkelten.

Es waren immer noch offene Wunden, die so empfindlich waren, dass Laylah vor Entsetzen zitterte.

»Meine Macht ist so groß, dass ich stets gefürchtet werde, ungeachtet dessen, ob ich ein Charon bin oder nicht.« Er drehte ihr nach wie vor den Rücken zu. Seine Stimme war bar jeglicher Emotionen, die tief in seinem Inneren schwelten. »Und um ganz ehrlich zu sein, mir sind die Leute, die mich tot sehen wollen, vollkommen gleichgültig. Ich bin nicht hier, um Freunde zu gewinnen und Vampire zu beeinflussen.«

Laylah ließ sich jedoch nicht von seinen angespannten Schultern und der »Leg dich nicht mit mir an«-Stimmung, die er stoßweise als eiskalte Luft ausstieß, einschüchtern.

Schließlich ging sie Tane auf die Nerven, seit sie sich zum ersten Mal getroffen hatten. Warum sollte sie also jetzt damit aufhören?

»Tu das nicht.« Sie stellte sich direkt vor ihn. »Nicht mit mir.«

Er weigerte sich, sie anzusehen. »Was denn?«

»So tun, als wäre es egal, dass du von denen, die kein Recht haben, dich zu verurteilen, wie ein Aussätziger behandelt wirst.« Sie berührte mit der Hand seine harte Kieferlinie. »Dass du dich vor der Welt versteckst, die dich nicht will. Dass du so allein bist, dass es dir in der Seele wehtut.«

Er erstarrte unter ihrer leichten Berührung, und seine Miene war wachsam. »Laylah?«

»Ich habe kein Mitspracherecht, was mein Schicksal angeht, aber du ...« Sie schüttelte langsam den Kopf. »Du könntest zu einem Clan gehören. Oder sogar eine Gefährtin haben.«

»Gefährtin?« Sein gellendes Gelächter zerrte an ihren Nerven. »Kannst du dir mich in einem kleinen Haus mit einem weißen Lattenzaun vorstellen?«

Sie ließ die Hand sinken und tat so, als sei es ihr völlig egal, dass er sie ausschloss.

»Na schön, behalte deine Geheimnisse für dich«, fuhr sie ihn an. »Es ist ja nicht so, als ob das für mich eine Rolle spielen würde.«

Sie hatte gerade den ersten Schritt von ihm weggemacht, als Tane die Hand ausstreckte, um sie leicht an der Schulter zu berühren.

»Sie war meine Schöpferin.«

Laylah wandte sich um und sah Tanes düsteren Blick. »Was?«

»Sung Li.« Geistesabwesend streichelte seine Hand über die bloße Haut ihrer Schulter, aber sie spürte, dass er mit den Gedanken ganz weit weg war. »Sie verwandelte mich in einen Vampir.«

»Also ist sie deine Mutter?«, fragte Laylah. Ein flaues Gefühl breitete sich in ihrem Magen aus.

Sie hatte darauf bestanden, dass er ihr von seinem Schmerz erzählte.

Als ob sie das Recht hätte, seine intimsten Geheimnisse zu erfahren.

Jetzt wurde ihr klar, dass sie ihn zwang, sich an Dinge zu erinnern, die er eigentlich tief in seinem Inneren begraben wollte.

»Jede Beziehung zwischen einem Findling und seinem Schöpfer ist einzigartig. Manchmal besteht eine Eltern-Kind-Beziehung zwischen ihnen, ein anderes Mal ist es eine sexuelle

Beziehung.« Seine Stimme klang hart und beherrscht. »Normalerweise gibt es nichts, was sie zusammenhält. Bis zum vergangenen Jahrhundert wurden die meisten Vampirfindlinge von ihrem Schöpfer ausgesetzt und überlebten nur selten das erste Jahr. Nun versucht Styx dafür zu sorgen, dass jeder neue Vampir direkt in einen Clan eingegliedert wird.«

Zu jeder anderen Zeit wäre Laylah fasziniert von dem kurzen Einblick in die Politik der Vampire gewesen.

Trotz all ihrer Macht achteten die Vampire sorgsam darauf, die Geheimnisse ihrer Welt zu wahren.

Aber Laylah beschäftigten weitaus wichtigere Angelegenheiten.

»Was war mit dir und Sung Li?«

»Sie war meine Geliebte.«

»Deine Gefährtin?«, fragte Laylah mit rauer Stimme.

»Nein, doch wir … standen uns nahe.«

Obwohl sie auf diese Enthüllung gefasst gewesen war, zuckte Laylah zusammen, als sei sie geschlagen worden.

Sung Li.

Das klang … exotisch.

Und ohne Zweifel wunderschön, wie alle Vampire.

Sie wünschte sich, dieses Miststück schlagen zu können, auch ohne irgendetwas über sie erfahren zu haben.

»Du hast ›standen‹ gesagt. Vergangenheitsform.«

»Sie ist tot.«

»Wie ist sie gestorben?«

»Ich schlug ihr den Kopf ab.«

Reue erfasste Laylah. »Scheiße. Es tut mir leid. Ich hätte dich nicht bedrängen sollen.« Sie hob die Hand, um ihn zu berühren, zog sie aber wieder zurück, als sie seinen angespannten Gesichtsausdruck sah. Tanes Selbstbeherrschung hing an einem seidenen Faden, und sie wollte nicht dafür verantwortlich sein, wenn er riss. Sie hatte für eine Nacht wirklich genug Schaden angerichtet. »Das geht mich nichts an.«

Eine erdrückende Anspannung breitete sich im Zimmer aus. »Willst du nicht den Grund erfahren?«

Sie erschauerte. Nicht, weil sie über sein Geständnis schockiert war, sondern aus Entsetzen über die Qualen, die er wohl hatte erleiden müssen, als er gezwungen gewesen war, seine Geliebte zu töten.

»Ich …« Sie leckte sich über die trockenen Lippen. »Ich will dich nicht dazu zwingen, wieder daran zu denken.«

Seine Hand glitt aufwärts, um ihren Nacken zu umfassen, und sein Daumen streichelte über ihre Drosselvene. Es war fast so, als tröstete er sich selbst mit dieser Liebkosung.

»Sung Li war schon uralt, bevor sie mich erschuf«, sagte er. Seine Stimme war ein raues Flüstern. »Und wie viele andere war sie gelangweilt von ihrer Existenz.«

Laylah runzelte die Stirn. »Sie hat dich zu ihrer Unterhaltung verwandelt?«

»Ich vermute, so könnte man es ausdrücken.«

Klar, ein Megamiststück.

»Wie lange wart ihr zusammen?«

»Beinahe dreihundert Jahre.«

Der stechende Schmerz, den Laylah empfand, war keine Eifersucht. Das wäre doch … verrückt. Verdammt irre.

Es war etwas anderes. Etwas, das nichts mit Eifersucht zu tun hatte.

»Na ja, niemand kann behaupten, dass du dich nicht für lange binden könntest«, murmelte sie.

Ein Gefühl, vielleicht Genugtuung, zeigte sich kurz auf Tanes schönem Gesicht, als er den Unterton in ihrer Stimme vernahm. Dann kehrten die schmerzlichen Erinnerungen zurück und verdüsterten seinen Blick.

»Zeit besitzt für Unsterbliche wenig Bedeutung.«

»Vielleicht, aber du musst sie sehr geliebt haben, um so lange mit ihr zusammenzubleiben.«

»Liebe?« Er zog eine Grimasse. »Nein. Ich war ihr Anhänger, lag ihr zu Füßen. Es gab keine wahre Zuneigung. Wenn das der Fall gewesen wäre, hätte ich vielleicht …«

Die unangenehme Empfindung, die Laylahs Herz erfasst hatte, ließ nach und wurde ersetzt durch den intensiveren, beunruhigenderen Wunsch, Tane fest mit den Armen zu umschlingen und ihm … *was* anzubieten? Einen Trost, den sie nicht begriff und den er zweifellos zurückweisen würde?

Sie räusperte sich. »Was hättest du vielleicht?«

»Ich hätte vielleicht die Wahrheit über ihre zunehmende Labilität akzeptiert.«

Es dauerte einen Moment, bis seine Worte in ihr Bewusstsein gedrungen waren. »Oh.« Laylah versetzte sich selbst gedanklich eine Ohrfeige. Sie hätte sich das längst denken können. »Sie war …«

»Süchtig.«

Laylah nahm irritiert das Bedauern, das in seinen Honigaugen brannte, wahr. »Das ist doch nicht deine Schuld.«

»Nicht ihre Sucht, aber ich habe ihr ganz gewiss den Weg geebnet.«

»Sie war eine mächtige Vampirin, Tane, kein B-Promi, der im Fernsehen einen Drogenentzug gemacht hat. Ich bezweifle, dass irgendeine Intervention ihr hätte helfen können.«

Er murmelte einen Fluch und durchquerte den Raum mit ruckartigen Bewegungen.

»Es gibt nur eine Art von Intervention, wenn ein Vampir außer Kontrolle gerät, und auf gar keinen Fall gehört Gefühlsduselei dazu.« Seine Stimme klang rau vor uraltem Schmerz. »Doch ich war schwach. Ich beseitigte ihre ›Malheure‹ und gab vor, ihre unberechenbaren Stimmungsumschwünge nicht zu bemerken. Ich wollte es nicht zugeben, nicht einmal vor mir selbst, dass sie allmählich dem Blutrausch verfiel.«

Laylah biss sich auf die Unterlippe. Sie musste keine Gedankenleserin sein, um zu wissen, dass diese Geschichte kein Happy End hatte.

»Was ist passiert?«

Er senkte den Kopf, und sein Körper erstarrte.

»Genau das, was zu erwarten war.«

»Wie viele?«

Sie erzitterte. Die entsetzliche Vorstellung einer wahnsinnigen Vampirin, die in dem Blut anderer Vampire badete, ließ ihren Magen rebellieren.

»Sie löschte unseren gesamten Clan sowie mehrere menschliche Dörfer aus, bevor es mir gelang, sie in den peruanischen Anden in die Enge zu treiben.«

Laylah zögerte, bevor sie nahe hinter Tane trat. Sie wollte ihn nicht drängen, aber es war offensichtlich, dass die Art, wie er seine Erinnerungen in sich verschloss, ihm nicht dabei geholfen hatte, die Wunden heilen zu lassen. Wenn er das Grauen, das er erlebt hatte, mit ihr teilte, konnte der Eiter aus seiner Wunde vielleicht abfließen.

»Warum hat sie dich nicht zusammen mit dem restlichen Clan umgebracht?«

Sein schneidendes Gelächter hallte durch den Raum. »In ihrem Wahnsinn wünschte sie sich jemanden, der ihre glorreiche Spur der Verwüstung bewunderte.«

Götter. Tane hatte nicht nur erlebt, wie die Frau, die er liebte, dem Wahnsinn verfallen war, sondern er hatte ihr live und in Farbe bei ihrem blutigen Zusammenbruch zusehen müssen.

Das würde wohl bei jedem eine Narbe hinterlassen.

»Und es kam ihr nie in den Sinn, dass du ihren Ausschreitungen möglicherweise ein Ende setzen könntest?«

»Weshalb sollte es?« Er wandte sich langsam um, sodass sie seine starre Miene erkennen konnte. »Ich war zahllose Jahre lang ihr treuer Schmeichler gewesen.«

Sie griff hinauf und nahm sein Gesicht in beide Hände. Seine Haut war kühl und wundervoll glatt. Einfach perfekt.

Aber in seinen Augen stand eine Qual, die ihr Herz zum Bluten brachte.

»Und jetzt hast du Schuldgefühle wegen der Personen, die sie getötet hat?«

»Nicht getötet.« Er griff nach ihren Unterarmen und packte so fest zu, als sei er hin- und hergerissen zwischen dem Drang, sie wegzustoßen, und dem, sie an sich zu drücken. »Sie wurden niedergemetzelt, Laylah. Erbarmungslos und grausam niedergemetzelt.«

Laylah begrüßte den Druck seiner Finger, die sich in ihr Fleisch gruben. Er hatte seine Emotionen so lange Zeit unterdrückt. Es war ein Wunder, dass sie ihn nicht zerstört hatten.

»Es ist nicht deine Schuld.«

»Das muss ich selbst entscheiden.«

Laylah schluckte ihren Protest herunter. Er war zu der Überzeugung gekommen, dass es sein Fehler war, und vorerst ließ er auch nicht mit sich reden.

Typisch Mann.

»Kannte Styx deine Vorgeschichte, als er dich gebeten hat, ein Charon zu werden?«, fragte sie stattdessen.

Er zögerte und kniff die Augen zusammen, misstrauisch wegen ihres abrupten Themawechsels.

»Ja.«

»Dieser Mistkerl.«

Er zog sie an sich, und sein Blick glitt impulsiv zu der geschlossenen Tür.

»Gib acht, meine Süße, Styx hat bisher den liebenswürdigen Gastgeber gespielt, doch du darfst dich nicht davon täuschen lassen – er ist furchtbar als Feind«, warnte er sie.

Sie lehnte sich an seine breite, starke Brust und spürte, wie die übliche Erregung in ihrer Magengrube aufflammte. Und mit ihr weitaus gefährlichere Gefühle.

Es war die Art von Gefühlen, bei denen eine kluge Frau so tat, als ob sie nicht existierten.

»Es scheint so, als ob er auch ein furchtbarer Freund wäre«, murmelte sie.

Er drückte einen Finger gegen ihre Lippen. »Laylah.«

»Nein, er hat absichtlich deine Schuldgefühle ausgenutzt, um dich zu manipulieren. Du solltest dich für eine Stellung entscheiden, die nicht nur dafür gesorgt hat, dass du zum Aussätzigen bei den Vampiren wurdest, gleichzeitig führte es auch dazu, dass dein Leben ständig in Gefahr ist«, sagte sie bestimmt.

Er hielt inne, und sein Blick glitt über ihr Gesicht, als suche er nach einer Antwort auf eine unausgesprochene Frage.

»Nicht ständig.«

Sie stieß einen ungeduldigen Laut aus. »Hast du vergessen, dass du an demselben Tag, an dem wir uns zum ersten Mal getroffen haben, von deinen kostbaren Brüdern angegriffen wurdest?«

In seinen Augen loderte eine plötzliche Hitze auf, und er schlang die Arme um sie.

»Ich habe nichts von dem Tag vergessen, an dem wir uns trafen«, erwiderte er, und seine rauchige Stimme ließ Laylahs Herz heftiger schlagen. »Überhaupt nichts.«

Nun ja … ihr ging es genauso.

Laylahs Blick schweifte zu dem harten Bogen, den sein

Mund bildete, und Erinnerungen an die sinnliche Verwüstung, die diese Lippen hinterließen, wenn sie über ihre Haut glitten, durchzuckten sie. Aber dann unterdrückte sie streng ihre aufflammende Erregung.

Nein.

Sie würde sich nicht ablenken lassen.

»Er hatte nicht das Recht, dich zu bitten, so vieles zu opfern.«

»Styx ist kein wohltätiger Anführer.« Er schnaubte. »Zum Teufel, er ist ein Hurensohn, der nicht zögern würde, alles zu tun, was er für nötig hält, um sein Volk zu beschützen. Aber weder manipulierte er mich noch zwang er mich, ein Charon zu werden.«

Laylah sah ihn finster an. Tanes Loyalität gegenüber dem Furcht einflößenden Anasso war bewundernswert, aber sie blendete ihn auch.

»Bist du dir da so sicher?«

Er ließ seine Hände sanft an ihrem Rücken entlang nach oben gleiten, wie um ihr Trost zu spenden.

»Eigentlich ist er der Einzige, der es wahrhaft versteht.«

Sie schüttelte den Kopf, alles andere als überzeugt. »Was versteht er?«

»Er hat selbst eine Vorgeschichte mit Schuldgefühlen und Wunden, die eine verzwickte Beziehung hinterlassen hat.« Tanes Kiefermuskeln verkrampften sich. »Er wusste, dass ich ein handfestes Mittel benötigte, um die Fehler meiner Vergangenheit zu korrigieren.«

Laylah verkniff sich einen frustrierten Seufzer.

Sie wollte darauf beharren, dass Styx Tanes Schuldgefühle ausnutzte, um ihn zu beeinflussen, als Charon zu arbeiten. Auf diese Weise hatte sie vielleicht eine Chance, diesen störrischen Idioten davon zu überzeugen, dass es die Gefahr nicht wert war.

Aber wenn seine Stellung einen persönlichen heiligen Krieg bedeutete …

Sie schüttelte den Kopf. Verdammt. Sie wollte sich keine Sorgen machen.

Denn das setzte voraus, dass sie sich etwas aus ihm machte.

Und war sie nicht schon zu dem Schluss gekommen, dass das eine sehr schlechte Idee war?

Vom Schreibtisch her war ein Klicken zu hören, und dann ertönte erneut Styx' Stimme.

»Tane, wenn ich Euch erst holen muss, werden Euch die Konsequenzen nicht gefallen.«

Beide zuckten bei dem eisigen Unterton in seiner Stimme zusammen.

Mit einem leisen Fluch beugte sich Tane zu Laylah, um ihr einen leidenschaftlichen Kuss zu rauben, bevor er zielstrebig auf die Tür zuging.

»Wir unterhalten uns später.«

»Tane?«

Er warf einen Blick über seine Schulter. »Ja?«

»Mach …«

»Mach – was?«

Sie biss die Zähne zusammen. »Mach nichts Dummes.«

KAPITEL 13

Im Laufe der Jahre hatte Tane einen ausgefeilten Selbsterhaltungstrieb entwickelt.

Ein Vampirassassine lernte entweder, auf der Hut zu sein, oder er starb.

So einfach war das.

Doch Laylah erwies sich als gefährliche Ablenkung. Er beachtete weder die kostbaren Statuen, die die Marmorhallen säumten, noch die gerahmten Meisterwerke, die einen Sammler zweifelsohne dazu bringen würden, sich vor Begeisterung einzunässen. Und das hatte zur Folge, dass er kaum die im Schatten liegende Nische wahrnahm, in der sich möglicherweise ein Feind verbarg, oder die gewölbte Decke, an der sich vielleicht eine Falle befand.

Seine Gedanken verweilten bei Laylahs unerwarteter Verärgerung. Es gefiel ihr nicht, dass er ein Charon war. Doch weshalb?

Weil sie sich Sorgen um ihn machte?

Weil sie sich … etwas aus ihm machte?

Eine gefährliche Wärme regte sich in seinem Herzen.

Eine Wärme, die sich auch dann noch regte und sogar ausbreitete, als er durch eine Woge aus erdrückender Energie, die ihn beinahe in die Knie zwang, abrupt aus seinen sinnlosen Gedanken gerissen wurde.

Verdammt. Verdammt. Verdammt.

Nichts außer einem Orakel war in der Lage, eine dermaßen intensive Hochspannung auszustrahlen.

Er zögerte vor der Bibliothek, in der Styx ungeduldig auf sein Eintreffen wartete.

Der heftige Drang, zurück zu Laylah zu eilen und sie fortzutragen, flammte in ihm auf. Natürlich war das dumm. Er hatte nicht die geringste Chance, sie fortzubringen. Nicht, bevor sie von Styx' Raben aufgehalten werden konnten.

Oder etwas noch Schlimmeres geschehen würde.

Dennoch waren es nur die Jahre der Selbstdisziplin, die ihm die Stärke verliehen, über die Schwelle der riesigen Bibliothek zu treten, anstatt wie irgendein Vampirneuling mit einem Heldenkomplex davonzustürmen.

Er würde das Orakel überzeugen, dass Laylah keine Gefahr darstellte.

Oder er würde bei dem Versuch sterben, es zu tun.

Verspätet in höchster Alarmbereitschaft ließ Tane vorsichtig seinen Blick durch den langen Raum mit den hohen Fenstern schweifen, durch die man auf den tief liegenden Garten schauen konnte, der in Mondlicht getaucht war.

Erwartungsgemäß enthielt der Raum Regale mit einem Teil von Styx' enormer Büchersammlung sowie einen schweren Schreibtisch, der in der Nähe eines Marmorkamins stand. Auf dem teuren Teppich am anderen Ende des Zimmers standen mehrere Ledersessel. Außerdem befand sich dort eine Glasvitrine, die diverse uralte Schriftrollen enthielt.

Sein Blick streifte kurz Styx, der im Augenblick mit zutiefst finsterer Miene am Schreibtisch lehnte, bevor er auf das weibliche Wesen traf, das mitten im Raum stand.

Ihn überfiel Erstaunen. Gott. Die Frau war so winzig wie ein Menschenkind und besaß zarte Gesichtszüge. Sie trug eine einfache weiße Robe, und ihr silbergraues Haar war zu einem langen Zopf zusammengefasst, der ihr über den Rücken hing.

Es wäre ihm ein Leichtes gewesen, sie als harmlos abzutun, wenn er nicht das uralte Wissen erkannt hätte, das in den schwarzen, länglichen Augen glühte. Und, ach ja, die rasiermesserscharfen Zähne, die offenbar dazu bestimmt waren, Fleisch zu zerreißen.

Und natürlich war da noch die Macht.

Sie traf ihn mit dem ganzen Feinsinn eines Vorschlaghammers.

Die Frau bedeutete Tane mit einer Geste ihrer knotigen Hand, vor sie zu treten. »Dies ist der Charon.«

Ihre Stimme war leise und hypnotisierend.

»Ja, Herrin«, antwortete Styx, obgleich die Worte nicht als Frage gemeint waren.

Sie verfolgte ungerührt, wie Tane direkt vor ihr stehen blieb. »Ich bin Siljar.«

Tane gelang eine steife Verbeugung. »Tane.«

Belustigung blitzte in ihren Augen auf. »Ja, das weiß ich.«

Tane unterdrückte einen Fluch. Das Orakel konnte seine Gedanken lesen.

Die Frau hob erneut die Hand. Dieses Mal in einer Abschiedsgeste.

»Wir werden uns allein unterhalten.«

»Wie Ihr wünscht.« Styx steuerte bereitwillig auf die Tür zu und hielt nur kurz inne, um Tane einen warnenden Blick zuzuwerfen.

Natürlich. Als ob er daran erinnert werden musste, die tödliche Klapperschlange nicht mit einem Stock anzustoßen.

Siljar wartete ab, bis Styx die Tür hinter sich geschlossen hatte, und verschränkte die Arme vor der Brust.

»Du warst ein sehr böser Vampir.«

»Ich kann nicht leugnen, dass ich das Gesetz gebrochen habe.«

»Hmmm. Ich vermute, den Grund zu kennen.«

Tane warf ihr einen verwirrten Blick zu. »Herrin?«

Sie lächelte. Das war kein sonderlich beruhigender Anblick, da sie einen Satz spitzer, perlweißer Zähne besaß, um die sie ein Hai beneidet hätte.

»Ich habe mich über die Schwächen des Fleisches hinaus weiterentwickelt, doch das bedeutet nicht, dass ich die Versuchung vergessen habe.« Das Lächeln verschwand so schnell, wie es gekommen war. »Dennoch hast du dich in Kommissionsangelegenheiten eingemischt, und das kann nicht geduldet werden. Kennst du Cezar?«

Tane schnitt eine Grimasse. Dieser Vampir war dazu verurteilt worden, zweihundert Jahr lang Sklave der Kommission zu sein, da er einem potenziellen Orakel beigewohnt hatte.

»Nicht persönlich.«

»Dann wird es höchste Zeit für dich, ihn kennenzulernen«, teilte die Dämonin ihm mit. »Er kann dir erzählen, was mit Vampiren geschieht, die von verbotenen Früchten kosten.«

Tane senkte den Kopf. »Ich werde jede Strafe annehmen, die Euch geeignet erscheint, doch Laylah ist unschuldig.«

»Sie ist eine Abscheulichkeit.«

Sein Zorn durchzuckte den Raum, legte den elektrischen Strom lahm und ließ eine Lampe auf dem Kaminsims zerschellen.

»Das ist nicht ihre eigene Schuld«, brachte er zwischen zusammengebissenen Zähnen hervor.

Sie blickte ihn an, ohne zusammenzuzucken, trotz der Tatsache, dass sie nur halb so groß war wie er und etwa neunzig Kilogramm leichter.

Allerdings konnte sie ihn wahrscheinlich mit einem Fingerschnipsen gegen die Wand werfen.

»Es ist auch nicht die Schuld der Urlenal-Dämonen, dass sie

Menschen die Lebenskraft rauben, lediglich indem sie sich in ihrer Nähe aufhalten, aber dennoch sondern wir sie ab.«

»Laylah ist nicht gefährlich.«

»Sie ist labil wie alle Dschinnmischlinge.«

Tane öffnete den Mund, um zu widersprechen, schloss ihn aber wieder, als er sich daran erinnerte, dass das Orakel in seinen Geist blicken konnte. Siljar wusste wahrscheinlich schon, dass Laylah versehentlich die Wolfstöle in Hannibal getötet hatte. Es mochte Notwehr gewesen sein, bewies aber dennoch, dass sie ihre Kräfte nicht kontrollieren konnte.

Ohne zu überlegen, sank er auf die Knie.

Zum Teufel mit dem Stolz.

Er musste irgendetwas unternehmen, um Laylah davor zu bewahren, ausgelöscht zu werden.

»Bitte«, wisperte er.

Die Satinrobe raschelte, als Siljar auf ihn zutrat. »Du setzt dich für die Frau ein?«

»Ja.«

»Ihr seid nicht miteinander verbunden.« Sie blickte Tane in die Augen, die beinahe auf der gleichen Höhe lagen wie die ihren. »Noch nicht.«

Noch nicht?

In Ordnung. Tane legte diese potenzielle Zeitbombe gemeinsam mit anderen Dingen, über die er nicht nachdenken wollte, rasch zu den Akten.

Er senkte den Kopf und tat sein Bestes, um demütig auszusehen. Das war nicht gerade eines seiner größten Talente.

»Ich bitte nur darum, dass sie nicht ausgelöscht wird, ohne die Gelegenheit erhalten zu haben, zu beweisen, dass sie es nicht böse meint.«

Die dunklen Augen verengten sich. »Sie macht dich angreifbar, und dennoch willst du sie beschützen. Faszinierend.«

Wohl eher selbstmörderisch, doch er schien seinem Wahnsinn keinen Einhalt gebieten zu können.

»Darf ich fragen, was Ihr mit ihr tun werdet?«, wollte er wissen, wie um zu beweisen, dass er mit dem Wahnsinn recht hatte.

»Das, was wir von Anfang an mit ihr zu tun gedachten.«

»Aber …«

»Sei still.«

Er schlug mit der Stirn auf den Teppich, als sich ein heftiger Schmerz in sein Gehirn bohrte. Verdammt. Es fühlte sich so an, als hätte jemand in seinem Schädel eine Lötlampe angezündet.

»Ja, Herrin«, stieß er hervor.

Der Schmerz verschwand urplötzlich, und Tane stöhnte vor abgrundtiefer Dankbarkeit. Vielleicht hatte er schon Schlimmeres erdulden müssen, doch er konnte sich nicht daran erinnern, wann das gewesen sein mochte. Jedoch erhielt er keine Gelegenheit, die ungeheure Erleichterung zu würdigen.

Siljars kleine Hand packte ihn an seinem Irokesenschnitt und riss seinen Kopf nach oben, sodass er ihr in das Gesicht mit dem gruselig freundlichen Lächeln blicken musste.

»Glaubst du wahrhaftig, die Kommission hätte vom Dschinnmischling nicht ab jenem Augenblick gewusst, als er empfangen wurde?«

Tane zögerte. Was zum Teufel sollte das? Spielte sie mit ihm? War es ein gefährliches Spiel?

»Das Gesetz legt fest, dass sie vernichtet werden müssen.«

Siljars graue Augenbrauen hoben sich. »Du versuchst mich über die Gesetze zu belehren, die ich verkündet habe?«

Vorsichtig, Tane.

Tot wäre er Laylah keine Hilfe.

»Nein, ich will es nur verstehen.«

Sie zögerte, als wäre sie sich nicht sicher, ob sie damit fortfahren sollte, ihm heftige Schmerzen zuzufügen, oder ob sie ihm einfach die Kehle aufreißen sollte. Doch zumindest ließ sie sein Haar los und trat einen Schritt zurück, um die Hände ordentlich vor ihrem Körper zu falten.

»Es wurde bestimmt, dass sie ein *Principium* ist.«

Tane legte die Stirn in Falten, als er ihrem unergründlichen Blick begegnete. »Ein was?«

»Eine seltene Seele, die dazu ausersehen ist, eine entscheidende Rolle in der Zukunft der Welt zu spielen.«

Der Fußboden schien sich unter seinen Knien zu bewegen.

Verdammt.

Sein eigenartiges Gefühl der … Vorahnung, das er verspürt hatte, als er mit Laylah zusammen gewesen war, war keine Selbsttäuschung gewesen, die er sich als Ausrede zurechtgelegt hatte, um sich in ihrer Nähe aufzuhalten.

Eigentlich hätte er vor Freude einen Luftsprung machen sollen.

Die Orakel hatten entschieden, dass Laylah dazu bestimmt war, ihnen von Nutzen zu sein. Das bedeutete, dass sie nicht die Absicht hegten, sie zu töten. Zumindest, bis sie ihr mysteriöses Schicksal erfüllt hatte.

Doch bildete sich ein kalter Klumpen Furcht in seiner Magengrube.

In seinem langen Leben hatte er gelernt, dass es niemals eine gute Sache war, wenn man eine wichtige Rolle für die Zukunft der Welt spielte.

Für den tatsächlichen Märtyrer war das Märtyrertum ungeheuer unangenehm.

»Was hat diese entscheidende Rolle zur Folge?«, erkundigte er sich heiser.

»Sprich nicht in diesem Ton mit mir.«

Er zuckte zusammen, als er die Macht spürte, die sein Hirn durchzuckte, doch er konnte nicht nachgeben.

»Vergebt mir. Ich muss …« Er rang um die richtigen Worte, scheiterte aber. »Es einfach wissen.«

Der Schmerz ließ nach, bis er nur noch ein undeutlicher Hinweis darauf war, dass Tane nahe daran war, die Gunst des Orakels zu sehr zu strapazieren.

»Nur ein wahrer Prophet kann die Zukunft vorhersehen«, sagte Siljar mit ihrer leisen, hypnotisierenden Stimme. »Aber die große Bedeutung ihrer Geburt stand in den Sternen.«

»Also hegt Ihr nicht die Absicht, sie zu vernichten?«

»Selbstverständlich nicht. Sie ist von entscheidender Bedeutung für unsere Zukunft.«

Seine Muskeln zuckten vor Sehnsucht danach, zu Laylah zurückzukehren. »Darf ich dann fragen, weshalb Ihr Euch mit mir treffen wolltet?«

»Es gibt zwei Gründe dafür.«

»Verdammt«, flüsterte er.

Glücklicherweise beachtete sie seinen ungeduldigen Ausbruch nicht weiter. »Der erste Grund besteht darin, den Vampiren ins Gedächtnis zu rufen, dass mit der Kommission nicht zu spaßen ist. Es war deine Pflicht, uns von dem Mischling zu berichten, doch stattdessen versuchtest du, diese Frau versteckt zu halten. Du ignoriertest vorsätzlich unsere Gesetze und brachtest nur zu deinem eigenen Vergnügen andere in Gefahr. Offensichtlich musst du an die Gefahren erinnert werden, die daraus entstehen, wenn unsere Amtsgewalt missachtet wird.«

»Und der zweite Grund?«, fragte er, während er versuchte, nicht weiter über seine drohende Bestrafung nachzudenken.

»Wir werden dafür sorgen, dass du dich nicht in Laylahs Schicksal einmischst.«

Er war auf die Beine gesprungen, bevor er überhaupt bemerkte, dass er sich bewegte. »Mich einmischen?«

»Genau.«

»Ich habe nichts anderes getan, als dafür zu sorgen, dass ihr hübscher Kopf auf ihrem Hals bleibt«, behauptete er. »Eine Aufgabe, die eigentlich mit einer Heiligsprechung belohnt werden müsste, glaubt mir.«

Siljar war nicht beeindruckt. »Du hast ihr deinen Willen aufgezwungen, oder nicht?«

Er runzelte die Stirn, eigenartig gekränkt über die Anschuldigung. »Ihr müsst es nicht klingen lassen, als wäre ich Kim Jong-il.«

»Wie bitte?«

»Schon gut.« Tane zog defensiv eine Schulter hoch. »Ich habe nur versucht, sie zu beschützen.«

»Es muss ihr gestattet sein, ihre eigenen Entscheidungen zu treffen.«

»Selbst wenn sie dadurch einen frühen Tod findet?«

»Wenn das ihr Schicksal sein soll.« Die Frau hielt warnend eine Hand in die Höhe, als Tanes Knurren durch das Zimmer hallte. »Sei nicht unbesonnen, Vampir. Die Frau wird von der Welt gebraucht. Du jedoch bist unbedeutend.«

Tane biss die Zähne zusammen. Er mochte unbedeutend sein, würde es jedoch auf keinen Fall zulassen, dass Laylah zu einem Bauernopfer wurde.

»Ihr wünscht, dass ich sie ihrem Schicksal überlasse?«

Siljar legte den Kopf auf die Seite. Wie ein neugieriger Vogel. Aber einer mit spitzen Zähnen und ausreichend Macht, um die Welt zu vernichten.

»Was, wenn ich diese Frage mit Ja beantworte?«, fragte sie leise.

»Dann muss ich zugeben, dass Ihr mich an die Wand ketten oder töten müsst, um mich von ihr fernzuhalten.«

Die Dämonin stieß einen Seufzer aus, der wie jene Seufzer klang, den alle Frauen ausstießen, wenn sie mit einem entschlossenen Mann konfrontiert wurden.

Oder wie die Frauen es ausdrücken würden – einem dickköpfigen, unvernünftigen, halsstarrigen Mann.

»Vampire.«

»Ich kann Euch einen Kompromiss anbieten.«

»Du befindest dich nicht in der Position, mit mir zu verhandeln.«

»Dann bitte ich Euch um einen Gefallen.«

Sie legte eine Pause ein, als faszinierten sie seine Worte. »Und dann stündest du in meiner Schuld?«

Er hätte zögern sollen. Wenn er in der Schuld dieser Frau stand, bedeutete das zwangsläufig, dass er dies noch irgendwann bereuen würde.

Aber er nickte unverzüglich. »Ja.«

»Ein faszinierender Gedanke.« Sie klopfte mit dem Finger gegen ihr Kinn. »Natürlich könnte ich dir jederzeit befehlen, alles zu tun, was ich will.«

»Das könntet Ihr tun.«

Ein nervenaufreibendes Schweigen folgte. Dann neigte sie den Kopf. »Ich werde mir deine Bitte anhören.«

»Gestattet Ihr mir, bei Laylah zu bleiben, so schwöre ich, mich … nicht einzumischen.«

Siljar stieß einen ungläubigen Laut aus. »Du kannst deinem obsessiven Bedürfnis, sie zu beschützen, keinen Einhalt gebieten.«

Nun ja, das war durchaus ein berechtigter Einwand.

Es gab keine Macht im Dies- und Jenseits, die ihn zwingen konnte, zur Seite zu treten und zuzusehen, wie Laylah Schaden zugefügt wurde.

»Vielleicht nicht, doch Ihr sagtet, dass ich ihr nicht meinen Willen aufzwingen dürfe«, wagte Tane zu sagen. »Nicht, dass ich sie nicht in Sicherheit bringen dürfe.«

Siljar schob die Unterlippe vor, während sie über seine Worte nachdachte. Dann schüttelte sie entschieden den Kopf.

»Das entspricht der Wahrheit, doch es ist unwahrschein-
lich, dass du den Unterschied, der zwischen diesen Dingen
besteht, jederzeit erkennen könntest. Sollte die Frau einen gefährlichen Weg einschlagen, so sähest du dich genötigt, sie
aufzuhalten.«

Tane fiel verzweifelt ein weiteres Mal vor ihr auf die Knie.
Verdammt. Er würde sie anflehen, bis seine Stimme versagte.

»Herrin, ich gebe Euch mein Wort.«

»Ja.«

Unvermittelt verschwand Siljar außer Sicht und tauchte nur
einen Zentimeter vor seinem Gesicht wieder auf. Tane zuckte
überrascht zurück.

»Was zum …?« Bevor er reagieren konnte, streckte das Orakel die winzige Hand aus und legte sie oben auf seinen Brustkorb. Eine schmerzhafte Hitze versengte sein Fleisch und schien
sich bis in seine Knochen einzubrennen. Dann folgte ein sonderbares Gefühl … Es war, als würde sich dort irgendetwas
bewegen und an seinen Platz rücken. Als Siljar schließlich die
Hand zurückzog, blickte Tane an sich hinunter und fand seine
Haut von einem schimmernden schwarzen Muster verunziert,
das auffallend einem Blitz ähnelte. »Verdammt«, keuchte er erschrocken. »Was habt Ihr getan?«

»Ich habe nicht mehr getan, als die Bande zu verstärken, die
dich bereits jetzt an Laylah fesseln.« Sie trat einen Schritt zurück, um ihn mit einem Anflug von Erstaunen anzublicken.
»Vampir, du solltest dich wirklich davor hüten, dir etwas von
einer Dschinn zu wünschen.«

Er fauchte und presste eine Hand auf das Mal auf seiner
Brust. Es war *eine* Sache, eine zarte Verbindung zu Laylah ge-
knüpft zu haben, aber eine ganz andere, ihr auf Gedeih und
Verderb ausgeliefert zu sein.

»Ihr habt mich versklavt?«

Siljar fletschte ihre Furcht einflößenden Zähne. »Nein, Tane. Das hast du ganz allein getan.«

Er wünschte sich sehnlichst, nicht über diese beunruhigende Angelegenheit nachzudenken.

»Kann das Band wieder durchtrennt werden?«

»Das ist Laylahs Entscheidung.«

Mit einem leisen Knurren erhob er sich. Er hasste es, an der Nase herumgeführt zu werden. Und es beschlich ihn die Ahnung, dass er soeben von einer Expertin ausgetrickst worden war.

»Sind wir fertig?«

Siljars Lächeln wurde breiter, während sie ruhig zur Tür ging. »Vorerst.«

»Was ist mit meiner Bestrafung?«

Die Frau setzte ihren Weg fort. »Ich vermute, die Dschinn wird für eine intensivere Folter sorgen, als ich sie je ersinnen könnte.«

Und das entsprach ja wohl der schrecklichen Wahrheit.

»Amen«, murmelte er.

»Wenn du natürlich beabsichtigst, als ihr Beschützer zu fungieren, schlage ich vor, dass du dich beeilst.«

»Ich soll mich beeilen?«

»Sie und ihr winziger Kamerad haben das Anwesen verlassen, unmittelbar nachdem wir mit unserem Gespräch begonnen hatten.«

»Verdammt.« Tane schoss auf die Tür zu und zog seinen Dolch aus der Lederscheide an der Hüfte. »Ich werde diesen verdammten Gargylen umbringen.«

KAPITEL 14

*I*ch werde diesen verdammten Vampir umbringen«, murmelte Laylah und lief den Feldweg entlang, der sie von Chicago wegführte.

Und von Tane.

Dieser Scheißkerl.

Götter. Sie hatte ihm geglaubt. Er hatte ihr versichert, dass sie nicht in Gefahr sei, und wie eine leichtgläubige Idiotin hatte sie ihm sein Versprechen geglaubt.

Wenn Levet nicht gewesen wäre, säße sie noch immer in Styx' Büro, unterwürfig darauf wartend, an das Orakel ausgeliefert zu werden.

Vor einer halben Stunde war der winzige Gargyle mit den Flügeln schlagend und mit zuckendem Schwanz ins Zimmer gestürmt. Das war ein sicheres Zeichen, dass seine Stimmung ziemlich mies war.

Aber obwohl sie auf eine neue Katastrophe gefasst war, hatte es Laylah dennoch erschüttert, aus seinem Stammeln die Worte Orakel und Gefahr herauszuhören. Schließlich hatte ihr Levet ihr Tarnungsamulett in die Hand gedrückt und ihr geraten, sofort loszurennen.

Laylah hatte keinen Augenblick lang gezögert. Das war auch gut so, wenn man bedachte, dass sie beim Verlassen von Styx' Hochsicherheitsbüro fast von der intensiven Macht zerquetscht worden war, die in der Luft pulsierte. Das Orakel befand sich tatsächlich in dem Raum und wartete zweifellos darauf, dass sie ihm ausgeliefert wurde.

Sie setzte ihr ganzes Vertrauen in Levet und ließ sich von dem Gargylen durch einen Geheimgang nach draußen führen, hinaus auf das freie Feld hinter der protzigen Wohngegend. Seitdem hatte sie ein mörderisches Tempo vorgelegt, nicht imstande, mehr zu tun, als wegzulaufen und zu hoffen, entkommen zu können.

Levet hatte Mühe, mit ihr Schritt zu halten. »Es ist nicht so, als hätte ich nicht ebenfalls das Bedürfnis, die Vampirrasse gnadenlos auszurotten, doch ich dachte, du seiest dem kaltherzigen Blutsauger zugetan?«

Laylah ließ den Blick über die Felder, an denen sie vorbeikamen, und die weit entfernten Bauernhäuser schweifen, die im Mondlicht schlummerten. Es war noch nicht Mitternacht, aber die Einheimischen lagen bereits in ihren Betten.

Sie waren hart arbeitende Menschen, die an den Spruch glaubten, dass der frühe Vogel den Wurm fing.

»Er hat sich wohl gelegentlich als nützlich erwiesen«, murmelte sie.

»Nützlich?« Levet wackelte mit seinen dichten Augenbrauen. »*Oh la la*, ich wünschte, ich hätte eine dermaßen nützliche Freundin.«

Eine heiße Röte stieg Laylah in die Wangen bei der lebhaften Erinnerung an Tane, wie er über ihr aufragte, während er tief in sie eindrang. Es war mehr als nur »Oh la la« gewesen.

»Klar, es ist das reine Vergnügen, bis sie dich verraten«, entgegnete sie, wobei sie sich nicht die Mühe machte, ihre Bitterkeit zu kaschieren.

Levet warf ihr einen verblüfften Blick zu. »Du glaubst, er hat das Orakel gerufen?«

»Ich weiß nicht, ob er es persönlich getan hat, aber irgendjemand in dem Vampirversteck muss Kontakt zur Kommission aufgenommen haben.« Sie versuchte, den heftigen Stich der Enttäuschung zu überspielen, schaffte es aber nicht. »Woher sollte sie sonst wissen, dass ich da war?«

»Ich bezweifle, dass allein ein Amulett dich vor der Kommission verbergen könnte, *ma petite*«, meinte Levet, der Laylahs Schock anscheinend nicht bemerkte. »Ihre Kräfte sind *formidable*.«

Laylah hielt abrupt an und hob die Hand zu dem kleinen Medaillon, das um ihren Hals hing. Sie hatte darauf vertraut, dass das Tarnungsamulett sie vor allen fiesen Zeitgenossen verbarg, die sich in der Dunkelheit herumtrieben.

Und jetzt verriet Levet ihr, dass sie nicht annähernd so geschützt war, wie sie angenommen hatte.

»Meinst du damit, dass ich hier draußen total ungeschützt bin?«, wollte sie wissen und beobachtete, wie Levet widerstrebend anhielt und sich umdrehte, um ihrem besorgten Blick zu begegnen.

»Es hängt von den magischen Fähigkeiten der Person ab, die den Zauber wirkte«, wich er aus. »Einige sind mächtiger als andere.«

Laylah schüttelte den Kopf. Sie würde sich später Gedanken um das Amulett machen. Jetzt wollte sie erst einmal wütend auf Tane sein.

»Selbst wenn er das Orakel nicht hergeholt hat, hätte er irgendetwas tun sollen, um mich darauf hinzuweisen, dass ich in Gefahr bin.«

Es raschelte in einem Baum in der Nähe, und dann ließ sich ein schwarzer Schatten mitten auf den Weg fallen. Laylah zuckte instinktiv zurück und nahm ihre Kräfte zusammen, als sie sich darauf vorbereitete, die unerwartete Bedrohung anzugreifen.

Bevor sie allerdings zum Angriff übergehen konnte, senkten sich die Schatten und enthüllten ihre persönliche Nervensäge.

»Ich erinnere mich genau daran, dass mir gesagt wurde, ich sei eine unnötige Störung in deinem Leben, und du seiest durchaus in der Lage, selbst auf dich achtzugeben«, meinte Tane gedehnt und wirbelte einen großen Dolch durch die Luft.

»*Sacrebleu*. Ich hätte dich beinahe in einen Wassermolch verwandelt«, fauchte Levet und schüttelte eine geballte Faust in Tanes Richtung. »In einen kastrierten Wassermolch.«

Während Laylah eine Reihe von ausgefallenen Bezeichnungen für Vampire murmelte, die unhöflicherweise in Privatunterhaltungen hineinplatzten, verschwanden ihre Kräfte so abrupt, wie sie aufgetaucht waren, und ließen sie mit nichts Gefährlicherem zurück als einem mürrischen Blick.

»Laylah?«, fragte Tane. Er wirkte ganz entschieden zum Anbeißen, da er nicht mehr als seine Khakishorts trug und ein riesiges Schwert auf den Rücken geschnallt hatte.

Sie zwang sich, ihm in die honigfarbenen Augen zu schauen, ohne sich die Mühe zu machen, ihn zu fragen, wie er es geschafft hatte, auf sie zu warten. Sie mochte ja schnell sein, aber an Schnelligkeit konnte sie es nicht mit einem Vampir aufnehmen. Und da er die Fähigkeit besaß, sich in Schatten zu hüllen, gab es für sie auch keinen Warnhinweis, wenn er dort lauerte wie ein verdammter Geier.

»Du hättest mich wenigstens darauf hinweisen können, dass ein Mitglied des Aufsichtsrats aus der Hölle im Haus war.«

Er zuckte mit den Schultern. »Es gibt keinen Weg, der Kommission davonzulaufen, meine Süße.«

Zorn stieg in ihr auf. Hatte er nicht einmal den Anstand, *so zu tun*, als ob es ihm leidtue?

»Ich habe es ganz gut geschafft, bis du gekommen bist«, stieß sie hervor. »Zweihundert Jahre lang war kein Orakel in Sicht.«

»Das lag lediglich daran, dass man dich in dem Glauben ließ, du seist ihrer Aufmerksamkeit entgangen.«

Ihre Wut ließ nach. »Was meinst du damit?«

Er ging langsam auf sie zu, den Dolch locker in der Hand. Seine nackten Füße wirbelten den Staub auf dem Weg kaum auf.

»Sie wussten von deiner Existenz vom Augenblick deiner Empfängnis an.«

»Aber …« Sie räusperte sich, um den Kloß in ihrem Hals loszuwerden. »Das ist unmöglich.«

»Für die Kommission ist nichts unmöglich.« Er hielt ihren Blick fest und brachte sie durch seine Willenskraft dazu, seine sanften Worte zu glauben. »Sie verfügt über Kräfte, die einen geistig gesunden Dämon vor Entsetzen schaudern lassen.«

Die Welt hörte auf, sich zu drehen.

Laylah hatte seit dem Tag ihrer Geburt in Angst vor den Orakeln gelebt.

Sie waren die Monster, die ihr Albträume verursachten und jede Hoffnung auf ein »normales« Leben zerstörten.

Sich vorzustellen, dass sie überhaupt nicht hinter ihr her gewesen waren …

Da sie noch mit dem Versuch beschäftigt war, die gewaltigen Folgen dieser neuen Informationen vollständig zu erfassen, war Laylah abgelenkt, als Tane ins Mondlicht trat und ein merkwürdiges Mal auf seiner Brust schimmerte.

»Scheiße.« Sie streckte die Hand aus, um das tattooartige Muster zu berühren, in dem offensichtlich Magie pulsierte. »Was haben sie dir angetan?«

»Das ist eine …« Er verzog das Gesicht zu einer Grimasse. »Erinnerung.«

»Woran soll es dich erinnern?«

»Daran, dass ich nicht alles kontrollieren kann.«

Sie schüttelte langsam den Kopf, und ein heftiger Schmerz stach ihr ins Herz.

»Nein. Du bist bestraft worden.« Sie hob den Blick, um ihm in die Honigaugen zu sehen, die von seinen dichten Wimpern abgeschirmt wurden. In diesem Moment hasste sie die Kommission mehr, als sie es je getan hatte. »Du bist bestraft worden, weil du mir geholfen hast.«

Seine Hand presste ihre Finger gegen die Tätowierung, und seine schönen Züge waren undurchdringlich.

»Es spielt keine Rolle.«

»Wenn die Orakel von meiner Existenz wussten, warum haben sie dir dann wehgetan?«

Als Antwort auf ihre Frage hob er ihre Hand an seinen Mund und streifte ihre Handfläche mit seinen Lippen, bevor er einen Schritt nach hinten machte. Auf seinem Gesicht war ein Ausdruck zu erkennen, der ihr klarmachte, dass er nicht die Absicht hatte, ihr zu verraten, was zwischen ihm und dem Orakel vorgefallen war.

Dieser störrische, nervende Vampir.

»Wohin warst du unterwegs, Laylah?«

Sie rümpfte die Nase. Na schön. Wenn er nicht wollte, dass sie sich schlecht fühlte, weil er ihretwegen gequält worden war, dann würde sie sich eben nicht schlecht fühlen.

»Ich habe versucht zu fliehen.« Sie zuckte die Achseln. »Ich hatte nicht die Zeit oder die Lust, eine vollständige Reiseroute auszuarbeiten.«

»Gib dir keine Mühe.« Er verzog die Lippen. »Du hast uns aneinandergebunden, im Guten wie im Bösen. Zu lügen hieße, deinen Atem zu verschwenden.«

Sie aneinandergebunden? Ha. Er hatte gerade so getan, als ob sie irgendeine Kontrolle über ihn habe, um sie in einem falschen Gefühl der Sicherheit zu wiegen.

»Ich vertraue dir nicht.«

»Doch, du vertraust mir.« Er hielt ihren Blick fest und streichelte mit der Hand über ihre Wange, bevor er ihren Oberarm mit einem besitzergreifenden Griff umfasste. »Du bist nur nicht bereit, das zuzugeben.«

Sie schnaubte. »Du bist so eingebildet.«

Er beugte sich zu ihr hinunter, bis ihre Nasenspitzen sich beinahe berührten. »Du bist zu dem Kind unterwegs, nicht wahr, meine Süße?«

»Niemand hat dich eingeladen, Vampir«, murmelte Levet verärgert.

Der goldene Blick blieb auf Laylahs Gesicht gerichtet. »Deine Hilfe wird nicht länger benötigt, Gargyle.«

Das schockierende Verlangen, die kurze Distanz zwischen ihr und Tane zu überwinden und ihre Lippen auf seine zu drücken, ließ Laylah einen Schritt nach hinten machen.

Götter. Er machte sie wirklich verrückt.

»Ich entscheide, wessen Hilfe ich will«, fuhr sie Tane an. »Levet kommt mit mir.«

»*Merci, ma petite.*« Levet flatterte mit den Flügeln und warf Tane ein selbstgefälliges Lächeln zu. »Da gibt es einige, denen es an ausreichendem Geschmack mangelt, um meinen erlesenen Charme zu schätzen zu wissen.«

Tanes Augen verengten sich. »Darüber hinaus mangelt es mir ebenfalls an Geschmack daran, Glas zu kauen, bei lebendigem Leibe gehäutet zu werden und mir Wiederholungen der Serie *Roseanne* anzusehen. Nennt mich verrückt.«

Laylah stieß einen resignierten Seufzer aus.

Offensichtlich gab es keine Möglichkeit, den verdammten Vampir loszuwerden.

Warum sollte sie also nicht das Unvermeidliche akzeptieren und sich seine Anwesenheit zunutze machen?

Schließlich war er ein mächtiger Krieger, der sie vor den meisten Dämonen beschützen konnte.

Selbst vor ihrer irren Tante.

»Können wir nicht einfach gehen?«, fragte sie.

Tane, der klug genug war, nicht nach dem genauen Ziel zu fragen, warf einen Blick auf ein Bauernhaus in der Nähe.

»Wir werden ein Transportmittel benötigen. Hier entlang.«

Sie umrundeten schweigend die Scheune, die in einem leuchtenden Rot gestrichen und mit einem Blechdach ausgestattet war, und das daran anschließende Gehege, das den beißenden Geruch von Schweinen verströmte.

Laylah packte Levet rasch an einem Flügel und ignorierte seinen Protestschrei. Ein Gargyle war wie ein männlicher Teenager – immer hungrig und willens, alles zu verspeisen, was seinen Weg kreuzte. Sogar, wenn es noch dabei war, im Schlamm zu wühlen.

Sie hielt ihn immer noch fest, als sie am Hühnerstall und an der Hundehütte vorbeikamen, und ließ ihn erst los, als sie einen langen Schuppen betraten, der die Traktoren, Mähdrescher, Bulldozer und den nagelneuen Ford Expedition beherbergte.

Tane öffnete die Fahrertür, aber bevor Laylah gegen seine typisch männliche Annahme protestieren konnte, dass er der Fahrer sein würde, legte er seine Hand auf das Lenkrad. Augenblicklich erwachte der Motor zum Leben. Laylah hob die Brauen. Ein netter Trick.

»Ich sitze vorn!«, rief Levet und krabbelte auf den Beifahrersitz.

Sein Hinterteil berührte noch nicht den Ledersitz, als Tane ihn am Horn packte und auf den Rücksitz warf.

»Denk nicht einmal daran.«

Es folgte eine Reihe von französischen Flüchen, und Laylah musste sich ein Lächeln verkneifen, als sie auf den Sitz kletterte, den Levet fast für sich beansprucht hätte, und die Autotür schloss. Man konnte sich darauf verlassen, dass der winzige Gargyle die Stimmung hob.

Tane, der nicht annähernd so amüsiert war wie sie, jagte den Motor hoch und fuhr mit einer Geschwindigkeit aus der Garage, die Laylah sich glücklich schätzen ließ, über das Blut einer Unsterblichen zu verfügen. Er verlangsamte das Tempo erst, als sie die Straße erreichten.

»In welche Richtung müssen wir?«

Sie zögerte. Seit Jahren hatte sie alles dafür getan und geopfert, um das Kind versteckt zu halten. Es fiel ihr schwer, ein Risiko einzugehen und seinen Aufenthaltsort zu verraten.

»Nach Süden«, zwang sie sich schließlich zu antworten und riss instinktiv am Sicherheitsgurt, als Tane Gas gab.

Laylah biss die Zähne zusammen, um sie am Klappern zu hindern, als sie die holprige Straße hinunterschossen. Die drei, die auszogen, um die Welt zu retten.

Oder wenigstens ein hilfloses Baby.

Es war nicht so ganz die Liga der Gerechten, dachte sie ironisch. Ein grüblerischer Vampir, ein unterentwickelter Gargyle und ein Dschinnmischling, der Probleme hatte, anderen zu vertrauen.

Trotzdem war das wohl besser als nichts.

Als sie Tanes edles Profil heimlich betrachtete, das vom Schein des Armaturenbrettes beleuchtet wurde, war Laylah doch insgeheim froh darüber, dass Levet plötzlich seinen Kopf zwischen den Sitzen hervorstreckte.

Sie wollte gar nicht erst darüber nachdenken, ob sie gerade den größten Fehler ihres Lebens gemacht hatte.

»Weißt du, Laylah, wenn du die Absicht hast, das Kind zu behalten, solltest du wirklich darüber nachdenken, ihm einen Namen zu geben«, schalt der Gargyle sie sanft.

Tane warf Levet einen verärgerten Blick zu. »Welche Rolle sollte das spielen?«

Levet rümpfte die Nase. »Eine Mutter, der ihr Kind wichtig ist, gibt ihm einen Namen.«

Wenn Laylah den Gargylen nicht direkt angesehen hätte, wäre ihr die Qual entgangen, die in den grauen Augen aufflackerte.

Ihr Herz zog sich zusammen.

Lieber Gott. Levet kannte sich nur zu gut aus mit Müttern, die sich nicht einmal die Mühe gemacht hatten, ihrem Kind einen Namen zu geben. Vielleicht hatte ihn seine Mutter sogar ausgesetzt.

Dämonen konnten sogar noch grausamer sein als Menschen, wenn es um den Umgang mit Missbildungen ging.

»Ja«, flüsterte sie und ließ eine Hand beruhigend über seinen Flügel gleiten. »Du hast recht.«

Ein wehmütiges Lächeln überzog sein hässliches Gesicht. »Weshalb hast du dann gezögert, es zu tun?«

»Weil ich immer wusste, dass die Möglichkeit bestand, dass das Kind zu jemand anderem gehört. Und dass diese Person eines Tages kommen würde, um es zu holen«, versuchte sie zu erklären. »Es wäre nicht fair gewesen, wenn ich ihm schon einen Namen gegeben hätte.«

»Und weniger schmerzhaft für dich, wenn du es weggegeben hättest?«, fragte Levet leise.

Sie verzog das Gesicht, da sie wusste, dass sie sich wie eine Idiotin anhören musste. »Das steckte wohl dahinter.«

»Und jetzt?«, fragte Levet.

»Jetzt werde ich jeden umbringen, der es mir wegzunehmen versucht.«

Tane warf ihr ein wissendes Lächeln zu. »So spricht eine wahre Mutter.«

Marika strich an dem schmiedeeisernen Zaun entlang, der das elegante Anwesen umgab.

Notgedrungen hatte sie ihr Valentino-Kleid gegen eine schwarze Seidenhose und ein passendes Oberteil eingetauscht. Die Kleidung schmiegte sich wie angegossen an ihre perfekte Figur und gestattete es ihr, mit den Schatten zu verschmelzen. Außerdem hatte sie das Haar zu einem einfachen Knoten im Nacken zusammengebunden, um zu verhindern, dass es sich in den abscheulichen Bäumen und Büschen verfing, mit denen dieses gottverlassene Land übersät war.

Sie kniff die Lippen zusammen.

Zumindest war es Sergei gelungen, einen Findezauber für die Suche nach Laylah zu wirken, bevor Victor und seine Handlanger sie gezwungen hatten, ihr Versteck zu verlassen. Diese Bastarde. Immer mussten sie sich in alles einmischen! Das bedeutete, dass es nur eine Frage der Zeit war, bis sie die Gewalt über ihre Nichte besaß und wieder in die Zivilisation zurückkehren konnte.

Und sie beabsichtigte, in der Zwischenzeit sehr genau Buch über jede Demütigung zu führen, die sie erdulden musste. Die Bezahlung würde sie sich mit Laylahs Fleisch holen.

Sie klopfte mit einem manikürten Nagel gegen ihr Kinn und betrachtete das Haus in der Ferne. Ihre Ungeduld, die Nichte aufzuspüren, wurde für einen kurzen Augenblick von den Wogen der Macht überschattet, mit denen die Luft erfüllt war.

»Bist du dir sicher, dass sie sich nicht mehr drinnen aufhält?«, wollte sie wissen.

Sergei nickte. Wie sie hatte auch er sich umgezogen und seine Designerkleidung gegen eine lässige Chinohose und ein lockeres schwarzes Seidenhemd eingetauscht. Sein Haar war im Nacken zu einem Pferdeschwanz zusammengefasst.

»Ich spüre, dass sie in Richtung Süden unterwegs ist.«

»Ist sie allein?«

»Das kann ich unmöglich sagen.« Der Magier warf Marika einen warnenden Blick zu. »Der Zauber, mit dem ich sie belegt habe, wird allmählich schwächer. Wir sollten uns beeilen, bevor ich die Verbindung zu ihr verliere.« Er murmelte einen Fluch, als Marika auf den Zaun zutrat und den Kopf in den Nacken legte, um zu wittern. »Was tut Ihr da?«

»Weißt du, um was für einen Ort es sich hier handelt?«

Sergei zuckte die Achseln. »Das Versteck eines Vampirs.«

»Es ist viel mehr als das.« Ein humorloses Lächeln legte sich auf ihre Lippen. »Meine Nichte bewegt sich in gehobener Gesellschaft.«

Der Magier trat unbehaglich von einem Fuß auf den anderen. Er spürte, dass irgendetwas nicht stimmte, doch er war nicht in der Lage, die Macht zu erkennen, die drückend in der Luft lag.

»Ein Clanchef?«

»Der König aller Vampire.«

»Der Anasso?« Völlige Fassungslosigkeit lag in Sergeis Stimme. »Ich dachte, er sei ein Mythos.«

»Du bist herzlich eingeladen, die Türklingel zu betätigen und die Wahrheit selbst herauszufinden.«

»Nein, vielen Dank.« Es folgte eine angespannte Pause. Dann trat der Magier neben Marika. Seine Miene drückte Misstrauen aus. »Ihr seid bemerkenswert ungerührt angesichts dessen, dass der Anasso nun weiß, dass Ihr Euch dem Dämonengesetz widersetzt habt, um einen Dschinnmischling zu erschaffen. Einzig und allein aus dem Grunde, den Fürsten der Finsternis in diese Welt zurückzubringen und um Euch zur Königin zu krönen.«

Marika tat seine Worte mit einer einfachen Handbewegung

ab. Weshalb sollte es sie interessieren, dass ihre Pläne dem Anasso verraten worden waren? Es hatte keinen Zweck, über diejenigen erhaben zu sein, die Machtpositionen innehatten, wenn es niemanden gab, der ihre Brillanz zu schätzen wusste.

»Es musste zwangsläufig irgendwann ans Licht kommen.«

In den hellblauen Augen funkelte Verärgerung. »Aber nicht, bevor wir die Dschinn und den Säugling in unserer Gewalt haben. Diese Aufgabe wird nun beträchtlich erschwert sein, wenn wir von Euren Brüdern gejagt werden.«

»Diese Narren fürchte ich nicht«, entgegnete Marika. Ihre Stimme troff nur so vor Verachtung. »Doch da gibt es noch etwas anderes.«

»Etwas Schlimmeres als den Anasso?«

»Ja.«

»Wie reizend.« Der Magier griff nach dem Kristall, der um seinen Hals hing. Marika lächelte spöttisch über diese instinktive Reaktion. Seine Menschenmagie wäre wertlos gegen den Dämon in dieser Villa. »Was denn?«

»Ein Orakel.«

Sergei wich vom Zaun zurück und stieß eine Reihe russischer Flüche aus.

»Dann ist dies das Ende.« Er hielt am Rande der Baumgrenze an. Vielleicht, weil er dumm genug war, zu glauben, die Schatten könnten ihn vor der Gefahr schützen.

»Wenn die Kommission von der Frau weiß, wird sie getötet.«

Marika wandte sich um. Sie empfand hämische Freude über die Furcht ihres Begleiters.

»Das hatte ich ebenfalls angenommen, und dennoch behauptest du, Laylah sei entkommen.«

Er blickte sie finster an. »Sie ist tatsächlich geflohen, es sei denn, es ist ihnen gelungen, eine falsche Spur zu legen.«

Der gleiche Gedanke war Marika auch schon gekommen.

Gerüchte besagten, dass Styx nicht bloß deshalb zum Anasso geworden war, weil er der stärkste Vampir war. Ebenso berüchtigt war er für seine Gerissenheit.

»Eine Spur, die in eine Falle führt«, murmelte sie. »Das käme auch in Betracht.«

»Das *käme in Betracht*?« Sergei schüttelte ungläubig den Kopf. »*Njet*. Das Einzige, was in Betracht käme, ist der schnellste Weg, nach London zurückzukehren.«

»Wir gehen nicht ohne Laylah und das Kind.«

»Ihr mögt vielleicht der Ansicht sein, dass die glorreiche Rückkehr des Fürsten der Finsternis einige tausend Jahre der Folter in der Gewalt der Kommission wert ist, doch das sehe ich anders.«

Marika eilte auf ihn zu, packte ihn an den Haaren und riss ihn nach hinten.

Den Verrat konnte sie ihm vergeben.

Seine Feigheit jedoch niemals.

»Ich bin nicht so weit gekommen, um an deinem Mangel an Mut zu scheitern.«

Seine Augen traten vor Schmerz aus den Höhlen. »Marika …«

Sie beugte sich vor und zischte ihm ins Ohr: »Wenn du für dein Rückgrat keine Verwendung hast, kann ich es auch entzweibrechen.«

»Nein!«, keuchte er. »Bitte! Ihr habt Euch deutlich genug ausgedrückt. Lasst mich los!«

Marika schürzte die Lippen.

Das Verlangen, Sergei in zwei Teile zu brechen, war beinahe überwältigend.

Sie hatte ihren Hunger nach Blut gestillt, bevor sie London verlassen hatte, doch es war zu lange her, dass sie ihrer Lust am Bereiten von Schmerz gefrönt hatte.

Einen Augenblick lang genoss sie seine Schmerzensäußerungen. Dann erinnerte sie sich wieder daran, dass sie diesen Schwachkopf benötigte, um Laylah aufzuspüren, und lockerte ihren Griff. Schwer stürzte Sergej zu Boden. Mit einem Lächeln beugte sie sich über seinen ausgestreckt liegenden Körper.

Tödliches Wispern drang an sein Ohr: »Stelle meine Geduld nicht erneut auf die Probe, Sergei. Die Konsequenzen würden dir nicht gefallen.«

»Wie immer bin ich Euer ergebenster Diener«, stieß er hervor und wartete, bis sie einen Schritt zurückgetreten war, bevor er sich vorsichtig erhob. »Was verlangt Ihr von mir?«

Marika wandte sich wieder der Villa zu und rief sich zur Ordnung. Sie musste einen kühlen Kopf bewahren, um die Situation von allen Seiten zu betrachten.

»Es gibt keine Möglichkeit herauszufinden, weshalb das Orakel Laylah entkommen ließ«, stellte sie schließlich fest. »Uns bleibt keine andere Wahl, als der Fährte zu folgen.«

»Selbst wenn sie uns in eine Falle führt?«

»So leicht lasse ich mich nicht fangen.« Marika deutete knapp in Richtung Wald, wo sich ihre winzige Armee verbarg. »Und ich verfüge über neue Verbündete.«

Sergei erschauerte. Er war ihren Bediensteten nicht annähernd so zugetan wie sie.

»Erinnert mich nicht daran.«

»Sie haben sich als recht nützlich erwiesen«, rief sie dem Magier ins Gedächtnis. »Wir hätten Laylah ohne deren Fähigkeit, Portale zu erzeugen, niemals so rasch folgen können. Und sie sind außerordentlich schön.« Ohne Vorwarnung wurde sie von einem Schwindelanfall erfasst, und das Bild ihrer Schwester tanzte vor ihren Augen. »Verdammt.«

Sergei trat auf sie zu. »Was gibt es?«

»Kata.« Marika drückte zornig eine Hand gegen ihre Stirn.

Weshalb ließ diese Hündin sie nicht in Ruhe? »Sie ist ... unruhig.«

»Erwacht sie?«

Widerstrebend zwang Marika sich, ihre Konzentration auf das Band, das zwischen ihr und ihrer Schwester existierte, zu richten. Sie spürte ein sonderbares Flattern, so als ob ihre Schwester durch eine Fremdeinwirkung gestört würde, doch der Nebel ihrer Ohnmacht war nach wie vor intakt.

»Nein.« Sie versuchte den deutlich spürbaren Sog abzuschütteln. »Bist du dir sicher, dass niemand sie finden kann?«

»Selbst wenn man sie ausfindig machen würde, gäbe es keine Möglichkeit, die Schutzschichten zu durchdringen, die ich um die Gruft herum errichtet habe.«

Marikas eiskalte Macht wirbelte durch die Luft. »Bete darum, dass du recht hast, Magier.«

KAPITEL 15

Sie erreichten das versteckte Wäldchen südlich von Hannibal nur wenige Stunden, nachdem sie den Stadtrand von Chicago hinter sich gelassen hatten.

Das hatten sie Tanes Gleichgültigkeit gegenüber den Gesetzen des Straßenverkehrs und gelegentlich gegenüber denen der Physik zu verdanken.

Laylah kletterte aus dem Fahrzeug und atmete erleichtert auf. Götter. Die Leute, die sich über Autofahrerinnen aufregten, waren noch nie bei einem Vampir mitgefahren, der es eilig hatte.

So viel zum Thema Todeswunsch.

Als ihre weichen Knie ihr wieder gehorchten, steuerte sie auf den schmalen Pfad zu, der zum Wald führte. In der letzten Stunde war sie zunehmend von einem Gefühl der Dringlichkeit gequält worden, das Kind zurückzubekommen.

Ihr war, als rufe es nach ihr.

Kaum hatte Laylah beinahe den Rand des Eichenwaldes erreicht, wurde sie abrupt von Tane gestoppt, der sie am Arm packte.

»Baumgeister?«, fragte er, und seine Anspannung erfüllte die Luft mit beißender Kälte. »Du hast ihnen ein Kind anvertraut?«

Sie konnte ihm wegen seiner Skepsis keinen Vorwurf machen. Geister waren so schön wie unberechenbar.

»Sie schulden mir etwas.«

Er blinzelte überrascht. »War es ein Wunsch?«

»Nein, ich …« Instinktiv brach sie ab.

Er drehte sie zu sich, um ihr forschend ins Gesicht zu blicken. »Was?«

Sie seufzte resigniert auf. Es hatte keinen Zweck, jetzt noch irgendetwas vor ihm geheim zu halten.

Tane wusste alles. Das Gute wie das Schlechte.

»Die Königin wurde von einer eifersüchtigen Rivalin vergiftet«, gestand sie. »Ich habe ihr das Leben gerettet.«

Etwas wie Respekt flackerte in den honigfarbenen Augen auf.

»Du bist eine Heilerin?«

Götter, sie errötete doch nicht etwa?

Gleich würde sie noch mit den Wimpern klimpern und ihn affektiert anlächeln wie eine Idiotin.

»Ich vollbringe keine Wunder, aber ich kann die meisten Verletzungen heilen.«

Er strich mit dem Handrücken über die verräterische Röte in ihrem Gesicht. »Das ist ein seltenes Talent.«

Sie räusperte sich und versuchte, energisch zu klingen. »Ich hatte immer geglaubt, dass ich das von meiner Mutter geerbt habe, weil Dschinnen viel mehr Spaß daran haben, Dinge zu zerstören, als sie in Ordnung zu bringen.«

»Oui«, stimmte Levet ihr zu und trat neben Laylah. »Die Heilkunst der Zigeuner ist begehrt.«

Tane warf dem Gargylen einen finsteren Blick zu. »Wir müssen noch herausfinden, ob die Vision, die Laylah in London erlebt hat, real war.«

Levet rümpfte die Nase. »Denkst du, dass ich eine unechte Vision nicht erkenne? Moi? Der große Connaisseur der Magie? Der …« Er hielt ganz plötzlich inne, und ein träumerischer

Ausdruck trat in sein winziges Gesichtchen. »Mmmmm. Geister.« Mit einem unglaublichen Tempo spurtete er auf die Bäume zu. »Es tut mir leid, *ma belle*, ich leiste euch später Gesellschaft. Viel später.«

Laylah verdrehte die Augen.

So viel zur Liga der Gerechten.

Nicht, dass sie seine Hilfe brauchte …

Als ob sie diesen Gedanken selbst heraufbeschworen hätte, trat auch schon ein Dutzend Geister aus den Schatten.

Laylahs Atem stockte, und ihr Blick glitt über die Gruppe aus Männern und Frauen, die mit den traditionellen Roben bekleidet waren, einer perfektionierten Tarnkleidung. Selbst wenn man sie unmittelbar anblickte, verschmolz der fließende Stoff ihrer Kleidung vollständig mit dem Hintergrund, wodurch der Eindruck entstand, dass sie ständig im Wechsel scharf und dann wieder unscharf erschienen, eine übelkeiterregende Täuschung.

Vielleicht hätte es Laylah nur belustigt, wenn da nicht der mörderische Ausdruck auf den wunderschönen Gesichtern gewesen wäre. Oh, und die Armbrüste, die im Augenblick auf ihr Herz gerichtet waren.

Sie hielt den Blick auf die Reihe der Geister gerichtet, während Tane vorsichtig neben sie trat. Diese Geister waren nicht das flatterhafte, unberechenbare Feenvolk, als das sie sich der Dämonenwelt bereitwillig zeigten. Diese Geschöpfe standen selbstbewusst da, geschmückt mit dem langen Haar, dessen Schattierungen von reinem Gold bis hin zu dunklem Rot reichten und das fest zu Zöpfen geflochten war. Sie konnten so jederzeit leicht und schnell die auf ihre Rücken geschnallten Schwerter erreichen.

Die Geister waren Kriegerinnen und Krieger.

Und bereit zum Angriff.

»Ich dachte, sie seien Freunde von dir?«, murmelte Tane.

»Ja, das dachte ich auch.« Laylah straffte die Schultern und begegnete dem Blick des ihr am nächsten stehenden Geistes. »Mir wurde von Eirinn eine sichere Durchreise zugesichert.«

Der männliche Geist richtete seine Armbrust auf Tane. »Diese Privilegien gelten nicht für den Vampir.«

Tanes leises Knurren war deutlich zu hören. Es sorgte dafür, dass niedere Dämonen vor Angst flohen und dass selbst den abgehärteten Kriegern ein Schauder über den Rücken lief.

»Ihr wollt dieses Spiel nicht wirklich spielen.«

»Es ist kein Spiel, Charon.«

Die hohe, melodische Stimme erklang als einzige Warnung, bevor plötzlich eine große, schlanke Frau erschien. Wie ihre Kriegerinnen und Krieger war Eirinn, die Königin der Baumgeister, mit einer lockeren Robe bekleidet. Allerdings trug sie ihr dunkelgoldenes Haar offen, sodass es ihr in Wellen über den Rücken fiel und nur von einer zierlichen Krone zusammengehalten wurde, die mit einem Smaragd von der Größe eines Wachteleis besetzt war.

Sie blieb mitten im Mondlicht stehen. Ihre Schönheit war so vollkommen, dass Laylah sich von der Klippe gestürzt hätte, wenn sie so dumm gewesen wäre, darüber nachzudenken, wie ungeheuer schlecht sie im Vergleich mit ihr abschnitt.

Eirinn hob die Hand und sprach einige Worte in einer fremden Sprache. Die Krieger senkten sofort ihre Armbrüste. Laylah war allerdings nicht beruhigt.

Sie war sich ziemlich sicher, dass eine einzige falsche Bewegung ausgereicht hätte, um sich an den nächsten Baum geheftet wiederzufinden, mit einem Pfeil mitten durchs Herz.

Tane schien zu der gleichen Schlussfolgerung gekommen zu sein und bewegte sich mit der für ihn bezeichnenden Arroganz vorwärts, bis er direkt vor der Königin stand.

»Ist das Empfangskomitee eigens für mich gedacht, oder erstreckt sich diese Liebe auf alle Vampire?«, spottete er.

»Es sind gefährliche Zeiten«, erwiderte die Königin.

»Das entspricht der Wahrheit«, stimmte Tane ihr zu und funkelte Laylah zornig an, als sie sich entschieden neben ihn stellte.

Glaubte er wirklich, sie würde sich hinter ihm verstecken?

Eirinn beobachtete beide mit zusammengekniffenen Augen und lachte plötzlich auf. Sie ging auf Laylah zu und hakte sich bei ihr ein.

»Komm mit mir, Laylah. Dein Vampir lenkt meine Krieger ab«, schnurrte sie und zog Laylah an ihren Wachtposten vorbei, wobei sie gerade genug Druck aufwendete, um Laylah verstehen zu lassen, dass sie ein Nein als Antwort nicht akzeptierte. Ein schwaches Lächeln kräuselte ihre Mundwinkel. »Es sei denn, du wärst willens, ihn mit mir zu teilen.«

Teilen?

Nicht einmal, wenn die Hölle einfror.

»Vergiss es.«

»Wie schade.« Eirinns perfektes Lächeln wurde noch breiter, als Tane Laylah ihrem Griff entzog und ihr beschützend einen Arm um die Schultern legte. »Er ist ein Prachtexemplar.«

»Hast du das gehört, meine Süße?« Er beugte sich zu Laylah, um ihr direkt ins Ohr zu flüstern: »Ich bin ein Prachtexemplar.«

Sie verdrehte die Augen, entzog sich aber nicht seinem besitzergreifenden Griff.

Und zwar nur, weil es sich nicht lohnte, sich dagegen zu sträuben, und nicht etwa, weil sie die verdammte Königin der Baumgeister wissen lassen wollte, dass dieser Vampir für sie tabu war.

»Bilde dir nichts drauf ein«, meinte Laylah naserümpfend. »Die Naturgeister sind berüchtigt für ihren Appetit auf Sex.«

Sie hätte sich selbst ohrfeigen können, als er ihr daraufhin ein selbstgefälliges Lächeln zuwarf.

»Ja, das weiß ich«, erwiderte er. »Nur zu gut.«

»Ich will damit nur sagen, dass sie auch eine betrunkene, räudige Wolfstöle für ein Prachtexemplar halten würden.« In der Ferne ertönte Levets Gelächter. Jetzt war es an Laylah zu lächeln. »Oder einen winzigen Gargylen.«

Tanes Lippen streiften Laylahs Ohrmuschel. »Glücklicherweise erstreckt sich dein unersättlicher Appetit nur auf einen einzigen Mann. Ein Appetit, den ich nur zu gerne stille.«

Ihre Augen verengten sich. »Und was ist mit deinem Appetit?«

»Ich verzehre mich nach der Kostprobe eines Dschinnmischlings. Je eher, desto besser.« Die Macht seines Verlangens traf sie heftig und ließ sie beide erschauern. In Tanes Augen blitzte frustrierte Erregung auf. »Verdammt.«

Beide schwiegen, aufgewühlt von der gnadenlosen Begierde, die so plötzlich zwischen ihnen aufgeflammt war. Es fühlte sich nicht wie die natürliche Reaktion zweier Individuen an, die sich zueinander hingezogen fühlten. Es fühlte sich an wie …

Schicksal.

Sie schüttelte den gefährlichen Gedanken ab, als Eirinn sie zwischen zwei uralte Bäume führte.

Laylah verzog das Gesicht, als sie eine unsichtbare Barriere passierten. Ihr war, als würden Spinnen über ihre Haut krabbeln.

»Die Lichtung ist mein Zufluchtsort und wird durch meine persönliche Magie geschützt«, erklärte die Königin. »Hier können wir uns ungestört unterhalten.«

Nachdem sie den Schutzzauber überwunden hatten, hielt Laylah inne, um die kleine Lichtung auf sich wirken zu lassen. Es war nicht die Cartoonversion einer Feenwiese mit Ein-

hörnern und Regenbogen. Hier gluckerte ein schmales Bäch-
lein, strömte durch das saftig grüne Gras, und Gruppen von
Wildblumen erfreuten das Auge als Farbtupfer dazwischen.

Tane, der neben ihr stand, verschränkte die Arme vor der
Brust. Die zauberhafte Umgebung ließ ihn eindeutig kalt.

»Wer bedroht Euch?«

»Ah, Vampire …« Eirinn ließ einen anerkennenden Blick
über Tanes Körper gleiten, ohne zu ahnen, wie kurz Laylah
davor stand, sie mit ihrer eigenen Krone bewusstlos zu schlagen.
»Wie immer so köstlich erotisch, und dennoch mangelt es ihnen außerordentlich an Manieren.«

Tane setzte eine grimmige Miene auf und überhörte die
eindeutige Einladung, die in der Stimme der Frau mitschwang.

»Uns fehlt die Zeit für die angemessene Etikette.«

»Ich glaube, das stimmt.« Die Königin warf Laylah einen
spöttischen Blick zu. »Und ich bezweifle, dass Laylah einer
offiziellen Begrüßungszeremonie zustimmen würde. Für eine
Dschinn ist sie erstaunlich prüde.«

»Sie ist perfekt«, fuhr Tane sie an, bevor Laylah antworten
konnte.

»Ich verstehe.« Die Königin lachte leise. »Und sie gehört
Euch?«

»Ja.«

Laylah warf Tane einen verärgerten Blick zu. Sie hatte nicht
die geringste Ahnung, was zwischen ihr und Tane vorging, war
sich aber absolut sicher, dass sie es nicht mit Eirinn, der Königin
der Flittchen, diskutieren wollte.

»Ich muss doch sehr bitten!«

Sein Blick glitt genießerisch langsam über ihren Körper.
»Sehr gerne.«

Eirinns Augen funkelten. »Falls ihr euch nun zurückziehen
wollt …«

Ja, ja, bitte, ja …

»Nein«, zwang Laylah sich zu schnauzen.

»Sehr klug, meine Liebe. Man sollte einem Vampir niemals erlauben anzunehmen, er habe einen vollkommen in seinen Bann gezogen. Vampire sind so ermüdend eingebildet.«

»Damit rennst du bei mir offene Türen ein«, murmelte Laylah.

»Das reicht.« Tane trat vor. »Erzählt mir, weshalb Eure Krieger bewaffnet und so höllisch nervös sind.«

Die Belustigung der Königin wich, als sie in den Ausschnitt ihrer Robe griff, um einen Kristall herauszuziehen, der an einer Goldkette um ihren Hals hing.

»Deswegen.«

Laylah betrachtete nachdenklich den ovalen Stein, in dem ein sanftes, bläuliches Licht leuchtete.

»Ein leuchtender Stein?«

»Ein *Ciomach*«, antwortete die Königin.

»Ein – was?«

»Es ist eine Art Frühwarnsystem«, stellte Tane klar.

»Wie praktisch.« Laylah beobachtete, wie das seltsame blaue Leuchten in dem Stein pulsierte. »Wovor warnt er?«

»Vor uralten Feinden.«

Na, das war ja wunderbar präzise.

»Kannst du das etwas genauer sagen?«

»Die Sylvermyst.«

Laylah spürte, wie Tane überrascht zusammenzuckte.

»Verdammt«, murmelte er.

Laylah verließ der Mut. Während ihrer lückenhaften Ausbildung hatte sie nicht viel über die Sylvermyst gelernt. Sie wusste nicht mehr, als dass diese mit dem Feenvolk verwandt und ebenso berüchtigt für ihre unwiderstehliche Schönheit wie für ihre Grausamkeit waren.

Und dann das Wichtigste, nämlich, dass sie eigentlich schon vor langer Zeit von der Erde verschwunden sein sollten.

Jetzt spürte Laylah, dass sie sehr bald mehr über sie herausfinden würde, als sie es sich je gewünscht hatte.

»Tane, was ist los?«, wollte sie wissen.

»Als wir in London waren, erwähnte Uriel, dass Victor sich in Dublin mit dem Fürsten der Elfen treffen wollte.« Er schüttelte angewidert den Kopf. »Ich habe angenommen, der Fürst hätte zu viele Zauberpilze gegessen.«

»An den Sylvermyst ist nichts Amüsantes«, erwiderte Eirinn. Damit verschwand der Eindruck der leichtfertig flirtenden Frau, und die mächtige Führerin trat in den Vordergrund.

»Das ist richtig«, stimmte ihr Tane bereitwillig zu.

Laylah runzelte verwirrt die Stirn. »Ich dachte, sie wären verbannt worden?«

Tane schnitt eine Grimasse. »Zahlreiche unangenehme Abscheulichkeiten kriechen heutzutage aus den Schatten hervor.«

Die Königin erzitterte und umklammerte den Stein, der ihr um den Hals hing. »Ja, der Wind raunt Schreckliches über das Böse.«

»Wann begann Euer *Ciomach* mit der Weihnachtsbaumbeleuchtung?«, erkundigte sich Tane.

»Heute am frühen Abend.«

Tane fluchte und zog seinen großen Dolch aus der Scheide.

Laylah warf instinktiv einen Blick zu den Bäumen in ihrer Nähe. »Tane?«

»Das kann kein Zufall sein«, meinte er.

»Was denn?«

»Dass die Sylvermyst zuerst in England und nun hier auftauchen.«

Perfekt. Absolut perfekt.

Reichte es nicht, eine irre Tante und Sergei auf den Fersen zu haben?

»Du glaubst, sie sind uns gefolgt?«

In Tanes Augen glühte ein tödlicher Wille. »Oder sie wurden an die verschiedenen Orte geführt.«

Laylah unterdrückte ein Aufseufzen. Hatte sie sich tatsächlich immer eine Familie gewünscht?

»Marika, nehme ich an?«

»Das ist eine Möglichkeit.« Er umklammerte den Dolch, als wünschte er, es befände sich jemand in der Nähe, dem er ihn in den Körper rammen könnte. »Eine von viel zu vielen. Wir müssen uns auf den Weg machen.«

»Aber die Sonne geht schon bald auf. Es wäre sicherer, wenn wir hierbleiben würden, bis …«

»Nein, Laylah«, unterbrach Eirinn sie. »Meine Schuld ist beglichen, und ich will nicht riskieren, dass mein Volk euch gegen den Tod verteidigen muss, der euch nachstellt. Ihr werdet das Kind holen und dann verschwinden.«

Laylah widersprach nicht. Sie wollte nicht, dass ihretwegen jemand in Gefahr geriet. Aber gerade als sie sich umdrehte, um die Lichtung zu verlassen, kam Tane zu ihr.

»Zu spät«, flüsterte er.

Laylah hielt inne und prüfte ihre Umgebung.

Die magische Barriere dämpfte die Außenwelt, aber plötzlich war sie sich der fernen Schreie und des unvertrauten kräftigen Kräuterduftes bewusst, der sich mit dem fruchtigen Feenvolkduft mischte.

Sylvermyst.

Sie mussten es sein.

Laylah zögerte keinen Moment.

Als sie auf die Barriere zustürmte, war ihr einziger Gedanke, so schnell wie nur irgend möglich zu dem Kind zu gelangen.

In einiger Entfernung fluchte Caine und brachte seinen Jeep mit einem Ruck neben der verlassenen Tankstelle, die im Umkreis von mehreren Kilometern das einzige Gebäude darstellte, zum Stehen.

Verdammt. Er hätte nie das Verdeck offen lassen dürfen. Andererseits hatte er natürlich auch nicht erwartet, dass seine Begleiterin aus einem Fahrzeug springen würde, das immerhin mit einer Geschwindigkeit von hundert Stundenkilometern unterwegs war.

So etwas taten die wenigsten.

Aber er musste endlich aufhören, alles aus der Sicht einer normalen Person zu betrachten.

Er schaltete in die Parkposition, sprang über die Autotür auf den Boden und steuerte auf den hinteren Bereich des Parkplatzes zu. Als er mit dem Fuß gegen eine rostige Brechstange stieß und fast auf das Gesicht geknallt wäre, fluchte er. Caine war noch dabei, sich an seine neue Stärke und Schnelligkeit zu gewöhnen.

Das war die nette Art auszudrücken, wie ungeheuer unbeholfen er sich doch anstellte.

»Kassandra, warte!«

Sie stand am Rand der brüchigen Asphaltdecke und starrte über die weiten Felder.

Trotz ihres schweren Sweatshirts und der Jeanshose zitterte Kassandra. »Ich spüre sie.«

Er witterte und nahm den erdigen Geruch frischer Kräuter wahr. Es war kein Feenvolk … aber eng verwandt mit diesem.

»Was zum Teufel ist das?«

»Sie kommen aus … fernen Ländern.«

Er knurrte, und sein innerer Wolf knurrte, als er das heftige Bedürfnis verspürte, sich Kassandra über die Schulter zu werfen und sie aus der Gefahrenzone zu bringen.

Es spielte keine Rolle, dass sie schon wesentlich länger ein reinblütiger Werwolf war als er. Oder dass die Gefahr zu weit weg war, als dass sie eine unmittelbare Bedrohung darstellte.

»Ich lehne mich mal aus dem Fenster und behaupte, dass du keine illegalen Einwanderer meinst«, meinte er trocken.

Die hellgrünen Augen richteten sich auf ihn. »Weshalb sind Einwanderer illegal?«

»Vergiss es.« Wann würde er es endlich lernen? Er schüttelte den Kopf und dachte über die Atmosphäre von Gewalt nach, die in der Ferne zu spüren war. »Wir müssen wohl einen Abstecher machen. Was meinst du: Mexiko?«

Er erwartete nicht, dass sie zustimmte. Sie war zwanghaft, wenn es um ihre Visionen ging.

Nicht einmal der Tod würde sie von ihrer selbst gewählten Aufgabe abhalten.

»Nein, wir müssen warten«, verkündete sie unvermittelt.

»Hier?«

»Ja.«

»Worauf warten?«

Ihre Augäpfel leuchteten weiß. Sie vollführte eine Handbewegung, und plötzlich schwebte ein glühendes Symbol in der Luft.

»Hierauf.«

»Verdammt, könntest du damit aufhören?«, knurrte er.

Ihre Augen nahmen wieder den unglaublichen Grünton an, und ein ruhiges Lächeln legte sich auf ihre Lippen.

»Hast du etwas zum Abendessen dabei?«

KAPITEL 16

*F*luchend folgte Tane Laylah direkt auf den Fersen, und es gelang ihm, sie am Arm zu packen, als sie tiefer in den Wald laufen wollte.

»Laylah, halt!«, kommandierte er.

Sie riss sich von ihm los. Reine Panik zeichnete sich auf ihrem Gesicht ab. »Das Baby!«

»Nein.«

»Warte hier. Ich brauche nur eine Minute.«

Sie machte eine schnelle Bewegung, schoss unter einem niedrig hängenden Ast hindurch und verschwand durch ein großes Gebüsch.

»Verdammt.« Tane ballte die Hände zu Fäusten, machtlos gegen den Zwang, der ihn an Ort und Stelle festhielt.

In einer anderen Situation wäre er vielleicht imstande gewesen, dem Verlangen nachzugeben, und hätte sich über Laylahs Bitte hinweggesetzt, doch er konnte die Warnung nicht ignorieren, die Siljar ausgesprochen hatte.

Ob es ihm nun gefiel oder nicht – Laylah war ein *Principium*, und wenn er versuchte, sich mit dem Schicksal anzulegen, würden die Orakel ihn an den Hoden aufhängen, und Laylah wäre allein.

Oder Schlimmeres als allein, korrigierte er sich stumm, als der alberne Gargyle mit flatternden Flügeln und weit aufgerissenen Augen durch das Unterholz brach, von zwei großen Verfolgern gejagt.

»Bei den Steineiern meines Vaters«, keuchte der winzige Dämon, »wer hat die Sylvermyst gerufen?«

Tane nahm eine Kampfhaltung ein und spielte mit dem Dolch in der Hand, während er den Kriegern entgegenblickte.

Sie sahen aus wie Angehörige des Feenvolkes, groß und geschmeidig, mit langem Haar in unterschiedlichen Rot- und Goldtönen. Sie alle trugen Jeans und T-Shirts, sicher um die unerwünschte Aufmerksamkeit der Menschen von sich abzulenken.

Dieser Versuch war jedoch fehlgeschlagen.

Auch markenlose Jeans und T-Shirts konnten die flüssige Anmut ihrer Bewegungen und die Ebenmäßigkeit ihrer Gesichtszüge nicht verbergen. So sah kein Sterblicher aus.

Oh, und natürlich gab es da noch die riesigen Armbrüste, die im Augenblick auf ihn gerichtet waren.

Das sagte alles.

Eine rasche Zählung ergab, dass sich ihm vier Sylvermyst aus dem Osten näherten und zwei weitere aus dem Süden.

So viele konnte er nicht bezwingen, ohne zu riskieren, dass ihm ein hölzerner Pfeil ins Herz gejagt wurde.

»Mach dich nützlich, Gargyle«, befahl er.

Levet rümpfte die Nase ob dieser Ansprache, erhob aber doch die Hände und richtete sie auf die vorrückenden Sylvermyst.

»Sieh zu und staune, Vampir.«

Ein Glitzern wurde in der Luft sichtbar, Funken sprühten daraus hervor und – sanken dann einfach auf den Boden.

Das war ja mal wieder typisch.

Der Gargyle schoss mit Platzpatronen.

Tane, der es gewohnt war, ohne Unterstützung gegen alle

Widrigkeiten zu kämpfen, attackierte die ersten beiden Angreifer. Ein Pfeil traf ihn in die Schulter und ein weiterer oben in die Brust, bevor er sich den ersten Sylvermyst schnappen und ihm die Kehle aufreißen konnte.

Der mächtige Geschmack von Feenblut strömte durch seine Kehle. Es war nicht eine perlende Süße wie bei den meisten Feenvolkangehörigen, sondern eine dunkle Machtexplosion, die sich ihren Weg bis in seinen Magen brannte.

Er saugte den Bastard aus, bohrte dem Feenvolkangehörigen seinen Dolch ins Herz und drehte die Klinge herum. Dann warf er ihn zu Boden und griff nach dem Kameraden des ersten Sylvermyst.

Der zweite Sylvermyst hatte seine Armbrust bereits gesenkt und griff nach dem Schwert, das er sich auf den Rücken geschnallt hatte.

Tane duckte sich, als die Klinge kaum zwei Zentimeter oberhalb seines Kopfes die Luft durchschnitt. Klugerweise blieb er unten, um dem Krieger die Beine wegzuziehen, und warf ihn so brutal zu Boden.

Der Sylvermyst rief etwas in einer hart klingenden Sprache, die Tane in den Ohren schmerzte, aber noch während er die Worte aussprach, schlitzte Tane ihm die Kehle auf.

Er war nicht in der Stimmung, sich verhexen oder verfluchen oder von irgendeinem anderen scheußlichen Zauber verletzen zu lassen.

Sobald er sicher war, dass keine Überraschungen drohten, trat Tane das Schwert aus der Hand des Mannes und schnitt ihm rasch das Herz heraus.

Die Augen des Sylvermyst, die einen eigenartigen, metallischen Kupferton besaßen, weiteten sich erschrocken. Als habe er nicht erwartet, von einem aufgebrachten Vampir getötet zu werden.

Dieser Narr.

Nachdem er die beiden nächsten Krieger zur Strecke gebracht hatte, ergriff Tane das Schwert des Sylvermyst und erhob sich. Wenn die Magie, die die Luft erfüllte, seine Sinne nicht getrübt hatte, dann gab es dort, woher diese beiden gekommen waren, noch zahlreiche andere Sylvermyst.

Er trat gegen den nächsten Leichnam, um ihn zur Seite zu rollen. Da erschütterte plötzlich eine Explosion den Boden unter seinen Füßen.

Tane richtete sich auf und suchte überrascht seine Umgebung mit schnellen Blicken ab.

Die Bäume vor ihm waren umgeknickt, die riesigen Baumstämme qualmten noch, und der Staub, der in der Luft lag, begann, sich darauf abzusetzen.

Noch beeindruckender war jedoch die Tatsache, dass die vier Angehörigen des Feenvolkes, die sich ihm genähert hatten, nun in einem Dutzend von Einzelteilen überall auf dem Boden verteilt lagen.

»Heilige Mutter…«, keuchte er und zog die Pfeile heraus, die in seinem Fleisch steckten.

Levet flatterte verlegen mit den Flügeln. »Ups.«

Ups?

Der Gargyle hatte etwas von der Stärke einer kleinen Atombombe explodieren lassen, und alles, was er dazu sagte, war »Ups«?

»Ich sagte, du sollest dich nützlich machen, nicht eine Katastrophe auslösen«, fuhr Tane ihn an, äußerst beunruhigt darüber, dass Laylah sich irgendwo zwischen den Bäumen befand und vielleicht Schaden genommen hatte.

»He, ich kritisiere auch nicht deine Kampftechniken«, protestierte der winzige Dämon.

Der lächerliche Streit wurde glücklicherweise dadurch beendet, dass Laylah hinter ihnen auftauchte und ein kleines Kind in den Armen hielt.

Tane verzog das Gesicht, als er den Abwehrzauber wahrnahm, der den Säugling umgab. Obgleich er transparent war, veränderte er sich sichtlich, verzerrte das Bild des Kindes und ließ es verschwimmen. Tane bezweifelte, dass selbst Laylah jemals einen klaren Blick auf das hatte werfen können, was sie da umhertrug.

Aber das schien ihr auch herzlich gleichgültig zu sein.

Tanes Herz zog sich seltsam schmerzhaft zusammen, als er beobachtete, wie Laylahs Miene weicher wurde und sie den Säugling mit mütterlicher Fürsorge sanft an sich drückte.

Ihr kurzes, intensiv rotes Haar war zerzaust. Ihre Jeans und das T-Shirt waren mit Grasflecken übersät, auf ihrer Wange befand sich ein Schmutzfleck.

Niemals zuvor hatte sie zufriedener ausgesehen.

Laylah, die seinen hingerissenen Blick nicht bemerkt hatte, hob den Kopf, und ihr zärtlicher Gesichtsausdruck versteinerte, als sie die verkohlten Bäume mit den Resten der Sylvermyst entdeckte.

»Götter.« Sie erschauerte. »Woher sind die auf einmal gekommen?«

Levet watschelte auf sie zu und betrachtete zaghaft das Kind in ihren Armen.

Er war nicht so dumm, wie es den Anschein hatte.

Tane konnte den Stillstandszauber nicht wahrnehmen, in dem der Säugling gebunden war, doch er war klug genug, einen weiten Bogen um ihn zu machen.

»Ich weiß nicht, woher sie kamen«, erklärte der Gargyle, »aber ich weiß, mit wem sie reisen.«

»Mit Marika?«, fragte Laylah.

»Und dem Magier«, bestätigte Levet Tanes Verdacht. »Ich werde ihn in einen Haufen Feendung verwandeln.«

Sie schüttelte den Kopf. »Nein, wir müssen von hier verschwinden.«

Tane trat zu ihr, packte sie am Arm und zog sie von dem Blutbad fort.

»Levet, halte Wache«, befahl er und warf ihm einen Blick zu, der keinen Widerspruch duldete.

Der Gargyle nickte bereitwillig, vielleicht, da er Tanes eigentlichen Beweggrund erriet.

»*Oui.*«

Tane manövrierte Laylah hinter eine große Eiche. Sie stemmte sich gegen ihn und kniff die Augen zusammen.

Der Gargyle war nicht der Einzige, der in der Lage war, Tanes Motiv zu erkennen.

»Denk nicht mal dran.«

Tane wich ihrem zornigen Blick nicht aus. »Laylah, du musst schattenwandern.«

»Und dich und Levet eurem Tod überlassen?«

»Dein Vertrauen in meine Fähigkeiten ist stets herzerwärmend«, erwiderte Tane trocken.

»Ihr seid umzingelt und in der Unterzahl, und außerdem ist meine verrückte Tante da draußen mit einem mächtigen Magier«, entgegnete sie, ohne sich zu rechtfertigen. »Was glaubst du wohl, wie eure Chancen stehen?«

»Sie stünden bedeutend besser, wenn du nicht hier wärest.«

Sie zuckte zusammen, als sie seine brutal ehrlichen Worte hörte. »Was?«, murmelte sie. »Ich habe deinen Stolz verletzt, und jetzt musst du mich beleidigen?«

Tane lockerte seinen Griff um ihren Arm und verschränkte die Arme vor der Brust.

Zwar konnte er Laylah nicht zwingen, ihm zu gehorchen, doch er wandte mit Freuden jede emotionale Erpressung an, die er für nötig hielt.

»Denk nach, Laylah. Deine Tante und ihre Horde aus der Hölle suchen nach dir. Sobald du verschwunden bist, wird sie keinen Grund mehr haben, ihren Angriff fortzusetzen.«

Sie runzelte die Stirn. »Das ist nicht sicher.«

»Marika ist wahnsinnig, aber nicht dumm.«

»Was soll das heißen?«

»Sie wird ihre Krieger nicht für eine Gruppe von Baumgeistern und einen Vampir aufs Spiel setzen, der für sie keinerlei Wert besitzt.«

Laylah sog ihre Unterlippe zwischen die Zähne. Er hatte recht und sie konnte ihm nichts entgegensetzen.

»Ich … ich kann nicht.«

»Du hast keine andere Wahl«, drängte er sie erbarmungslos. »Du hast das Kind zu deinem eigenen erklärt. Nun musst du es auch beschützen.«

Sie kniff die Lippen zusammen, während der Loyalitätskonflikt in ihrem Inneren tobte. Schließlich siegte ihr heftiges Bedürfnis, das unschuldige Kind in ihren Armen zu beschützen, über alles andere.

»Verdammt sollst du sein«, murmelte sie und machte einen Schritt nach hinten, als sie sich darauf vorbereitete, die Nebel zu betreten.

Erleichterung breitete sich in Tane aus, doch seine primitiven Instinkte trieben ihn, einen Schritt in Laylahs Richtung zu machen, um ihr den Kuss zu geben, der ein eindeutiges Versprechen barg.

»Laylah«, wisperte er, wobei er sorgsam darauf achtete, den Kontakt mit dem Kind in ihren Armen zu vermeiden.

»Was?«

»Glaube nicht, dass alles vorbei ist.« Er zog sich zurück, und sein Gesicht war hart vor Entschlossenheit. »Ich werde dich finden.«

Sie funkelten sich gegenseitig an. »Wenn du dich umbringen lassen willst …«

»Geh.«

Nach einem letzten Kuss drehte er sich um und ging zurück zu Levet, und obgleich er ihr den Rücken zuwandte, spürte er, wie sie verschwand.

Es war nicht die Abwesenheit ihres sanften Atems. Oder die kribbelnde Hitze der Erregung, die er verspürte, wenn sie sich in seiner Nähe aufhielt.

Es war das klaffende Loch mitten in seiner Brust.

Geistesabwesend rieb er sich über das Mal, das Siljar in seine Haut eingebrannt hatte, als könne dies die eiskalte Leere füllen.

Allmächtiger Gott.

Er saß tief in der Tinte.

Wie um diesen Punkt zu unterstreichen, schritt er durch eine Lücke zwischen den Bäumen und wurde von einem halben Dutzend Sylvermyst empfangen, die mit erhobenen Armbrüsten auf ihn zukamen.

»Pfeile.« Levet stieß einen tragischen Seufzer aus. »Müssen sie unbedingt so berechenbar sein?«

Tane empfand die Angelegenheit nicht annähernd als so nebensächlich. Ein Holzpfeil durchs Herz würde ihm eine sehr schlechte Nacht bescheren. Abgesehen davon schmerzte es höllisch, wenn diese Pfeile entfernt wurden.

»Die Klassiker sind kaum zu überbieten«, meinte er und blieb einen Schritt hinter dem Gargylen stehen, als der winzige Dämon seine Hände erhob, um einen Feuerball auf den heranpreschenden Feind zu schleudern.

»Das ist wahr.« Levet blickte grinsend über seine Schulter. »Und sie sind am effektivsten gegen Vampire. Das zeichnet eine gute Waffe stets aus.«

»Nicht nur gegen Vampire«, wandte Tane ein und fletschte die Fangzähne. »Es heißt, die Sylvermyst würden ihre Pfeile mit Zaubern verhexen, die Dämonen impotent machen.«

Die grauen Augen weiteten sich entsetzt. »Das ist keine Angelegenheit, über die man scherzen sollte.«

Tane wirbelte sein Sylvermyst-Schwert herum, um einen Hagel aus Pfeilen abzuwehren.

»Wer sagt, dass ich scherze?«

»Du bist wahrhaftig ein bösartiger Mann«, murmelte Levet.

»Das wurde mir schon früher gesagt.«

Mit einem Schlag seines Schwanzes wandte sich Levet wieder ihren Angreifern zu und ließ einen weiteren Feuerball zwischen die Bäume fliegen. Das plötzliche Licht enthüllte eine große Gestalt, die in den Schatten stand und von dort aus schweigend den Kampf betrachtete.

Der Anführer.

Tane war sich dessen sicher.

Allerdings erhielt er nicht viel Gelegenheit, über die Gefahr, die von diesem ausging, nachzudenken. Zwei der Sylvermyst wichen den Flammen aus und stürzten sich direkt auf ihn, indem sie mit ihren Schwertern auf seinen Kopf zielten.

Mit einer Geschwindigkeit, der kein Angehöriger des Feenvolkes folgen konnte, drehte Tane sich zur Seite und holte mit seinem Schwert aus.

Sein Hieb wurde von einem ganz ähnlichen Schwert blockiert, und Funken sprühten. Tane, der spürte, dass sich hinter ihm etwas bewegte, nutzte seine überlegene Kraft, um den Feenvolkangehörigen aus dem Gleichgewicht zu bringen. Er wandte sich um, um den zweiten Schwerthieb zu parieren.

Die Klinge glitt reibungslos durch die Luft, was für die hervorragende Qualität des Schwertes sprach. Offensichtlich waren die Sylvermyst gut bewaffnet.

Und gut ausgebildet …

Tane knurrte, als der Gegner hinter ihm sein Schwert in die Muskeln seiner Schulter bohrte. Offenbar hoffte er, ihn lange genug außer Gefecht zu setzen, um einen tödlichen Schlag landen zu können. Das war eine kluge Strategie, wenn man gegen etwas anderes als einen Vampir kämpfte.

Tane biss die Zähne zusammen, packte das Ende des Schwertes, das aus seiner Schulter ragte, und stieß es sich noch tiefer in den Körper.

Der Sylvermyst stieß einen schockierten Laut aus, hielt aber grimmig an seiner Waffe fest. Ein tödlicher Fehler.

Mit einem letzten Ruck zog Tane den Krieger nahe genug an sich heran, dass er über seine verwundete Schulter greifen und ihn an seinem langen Zopf packen konnte.

Ein Schrei entrang sich der Kehle des Feenvolkangehörigen, als er über Tanes Kopf hinwegflog und auf seinem Kameraden landete, der verbissen versucht hatte, an Tanes Schwert vorbeizugelangen.

Beide stürzten in einem Haufen aus um sich schlagenden Gliedmaßen und Flüchen zu Boden, und Tane zögerte nicht, zuerst dem einen und dann dem anderen Sylvermyst den Kopf abzuschlagen.

Ein durchdringender Kräuterduft lag in der Luft, als das Fennvolkblut in den moosigen Untergrund sickerte, aber Tane hielt nicht inne, um seinen blutigen Sieg zu genießen. Er ließ das Schwert stattdessen herumwirbeln, drehte sich um und war nicht im Geringsten überrascht, als ein weiterer Sylvermyst durch die Bäume auf ihn zustürmte.

Verdammt. Es reichte ihm jetzt. Inzwischen hatte er es satt, das Nadelkissen für diese Bastarde zu spielen. Er zog sein Schwert aus der Scheide und warf es mit einer eleganten Bewegung in Richtung des neuen Angreifers.

Der Sylvermyst versuchte noch zur Seite auszuweichen, doch die Klinge drang ihm tief in die Kehle und durchtrennte eine Hauptschlagader. Einen Augenblick lang schien der Krieger ungerührt von dem Blut zu sein, das ihm über die Brust strömte. Erst, als seine Knie nachgaben und er vornüberfiel, wurde ihm die Gefahr bewusst, die von der klaffenden Wunde ausging.

Tane stürzte sich auf ihn, bevor der Mann den Versuch unternehmen konnte, die Blutung zu stillen. Er grub seine Fangzähne in sein Fleisch und trank den Rest des Blutes, der in seinem schlaffen Körper verblieben war.

Die Macht des Feenvolkes strömte durch seine Adern und trug das Ihre dazu bei, seine eigenen Wunden verheilen zu lassen.

Er richtete sich auf und war bereit für den nächsten Angriff.

Einen Angriff, der sich aber nicht mehr ereignete.

Stattdessen ließen sich die übrigen Feenvolkangehörigen in die Schatten zurückfallen. Alle bis auf den großen Krieger, den Tane bereits als Anführer erkannt hatte.

Tane griff nach unten, um den Dolch aus dem Leichnam des gefallenen Kriegers zu ziehen. Da schlenderte der Sylvermyst durch das Unterholz, eine große Armbrust auf Tanes Brustkorb gerichtet.

Er war größer als die anderen und massiger als der größte Teil des Feenvolkes, doch er verfügte über die gleichen seltsam metallischen Augen wie die übrigen Sylvermyst. Sie schimmerten im Mondlicht wie reinste Bronze und sein langes Haar war von einem dunklen Kastanienbraun.

Auf den feinen Gesichtszügen lag ein spöttisch-arrogantes Lächeln.

Tanes Augen verengten sich. Ah, welche Freude es ihm doch bereiten würde, dem Mann dieses spöttische Lächeln mit einem Schlag aus dem allzu hübschen Gesicht zu wischen …

Zu schade, dass er sich nicht damit aufhalten konnte, einen weiteren Angehörigen des Feenvolkes in seine Einzelteile zu zerlegen.

Offenbar ging es dem Sylvermyst ähnlich, denn er trat auf die kleine Lichtung, die Armbrust auf Tane gerichtet, den Finger jedoch nicht am Abzug.

»Wo ist das Kind?«, wollte der Mann wissen. Seine Stimme enthielt eine Macht, die die Luft durchdrang.

Tanes Finger schlossen sich fester um sein Schwert. Verdammt. Dieser Sylvermyst war anders als die anderen.

Er war gefährlich.

»Weshalb kommt Ihr nicht her und findet es heraus?«, forderte er ihn auf. Er wollte das Wesen so nahe wie möglich an sich heranlocken, so dass er ihm das Herz herausreißen konnte, falls nötig.

Es raschelte im Unterholz, und dann schlich Levet herbei und stellte sich neben Tane.

»Tane, glaubst du wirklich, es sei klug, den Sylvermyst mit den verhexten Pfeilen zu verhöhnen?«

Die Bronzeaugen musterten den winzigen Gargylen, dann verzog der Mann die Lippen zu einem spöttischen Lächeln.

»Ist das Euer Flügelmann?« Er richtete seine Aufmerksamkeit wieder auf Tane. »Das ist selbst für einen Blutsauger erbärmlich.«

»He!«, protestierte Levet.

Aber Tane konnte dem nicht gut widersprechen.

Es war in der Tat erbärmlich.

Er kniff die Augen zusammen. »Flügelmann? Ihr sprecht nicht wie ein Feenvolkangehöriger, der vor Jahrhunderten aus dieser Welt verbannt wurde.«

»Ich gebe zu, mein Fernsehempfang in der Hölle war furchtbar, aber …«

»Nein«, knurrte Tane. »Ihr lügt.«

»Wahrscheinlich. Schließlich bin ich böse«, höhnte der Mann. »Wir Bösen tun eben solche Dinge.«

»Ich benötige keine Bedienungsanleitung für das Böse.«

Das Lächeln des Sylvermyst wurde breiter. »Nein, das glaube ich auch nicht, Vampir.«

Tane hielt inne. Hegte dieser Bastard einen Todeswunsch oder hatte er nur einen so schrägen Sinn für Humor? Auf jeden Fall klingelten bei Tane die Alarmglocken.

»Wer seid Ihr?«

»Reicht es nicht zu wissen, dass ich der Mann bin, der Euch töten wird?«

Tane hob eine Augenbraue. »Fürchtet Ihr Euch davor, mir Euren Namen zu verraten, oder ist er Euch peinlich?«

Das Wesen zögerte einen Augenblick, dann zuckte es mit den Schultern.

»Ariyal«, antwortete der Mann und ließ seinen Blick geringschätzig über Tane gleiten. »Und Ihr seid der berüchtigte Tane. Die Geißel der bösartigen Einzelgängervampire auf der ganzen Welt. Nun, da wir uns einander vorgestellt haben, sagt mir, wo sich das Kind befindet.«

Damit hatte sich Tanes Frage erledigt.

Es war ein Todeswunsch.

Nun, da dieser Punkt geklärt war, wollte Tane wissen, wie das Feenvolk herausgefunden hatte, dass er ein Charon war.

»Wo habt Ihr Euch versteckt?«

»Aber, aber. Werdet nicht unhöflich, Blutsauger«, meinte Ariyal gedehnt. »Ich habe Euch zuerst gefragt.«

»Todsicher hieltet Ihr Euch nicht in derselben Dimension auf wie der Fürst der Finsternis.«

In den Bronzeaugen glitzerte es, und Anspannung lag kribbelnd in der Luft.

»Ist Euch die Geschichte von der übermäßig neugierigen Katze entgangen?«, fragte er aalglatt. »Ihr wurde der Kopf abgetrennt.«

»Verdammt.« Tane fasste plötzlich einen Entschluss. Er ärgerte sich ungemein über Ariyal, war aber nicht so dumm, ihn zu unterschätzen. Wenn er dessen gewahr würde, dass der Säugling schon lange verschwunden war, würde er die Magie vollkommen freisetzen, während er sie jetzt noch im Zaum hielt. Tane wollte sich nicht in seiner Nähe aufhalten, wenn dies geschah. »Levet.«

»*Oui?*«

»Kannst du dafür sorgen, dass unsere Gerüche lange genug unterdrückt werden, bis wir entkommen sind?«

»Ich dachte, du würdest nie fragen«, murmelte der Gargyle. Er deutete mit der Hand auf den Sylvermyst. »Wie sieht es mit dem Feelein aus?«

Ariyal warf Levet einen kurzen Blick zu und lächelte so erwartungsvoll wie grausam.

»Oh, ich werde es sehr genießen, dich zu Staub zu zermahlen.«

»Er kommt mit uns«, erklärte Tane.

Levet quiekte entsetzt. »Bist du *complètement fou?*«

Ob er vollkommen verrückt war?

Diese Frage würde er später beantworten.

Indem er sich in einem Tempo bewegte, dem nicht einmal ein Angehöriger des Feenvolkes, der regelmäßig Steroide nahm, folgen konnte, blieb Tane direkt vor Ariyal stehen und schlug ihm die Armbrust aus der Hand.

»Arroganter Bast...«

Die zornigen Worte des Sylvermyst wurden urplötzlich unterbrochen, als Tanes Faust auf sein Kinn traf.

Tane spürte, wie der Kiefer des Mannes unter der Wucht

292

seines Schlages mit dem erwarteten Knirschen brach. Dann fing er den schlaffen Körper auf, bevor er auf dem Boden aufkam, warf ihn sich über die Schulter und wandte sich dem Gargylen zu, der ihn mit großen Augen anblickte.

»Wir gehen.«

Es fing alles so gut an.

Laylah betrat die Nebel ohne Probleme, obwohl sie das Kind in den Armen hielt.

Sie brauchte eine Minute oder zwei, um das kräftezehrende Schwindelgefühl abzuschütteln, das sie nach einem Eintritt in den Durchgang zwischen den Welten immer quälte, und noch ein paar Minuten zusätzlich, um sich für eine Richtung zu entscheiden.

Eigentlich konnte sie überallhin gehen.

Sie konnte mit ihrem Kind verschwinden und würde nie wieder gefunden werden.

Aber sobald ihr dies durch den Kopf schoss, lenkte sie ihre Gedanken bewusst auf Chicago und Styx' Versteck.

Jahrelang hatte sie geglaubt, erfolgreich verschwunden zu sein, aber sie war nicht annähernd so klug, wie sie gedacht hatte. Die Kommission hatte immer von ihr gewusst, und Gott allein wusste, wer noch.

Außerdem bestand die einzig wirkungsvolle Methode, das Baby in Sicherheit zu bringen, darin, die Personen zu vernichten, die Jagd auf das Kind machten. Das klang vielleicht blutrünstig, war aber zutreffend.

Und die Vampire verschafften ihr die beste Chance dafür.

Laylah war gerade damit beschäftigt, sich selbst davon zu überzeugen, dass ihre Entscheidung nichts mit Tane zu tun hatte, als sie plötzlich merkte, wie sich ein Bogen in den Nebeln bildete.

Augenblicklich alarmiert, drückte sie das Baby fest an sich, während sie vor dem schimmernden Schleier zurückwich, der schnell immer größer wurde.

Scheiße.

Das war etwas, das sie beim Schattenwandern schon immer gefürchtet hatte.

Entweder war irgendetwas im Begriff, zusammen mit ihr in die Nebel einzudringen, oder …

Es lief auf das »Oder« heraus, als der Schleier auf sie zuwaberte und dabei immer stärker anschwoll. Er hüllte sie ein und zog sie in eine andere Dimension.

Laylah schrie auf, als sie ruckartig aus den Nebeln gezerrt wurde und durch den Schleier stürzte, um mit schmerzhafter Wucht auf den Rücken zu stürzen.

Schwarze Punkte tanzten vor ihren Augen, während ihr die Luft aus den Lungen getrieben wurde. Götter. Es fühlte sich an, als sei sie auf einer Backsteinmauer gelandet.

Sie hielt das Baby aber unbeirrt fest, atmete tief ein und sah sich um.

Es war wohl nicht die Hölle. Und auch keine fremde Dimension, wie sie allmählich zu erkennen begann.

Tatsächlich …

Laylah rappelte sich auf und sah sich in der ihr vertrauten Landschaft um. Der Mut verließ sie.

Verdammt. Sie war weniger als dreißig Kilometer von ihrem Anfangspunkt entfernt. Und was noch schlimmer war, sie war nicht allein.

Sie wirbelte herum, auf alles gefasst.

Orakel, Magier, einen reinblütigen Dschinn. Oder wenigstens irgendetwas, das mächtig genug war, um sie aus den Nebeln zu zerren.

Stattdessen fiel ihr Blick auf einen schlanken Mann mit dem

blendenden Aussehen eines Surfers. Sie erkannte ihn auf Anhieb.

»Heilige Scheiße. Caine?«, flüsterte sie schockiert, und ihr Blick glitt über die verlassene Tankstelle und die leeren Benzinpumpen, bevor sie ihn wieder auf die Wolfstöle richtete. »Was zum Teufel hast du mit mir gemacht?«

Er hob die Hände, und sie entdeckte in seinem schmalen Gesicht mit den grimmig dreinblickenden blauen Augen eine Ernsthaftigkeit und Reife, die es wenige Tage zuvor darin nicht gegeben hatte.

Er verzog das Gesicht zu einer Grimasse und ging auf sie zu. »Gib nicht mir die Schuld.«

Laylah erstarrte, und die Luft war aufgeladen durch den elektrischen Impuls ihrer Energie.

»Halt.«

Caine blieb augenblicklich stehen. Er kannte sie lange genug, um zu wissen, dass Schlimmes geschehen konnte, wenn sie sich bedroht fühlte.

Er richtete seine schlanken Hände in einer Friedensgeste nach oben. »Was ist los?«

»Bleib, wo du bist«, warnte sie ihn. »Wer bist du?«

»Wer ich bin? Bist du auf Drogen?« Er zog die Brauen zusammen. »Du hast doch gerade meinen Namen genannt.«

»Ich weiß, was ich gesagt habe, aber irgendetwas stimmt nicht mit dir.«

Sein schallendes Gelächter hallte durch die Dunkelheit. »Da muss ich dir recht geben. Willst du die lange Fassung hören oder die kurze?«

»Ich will wissen, warum du wie ein Rassewolf riechst.«

Er steckte die Hände in die Taschen seiner ausgebleichten Jeans. »Entscheide selbst, ob du es glaubst oder nicht. Ein verrückter Dämonenlord, der jahrhundertelang den Werwölfen die

Magie ausgesaugt hatte, hat mich getötet, indem er mich durchschlug, als er sich auf seinem Rückweg in die Hölle befand. Mysteriöserweise bin ich als Rassewolf auferstanden.«

Laylah blinzelte verwirrt und bemühte sich, die knappe Zusammenfassung der Ereignisse zu begreifen.

Großer … Gott. Waren seine bizarren Visionen tatsächlich wahr geworden?

Unglaublich.

Sie hatte tausend Fragen, aber Caines starre Emotionslosigkeit vermittelte ihr, dass er nicht bereit war, jetzt über das überwältigende Erlebnis zu sprechen.

Das konnte sie nachvollziehen.

Sie mochte es auch nicht besonders, erschütternde Ereignisse mit anderen zu teilen.

»Ich glaube dir«, meinte sie schließlich. »So eine Geschichte könnte sich niemand ausdenken.«

»Tatsächlich habe ich eine Zeugin.«

Er winkte mit der Hand, und eine Werwölfin, die sich in dem Jeep in der Nähe versteckt gehalten hatte, tauchte langsam auf.

Laylah war sprachlos. Die Frau sah aus wie Harley und Darcy, nur hatte sie längere Haare und hellere Augen.

»Götter, nicht noch eine davon«, murmelte sie. »Wie viele gibt es eigentlich von denen?«

Die Frau forschte mit einer unverhohlenen Neugierde in Laylahs Gesicht, was diese vielleicht als Unhöflichkeit aufgefasst hätte, wenn sie nicht die erstaunliche Unschuld im Herzen der anderen gespürt hätte.

»Wenn du damit meine Schwestern meinst – insgesamt gibt es vier von uns.« Sie neigte den Kopf zur Seite, und ihr helles Haar schimmerte im Mondlicht. »Zumindest wurde mir das so gesagt.«

»Das ist Kassandra.« Caine trat neben die Werwölfin, um ihr

schützend einen Arm um die Schultern zu legen. »Kassandra, das ist Laylah.«

Laylah warf ihr ein gequältes Lächeln zu. Es war wirklich nicht der richtige Moment zum Plaudern.

Sie hatte nicht die blasseste Ahnung, was sie aus den Nebeln gezerrt hatte, aber sie wusste auf jeden Fall, dass sie nicht annähernd weit genug von ihrer Tante und den Sylvermyst-Angreifern entfernt war.

»Also, es ist toll, dich kennenzulernen, Kassandra, aber ich bin in Eile.«

»Warte.« Ohne Vorwarnung streckte Kassandra die Hand aus, um Laylahs Oberarm zu umfassen. Ihr Griff war erstaunlich kräftig. »Du bist dazu bestimmt, hier zu sein.«

Laylahs Augen verengten sich verärgert. Offensichtlich steckte die Werwölfin dahinter, dass sie zu dieser gottverlassenen Tankstelle mitten im Nirgendwo geholt worden war.

»Bist du diejenige, die mich aus den Nebeln gezerrt hat?«

»Ganz ruhig, Laylah«, knurrte Caine. »Kassandra ist nur die Botin.«

»Für meine Tante?«

»Tante?« Caine wirkte ehrlich verwirrt. »Wie zum Teufel bist du an eine Tante gekommen?«

»Ich habe sie bei Ebay bestellt«, bellte Laylah und machte mehrere Schritte von dem Werwolf weg. Sie traute weder Caine noch Kassandra. »Wer hat dich geschickt?«

»Das Schicksal«, erwiderte Kassandra leise.

Ein Blitzschlag traf die stählerne Stange, die das rostige Schild in Form eines Hamburgers trug.

Mit einer ungeschickten Bewegung schob sich Caine zwischen Laylah und seine Begleiterin.

»Verdammt, Laylah, flipp nicht aus, sie meint wirklich das Schicksal!«

Laylah biss die Zähne zusammen. »Caine, ich bin nicht in der Stimmung, mich verarschen zu lassen. Sag mir, was hier los ist, sonst grille ich dich, das schwöre ich.«

»Sie ist …« Er zögerte, aber dann sprudelten ihm die Worte nur so über die Lippen. »Eine Prophetin.«

Prophetin?

Damit hatte er das Gespräch erfolgreich unterbrochen.

Laylah holte verblüfft Luft, und ihre Kräfte ließen nach.

»Sie kann in die Zukunft sehen?«

»Sie bekommt nur flüchtige Einblicke«, gab Caine vorsichtig zu. Es war eindeutig, dass er hauptsächlich vom primitiven Bedürfnis angetrieben wurde, die schöne Werwölfin zu beschützen.

Eine gefährliche Position.

Wenn sie wirklich eine Prophetin war, dann würde sie in der Dämonenwelt als Heiliger Gral betrachtet werden.

»Ich dachte, Leute wie sie wären ausgestorben«, erwiderte Laylah.

»Die meisten Leute würden das Gleiche über Dschinnmischlinge denken«, betonte Caine trocken.

Laylah verzog das Gesicht.

Dem konnte sie nicht widersprechen.

Sie wandte sich der Werwölfin zu, die eine so unheimliche Ähnlichkeit mit Harley hatte.

»Also, wenn du noch halbwegs klar bei Verstand bist – warum hat mich denn irgendein geheimnisvolles Schicksal hierhergeführt?«

Kassandra zuckte die Achseln. »Ich habe keine Ahnung.«

»Na toll. Dann hat das Schicksal wohl Pech gehabt …«

»Nein«, unterbrach Kassandra sie hastig. »Es ist das Kind.«

Laylah drehte sich vor Angst der Magen um. »Was ist mit ihm?«

»Es ist in Gefahr.«

Laylah runzelte die Stirn. Das war die Prophezeiung?

»Das ist wohl kaum eine Neuigkeit. Was denkst du wohl, warum ich versucht habe zu flüchten? Wenn du dich nicht eingemischt hättest …«

Caines Knurren hallte durch die Luft. »Vorsicht, Dschinn.«

Kassandra schob ihren Verteidiger beiseite. Sie blickte beunruhigt drein und berührte Laylah am Arm. Dabei schien ihr die Gefahr, dem Stillstandszauber, der das Baby umgab, so nahe zu kommen, vollkommen gleichgültig zu sein.

»Lass dich nicht von den offensichtlichen Bedrohungen täuschen. Es gibt mehr, als du vermutest.«

»Wirklich toll«, murmelte Laylah. Dann zuckte sie erschrocken zurück, als die verrückte Werwölfin eine Hand direkt über den Zauber legte, der das Baby umgab. »Hey, was tust du da?«

In den Augen der Frau flammte ein blendend weißes Licht auf. »Die Zwillinge.«

Laylah wich zurück und presste das Kind fest gegen ihre Brust. Verborgene Bedrohungen? Zwillinge?

Das war die Art von Geplapper, die sie von einer falschen Prophetin erwartet hätte, nicht von einer echten.

»Ich weiß nicht, was mir das sagen soll.«

»Alpha und Omega.« Kassandra zuckte mit den Schultern, und ihre Augen blickten wieder wie immer. »Um das Ende zu finden, musst du an den Anfang zurückkehren.«

KAPITEL 17

*E*in kaltes Vibrieren lag in der Luft und erinnerte Laylah unvermittelt daran, dass sie schon ausreichend Feinde hatte, die ihr Sorgen bereiteten. Sie konnte jetzt wirklich keine ominösen neuen gebrauchen.

»Okay. Ich muss jetzt wirklich los.«

Kassandra schüttelte den Kopf. »Warte noch.«

Caine fuhr herum und warf einen Blick auf die offenen Felder. Er hatte den unverkennbaren Vampirgeruch in demselben Moment wahrgenommen wie Laylah.

»Kassandra, da kommt irgendetwas.«

»Tane«, flüsterte Laylah. Die Erleichterung darüber, dass er sich in Sicherheit gebracht hatte, überwältigte sie.

Caine hob überrascht die Brauen. »Ein Freund von dir?«

»Er ist nicht allein«, sagte Kassandra und hinderte glücklicherweise damit Laylah daran, ihre komplizierte Verbindung zu Tane zu erklären.

»Dieser verdammte Gargyle«, murmelte Caine und legte den Kopf in den Nacken, um zu wittern. »Und … was?«

»Finsternis«, flüsterte Kassandra.

Caine fluchte. »Wir müssen hier verschwinden.«

Kassandra hob die Hand, um Caine zurückzuhalten, als er sie sich gerade über die Schulter werfen wollte.

»Nein, Caine. Ich muss mit dem Vampir sprechen.«

Laylah hätte wahrscheinlich die winzige Frau wegen ihrer Gabe bewundert, die früher so rebellische Wolfstöle zu zähmen. Jedoch wurde ihre Aufmerksamkeit völlig von dem Anblick des wütenden Vampirs in Anspruch genommen, der zusammen mit einem fremden Feenvolkangehörigen, den er sich über die Schulter geworfen hatte, und einem Gargylen, der sich an seine Fersen geheftet hatte, auf sie zugerast kam.

Das war weiß Gott kein alltäglicher Anblick.

»Verdammt, Laylah, du solltest doch …«

»Fang gar nicht erst an, He-Man«, warnte sie ihn und trat klugerweise zurück, als Tane den bewusstlosen Mann zur Seite warf und Caine zornig anfunkelte. Zwei Alphamännchen am gleichen Ort – das war noch nie gut gegangen. »Ich habe mir das nicht selbst ausgesucht.«

Tane trat direkt zwischen Laylah und Caine, und seine eiskalte Macht peitschte durch die Luft.

»Ich war mir ganz sicher, Hundegestank gewittert zu haben.«

In Caines Augen glühte das innere Licht eines Rassewolfes. »Willst du dich mit mir anlegen, Blutsauger?«

Laylah packte Tane am Arm. »Nein, Tane. Wir haben keine Zeit für einen Schwanzlängenvergleich.«

Todesmutig watschelte Levet zwischen die beiden Raubtiere und studierte Caine mit verwirrtem Gesichtsausdruck.

»He, Sie kenne ich doch.« Er rieb sich die Stummelnase. »*Mon Dieu*, was ist denn mit Ihnen passiert?«

Tane setzte eine finstere Miene auf. »Was geht hier vor?«

Laylah und Kassandra wechselten einen verschworenen Blick weiblicher Verzweiflung.

»Um es kurz zu machen: Das hier ist Caine. Er hatte einen Zusammenstoß mit einem Dämonenlord, der ihn in einen Rassewolf verwandelt hat«, erklärte Laylah.

Tanes Körper spannte sich an. »Die Wolfstöle, die dich gefangen hielt?«

»Sie war nie meine Gefangene«, blaffte Caine, offenbar gekränkt wegen der Unterstellung.

»Bitte, wir haben nur wenig Zeit.« Kassandra trat vor und fand endlich Tanes Aufmerksamkeit.

»Verdammt«, murmelte er schockiert.

Levet war gleichermaßen erstaunt. »Die letzte von Darcys Schwestern.«

Tane nickte. »Das muss Styx mitgeteilt werden.«

»Auf gar keinen Fall …«

»Caine.« Kassandra hielt Caine auf, indem sie ihm eine Hand auf die Brust legte. Sie warf Laylah einen Blick zu, als hoffe sie auf ein wenig Zusammenarbeit nach dem Motto »Frauen müssen zusammenhalten«. »Ich bin doch nur hier, um Euch zu warnen.«

Erwartungsgemäß ignorierte Tane das, was er nicht hören wollte. »Ich werde Euch zu Eurer Schwester bringen, und dann könnt Ihr warnen, so viel Ihr wollt.«

Caines Geruch wurde moschusartig, als sein innerer Wolf die Führung übernahm.

»Wenn du sie anrührst, bist du tot, Vampir.«

»Tane, du musst ihr zuhören«, befahl Laylah. »Sie ist eine Prophetin.«

Nach dieser kurzen Bemerkung trat Totenstille ein.

Selbst Levet war sprachlos.

Das war wirklich ein absolutes Wunder.

Schließlich schüttelte Tane den Kopf. »Das ist unmöglich.«

»Kassandra, du verschwendest deine Zeit«, schnauzte Caine, hob sie entschlossen auf die Arme und steuerte mit ihr auf den Jeep zu. »Das Ego eines Vampirs ist zu aufgebläht, als dass er auf einen Rat hören würde, ganz egal, wer ihn erteilt.«

Kassandra wehrte sich nicht gegen ihn, aber sie streckte ihren Kopf über Caines Schulter.

»Vampir, du darfst deinen Gefangenen nicht töten.«

Tane warf einen Seitenblick auf den Sylvermyst, der auf dem Boden lag. »Weshalb?«

»Du wirst ihn brauchen.«

»Ich werde ihn brauchen? Einen Augenblick.« Tane ballte die Hände zu Fäusten, als Caine Kassandra auf den Beifahrersitz setzte und dann hinter das Steuer sprang, um in einer Staubwolke zu verschwinden. »Dieser mystische Schwachsinn über die Zukunft geht mir auf die Nerven«, murmelte er.

Laylah öffnete den Mund, um von Tane eine Erklärung dafür zu verlangen, warum er einen bewusstlosen Sylvermyst mit sich herumtrug.

Aber plötzlich erstarrten die drei vor Schreck.

Kräuterduft wurde von einer Brise herangetragen, und dazu noch etwas viel Schlimmeres.

Der Geruch einer geistesgestörten Vampirin.

»Äh …« Levet räusperte sich. »Kannst du bitte erst später und möglichst weit von hier entfernt wütend werden?«

Tane warf einen Blick auf den Horizont. »Verdammt. Es wird schon bald dämmern. Ich schaffe es nicht mehr bis zu meinem Versteck.«

»Übergebt mir den Sylvermyst, dann denke ich darüber nach, ob ich Euch Zuflucht gewähre.«

Die Frauenstimme ertönte ganz unvermittelt und erschreckte Laylah fast zu Tode. Tane dagegen schleuderte seinen Dolch in Richtung Tankstelle und zog sein Schwert aus der Scheide, die er auf den Rücken geschnallt trug.

Mit der ruhigen Arroganz, die nur Vampiren eigen war, fing die Frau den Dolch direkt aus der Luft auf und trat aus dem verfallenen Gebäude.

»Eine Jägerin«, krächzte Tane mit gedämpfter Stimme.

»Eine Jägerin?«, fragte Laylah. Sie war sich nicht sicher, ob sie erleichtert sein oder vor Entsetzen schreien sollte.

»Das sind Vampire, die mit der seltenen Fertigkeit geboren werden, sich in derart tiefe Schatten zu hüllen, dass niemand ihre Präsenz wahrnimmt«, erklärte er. »Im Allgemeinen bieten sie ihre Dienste an, um Jagd auf Dämonen zu machen, die nicht gefunden werden wollen. Sehr exklusiv und sehr teuer.«

Laylah fragte sich, ob Tane sich täuschen konnte.

Die Frau wirkte wie ein Model, mit jener exotischen Schönheit, die das Ergebnis einer Mischung verschiedener Rassen war.

Sie war groß und schlank und trug ihr glänzendes schwarzes Haar, das auf eine asiatische Abstammung hindeutete, zu einem festen Zopf geflochten, der ihr über den Rücken fiel. Außerdem lag ein Hauch von Orient in ihren leicht schräg gestellten Augen, auch wenn diese eine dunkle Blautönung besaßen, die auf eine europäische Herkunft hindeutete. Ihre Haut war weiß wie Alabaster, und ihre Lippen leuchteten in sinnlichem Rosa.

Eine einfach atemberaubend schöne Frau.

Darüber täuschte auch das schwarze Lycra nicht hinweg, in das sie von Kopf bis Fuß gekleidet war und welches stark an *Mission Impossible* erinnerte. Die abgesägte Schrotflinte, die in einem Halfter an ihrer Hüfte steckte, ließ ahnen, dass sie wohl nicht nur gut aussah, sondern durchaus auch etwas draufhatte und sicher nicht dumm war.

Sie ließ den Dolch herumwirbeln und näherte sich mit einer forschen Nonchalance, um die Laylah sie nur beneiden konnte.

»Ihr müsst Jaelyn sein«, meinte Tane.

»Und Ihr müsst Tane sein, der Charon«, sagte die Frau gedehnt.

Laylah runzelte die Stirn. »Kennt ihr beide euch?«

»Nein, aber ich erkenne ihre Fertigkeiten. Was wollt Ihr mit dem Sylvermyst?«

Die Vampirin warf einen Blick auf den ohnmächtigen Feenvolkangehörigen. »Ich habe ihn seit Tagen verfolgt.«

»Weshalb?«

Sie lächelte und ließ dabei ihre Fangzähne aufblitzen.

Nein, sie war also doch kein Model.

»Das geht Euch nichts an.«

Tane kniff die Augen zusammen. »Wenn man bedenkt, dass er im Augenblick mein Gefangener ist, würde ich sagen, dass es mich sehr wohl etwas angeht.«

»Tja, allerdings bin ich diejenige mit der sonnengeschützten Unterkunft.«

Laylah mischte sich widerstrebend ein. Was sollte sie auch sonst machen? Tane war vermutlich halsstarrig genug, das Angebot einer Unterkunft auszuschlagen, weil er sich über die Einstellung der Vampirin ärgerte.

»Tane, wir haben nicht viel Zeit, um diese Angelegenheit zu diskutieren.«

Er starrte sie mit glühenden Augen an, seine Miene wurde aber sanfter, als er ihre offensichtliche Erschöpfung erkannte.

Sie hatte festgestellt, dass es stärker an den Kräften zehrte, aus den Nebeln gezogen zu werden, wodurch auch immer, als tatsächlich hindurchzugehen.

Er wandte sich wieder Jaelyn zu.

»Ist Euer Versteck sicher?«

Die indigoblauen Augen verengten sich. »Ihr solltet mich besser nicht kränken, Charon.«

Laylah unterdrückte einen Seufzer. Hatten etwa alle Vampire Probleme, mit ihren Aggressionen umzugehen?

Levet zupfte an ihrem Hosenbein. »Ich nehme an, das bedeutet, es ist sicher?«

Laylah schnitt eine Grimasse. »Ich denke, wir sollten uns aus den Familienstreitigkeiten heraushalten.«

Prompt schüttelte Levet sich angewidert. »*Oui*, es gibt nichts Gefährlicheres als Familien.«

Laylah blickte in die Ferne, wo eine von ihrer Tante ausgesandte bösartige Armee nach ihr suchte.

»Das kann man wohl sagen.«

Es gefiel Tane nicht, sein Vertrauen in eine Vampirin setzen zu müssen, die er ausschließlich für ihren Ruf kannte, übermäßig aggressiv zu sein und schnell zornig zu werden.

Und erst recht dann nicht, wenn Laylah bei ihm war.

Aber da in weniger als einer halben Stunde die Sonne aufgehen würde und Marika ihnen mit ihren Sylvermyst auf den Fersen war, blieb ihm keine andere Wahl.

Tane ließ es zu, dass Jaelyn sie zu einer kleinen Stadt führte, die von Bauernhöfen umgeben war. Er hüllte sich in Schatten, als sie den kleinen Park inmitten der Stadt durchquerten. Die Landbevölkerung neigte dazu, früh aufzustehen, und das Letzte, was er brauchte, war, dass jemand ihn dabei erwischte, wie er den immer noch ohnmächtigen Sylvermyst durch die Gegend trug.

Endlich bedeutete die Jägerin ihnen mit einer Handbewegung, dass sie ein verfallenes Backsteingebäude an der Ecke des Platzes in der Innenstadt betreten sollten. Als Tane eintrat, stellte er fest, dass dies einst eine örtliche Bank gewesen war, doch nun waren die Kassenschalter geschlossen, und der gefliest Fußboden war mit Staub bedeckt.

Sie durchquerten den engen Vorraum und stiegen eine kurze Treppe hinunter, die zu einem Tresorraum führte.

Laylah zögerte kurz – möglicherweise befürchtete sie, dass von ihnen erwartet wurde, sich in den kommenden zwölf Stunden alle gemeinsam in den kleinen Raum zu zwängen.

Er konnte ihr keinen Vorwurf machen.

Zwei Vampire, ein Sylvermyst, ein Gargyle und ein Dschinn-mischling zusammen in ein winziges, mit Stahl ausgeklei-detes Gewölbe gedrängt … ja, das war definitiv keine gute Idee.

Mit sanftem Druck drängte er sie, den Tresorraum zu betre-ten. Kein Vampir besaß ein Versteck ohne mehrere verborgene Türen.

Wie um zu beweisen, dass er recht hatte, eilte Jaelyn an ihnen vorbei und schob die Regale mit den Bankschließfächern bei-seite, wodurch eine Tür zum Vorschein kam, die in den Stahl gefräst war. Sie hielt inne und flüsterte ein paar leise Worte. Da-durch lösten sich die Zauber, durch die der Eingang geschützt war, die Tür sprang auf und gab den Blick auf eine Holztreppe frei, die zu den unterirdischen Tunneln führte.

Schweigend stiegen sie in das Dunkel hinunter. Tane konnte die drückende Schwere der nahenden Morgendämmerung spüren, doch es war seine Sorge um Laylah, die ihn drängte, Jaelyn zu einem schnelleren Tempo anzutreiben. Die störrische Dschinn wäre zwar lieber zusammengebrochen, als um Hilfe zu bitten, aber er hatte das Gefühl, dass sie kaum noch imstande war, einen Fuß vor den anderen zu setzen.

Der kurze Tunnel endete an einer weiteren Tür, die zu einem großen Raum führte. Tane warf einen prüfenden Blick auf die Ledersessel, die auf dem blutroten Teppich verteilt waren, und die SM-Instrumente, die an den Wänden hingen. Nicht, dass ihn die Ausstattung auch nur im Geringsten interessiert hätte. Sein einziges Interesse galt den potenziellen Gefahren und natürlich den am besten erreichbaren Ausgängen.

Laylah allerdings verzog das Gesicht und wirkte erleichtert, als Jaelyn sie in ein privates Schlafzimmer mit einem einfa-chen Bett und einem ebensolchen Kleiderschrank führte. Es gab auch einen Nebenraum, den sie als Schlafraum für das Kind nutzen konnte.

Tane übergab den Sylvermyst widerstrebend seiner Gastgeberin und verscheuchte Levet. Er wartete, bis Laylah den Säugling in dem angrenzenden Zimmer versorgt hatte. Schließlich legte er sie in das breite Bett und deckte sie zu.

Dann lehnte er sich gegen das Kopfteil, machte es sich bequem und schloss die Augen.

Er war erfahren genug, um in der Lage zu sein, sich auszuruhen und wieder zu Kräften zu kommen, während er gleichzeitig in höchster Alarmbereitschaft blieb.

Mehrere Stunden vergingen, bis der Klang sich nähernder Schritte ihn aufspringen ließ. Er riss die Tür auf.

Möglicherweise mochte er gezwungen sein, Jaelyns Gastfreundschaft zu akzeptieren, doch er vertraute ihr nicht, wenn es um Laylah ging.

Die Wahrheit war, dass er sich nicht sicher war, ob er überhaupt irgendjemandem vertraute, wenn es um Laylah ging.

Jaelyn blieb klugerweise mehrere Schritte von der Tür entfernt stehen und hob die Hand zu einer Friedensgeste.

»Nur keine Aufregung, Charon«, sagte sie. Sie trug noch immer die Lycrakleidung, hatte aber die Schrotflinte durch eine Glock 18 ersetzt. »Ich bin für Eure Frau keine Bedrohung.«

Er verzog die Lippen mit dem heftigen Bedürfnis, Laylah zu beschützen. Insbesondere, wenn man bedachte, dass sie imstande war, dieses ganze Versteck mit einem einzigen Gedanken zu zerstören.

»Meine Frau kann auf sich selbst achtgeben«, entgegnete er trocken.

Jaelyn verdrehte die Augen. »Ja, das kann sie, aber ich bezweifle, dass Ihr gewillt seid, ihr die Gelegenheit dazu zu verschaffen.«

»Was wollt Ihr?«

»Mein Gefangener ist erwacht.«

»*Euer* Gefangener?« Er wölbte eine Augenbraue. »Habt Ihr Probleme mit Euren Pronomen, Jägerin?«

»Mein einziges Problem seid im Augenblick Ihr.« Die Frau deutete mit einem Finger auf die Zimmerdecke, die sie beide vor der spätnachmittäglichen Sonne schützte. »Ich habe mich an die Abmachung gehalten.«

Tane, der sich nicht sicher war, was Jaelyn mit dem Sylvermyst vorhatte, wandte sich nach dem Schwert um, das er gegen die Wand neben der Tür gelehnt hatte.

»Schön«, erwiderte er, »aber ich muss ihn verhören, bevor Ihr ihm Schaden zufügt.«

Sie zuckte mit der Schulter und schritt zur Tür, um den schmalen Gang hinunterzugehen.

»Kommt mit mir.«

Tane folgte ihr bereitwillig. »Werdet Ihr mir mitteilen, weshalb Ihr den Sylvermyst jagtet?«

Die Vampirin hielt an, um die Falltür zu öffnen, die mitten in den Gang eingelassen war. Tane lächelte. Die Tür aus Blei musste mehrere Tonnen wiegen, doch Jaelyn hatte sie vollkommen mühelos geöffnet.

Ein Beweis dafür, dass die Gerüchte über ihre angeborenen Kräfte nicht übertrieben waren.

Es war wirklich schade, dass sie noch so jung war. Er hätte sie sonst in der Schlacht von Durotriges unterstützt, den gladiatorenartigen Spielen für die oberste Elite der Dämonenkrieger. Die wenigen Vampire, die dies überlebten, gingen mit dem Mal von Cú Chulainn daraus hervor, einem drachenförmigen Tattoo, das ihnen das Privileg verlieh, den Clanchef herauszufordern.

Sie hob den Kopf, um ihn mit einem ungeduldigen Blick zu

durchbohren. »Ich wurde von den Orakeln beauftragt, so viel kann ich Euch verraten.«

Tane verzog das Gesicht. Das war bereits mehr als das, was er hören wollte.

Er hatte bereits genügend Probleme mit den Orakeln, auch ohne dass neue hinzukamen.

Jaelyn konnte für sich behalten, weshalb sie den Sylvermyst haben wollte.

Sie verschwand durch das Loch im Boden, und Tane ließ sich rasch nach ihr in das Dunkel fallen. Kaum hatten seine Füße den Boden berührt, als Jaelyn bereits einen Lichtschalter betätigte. Tane sah sich um.

Es überraschte ihn nicht, sich in einem Kerker wiederzufinden. Wo sonst hielt man einen Gefangenen fest?

Er war jedoch ein wenig überrascht, dass der Kerker so aufwendig ausgestattet war.

An den Wänden befanden sich zehn Zellen aneinandergereiht, jede von ihnen eine Spezialanfertigung, um verschiedene Dämonenspezies aufzunehmen. Einige bestanden aus Silber, einige aus Eisen, andere aus Holz und eine Zelle sogar aus massivem Gold.

Aber es war der große Raum am anderen Ende des Kerkers, der Tanes Aufmerksamkeit auf sich lenkte.

Hatte Jaelyn sich bei einem Räumungsverkauf mit Folterinstrumenten eingedeckt?

Da gab es Folterbänke, Brandeisen, riesige Kneifzangen, mit Stacheln besetzte Keulen und der stets beliebte elektrische Stuhl, der einem Vampir scheußliche Sachen antun konnte. Es existierten sogar einige wenige Instrumente, die Tane nicht kannte.

Und in der Luft hing der Geruch von Desinfektionsmitteln wie eine Wolke, als würde jemand viel Zeit damit verbringen, die Zellen nach den blutigen Gemetzel zu säubern.

»Hübsch«, murmelte Tane und warf seiner Begleiterin einen spöttischen Blick zu. »Gehört das Euch?«

»Ich bin Untermieterin.«

»Bei Marquis de Sade?«

»Ich halte mich streng an das Prinzip, meine Nase nicht in Angelegenheiten zu stecken, die mich nichts angehen.«

»Das kann ich mir vorstellen.«

Für einen kurzen Moment verdüsterte ein gequälter Ausdruck ihre Augen. »Nein, das könnt Ihr sicher nicht.«

Sie öffnete die Zellentür, ehe Tane sie zu dieser überraschenden Aussage befragen konnte. Er war sich noch nicht einmal sicher, ob er das überhaupt wollte. Sie wirkte nicht gerade wie die mitteilungsbedürftige Art von Vampir.

Früher war er auch so gewesen.

Er stutzte und verdrängte dann schnell wieder, was sein flüchtiger Gedanke zum Vorschein gebracht hatte.

Stattdessen widmete er seine Aufmerksamkeit dem Sylvermyst, der auf einem Holzstuhl saß.

Ariyal wirkte ganz entschieden lädiert.

Sein Zopf hatte sich aufgelöst und fiel ihm ins Gesicht, auf dem Schmutzstreifen prangten, und seine Kleidung war verdreckt und zerrissen. Irgendwann hatte Jaelyn ihm die Arme auf dem Rücken zusammengebunden und ihn mit Eisenhandschellen an die Wand gekettet.

Er musste beträchtliche Schmerzen haben, blickte den beiden Vampiren, die die Zelle betraten, jedoch mit spöttischer Miene entgegen.

»Ah, die fangzahnbewehrten Zwillinge. Wie reizend«, meinte er gedehnt, streckte seine langen Beine aus und schlug sie übereinander. »Spielen wir ein Spielchen?«

»Wenn Ihr das wünscht. Lasst mich die Regeln erklären.« Tane trat lässig auf ihn zu und berührte mit der Spitze seines gestohlenen Schwertes die Kehle des Bastards. »Ich werde Euch eine Reihe von Fragen stellen. Wenn Ihr Euch weigert zu antworten oder lügt, werde ich einen Streifen Fleisch aus Eurem Körper schneiden. Das machen wir dann so lange, bis ich die Antworten bekommen habe, die ich hören wollte, oder kein Fetzen Fleisch mehr an Eurem Körper ist.«

Der Blick aus den Bronzeaugen glitt zu Jaelyn, die die Tür hinter sich geschlossen hatte und nun neben Tane trat.

»Wenn wir so hart spielen wollen, täte ich das lieber mit der Frau. Ich will Euch nicht beleidigen, aber sie ist mehr nach meinem Geschmack.«

»Mich würdest du nicht überleben.« Sie beugte sich zu dem Mann hinunter und umfasste sein Kinn, nur um es mit einem Fauchen wieder loszulassen und ihre Hand zu schütteln, als habe sie sich verbrüht. »Verdammt.«

Tane runzelte die Stirn. »Was gibt es?«

Jaelyn blickte den Sylvermyst finster an, dem das Grinsen inzwischen vergangen war, und wich bis zur Tür zurück.

»Nichts.«

Tane ging einen Schritt auf sie zu. Er spürte, dass sich soeben etwas Bedeutsames ereignet hatte.

»Jägerin …«

»Beeilt Euch mit Eurer Vernehmung«, fauchte Jaelyn. »Ich erwarte, dass Ihr bis zum Einbruch der Nacht verschwunden seid.«

»Ist sie immer so charmant?«, spottete Ariyal, doch Tane entging der Unterton in seiner Stimme nicht. Was sich auch immer zwischen den beiden abgespielt hatte, es war dem Sylvermyst ebenso unangenehm gewesen wie Jaelyn.

Tane wandte sich wieder dem Gefangenen zu, brachte ihm zwei Schnittwunden an der Schulter bei und löste ein kleines Stück Fleisch ab.

»Ihr habt die Regeln vergessen«, sagte er.

Mit einem Fluch in einer fremden Sprache wich Ariyal dem über ihm aufragenden Schwert aus.

Tane beobachtete fasziniert, wie das Blut an der Klinge zischte und dann mit dem Stahl verschmolz, als absorbiere das Schwert Macht aus dem Blut.

Interessant.

»Fragt, was Ihr wollt«, stieß Ariyal hervor.

»Wie ist es Euch gelungen, der Verbannung der Sylvermyst zu entgehen?«

Der Kiefer des Mannes spannte sich an, doch er beantwortete die Frage, wenn auch widerwillig. »Unser Fürst handelte mit Morgana le Fay aus, dass wir uns an ihrem Zufluchtsort versteckt halten konnten.«

Verdammt, das war wirklich ein Pakt mit dem Teufel.

Tane zuckte erschrocken zurück. »Avalon?«

Ariyal zuckte die Achseln. »Welchen besseren Ort könnte es geben? Nichts kann den magischen Schild durchdringen.«

Tane konnte sich eine ganze Menge besserer Orte vorstellen.

Angefangen mit den feurigen Tiefen der Hölle.

Morgana le Fay war eine Größenwahnsinnige gewesen, die das Feenvolk terrorisiert hatte, ebenso wie jeden anderen Dämon, der zu schwach war, ihrer Magie zu widerstehen – bis ihre Seherin prophezeite, dass sie von einem Abkömmling ihres Bruders Artus in die Hölle verdammt werden würde.

Erwartungsgemäß war sie daraufhin auf ihre private Insel zurückgekehrt und hatte diese in eine dichte, vollkommen undurchdringliche Magieschicht gehüllt. Allerdings war sie gelegentlich in die Welt zurückgekehrt, in der Hoffnung, Artus' Nachkommen auszurotten.

Letzten Endes hatte sich das als eine schlechte Wahl herausgestellt.

»Worin bestand der Tauschhandel?«, fragte Tane.

Ariyal grinste, doch Tane spürte, wie sich sein Herzschlag beschleunigte und wie seine Handflächen plötzlich zu schwitzen begannen. Was auch immer in Avalon geschehen war, es konnte nichts Gutes sein.

»Wir waren Sklaven in ihrem Harem.« Er knirschte so laut mit den Zähnen, dass man jeden Augenblick erwarten musste, sie zerbrechen zu hören. »Sexsklaven.«

Tane schnitt eine Grimasse. Das wünschte er nicht einmal seinem schlimmsten Feind.

»Nach den Dingen, die ich über Morgana hörte, bin ich überrascht, dass Ihr es überlebt habt.«

»Viele überlebten es nicht.«

»Dann habt Ihr Glück gehabt, als es den Vampiren gelang, sie zu vernichten.«

Der Sylvermyst schnaubte verächtlich, und das Entsetzen wich aus seinen Augen, als er Tanes spöttische Bemerkung parierte.

»Sie wurde von König Artus' Nachfahrin besiegt.«

»Anna ist die Gefährtin eines Vampirs, und nur mit der Hilfe meiner Brüder überlebte sie, um Morgana le Fay zu bekämpfen«, sagte Tane mit kühler Logik. »Es hat den Anschein, dass Ihr in unserer Schuld steht.«

»Warum glaubt Ihr, ich wolle sie tot sehen?«

»Das ist eine Lüge«, entgegnete Jaelyn, die an der Tür stand. Ihre Stimme klang vollkommen ausdruckslos.

Tane lächelte. Er hatte vergessen, dass die Fähigkeiten eines Jägers oder einer Jägerin auch das Erspüren von Lügen einschlossen.

»Ihr habt mir keine direkte Frage gestellt«, meinte Ariyal und vermied es, in Richtung der Frau zu blicken. »Ich habe die Spielregeln nicht verletzt.«

Ja, da ging definitiv irgendetwas zwischen den beiden vor.

Aber das ging ihn nichts an.

Gott sei Dank.

»Weshalb seid Ihr an dem Kind interessiert?«, verlangte Tane stattdessen zu wissen.

»Wir wurden von der Vampirin und ihrem Zauberer damit beauftragt, das Kind zu finden.«

Tane warf Jaelyn einen Blick zu. Sie nickte. »Er sagt die Wahrheit, allerdings nicht die Ganze.«

»Ihr seid ein Söldner?«

Ariyal schwieg einen Augenblick lang und wählte dann seine Worte mit Bedacht. »Ich bin bereit, unsere Dienste zu verkaufen, wenn das Angebot stimmt.«

»Und welches Angebot machte Euch Marika?«

»Die Möglichkeit, das vermeintliche Kind des Fürsten der Finsternis ausfindig zu machen.«

»Vermeintlich?« Tane stürzte sich auf dieses Wort. Er war sich sicher, dass es kein Versprecher gewesen war. »Bestehen irgendwelche Zweifel an der Identität des Kindes?«

Der Sylvermyst fand schnell seine Fassung wieder. »Nur ein Dummkopf nimmt Gerüchte und zweifelhafte Volkssagen für bare Münze.«

Tane trat ungeduldig von einem Fuß auf den anderen. Ariyal war zu schlau. Er beantwortete die Frage gerade so ehrlich, um einer schmerzhaften Verstümmelung zu entgehen, doch verriet er Tane auch nicht einen einzigen wichtigen Punkt.

»Ihr hofft, den Fürsten der Finsternis in die Welt zurückholen zu können?«, drängte er.

»Die Sylvermyst haben ihn bereits verehrt, bevor die Vampire überhaupt aus ihren Höhlen krochen.«

Damit war er wieder einer eindeutigen Antwort ausgewichen.

Doch wenn er den Fürsten der Finsternis nicht zurückholen wollte, weshalb suchte er dann nach dem Säugling?

Das ergab alles keinen Sinn.

»Wie will Marika das Kind benutzen, um diesen Bastard zurückzuholen?«

Ariyal zuckte mit den Schultern. »Sie behauptet, der Magier verfüge über einen Zauber, der seine Essenz in dem Kind auferstehen lässt.«

Mit einem Knurren drückte Tane sein Schwert erneut an den Hals des Mannes. Enttäuschung und Verärgerung wallten in ihm auf.

Wie zum Teufel sollte er Laylah in Sicherheit bringen, wenn er derart im Dunkel tappte?

»Was führt Ihr wirklich im Schilde, Ariyal?«

Der Sylvermyst blickte ihm furchtlos in die zornig blitzenden Augen. »Ich habe Eure Fragen bereits beantwortet.«

Tane kam zu dem Schluss, dass er die Antworten wohl aus dem Bastard herausprügeln musste, spürte aber plötzlich einen Anflug von Angst.

Für einen Augenblick verwirrt, wich er zurück.

Doch dann schlug sein Herz hart gegen seinen Brustkorb, als er bemerkte, dass es sich um Laylahs Furcht handelte und nicht um seine eigene.

»Verdammt. Laylah braucht mich.« Er durcheilte die Zelle und öffnete die Tür, während Jaelyn ihm hastig auswich. »Tötet ihn noch nicht. Ich bin noch nicht fertig mit ihm.«

»Das kann ich Euch nicht garantieren«, hörte er sie murmeln, bevor er zurück zu Laylah stürmte.

KAPITEL 18

*E*s war das sichere Gefühl, von starken Armen in einer tröstlichen Umarmung gehalten zu werden, das Laylah aus ihrem Albtraum holte.

Immer noch zitternd versuchte sie, die schrecklichen Visionen von den Dämonen zu verdrängen, die sich an rohem Fleisch gütlich taten, während Städte abbrannten.

»Schsch, Laylah«, murmelte Tane und strich sanft über ihren Rücken. »Du bist in Sicherheit.«

»Das Kind!«, stieß sie mit erstickter Stimme hervor.

Widerstrebend lockerte Tane seinen Griff, um einen Blick in den Nebenraum zu werfen. Er kehrte so schnell zurück, dass Laylah kaum Zeit hatte, sich aus den schweißnassen Decken zu wühlen, bevor er sie wieder fest in seine Arme zog.

»Es scheint wohlauf zu sein.«

Erleichtert atmete sie auf und legte ihren Kopf auf seine nackte Brust.

»Götter, es war so schrecklich.«

»Es war nur ein Traum, meine Süße«, beruhigte er sie. Sein exotischer, männlicher Duft kitzelte sie in der Nase und ließ den Klumpen Angst in ihrer Magengrube kleiner werden.

»Da war Blut«, brachte sie heiser hervor und kuschelte sich an seinen harten Körper. »Die ganze Welt ertrank in Blut.«

»Denk nicht mehr daran«, flüsterte er.

»Es fühlte sich so echt an.«

»Du bist bei mir.« Er küsste sie auf den Scheitel. »Du befindest dich in Sicherheit.«

Laylah beruhigte sich, als sie merkte, dass sie sich zum ersten Mal in ihrem Leben wirklich sicher fühlte.

Das war … Wahnsinn.

Sie wurde von einer machtgierigen Vampirin, einem unmoralischen Magier, einer Horde böser Feenvolkmitglieder und Feinden, die noch in den Schatten lauerten, gejagt, wenn sie der Prophetin glauben konnte.

Aber wenn sie in Tanes Armen lag, hatte sie das Gefühl, nichts könne ihr etwas anhaben.

Einen Moment lang erlaubte sie es sich, dieses erstaunliche Gefühl zu genießen.

Zu schade, dass sie die Welt nicht ausschließen und bis in alle Ewigkeit mit Tane zusammenbleiben konnte.

Unwillig aufseufzend, wich sie ein Stück zurück, um Tane in die besorgten Augen zu blicken.

»Hast du den Sylvermyst befragt?«

Er stieß einen angewiderten Laut aus. »Wozu es auch immer gut sein mag.«

»Er wollte nicht antworten?«

»Ganz im Gegenteil, er lieferte mir eine ganze Reihe von Antworten«, meinte er trocken. »Doch keine davon brachte mich auch nur ein Stück weiter.«

Laylah verkniff sich ein Lächeln, als sie den scharfen Unterton in seiner Stimme hörte. Tane war daran gewöhnt, alle Leute, denen er begegnete, in Angst zu versetzen. Ganz offensichtlich machte es ihn wütend, dass er es nicht geschafft hatte, den Sylvermyst so einzuschüchtern, dass er von ihm die Informationen bekam, die er haben wollte.

»Arbeiten sie für meine Tante?«

»Ariyal behauptet es zumindest.«

Ariyal. Laylah hatte nur einen kurzen Blick auf den angeblich so bösen Feenvolkangehörigen geworfen, seine überwältigende Schönheit hatte sie aber überrascht.

Nicht, dass Schönheit irgendetwas zu bedeuten hatte.

Dschinnen waren berüchtigt dafür, die Gesichter von Engeln und die bösartigen Herzen von Teufeln zu besitzen.

Trotzdem hätte sie … etwas anderes erwartet.

»Glaubst du ihm nicht?«

Tane zuckte die Achseln. »Ich glaube, er hat seine eigenen Gründe, das Kind in seine Gewalt bringen zu wollen, und ist bereit, Marika zu benutzen, um den Säugling ausfindig zu machen.«

»Maluhia«, sagte Laylah leise.

»Was?«

»Ich habe dem Baby einen Namen gegeben«, erklärte sie. »Er bedeutet ›Frieden‹.«

Tane erstarrte, als wäre er eine Schaufensterpuppe. »Ich weiß, was er bedeutet. Der Name stammt von meinen Ahnen«, brachte er schließlich krächzend hervor. »Wieso hast du das getan?«

Laylah kaute auf ihrer Unterlippe herum.

Tane sah aus, als sei er gerade von einem Baseballschläger getroffen worden.

War das jetzt gut oder schlecht?

»Ich habe dir doch gesagt, dass ich dem Kind einen Namen geben wollte«, antwortete sie ausweichend.

»Weshalb hast du ihm diesen Namen gegeben?«

»Er gefiel mir.«

Ohne Vorwarnung fand sich Laylah flach auf dem Rücken liegend wieder, und ein sehr großer, sehr appetitlicher Vampir drückte sie gegen die Matratze.

Sie schmolz unter dem Gefühl seines harten Körpers dahin, der sich gegen sie presste, und war froh, dass sie sich die Zeit genommen hatte, alles bis auf ihren Slip und den Büstenhalter auszuziehen, bevor sie ins Bett gekrochen war.

Wenn sie jetzt nur noch ganz schnell diese Khakishorts loswerden könnte …

»Laylah, sag mir, warum.«

Sie blickte ihm in die honigfarbenen Augen und fühlte, wie wichtig ihre Antwort für ihn war.

»Der Name hat mich an dich erinnert.«

Er grub die Finger in ihr Haar. »Niemand könnte mich friedlich nennen.«

»Das wünsche ich mir für seine Zukunft«, sagte sie sanft, »aber ich hoffe, dass er, zum Mann gereift, Ehrgefühl besitzen wird, gepaart mit Stärke, um diejenigen zu beschützen, die er liebt, und Loyalität gegenüber seiner Familie wahrt.«

Mit einem Stöhnen senkte Tane den Kopf, um ihr einen Kuss auf die Stirn zu drücken.

»Du bringst mich um.«

Sie runzelte verwirrt die Stirn. »Ich dachte …«

»Was, meine Süße?«

»Ich dachte, du würdest erfreut sein.«

Er wich zurück und ließ eine bestürzende Verletzlichkeit erkennen, die Laylahs Herz einen Moment aussetzen ließ.

»Ich empfinde tiefste Demut«, flüsterte er.

Sie griff nach seinem wunderschönen Gesicht und legte beide Hände darum. »Niemals.«

Er ließ seine Finger durch ihr Haar und ihre Kehle entlang nach unten gleiten. Sein Daumen blieb auf ihrem Puls liegen, der dort pochte.

»Laylah, du hast gefragt, weshalb das Orakel mich brandmarkte.«

Sie fuhr zusammen und hob die Hand, um sie auf das merkwürdige Mal auf seiner Brust zu legen.

»Um dich zu bestrafen.«

»Nein. Um mich an dich zu binden.«

Götter.

Laylah schüttelte entsetzt und ungläubig den Kopf. Für einen dermaßen stolzen, unabhängigen Vampir kam es einer Folter gleich, gewaltsam an eine andere Person gefesselt zu werden.

»Warum machen die so was?«, keuchte sie.

Ihn schien es nicht zu entsetzen. In seinen Augen glühte sogar so etwas wie Vorfreude.

»Es spielt keine Rolle. Ich befand mich bereits in deiner Gewalt.«

Laylah kniff misstrauisch die Augen zusammen. Sie war eine Idiotin gewesen, damals in London, als sie angenommen hatte, ihre Magie sei stark genug, um einen Vampir zu kontrollieren.

»Ich glaube nicht, dass ich je wirklich Macht über dich hatte.«

Mit einer Bewegung seiner Hüften gelang es ihm, ihre Beine zu spreizen, und er ließ sich mit einem verführerischen Lächeln zwischen ihnen nieder.

»Ich wurde zu deinem Sklaven, doch das hat nichts mit Dschinnmagie zu tun, sondern allein damit, dass mich deine reine Weiblichkeit verzaubert hat.«

Ein Hitzegefühl breitete sich in ihrem Körper aus, als sie fühlte, wie sich seine heftige Erektion gegen die Innenseite ihres Oberschenkels presste. Oh, das war fast perfekt. Sie musste sich nur ein- oder zweimal hin- und herschlängeln, dann wäre er genau da, wo sie ihn brauchte.

»Sklave, ja?«, stieß sie mit rauer Stimme hervor.

»Es ist die Wahrheit, meine Süße.« Er streifte mit den Lippen über ihre Wange und hielt inne, um an ihrem Mundwinkel zu knabbern. Instinktiv schlang sie die Arme um seine breiten Schultern und ließ sie über seinen Rücken nach unten gleiten. Ein Gefühl der Freude durchdrang sie. Wie schön. Sie könnte Stunden damit verbringen, die harten Muskeln zu erkunden, die sich unter ihrer Berührung bewegten. »Du bist ein Teil von mir, ob mit oder ohne Zauber«, sagte er mit belegter Stimme, in der die Leidenschaft und die Tiefe seiner Gefühle für sie mitschwangen. Sie wich ein Stück zurück, erstaunt und nachdenklich über seine ernste Miene.

»Was meinst du damit?«

»Du bist bereits meine Seelengefährtin. Ich will es offiziell machen.«

Laylahs Verstand schaltete sich ab, und gleichzeitig fing ihr Herz an, so heftig zu pochen, dass es sich fast überschlug. Es prallte gegen ihre Rippen wie eine Flipperkugel.

»Gefährtin?«

Er verzog die Lippen. »Bist du schockiert oder entsetzt?«

»Ich bin fassungslos«, gestand sie unumwunden.

Er legte die Stirn in Falten, als irritierte ihn ihre Reaktion.

»Dachtest du tatsächlich, ich hätte dich tagelang verfolgt, mich der Kommission und meinem eigenen Anasso widersetzt, als ich dich versteckt habe, und meinen eigenen Hals riskiert, weil ich nichts Besseres zu tun hatte?«

»Aber ich bin doch ein Dschinnmischling«, erwiderte sie. Diese Aussage erklärte alles.

Dschinnmischlinge verbanden sich mit niemandem.

Und damit war alles gesagt.

Wenigstens *sollte* damit eigentlich alles gesagt sein.

Tane schien davon allerdings nichts wissen zu wollen. Er schenkte ihr ein gefährliches Lächeln.

»Ich hasse es, dich zu enttäuschen, meine Süße, doch ich weiß bereits alles, was wichtig ist.«

»Ich bin eine Ausgestoßene.«

»Und ich etwa nicht?«

Sie stieß einen ungeduldigen Laut aus. »Ich bin unberechenbar.«

»Du bist eine Frau.« Sein Lächeln wurde breiter. »Von Frauen erwartet man das.«

»Idiot.« Sie ballte die Hand zur Faust und verpasste ihm einen Schlag gegen den Rücken, der ihm ein Ächzen entlockte. Verdammt. War er vollkommen wahnsinnig geworden? Oder war er nur deswegen so fasziniert von ihr, weil das zu seinem Schuldkomplex gehörte? Schließlich war sie die richtige Ansprechpartnerin für einen Vampir mit einem Selbstzerstörungstrieb. »Du würdest es nicht mehr so lustig finden, wenn ich dich aus Versehen mit einem Blitz treffen oder dein Versteck in Schutt und Asche legen würde.«

Er eroberte ihre Lippen mit einem Kuss, der sie vor Leidenschaft erglühen und ihre Selbstkritik in Flammen aufgehen ließ.

Und der nebenbei dafür sorgte, dass sich ihre Zehen einrollten.

»Solange du bei mir bist, ist nichts anderes mehr wichtig«, sagte er an ihren Lippen.

Sie fuhr ihm durch seine Haare. »Du musst doch wissen, wie verrückt das Ganze ist.«

»Werde meine Gefährtin, Laylah«, drängte er sie mit funkelnden Augen. »Sag Ja.«

Eigentlich sollte sie Nein sagen.

Hatte sie etwa die furchtbaren Unfälle vergessen, die im Lauf der Jahre passiert waren? Um Gottes willen, sie hatte mehr als einen Dämon getötet, als sie ihre Kräfte nicht mehr kontrollieren konnte.

Allerdings war das nur aus Notwehr geschehen, flüsterte eine

Stimme in ihrem Hinterkopf. Und keiner dieser Dämonen war auch nur annähernd so unverwüstlich wie ein Vampir.

Und …

Und sie liebte ihn.

Die reine Einfachheit ihres Gefühls beendete ihren inneren Dialog.

»Ja«, sagte sie.

Er stöhnte und drückte seine Stirn gegen ihre. »Gott sei Dank!«

Laylah streichelte die angespannten Muskeln an seinem Hals und machte sich auf seinen Biss gefasst. Sie hatte keine Angst davor. Erregung sprudelte in ihr, so berauschend wie Champagner. Aber sie hatte seine Fangzähne bereits aus nächster Nähe begutachten können. Es schien ihr unmöglich zu sein, dass es nicht wenigstens ein bisschen wehtat.

Tane überraschte sie allerdings, indem er ihre Lippen mit langsamen, berauschenden Küssen zermalmte. Er schmeckte nach wildem Feuer. Und Sex. Und Macht.

Eine tödliche Kombination.

Seine Hände glitten an ihrem Körper entlang nach unten und zogen ihr erst den Büstenhalter und dann den Slip mit erfahrener Mühelosigkeit aus, um dann zu weiteren intimen Erkundungen zurückzukehren, die sie vor Lust erschauern ließen. Er streichelte über ihre Schultern, und seine Daumen liebkosten ihre Brustwarzen, bis sie sich in sehnsuchtsvolle Spitzen verwandelt hatten. Und die ganze Zeit über küsste er sie mit einer vollkommenen Inbrunst, die ihr das Blut durch die Adern peitschte.

Das Verlangen in ihr wuchs, daneben spürte sie aber auch etwas anderes, etwas Neues.

Den Hunger, ihn an ihrer Kehle zu spüren, während er seine Fangzähne tief in ihr Fleisch grub.

Tane, der vielleicht spürte, dass sie zu ungeduldig für eine Marathonverführung war, stand nur kurz auf, um seine Shorts auszuziehen, bevor er wieder zu ihr zurückkehrte und sich auf sie legte. Sein Mund suchte ihre Brustspitze.

Zustimmend stöhnte er, als sie mit den Händen über seinen Rücken kratzte und ihre Nägel dann in seine Hüften bohrte.

Mit Zunge und Zähnen reizte er die geschwollene Knospe, und sein Penis rieb gegen ihre Klitoris, bis sie bereit war, nach Erlösung zu flehen. Dann wandte er seine Aufmerksamkeit ihrer anderen Brust zu und ließ seine Hand hinunterwandern, um einen Finger zwischen Laylahs Schamlippen gleiten zu lassen. Er fand den winzigen Punkt, der die Quelle ihrer Lust bildete, bemerkenswert mühelos.

»Tane …«, stieß sie mit erstickter Stimme hervor.

»Ja, meine Süße.«

»Ich brauche dich!«

Als hätten ihre Worte den dünnen Faden seiner Selbstbeherrschung zerreißen lassen, knurrte Tane leise, und mit einem einzigen harten Stoß drang er tief in sie ein.

Laylah keuchte auf. Sie fühlte sich zum Zerreißen angespannt. Dann schlang sie mit einem kehligen Stöhnen genüsslich ihre Beine um seine Hüften.

»Meine«, stieß er heiser hervor und grub sein Gesicht in ihre Halsbeuge. »Meine Gefährtin.«

Sie erzitterte, als seine Zunge eine feuchte Spur auf der Linie ihrer Drosselvene hinterließ, legte den Kopf nach hinten und bot ihm das, was er sich wünschte. Tane zögerte nicht. Mit einem rauen Stöhnen durchdrang er mit seinen Fangzähnen ihre Haut. Seine Hände hielten ihre Hüften fest, als sie sie nach oben stieß, machtvoll von einer überwältigenden Lust überkommen.

Götter.

Sie umschlang ihn mit ihren Armen und hielt sich an ihm

fest, als er anfing, mit den Hüften im gleichen Rhythmus zu pumpen, mit dem er ihr Blut saugte.

All diese Gefühle zusammengenommen waren …

Einfach überwältigend.

Laylah ließ sich glücklich in den Strudel der Glückseligkeit fallen und begegnete jedem seiner Stöße, wodurch sie ihrem Orgasmus schnell näherkam, sogar noch, bevor er eine kleine Menge seiner Macht freisetzte. Sie schrie, als der winzige Stromstoß sie beide über die Kante warf und sie sich in eine Million Stücke zerschmettert fühlte.

Noch versunken in den überwältigenden Genuss, fühlte sie, wie er seine Fangzähne herauszog und die kleinen Stichwunden sanft schloss. Sie schwebte in einer paradiesischen Benommenheit und empfand bereits die tiefer gewordene Verbindung zwischen ihnen.

Er verteilte eine Reihe von Küssen auf die Mulde unterhalb ihres Ohres, und seine Hände streichelten über die Rundung ihrer Hüfte, bis er sie schließlich um ihre geschwollenen Brüste legte.

»Du bist an der Reihe«, flüsterte er.

Bereitwillig grub Laylah ihre Finger in seinen Irokesenschnitt, und Erregung flammte in ihr auf. Sie war keine Expertin, was Vampirbeziehungen betraf, wusste aber, dass sie erst halb miteinander verbunden waren.

Erst, wenn sie sein Blut getrunken hatte, wären sie wirklich aneinander gebunden.

Laylah nahm sich nicht die Zeit, um über die Schmerzen nachzudenken, die sie ihm gleich zufügen musste, sondern hob den Kopf, um ihre Zähne tief in das Fleisch an seinem Hals zu graben. Sie hatte zwar keine Fangzähne, schaffte es aber, genügend Blut hervorquellen zu lassen, bis ein kleines Rinnsal ihr die Kehle hinunterlief.

Tane stöhnte befriedigt. »Laylah …«

Ihr blieb die Luft weg, als sie mit einer nie gekannten Intimität von der Gegenwart Tanes durchdrungen wurde. Es fühlte sich an, als ob …

Sie holte zitternd Luft.

Es fühlte sich an, als ob er ein Teil von ihr wäre, so tief in ihr verwurzelt, dass es unmöglich war zu wissen, wo er begann und wo sie endete.

Und tief in ihrem Herzen vergraben, ruhten die Bande seiner Liebe, die so hell leuchteten wie das edelste Gold.

Sie senkte den Kopf und sah ihm in die Honigaugen mit dem wilden Blick. »Du gehörst mir.«

Seine Hüften begannen sich in einem langsamen, köstlichen Tempo zu bewegen. »Für immer und ewig.«

Tane und Laylah lagen eng umschlungen in der Mitte des Bettes. Er ließ seine Finger zärtlich über das blutrote Muster gleiten, das auf der Haut ihres Unterarms zu erkennen war.

Dies war das Mal ihrer Verbindung.

Sein Mal.

Ebenso, wie er ein entsprechendes Mal an seinem Arm hatte, das Laylahs Anspruch auf ihn offenbarte.

Auch wenn es für ihn keines Mals bedurfte, um ihre Verbundenheit miteinander zu beweisen.

Sie war die andere Hälfte seiner Seele.

Obwohl das etwas abgedroschen klang, entsprach es dennoch der Wahrheit.

Seine Lippen zuckten. Wenn jemand ihm vor zwei Wochen erzählt hätte, dass er so eingebildet wie ein Pheral-Dämon mit einem Harem voll Harpyien sein würde, weil er mit einem Dschinnmischling verbunden war, hätte er nur gelacht. Oder der betreffenden Person das Herz herausgeschnitten.

Tane hob Laylahs Arm und presste seine Lippen auf ihren Handteller. Sein Körper regte sich prompt wieder, obgleich er die vergangenen vier Stunden damit verbracht hatte, diese Frau zu lieben. Ganz gewiss würde er niemals genug von Laylah bekommen.

Er ignorierte die nahende Dämmerung und genoss stattdessen den Duft des Frühlingsregens, der ihn einhüllte wie eine warme Decke.

Diesen kostbaren Augenblick lang wollte er die Welt jenseits der geschlossenen Tür vergessen …

Eine Hand donnerte gegen die Tür. Na, da hatte sich jemand den besten Zeitpunkt ausgesucht, um zu stören. Die Kälte von Jaelyns Macht wirbelte durch die Luft.

So viel zum Thema »die Welt vergessen«.

»Öffnet die Tür, Charon«, befahl die Jägerin.

»Verschwindet«, knurrte Tane und schlang schützend die Arme um seine Gefährtin.

Eine Pause trat ein, als würde die Vampirin sich zurückziehen. Dann hörte er sie leise fluchen.

»Der Sylvermyst ist entkommen«, gestand sie schließlich.

»Verdammt.«

Tane glitt vom Bett. Betrübt beobachtete er, wie Laylah ihre Jeanshose und das elastische T-Shirt anzog, ehe sie sich das Tarnungsamulett um den Hals legte.

Dieser Sylvermyst-Bastard würde dafür bezahlen, dass er diese einzigartige Nacht der Verbindung mit Laylah gestört hatte.

Sobald sich Tane seine Shorts übergestreift hatte, schnallte er sich das gestohlene Schwert auf den Rücken und steckte zwei Dolche in den Hosenbund. Dann zog er Laylah in die Arme und küsste sie leidenschaftlich. Es war das Versprechen, die aufgeschobenen Freuden nachzuholen.

Sie erwiderte seinen Kuss. Dann schob sie ihn weg und kicherte über seine unverhohlene Frustration.

»Später«, meinte sie sanft.

Er öffnete die Tür und rief sich vor Augen, dass er Laylah umso schneller ganz für sich allein hatte, je eher sie Marika und ihre fröhliche Bande von Sonderlingen vernichteten.

Hätte es einen besseren Grund geben können, gleich loszulegen?

»Was ist geschehen?«, erkundigte er sich, als Jaelyn das Zimmer betrat, noch immer in schwarzes Lycra gekleidet und mit ihrer Lieblingsschrotflinte ausgestattet.

Ihre Miene versteinerte sich. »Das wird noch untersucht.«

Tane zog die Brauen zusammen. Wich sie seiner Frage aus?

»Habt Ihr ihn aus der Zelle gelassen?«

Sie knurrte, und Zorn funkelte in ihren Augen. »Dumme Fragen machen mich wütend.«

Tane bewegte sich mit einer Geschwindigkeit, der nur ein sehr erfahrener Vampir hätte folgen können, und drückte ihr mit grimmiger Miene seinen Dolch unter das Kinn.

»Und bockige Findlinge, die ständig beweisen müssen, wie tough sie sind, machen mich wütend.«

Jaelyn zitterte und verkniff es sich, einen Vampir, der größer, böser und älter als sie war, weiter zu provozieren.

»Ich bin kein Findling«, stieß sie hervor.

Tane kniff die Augen zusammen. »Ihr seid kaum der Kinderstube entwachsen, und wenn Ihr denkt …«

»Ja, ja«, unterbrach Laylah die beiden abrupt und stellte sich neben Tane. »Ihr seid beide die Größten.« Sie wandte sich an Jaelyn. »Wie ist er entkommen?«

Etwas, das nach Verlegenheit aussah, zeichnete sich auf dem Gesicht der jungen Vampirin ab. Dann entfernte sie sich ein wenig von Tanes Dolch und gewann wieder die Fassung zurück.

»Die Überwachungskamera zeigte, wie er einfach …«, sie verzog das Gesicht, »verschwunden ist.«

Laylah runzelte die Stirn. »Durch ein Portal?«

»Das sollte eigentlich nicht möglich sein«, murmelte Jaelyn. »Die Zelle war mit Blei ausgekleidet.«

Tane zuckte die Schultern. »Wir wissen nicht, über welche Magie die Sylvermyst verfügen. Insbesondere Ariyal.«

In Jaelyns Augen flackerte ein blaues Feuer auf. »Er wird nicht weit kommen.«

Tane hob die Augenbrauen. Es war die Grundregel jeden Jägers und jeder Jägerin, der Beute gegenüber innerlich Abstand zu wahren. Jede Emotion, ob nun Ärger, Hass oder Anziehung, würde ihre erheblichen Fähigkeiten nur trüben.

Der Sylvermyst schien ihr eindeutig unter die Haut zu gehen.

»Das tut nichts zur Sache, der Schaden ist bereits angerichtet«, meinte er.

Laylah warf ihm einen verblüfften Blick zu. »Was für ein Schaden?«

»Er weiß, wo wir uns aufhalten.«

Sie erbebte. »Und das bedeutet, er wird es meiner Tante weitererzählen.«

Tane war sich dessen nicht annähernd so sicher wie sie, doch es war nicht der richtige Zeitpunkt, über seinen Verdacht bezüglich des Sylvermyst zu diskutieren. Nicht, wenn es nur ein vages Gefühl war.

»Diese Gefahr besteht sicherlich«, entgegnete er.

Jaelyn trat einen Schritt zurück. Ihre Schrotflinte lehnte an ihrer Schulter.

»Ich werde mein Bestes tun, um sie von Eurer Fährte abzubringen.«

Tane neigte den Kopf. »Wir stehen in Eurer Schuld.«

»Keine Sorge, ich hege die feste Absicht, die Schulden einzutreiben.«

Mit einem spöttischen Lächeln drehte Jaelyn auf dem Absatz um, lief durch den Gang davon und war rasch verschwunden.

Tane schüttelte den Kopf. Wie konnte eine Frau nur ein solches Miststück sein?

Laylah, die neben ihm stand, stieß einen Seufzer aus. »Das ist mal eine Frau, die auf sich selbst aufpassen kann.«

Tane blickte sie schockiert an. »Du beneidest sie doch nicht etwa.«

»Doch, das tue ich«, erwiderte Laylah, die Lippen zu einem wehmütigen Lächeln verzogen. »Ich war mein ganzes Leben davon abhängig, dass andere mich beschützten.«

Er nahm ihr Gesicht in seine Hände. »Es gibt Zeiten, in denen wir alle von anderen abhängig sind. Aus diesem Grund gibt es doch Clans, Familien und Rudel.« Sein Daumen fuhr über die sinnliche Wölbung ihrer Unterlippe. »Gefährten und Gefährtinnen.«

»Aber …«

»Laylah, du hast nicht nur überlebt, obgleich du vom Tage deiner Geburt an gejagt wurdest, sondern du hast die Welt vor einem bedrohlichen Weltuntergang beschützt.« Er blickte ihr forschend in das wunderschöne Gesicht und fragte sich, wie es sein konnte, dass sie nicht begriff, wie unglaublich sie in Wahrheit war. »Nicht schlecht.«

Ihre Lippen zuckten, und sie setzte ein reuevolles Lächeln auf. »Wenn du es so siehst …«

Er beugte sich zu ihr hinunter, um ihr ins Ohr zu flüstern: »Natürlich würde es mir nichts ausmachen, dich in dieser Lycrakleidung zu sehen.«

»Hmmm.« Sie biss leicht in seine Kehle, und augenblicklich

durchzuckte weißglühende Begierde seinen ganzen Körper bis direkt in den Penis. »Nur, wenn du ganz, ganz lieb bist.«

»Ich ziehe es vor, ganz, ganz böse zu sein«, knurrte er. Es gelang ihm nur mühsam, dem Drang zu widerstehen, sie wieder auf das Bett zu werfen. »Unglücklicherweise haben wir keine Zeit. Wir müssen hier verschwinden.«

»Genau das denke ich auch«, sagte eine leider nur zu vertraute Stimme hinter ihm. »Wohin gehen wir?«

Tane wandte sich um und betrachtete den kleinen Gargylen mit festem Blick. »Levet, wir benötigen eine Ablenkung.«

Laylah packte ihn am Arm. »Warum brauchen wir eine Ablenkung?«

»Falls Ariyal imstande ist, Portale zu erschaffen, wird es nicht lange dauern, bis er deine Tante abgeholt hat und zurückgekehrt ist.«

Sie schüttelte den Kopf. »Da gibt es irgendwas, das du mir verschweigst.«

Tane seufzte. Er hatte die Nebenwirkungen der Verbindung vergessen. Niemals wieder würde er in der Lage sein, Laylah anzulügen.

Das war nicht unbedingt immer günstig.

»Ich habe das Gefühl, dass Ariyal deine Tante benutzen wollte, um das Kind aufzuspüren«, räumte er ein, »doch nachdem er dich nun gefunden hat, plant er, die Angelegenheit in die eigenen Hände zu nehmen.«

»Welche Angelegenheit?«

»Ich habe nicht die Absicht, das herauszufinden.« Er warf dem Gargylen einen Blick zu. »Aber ich benötige deine Hilfe.«

Levet verschränkte die Arme vor seiner schmalen Brust. »Ah, also soll ich zurückbleiben und zum Märtyrer werden?«

»Das ist doch genau das, was Helden tun.«

Der Gargyle zögerte. Zweifelsohne überlegte er, ob er seinem Wunsch folgen sollte, bei Laylah zu bleiben, oder seinem eigenartig idealistischen Naturell.

»Das ist wahr«, gab er schließlich zu und stieß einen tragischen Seufzer aus. »Schließlich und endlich bin ich ein Ritter in schimmernder Rüstung.«

Laylah kniete sich vor den Dämon. »Nur versprich mir bitte, dass du kein Ritter sein wirst, der dumme Risiken eingeht.«

Levet warf mit einem verschmitzten Grinsen einen Seitenblick auf Tane, bevor er Laylah einen Kuss auf die Wange gab.

»Ich verspreche es, dir zuliebe.«

Tane griff nach unten, um den Arm seiner Gefährtin zu ergreifen und sie sanft wieder auf die Beine zu ziehen.

Dieser verdammte Gargyle.

»Wir müssen gehen«, sagte er.

Levet flatterte mit den Flügeln. »Wie finde ich euch?«

Tane öffnete den Mund, um das Scheusal davon in Kenntnis zu setzen, dass es mit seiner Suche in der Hölle beginnen konnte, aber Laylah überraschte sie beide.

»Wir werden in Sibirien sein.«

Er warf ihr einen verwirrten Blick zu. »Weshalb zum Teufel reisen wir nach Sibirien?«

»Kassandra hat zu mir gesagt: ›Um das Ende zu finden, musst du an den Anfang zurückkehren‹.«

KAPITEL 19

*K*urz vor der Morgendämmerung fanden sie sich in Styx'
Versteck wieder.

Laylah war nicht erfreut darüber, aber Tane hatte sie davon
überzeugt, dass sie das, was sie erfahren hatten, an den Anasso
weitergeben mussten, ganz zu schweigen davon, dass sie noch
einen weiteren Tag Ruhe gebrauchen konnte, bevor sie mit
einem Baby und einem Vampir als Mitreisende das Schattenwandern versuchte.

Jetzt hatte sie sich in einem Schlafzimmer im Obergeschoss
hingelegt, und er hatte seinen König in dessen privatem Arbeitszimmer aufgesucht, um Laylah tatsächlich zu etwas Schlaf
zu verhelfen.

Verdammt.

Allein der Gedanke daran, wie sie auf dem riesigen Bett
ausgestreckt dalag, goldene Satinlaken über ihren nackten Körper gebreitet, ließ ihn hart werden. Sie würde überhaupt nicht
mehr zur Ruhe kommen, wenn er seine Libido nicht unter
Kontrolle bekam.

Er stand an den massiven Schreibtisch gelehnt und beobachtete, wie Styx den Raum mit großen Schritten durchmaß,
während er Tanes Bericht über die Geschehnisse der letzten
Zeit lauschte.

»Darcys Schwester ist eine Prophetin?«, fragte er schließlich und zog an dem Amulett, das ihm um den Hals hing, während der in seinen langen Zopf geflochtene Türkisschmuck den Raum mit einem musikalischen Klimpern erfüllte. »Verdammt.«

Tane grinste. »Ihr verfügt über interessante angeheiratete Verwandte.«

»Wem sagt Ihr das?« Styx blieb mitten im Büro stehen, die Arme vor seinem enormen Brustkorb verschränkt. »Wir hatten gerade Besuch von Darcys Mutter.«

Tanes Lächeln wurde noch breiter. Darcys Mutter war eine Rassewölfin, die häufigen und harten Sex bevorzugte. Je öfter, desto besser. Nach einem Besuch seiner Schwiegermutter musste Styx seinen Raben normalerweise eine ganze Woche Urlaub geben, nur damit sie sich davon erholen konnten.

Dann fiel ihm der Zeitpunkt auf, und er krümmte sich vor Lachen. »Sie kam während des Vollmondes zu Besuch?«

Styx konnte daran nichts Komisches erkennen. »Sie war … erschreckend.«

Tane richtete sich wieder auf, und seine Belustigung schwand. »Da wir gerade von Müttern sprechen: Habt Ihr von Uriel gehört?«

»Victor sandte eine Mitteilung, dass Uriel die Gruft entdeckt hätte, in der die Zigeunerin festgehalten wurde, doch bei ihrer Flucht ergaben sich einige Schwierigkeiten.«

Das klang gar nicht gut.

»Schwierigkeiten?«

»Er führte es nicht bis ins letzte Detail aus, hat aber versprochen, eine Nachricht zu schicken, sobald sie in sein Versteck gebracht würde und er zu dem Entschluss gelangt sei, dass sie für Laylah keine Gefahr darstelle.«

»Gut.« Tane nickte. Wenn es nach ihm ginge, würde es der Zigeunerin nicht gestattet sein, sich in Laylahs Nähe aufzuhalten, bis der letzte Beweis erbracht war, dass es sich bei ihr tatsächlich um Laylahs Mutter handelte. Unglücklicherweise spürte er, dass seine Gefährtin womöglich eine andere Meinung dazu hatte. »Sie benötigt keinerlei unnötige Ablenkung. Nicht jetzt.«

Styx forschte mit ernster Miene in seinem Gesicht. »Sie ist fest entschlossen?«

»Ihr könnt Euch gar nicht vorstellen, wie sehr.«

»Soll das ein Scherz sein?«, fragte Styx ungläubig. »Ich bin das beste Beispiel für einen Mann, dessen Gefährtin entschlossen ist, bei jeder Gelegenheit im Namen der Wahrheit ihren Hals zu riskieren.«

Tane verzog das Gesicht zu einer Grimasse. »Wird es irgendwann einfacher?«

»Nein.«

»Vielen Dank.«

Styx zuckte mit den Achseln. »Wäre es Euch lieber gewesen, wenn ich gelogen hätte?«

Hmmm. Waren die Unwissenden wirklich selig?

Darauf hatte Tane keine Antwort.

Und schließlich und endlich spielte es auch keine Rolle.

Laylah war die Seine. Und gleichgültig, mit wie viel Ärger oder Schrecknissen er sich in Zukunft würde herumschlagen müssen – nichts würde ihn davon abhalten, seine Verbindung zu Laylah als Wunder zu empfinden.

Es war Zeit für einen Themenwechsel.

»Habt Ihr etwas Neues über die Sylvermyst herausgefunden?«

»Nicht viel.« Styx' Miene versteinerte. Es gefiel ihm nicht, dass es dem bösartigen Feenvolk gelungen war, seinen Aufenthaltsort geheim zu halten. Und auch die Tatsache, dass sie nicht sicher abschätzen konnten, wie groß die Gefahr war, die von ihnen ausging, behagte ihm nicht gerade. »Jagr hat die wenigen Informationen studiert, die er in seiner Bibliothek über sie zu finden vermochte.«

»Und?«

»Nach dem, was er dort erfahren konnte, verfügen sie über die gleiche Art der Magie wie das übrige Feenvolk. Sie sind imstande, Portale zu erschaffen, Zauber zu wirken und Gegenstände zu verzaubern. Darüber hinaus können sie die üblichen Illusionen kreieren.«

Tane stieß sich von Styx' Schreibtisch ab. Diese Informationen waren so gut wie nutzlos.

»Styx, bei ihnen handelte es sich nicht um das typische Feenvolk.«

»Das stimmt«, räumte Styx ein, und seine Augen verdüsterten sich verärgert. »Aber sie waren stets verschwiegen und verkehrten kaum je mit anderen Dämonen, sodass die Wahrheit über ihre Kräfte bis heute im Verborgenen liegt. Nun gibt es nicht mehr als beinahe vergessene Gerüchte.«

»Was erzählt man sich?«, erkundigte sich Tane. Gerüchte waren besser als nichts.

»Eins der Gerüchte besagt, sie hätten eine weitaus höhere Widerstandsfähigkeit gegenüber Eisen als ihre Verwandten.«

»Das ist kein Gerücht, sondern eine Tatsache. Dieser Bastard verschwand aus einer Zelle, die vollständig aus Eisen bestand und mit Blei ausgekleidet war, während er gefesselt war. Ich habe noch nie von einem Mitglied des Feenvolkes gehört, das dazu in der Lage wäre.« Er verdrängte sein Bedauern, dass sie diesen Bastard nicht ständig bewacht hatten. Woher hätten sie auch wissen können, dass er imstande war, ein Portal zu erzeugen, obgleich er von so viel Blei umgeben gewesen war, dass es die meisten Feenvolkangehörigen getötet hätte? »Was noch?«

»Sie können mit den Toten sprechen.«

Tane erschauerte bei der unerwarteten Enthüllung. »Wie bezaubernd.«

»Mehr als bezaubernd«, entgegnete Styx. »Sie können Geister zwingen, ihnen zu dienen.«

»Meint Ihr damit, sie verfügen über Gespenstersklaven?«

Styx erhob warnend eine Hand. »Tut die Gefahr, die davon ausgeht, nicht als unwesentlich ab, Tane. Es existieren Geister, die selbst einem Vampir schaden können. Und die mächtigeren Totengeister sind imstande, Seelen in die Unterwelt zu ziehen.«

Tane hatte von Dämonen gehört, die die Kunst der Totenbeschwörung beherrschten, doch diese konnten kaum jemals mehr tun, als mit denjenigen zu kommunizieren, die in die Unterwelt übergewechselt waren.

Wenn man tatsächlich imstande wäre, die Kontrolle über einen Totengeist zu übernehmen …

Er erstarrte plötzlich. »Verdammt.«

»Was gibt es?«

»Jaelyn muss gewarnt werden«, erklärte Tane.

»Keine Sorge«, beruhigte Syx ihn. »Ich habe bereits DeAngelo und Xander ausgesandt, um sie aufzuspüren.«

Tane schüttelte den Kopf. Jaelyn war eine echte Nervensäge, doch sie war auch eine echte Jägerin.

»Sie werden sie niemals finden.«

Styx betrachtete ihn mit neugieriger Miene. »So gut ist sie?«

»Die Beste, die mir je begegnet ist.«

»Hervorragend.« Der Anasso lächelte. »Ich benötige eine Jägerin. Vielleicht werde ich sie einladen, sich meinen Raben anzuschließen.«

Tane schnaubte. Er versuchte sich vorzustellen, wie die reizbare Frau versuchte, mit den riesigen, überaus arroganten Vampiren Freundschaft zu schließen, aus denen Styx' Leibwache bestand.

Ganz gewiss würde Blut fließen.

»Besser Ihr als ich.«

»Aus welchem Grunde?«

»Sie besitzt die Einstellung eines tollwütigen Dachses.«

Styx war unbeeindruckt. »Ich erinnere mich an einen anderen Vampir mit beeindruckenden Fertigkeiten und einer garstigen Grundhaltung«, erwiderte er. »Ich musste ihm regelmäßig in den Hintern treten, doch schließlich gelang es mir, ihn zu zähmen.« Er zuckte mit den Schultern. »Oder vielleicht fand ich lediglich ein Mittel, um sein ungezähmtes Naturell in geregelte Bahnen zu lenken.«

Tane verzog das Gesicht zu einer Grimasse. Er dachte kaum noch an diese Zeit zurück. Nachdem er gezwungen gewesen war, Sung Li zu töten, hatte er sich vor der Welt versteckt und kaum besser als ein tollwütiges Tier in den Höhlen der Nordmongolei gelebt.

Er war sich nicht sicher, wie viel Zeit vergangen war, als Styx zum ersten Mal bei ihm auftauchte, doch er wusste, dass er sein Bestes getan hatte, um den riesigen Azteken zu töten. Er wusste nicht, dass Styx ein Diener des früheren Anasso war, und es wäre ihm auch gleichgültig gewesen, wenn er es gewusst hätte. Er wäre froh gewesen, wenn es dem unbekannten Vampir gelungen wäre, seiner elenden Existenz ein Ende zu setzen.

Doch Styx führte den tödlichen Schlag nicht aus.

Stattdessen trat er den Rückzug an und kehrte in der folgenden Nacht zurück. Er setzte sich auf einen Felsen in der Nähe von Tanes Höhle und ließ schließlich eine Decke dort zurück. In der nächsten Nacht kam er einige Meter näher und hinterließ einen Stapel Bücher. In der Nacht darauf war es saubere Kleidung.

Seine Geduld war bemerkenswert, und allmählich vertraute ihm Tane immerhin so sehr, dass er ihn wieder in die Zivilisation zurückbringen konnte. Und schließlich bildete er ihn zu seinem Charon aus.

Damals hatte Tane nicht gewusst, weshalb der andere Vampir sich so viel Mühe mit ihm gegeben hatte.

Erst in den Monaten danach hatte er entdeckt, dass sie beide die gleiche schicksalhafte Sünde begangen hatten.

Styx hatte den Wahnsinn des früheren Anasso gedeckt, bis es beinahe zu spät gewesen war.

Ihnen war das Gefühl bohrender Schuld und Reue gemeinsam, das niemand sonst wirklich nachempfinden konnte.

»Ich habe niemals …«

»Verdammt, nein«, unterbrach ihn Styx und zog die Augenbrauen drohend zusammen. »Wenn Ihr mit solchen Gefühlsduseleien anfangt, werfe ich Euch hinaus.«

»Ich verdanke Euch mein Leben«, erwiderte Tane beharrlich. »Und das werde ich nicht vergessen.«

»Ihr habt diese Schuld mehrfach vergolten.« Styx hielt inne, als sei ihm urplötzlich ein Gedanke gekommen. »Natürlich gehe ich davon aus, dass ich mir nun einen neuen Charon suchen muss.«

»Ja.« Tane lächelte, als er bemerkte, dass er nicht länger das dringende Bedürfnis verspürte, seine Schuld zu sühnen. Laylah hatte die Wunden verheilen lassen, die ihn seit so langer Zeit gequält hatten. »Ich werde mich meiner Gefährtin widmen, sobald wir Ordnung in dieses Chaos gebracht haben.«

Ein geheimnisvolles Lächeln legte sich auf Styx' Lippen. »Wir werden sehen.«

Tane erstarrte. »Mir gefällt der Klang Eurer Worte nicht.«

»Ich benötige jederzeit loyale Vampire.«

»Ich glaube nicht, dass es Laylah glücklich macht, wenn ich zu Euren Raben gehören würde.«

Ein boshaftes Glitzern war in den Augen des uralten Vampirs

zu erkennen. »Ich dachte eher an eine Verbindung zur Kommission.«

Tane gab einen erstickten Laut des Unglaubens von sich. Styx wünschte, dass er mit einer Gruppe verhandelte, die aus mächtigen Dämonen bestand, welche dazu in der Lage waren, ihn einfach aus einer Laune heraus in eine Kröte zu verwandeln?

Auf gar keinen Fall.

»Lieber ließe ich mir den Kopf abschlagen«, erwiderte er. Er meinte es todernst.

Styx zuckte mit den Achseln. »Darüber können wir später noch sprechen.«

»Darüber werden wir niemals sprechen«, knurrte Tane und ging auf die Tür zu. Offensichtlich hatte der Anasso seinen verdammten Verstand verloren. »Ich werde mich nun zu meiner Gefährtin begeben, bevor Ihr mir den Vorschlag unterbreitet, als Übersetzer für die Höllenhunde zu fungieren.«

Styx lachte leise. »Bei Einbruch der Nacht werde ich Euch ein Nachtmahl schicken.«

Tane warf einen Blick über die Schulter. »Sorgt dafür, dass Schokoladenkuchen dabei ist. Laylah liebt Kuchen.«

»Ich bin nicht zum mächtigsten Magier der Welt aufgestiegen, um durch einen feuchtkalten Wald zu stapfen«, jammerte Sergei. Er wirkte entschieden mitgenommen, mit dem Haar, das ihm lose ins schmale Gesicht hing, und der teuren Kleidung, die irreparabel ramponiert war. »Meine Schuhe sind vollkommen ruiniert.«

Marika war in gewisser Weise ebenso unglücklich wie er, als Sergei mithilfe seines Zaubers endlich auf Laylahs Fährte stieß, denn sie entdeckte, dass diese geradewegs ins Versteck des Anasso führte.

Dies war der einzige Ort, an den Marika ihr ganz gewiss nicht folgen konnte.

Diese lästige kleine Schlampe.

Doch wie groß Marikas Ärger auch sein mochte – sie war zu klug, um den Sylvermyst, denen sie befohlen hatte, das Chicagoer Anwesen zu umstellen und zu bewachen, ihre Zweifel an dem bevorstehenden Triumph zu offenbaren.

Schlimm genug, dass ihr Anführer Ariyal während des Kampfes mit den Baumgeistern verschwunden war. Dieses lächerliche Feenvolk hielt das für ein schlechtes Omen. Sie würde nicht zulassen, dass Sergeis bockiges Benehmen den Glauben der Sylvermyst an ihre Führerschaft noch weiter unterhöhlte.

Es war einfach zu schade, dass sie diesen Dummkopf noch immer benötigte.

Sie würde großen Gefallen daran finden, ihn öffentlich zu opfern.

»Halte den Mund, du Narr«, zischte sie. Die beiden standen in der Nähe der Baumgrenze, und Marika vertraute darauf, dass Sergeis Versteckzauber sie den Blicken der Raben des Anasso entziehen würde. »Seit wir London verlassen haben, hast du nichts anderes getan, als dich zu beschweren.«

Er kniff in kindischem Groll die Lippen zusammen. »Ich besitze eine schwache Konstitution.«

»Du blamierst alle Magier der Welt«, spottete Marika. »Selbst das Feenvolk betrachtet dich als rückgratlosen Dummkopf.«

»Ach ja, Eure kostbaren Sylvermyst.« Er warf einen Seitenblick auf die schlanken Krieger, die in der Finsternis unter den Bäumen kaum zu sehen waren. »Sagt mir, Marika, wo genau hält sich Ariyal auf?«

Marikas Miene verriet nichts von dem Zorn, den sie wegen Ariyals Verschwinden empfand.

Oder von dem Verdacht, dass er sich der Sache wohl nicht ganz so verschrieben hatte, wie er es zu tun vorgab.

»Offensichtlich wurde er gefangen genommen oder getötet.«

»Oder er wechselte die Seiten.«

Marikas Zunge spielte an der Spitze ihres Fangzahnes. Dieser erinnerte sie daran, dass sie Sergei trotz all seiner magischen Fähigkeiten mit einem einzigen Biss töten konnte.

»Bist du eifersüchtig, Sergei?«

»Eifersüchtig auf ein Mitglied des Feenvolkes, das endlose Jahrhunderte damit verbracht hat, für Morgana le Fay die Hure zu spielen?« Trotz seines verächtlichen Tonfalls gelang es ihm nicht gänzlich, den neidischen Unterton in seiner Stimme zu verbergen. Ariyal hatte sich gar nicht erst bemüht, seine Belustigung ob der überheblichen Haltung des Magiers zu verstecken. Der Sylvermyst als geborener Anführer seines Volkes hatte es nicht nötig, magische Tricks anzuwenden, um sich Respekt zu verschaffen. »Wohl kaum.«

Marika lachte mit grausamer Freude. »Er ist mehr Mann, als du jemals sein wirst.«

»Er ist ein Dämon, dessen Loyalität an den Meistbietenden verkauft wird«, fauchte der Magier. »Seid vorsichtig, meine Liebe. Möglicherweise benutzt er Eure eigene Armee, um Euch zu verraten.«

Die Tatsache, dass sie selbst mehr als einmal von dieser Befürchtung heimgesucht worden war, erzürnte Marika.

Kalt betrachtete sie Sergei. »Der einzige Verräter, der in meinen Diensten steht, bist du, Magier.«

Sergei war ein arroganter Kerl, doch er hegte keinen Todeswunsch. Also ließ er das Thema fallen und warf stattdessen einen Blick auf das Haus, das von einem Dutzend Vampiren bewacht wurde.

»Wie lange wollt Ihr hier warten?«

»So lange, wie Laylah und der Säugling hier verweilen.«

»Sie könnten für den Rest der Ewigkeit im Versteck des Anasso bleiben.«

»Dann warten wir eben so lange.«

Sergei verkniff sich eine ärgerliche Erwiderung und wandte sich um, um durch das dichte Gestrüpp zu schreiten, die Hände zu Fäusten geballt.

Marika ließ ihn schmollen und wandte ihre Aufmerksamkeit wieder dem Versteck des Anasso zu. Wenn Laylah zumindest über einen Funken Verstand verfügte, würde sie unter dem Schutz des Vampirkönigs bleiben, aber sie hatte bereits bewiesen, dass sie willens war, lächerliche Risiken einzugehen, wenn es darum ging, das Kind zu beschützen.

Irgendwann würde es sie dazu drängen, das Gebäude zu verlassen.

Und wenn es so weit war, wäre Marika darauf vorbereitet.

Sie würde ihr nicht noch einmal entkommen.

Es war beinahe Mitternacht, als Sergei unvermittelt auf die Knie fiel und den Kopf schüttelte, als versuche er, einen klaren Kopf zu bekommen.

»Verdammt«, stieß er hervor.

Marika wirbelte herum, um ihn missmutig anzublicken. »Was gibt es jetzt schon wieder?«

»Jemand hat soeben die Höhle in Sibirien betreten.«

»Welche Höhle?«

Er hob langsam den Kopf. »Die Höhle, in der ich das Kind gefunden habe.«

Marika beobachtete, wie der Magier sich aufrappelte. Ihr wurde unbehaglich zumute.

»Woher weißt du das?«

»Ich habe Alarmvorrichtungen installiert, für den Fall, dass unerwünschte Besucher die Höhle heimsuchen.«

»Es könnte sich um ein Tier oder einfach um einen neugierigen Menschen handeln.«

Sergei schüttelte den Kopf. »Nein, der Zauber wurde so gewirkt, dass er einfache Eindringlinge nicht beachtet, selbst wenn sie die natürlichen Barrieren überwinden.«

»Also ist es ein Dämon?«

Marika wanderte ruhelos auf dem unebenen Boden hin und her. Eine düstere Vorahnung krampfte ihr den Magen zusammen.

Es gab für Dämonen keinen Grund, in einer dermaßen kalten, trostlosen Höhle herumzustreunen. Selbst diejenigen, die die Kälte bevorzugten, mieden diese Gegend wegen der aktiven Vulkane und des Mangels an Beute.

»Oder jemand, der imstande ist, Magie anzuwenden«, fügte Sergei hinzu.

Marika blieb stehen. Ein düsterer Verdacht keimte in ihr auf und vergiftete ihre Gedanken.

»Laylah«, keuchte sie.

Sergei runzelte die Stirn. »Ich habe keine Möglichkeit, das zweifelsfrei herauszufinden.«

Marika selbst jedoch zweifelte nicht daran.

Dieses wertlose Biest war genau wie seine Mutter.

Störrisch, rebellisch und nicht willens, sich mit Anstand dem unvermeidlichen Schicksal zu ergeben.

Glücklicherweise würde sich der Mischling sehr bald in Marikas Gewalt befinden. Dann würde sie dieses Kind lehren, den Leuten, die im Rang über ihm standen, zu gehorchen. Dabei spielte es keine Rolle, wie schmerzhaft die Lektionen sein würden.

Ein Lächeln der Vorfreude kräuselte ihre Lippen.

Es gefiel ihr, Leuten Gehorsam beizubringen.

»Sie ist es«, erklärte sie, jetzt vollkommen zuversichtlich.

»Das ergibt aber keinen Sinn.« Sergei fuchtelte verwirrt mit den Händen. »Weshalb sollte sie zu einer leeren Höhle in den eiskalten Bergen Sibiriens reisen?«

»Sie muss wohl irgendwelche Informationen über das Kind herausgefunden haben«, schloss Marika und starrte zornig die Villa an. Es machte sie rasend, dass Laylah ihre Kräfte nutzen konnte, um sich fortzuschleichen. »Was, wenn diese Hündin danach trachtet, den Fürsten der Finsternis selbst zu rufen?« Sie wandte Sergei den Rücken zu und ging zu dem Sylvermyst, der ihr am nächsten stand. »Wir müssen gehen.«

Der Magier beeilte sich, sie trotz ihrer großen Schritte einzuholen. »Marika, wartet!«

»Wir haben keine Zeit zu verlieren.«

»Habt Ihr die Möglichkeit bedacht, dass es sich hier um eine Falle handeln könnte?«

Marika blieb abrupt stehen und durchbohrte Sergei mit einem misstrauischen Blick.

»Eine Falle?«

»Was wäre besser geeignet, Euch von ihrer Spur abzulenken, als Euch um die halbe Welt zu schicken?«, antwortete Sergei. Ganz eindeutig versuchte er verzweifelt, der unbequemen Reise nach Nordsibirien auszuweichen.

Marika tippte mit der Zunge gegen die Spitze eines ihrer Fangzähne und dachte über die Schlüssigkeit von Sergeis Worten nach. Sie hätte nicht so lange überlebt, wäre sie impulsiv gewesen.

Oder dumm.

Schließlich ging sie weiter zu dem kupferhaarigen Sylvermyst, den sie zu ihrem neuesten Geliebten gemacht hatte. Er war nach Ariyal der Zweite in der Rangliste, aber weitaus … gefügiger.

Ihre Schritte wurden langsamer bei der schmerzhaften Erinnerung daran, wie Ariyal ihre Avancen zurückgewiesen hatte. Er hatte nicht einmal vorgegeben, in ihr mehr zu sehen als ein Mittel zum Zweck.

Ärgerlich unterdrückte sie diesen Gedanken.

Der Bastard lag zweifelsohne schon im Grab.

Nur war es wirklich schade, wenn man bedachte, dass er der weitaus mächtigste Angehörige der Sylvermyst und ihr unbestrittener Anführer gewesen war. Als Katastrophe konnte man es aber wohl kaum bezeichnen.

Marika war Meisterin darin, jede Situation zu ihrem Vorteil zu nutzen.

»Nein, sie können unmöglich gewusst haben, dass du einen Zauber gewirkt hast, der dich vor Eindringlingen warnt«, erwiderte sie. Ihre feste Stimme machte ihm deutlich, dass sie über diesen Punkt nicht diskutieren würde.

Sergei fluchte und beeilte sich, sie einzuholen. »Und was würde geschehen, wäre es ein Dämon, der zufällig in der Höhle umherstreift?«, wollte er wissen. »Bis wir unseren Fehler erkannt hätten, könnte die Dschinn ihr Versteck hier verlassen haben und schon lange verschwunden sein.«

»Da wir nun neue Freunde haben, wird das aber nicht geschehen.« Marika blieb direkt vor Tearloch stehen und strich mit den Fingern über seine glatte, cremefarbene Haut. »Wir können die Höhle durchsuchen und zurückkehren, bevor Laylah fliehen kann.«

»Das wird uns noch leidtun«, murmelte Sergei.

»Bleib hier, wenn du möchtest, du Feigling.« Mit festem Griff führte Marika den teilnahmslosen Tearloch tiefer in den Wald, fort von neugierigen Blicken. Sie hegte nicht die Absicht, Laylah zu verraten, dass sie sehr bald Überraschungsbesuch bekommen würde. »Ich lasse nicht zu, dass mir jemand den Ruhm raubt, der mir zusteht.«

Während Marika ihren Begleiter auf die kleine Lichtung zuführte, ignorierte sie Sergei, der hinter ihnen hertrottete. Er stolperte über das Strauchwerk, als er sich durch die Dunkelheit kämpfte.

»Marika, wartet!«, drängte er, als sie die Hand des Sylvermyst ergriff und sich darauf vorbereitete, mit ihm durch sein Portal zu reisen. »Ich glaube, diesen idiotischen Gargylen gesehen zu haben …«

Marika, der der Geduldsfaden riss, wandte sich um und packte Sergei an den Haaren. Sie zog ihn mit einem Ruck zu sich, als sich ein schimmerndes Loch vor ihnen zu bilden begann.

»Noch ein Wort, und ich reiße dir die Zunge heraus.«

KAPITEL 20

*T*ane besaß keine Erinnerungen an das Leben, das er geführt hatte, bevor er als Vampir erwacht war.

Sein Körper jedoch hatte eine instinktive Vorliebe für die warmen Strände und die tropischen Düfte des Südpazifiks behalten. Wer schwömme nicht lieber in einem vom Mondlicht durchfluteten Ozean, als in einem feuchtkalten Versteck an einem Feuer zu kauern?

Dadurch wurde die Ankunft in der eiskalten Höhle auf der Halbinsel Kamtschatka nur noch unerfreulicher.

Götter. Tanne hatte gedacht, nichts könne schlimmer sein, als sich durch die sonderbaren Nebel zwischen den Welten zu bewegen. Bis Laylah an seiner Hand gezogen hatte und sie auf dem schmalen Felsvorsprung eines Berges gelandet waren, mit Blick auf …

Ein eisiges Ödland.

Das nach Schwefel roch.

Er rümpfte die Nase über den beißenden Geruch ferner Geysire, die auf vulkanische Aktivität hinwiesen. Es würde ihn überhaupt nicht überraschen, wenn eines dieser verdammten Dinger ausbräche, während sie sich hier aufhielten.

Zumindest war er unempfindlich gegen die Kälte.

Im Gegensatz zu Laylah, die sich in einen dunklen Umhang gehüllt hatte, der auch ausreichend Schutz für den Säugling, den sie in den Armen hielt, bot. Außerdem hatte sie pelzgefütterte Stiefel angezogen, die ihre Füße gegen den mit Eis bedeckten Boden schützten.

Tanes einziges Zugeständnis an die Kälte war ein T-Shirt, das eng genug war, um seine Bewegungen nicht zu behindern, und eine Khakihose. Sie bedeckte die Dolche, welche in Halftern an beiden Knöcheln, an der Seite und hinten in Höhe der Lenden steckten. Darüber hinaus hatte er sich das Sylvermyst-Schwert auf den Rücken geschnallt und eine Handfeuerwaffe in seine Hosentasche gesteckt.

Er hasste es, nicht angemessen ausgestattet zu sein, wenn es zu einem Kampf kam.

Allerdings gab es noch immer die winzige Hoffnung, dass er Laylah überzeugen konnte, in Styx' Versteck zurückzukehren, bevor sie wieder einmal angegriffen wurden.

Er verzog die Lippen.

Nein.

So viel Glück hatte er nicht.

Ein eiskalter Luftstoß erfasste sie, zerrte an Laylahs Umhang und hätte sie beinahe über den Rand der steilen Klippe stürzen lassen.

Den gottverlassenen Berg, die Kälte und die Sturheit von Dschinnmischlingen verfluchend, packte Tane Laylah an den Schultern und zog sie zurück, wobei er sorgsam darauf achtete, das Bündel in ihren Armen nicht zu stören.

»Bist du sicher, dass du uns nicht in eine weitere Höllendimension gebracht hast?«, fragte er vorwurfsvoll.

Sie entzog sich seinem Griff und drehte sich mit einem schiefen Lächeln um. »Es ist sehr kahl, aber wenn man will, kann man auch die herbe Schönheit hier entdecken.«

Die Parallele zu ihm war unübersehbar. Sie musste es nicht erst laut aussprechen.

»Und du bist eine Expertin darin, Schönheit selbst an den unmöglichsten Orten zu finden, nicht wahr, meine Süße?«

Sie ließ ein selbstgefälliges Lächeln aufblitzen. »Ich erkenne eine gute Sache, wenn ich sie sehe.«

»Aber erst, nachdem ich dich gefangen genommen und zu akzeptieren zwang, dass ich dazu bestimmt bin, der deine zu sein.«

Ihre herrlichen Augen funkelten neckisch. »Woher willst du wissen, dass ich mich nicht nur geziert habe?«

Eine allumfassende Wärme breitete sich in seinem Herzen aus. Als er Laylah zum ersten Mal begegnet war, war sie von einem bitteren Groll und einer Furcht erfüllt gewesen, nur ein Schatten ihrer selbst.

Natürlich war ein Teil dieser Furcht geblieben und würde auch nicht verschwinden, bevor sich das Kind in Sicherheit befand.

Doch die Bitterkeit war verblasst und Zufriedenheit an ihre Stelle getreten. Tane warf sich in die Brust vor selbstgefälliger Freude.

Er war absolut davon überzeugt, ihr erblühendes Glück sei einzig und allein sein Verdienst.

»Weil das, was ich an dir am meisten bewundere, deine Echtheit ist, deine Weigerung, etwas oder jemanden darzustellen, das oder der du nicht bist. Deine Aufrichtigkeit ist …« Er erschauerte bei dem Gedanken an die unendlich vielen Jahre der Lügen und Täuschungen, die seine Beziehung zu Sung Li bestimmt hatten. »Eine Wohltat.«

»Wirklich?« Ihr Gesichtsausdruck war verführerisch. »Ich habe noch andere Wohltaten zu bieten.«

Ein Knurren drang tief aus seiner Kehle. »Hast du noch nicht gelernt, dass es gefährlich ist, einen Vampir zu reizen?«

»Aber es macht so viel Spaß.«

Er eroberte ihre Lippen mit einem wilden, schmerzhaft kurzen Kuss, bevor er zurückwich und einen Blick zur schmalen Höhlenöffnung warf.

Hinter dem Eingang konnte er mehrere Tunnel wahrnehmen, die zickzackförmig in die Tiefen des Berges führten.

»Müssen wir das wirklich tun?«

»Ja.«

»Hier existiert kilometerweit überhaupt nichts, nicht einmal eine Frostelfe.«

Mit einer Grimasse steuerte Laylah auf die Höhle zu und schlüpfte durch den Eingang.

»Das ist der Ort, an dem ich sein soll.«

Tane hielt sich dicht neben ihr und zog sein Schwert, bereit für den unvermeidlichen Angriff.

»Das gefällt mir nicht.«

»Ich kann auch nicht behaupten, darauf versessen zu sein, mich hier aufzuhalten, aber ich muss die Wahrheit über Maluhia herausfinden.«

»Und was dann?«

Laylah ging direkt auf den nächsten Tunnel zu und führte Tane die grob gehauenen Stufen hinunter.

»Wenn es ungefährlich ist, will ich jemand finden, der ihn von dem Stillstandszauber erlöst.«

Tane stolperte und blieb stehen, als sie eine weitere kleine Höhle betraten. Diese war ebenso kahl, frostig und wenig verheißungsvoll wie die Höhle, die jetzt über ihnen lag.

»Verdammt«, stieß er hervor.

Laylah drehte sich um und sah ihn besorgt an. »Was ist denn los?«

»Mir ist gerade bewusst geworden, dass ich …«, seine Zunge stockte bei dem unvertrauten Wort, »Vater sein werde.« Er blickte sie finster an, als ihr Gelächter die unheilvolle Atmosphäre durchbrach, die seit langer Zeit in den vergessenen Höhlen herrschte. »Was ist daran so komisch?«

»Ich versuche mir vorzustellen, wie du das T-Ball-Team trainierst.«

Er lächelte und zog Laylahs Umhang auf, wodurch das Kind zum Vorschein kam, das sie in den Armen hielt.

Vampire konnten sich auf ihre eigene Art fortpflanzen. Einige spürten sogar eine Eltern-Kind-Verbindung zu dem »Nachkommen«, den sie »gezeugt« hatten, doch Tane hatte nie daran gedacht, einen Findling zu zeugen. Verdammt, er hatte sich auch keine Gefährtin gewünscht.

Er hatte es bereits einmal geschafft, eine Beziehung vollkommen zu vermasseln, und hatte keinerlei Bedürfnis nach einer Wiederholung verspürt.

Bis Laylah in sein Leben getreten war.

Und dann Maluhia.

Sie waren eine Familie.

Seine Familie.

Und er würde sterben, um sie zu beschützen.

»Vielleicht nicht gerade T-Ball«, räumte er widerstrebend ein. Was war überhaupt T-Ball? »Aber ich kann ihn lehren, seine Präsenz geheim zu halten, wenn er seine Beute jagt, und wie man mit bloßen Händen tötet und …«

»Das reicht«, protestierte sie lachend und schüttelte den Kopf.

»Was?«

Sie sah hinunter auf das Kind. »Vielleicht müssen wir uns Hilfe holen hinsichtlich unserer Erziehungskompetenz.«

Er trat auf sie zu und drückte seine Lippen auf ihre Stirn. »Was gibt es sonst noch Wichtiges, als das Kind zu lieben und zu beschützen?«

Laylah hob den Kopf, und in ihren Augen schimmerte die warme Zuneigung, die zwischen ihnen herrschte.

»Überhaupt nichts«, antwortete sie sanft. Dann straffte sie merklich ihre Schultern und ging auf die kleine Kammer im hinteren Bereich der Höhle zu. »Lass uns das hier hinter uns bringen.«

Sie hatte erst einige wenige Schritte zurückgelegt, als sie plötzlich anhielt.

»Was ist geschehen?«, erkundigte sich Tane.

Sie zitterte. »Ich habe gefühlt, wie …«

»Was?«

»Ich glaube, wir haben einen Zauber ausgelöst.«

»Verdammt.« Tane hielt sein Schwert gezückt und drehte sich langsam im Kreis, wobei er seinen Blick durch die Höhle schweifen ließ. Als sich nichts ereignete, murmelte er einen Fluch. Lieber wäre er bei Vollmond gegen einen tollwütigen Werwolf angetreten, als in eine magische Falle zu tappen. Wie tötete man etwas, das man nicht sehen konnte? »Weshalb geschieht denn nichts?«

»Es muss nicht notwendigerweise ein Angriffszauber sein.« Laylah verzog das Gesicht. »Es könnte ein Alarm sein.«

»Sergei«, knurrte Tane.

»Wahrscheinlich«, gab sie zu. »Er war schon immer ein paranoider Arsch.«

»Wenn er erfährt, dass wir uns hier aufhalten, wird es nicht lange dauern, bis er ungebeten und samt deiner Tante auf der Bildfläche erscheint.« Er warf ihr einen Blick zu. »Wir müssen gehen.«

»Er kann unmöglich wissen, wer oder was seinen Zauber ausgelöst hat. Außerdem dauert es Stunden, wenn nicht gar Tage, bis sie hier sein könnten.«

»Nicht mit den Sylvermyst.«

»Oh.« Laylah machte ein saures Gesicht. »Die Portale.«

»Genau. Es wäre zu riskant hierzubleiben.«

Sie biss sich besorgt auf die Unterlippe. »Es tut mir leid, Tane. Ich weiß selbst nicht, warum, aber wir müssen bleiben. Das Baby muss sich hier aufhalten.«

»Laylah.« Er biss die Zähne zusammen, als sie geradewegs in die kleine Kammer ging und sich dann durch einen schmalen Spalt in der Wand zwängte. »Wohin gehst du?«

»Ich weiß es nicht.«

»Perfekt.« Tane zwängte sich zwischen den Felsen hindurch und opferte dabei Haut, die ihm an mehreren Körperstellen abgeschürft wurde, und sogar ein Haarbüschel. »Das sind nicht so ganz die Flitterwochen, auf die ich gehofft hatte.«

Sie schaute über die Schulter zu ihm auf, und ihr verführerisches Lächeln ließ ihn seine schmerzenden Wunden und den ganzen Ärger vergessen.

Verdammt, ein Lächeln wie dieses hätte ihn einen Atomangriff vergessen lassen können.

»Ich werde dir Flitterwochen bereiten, die du nie vergessen wirst, sobald wir dafür gesorgt haben, dass Maluhia in Sicherheit und von dem Stillstandszauber befreit ist.«

Er stöhnte, als er ihre kehlige Stimme hörte. »O Gott, Frau. Du bringst mich noch ins Grab.«

Sie zwängten sich durch eine weitere Biegung in dem Gang, bevor dieser sich zu einem großen Loch hin öffnete. Laylah keuchte plötzlich auf und eilte über den Steinboden, wo sie vor einem Spalt stehen blieb, der in der Luft erkennbar wurde.

»Hier«, flüsterte sie.

Tane hielt vor dem schimmernden Nebel an. Bei dem Anblick überlief ihn ein eiskalter Schauder.

Es gab nur sehr wenige Dinge, die einen uralten Vampir ängstigen konnten.

Dies war eines davon.

»Hier fandest du das Kind?«

»Ja. Es war mitten im Nebel versteckt.«

Tanes Körper spannte sich an, als der Luftdruck in der Höhle sich veränderte. Das war die einzige Warnung, ehe sich ein Portal öffnete.

»Verdammt.«

Als Tane herumfuhr und sein großes Schwert schwenkte, wusste Laylah augenblicklich, dass es Ärger geben würde.

Der Verdacht bestätigte sich umgehend, als sie merkte, wie sich in der Höhle über ihnen ein Portal öffnete.

»Laylah, lauf!«, stieß Tane hervor und trat zwischen sie und den Gang, durch den sie die Höhle betreten hatten.

Ausnahmsweise widersprach Laylah nicht.

So sehr es ihr auch widerstrebte, Tane mit der gefährlichen Situation alleinzulassen – er selbst hatte sie gezwungen, sich bewusst zu machen, dass das Wohl des Kindes an erster Stelle stand. Immerhin hatte sie die Pflicht übernommen, Maluhia vor seinen Feinden zu beschützen.

Sie durfte nicht zögern. Nicht einmal, wenn der Gedanke, Tane verlassen zu müssen, ihr einen schmerzhaften Stich ins Herz versetzte.

Leider war sie jedoch nicht so schnell wie ein Vampir.

Sie sprintete zur Höhlenöffnung, kam aber stolpernd zum Stehen, als ein eiskalter Luftstoß sie mit der Wucht eines Schlages traf.

Marika.

Die schöne Vampirin, die aussah, als sei sie gerade der *Vogue* entstiegen, betrat die Höhle. Ihr dunkles Haar fiel ihr in perfekten Locken über den Rücken, und ihr schlanker Körper steckte in einer schwarzen Seidenhose sowie einem dazu passenden Oberteil. An ihren Füßen prangten sogar schwarze Pumps.

»Sie wird nirgendwohin gehen«, schnurrte Marika und hob eine schlanke Hand, als Sergei und ein Sylvermyst mit kupferrotem Haar plötzlich hinter ihr auftauchten. »Wo ich mir solche Mühe gegeben habe, diese seit langer Zeit überfällige Familienzusammenführung zu arrangieren.« Sie kniff die Augen zusammen, um Laylah prüfend anzusehen. Dann schnellte ihr Blick zu Laylahs Unterarm, auf dem nun das Mal ihrer Verbindung mit Tane prangte. »Was hast du getan, mein Kind?«

Es gab einen weiteren Luftstoß, als Tane herbeieilte, um sich Marika in den Weg zu stellen.

»Laylah, geh!«

Marika knurrte, und ihre dunklen Augen glühten, als sie drohend mit dem Finger auf Laylah wies.

»Wenn du nur einen Schritt machst, wird Sergei deinen Gefährten vernichten.«

Laylah schnaubte. Zumindest war Marika nicht so dumm, damit zu drohen, dass sie den riesigen Vampir selbst töten wolle. Sogar Laylah konnte spüren, dass Tane dazu in der Lage war, sie zu vernichten, ohne sich sonderlich anzustrengen.

»Hör nicht auf sie.« Tane richtete sein Schwert direkt auf den Magier, der kreidebleich wurde. »Ich werde dem Magier das Herz herausschneiden und es ihm in die Kehle stopfen.«

Laylah leckte sich über die Lippen. Eine verrückte Idee begann in ihrem Kopf Gestalt anzunehmen.

Sie verfügte zwar nicht über Tanes rohe Gewalt oder die bösartige Gerissenheit ihrer Tante, aber sie war geübt im Überleben trotz aller Widrigkeiten. Und manchmal musste sie deshalb zu Tricks greifen.

»Wie könnte ich sie ignorieren?«, spottete sie und kümmerte sich nicht um Tanes wütenden Blick. Stattdessen warf sie einen betonten Blick auf das Kind in ihren Armen. »Du klingst wie eine kaputte Platte, Tantchen Marika. Zuerst meine Mutter und jetzt mein Gefährte. Wenn du mich haben willst, warum kommst du nicht einfach und holst mich?«

Erwartungsgemäß flammte in den dunklen Augen Wut auf. Diese Frau war wirklich peinlich leicht zu provozieren.

»Du Hündin!«

Marika eilte auf sie zu, aber Laylah kannte den Fluchtweg bereits.

Darauf vertrauend, dass Tane ihr Zeit verschaffen würde, rannte Laylah auf den kleinen Gang im hinteren Bereich der Höhle zu.

Tane schwang sein Schwert und zwang Marika, einen Satz nach hinten zu machen, während Laylah durch einen kleinen Gang verschwand.

Sie fauchte enttäuscht und hieb mit der Hand durch die Luft. Tane verspürte einen stechenden Schmerz und blickte nach unten, wo er eine tiefe Schnittwunde, die in seiner Brust klaffte, entdeckte. Manche Vampire waren in der Lage, anderen auf diese Art Verletzungen beizubringen, aber glücklicherweise reichte Marikas Macht nicht weiter, als Fleischwunden zuzufügen. Tanes Schwertarm erlitt dadurch jedoch eine vorübergehende Schwäche.

Tane warf das Schwert in die andere Hand, doch die Vampirin schlüpfte bereits an ihm vorbei, um Laylah zu verfolgen. Er wollte ihr nachsetzen, ächzte aber erschrocken auf, als es ihn hochwirbelte und er durch die Luft flog. Schließlich prallte er gegen die Wand der Höhle. Das Schwert fiel zu Boden, und er wurde mit vernichtender Wucht gegen den kalten Felsen gedrückt.

Diese verdammte Magie.

»Lass mich frei, Magier!«, brüllte er. Beim Klang seiner Stimme rannte der Sylvermyst vor Entsetzen davon, und Sergei erbebte vor Angst. »Ich schwöre, dass du das sonst bis in alle Ewigkeit bedauern wirst!«

»Ich bedauere den Augenblick, in dem ich Marika zum ersten Mal begegnete, Vampir«, erwiderte der Magier. Seine Stimme klang heiser vor Aufrichtigkeit. »Ihr könnt mir nichts androhen, was schlimmer wäre als das, was sie mir antun würde, wenn ich sie je wieder hinterginge.«

Tane unterdrückte das Bedürfnis, den Magier detailliert aufzuklären, wie sehr er sich täuschte. Denn die Dinge, zu denen Tane in der Lage war, würden dem Magier eine Ewigkeit lang Albträume garantieren.

Stattdessen entschied er sich dafür, die Rolle des guten Polizisten zu spielen. Bei *CSI: Miami* funktionierte das schließlich auch.

»Dann lass uns über mein Angebot verhandeln.«

Sergei blickte sich nervös in der leeren Höhle um. »Ich höre«, sagte er schließlich.

»Was willst du?«

»Ich will Marika tot sehen.«

»Abgemacht.«

Der Magier veränderte augenblicklich seine Position, und ein gerissenes Glitzern verdrängte das Entsetzen in seinen Augen. »Und das Kind?«

Tane unterdrückte ein Knurren. »Das kommt nicht infrage.«

»Es ist Euch nicht von Nutzen. Ohne meine Fähigkeit, es von dem Stillstandszauber zu befreien, taugt es höchstens als Briefbeschwerer.«

Tane wehrte sich gegen die unsichtbaren Bänder, die ihn gefesselt hielten, und sehnte sich verzweifelt danach, dem Magier die Kehle herauszureißen, bevor er Marika zur Strecke brachte und ihr den Kopf abschlug.

»Was willst du denn mit dem Kind?«

»Soll das ein Scherz sein?« Der Magier betrachtete Tane. Diese Frage schien ihn ehrlich zu entsetzen.

»Dieses Balg brächte mir auf dem Schwarzmarkt ein Vermögen ein. Ich könnte mich endlich zur Ruhe setzen und in dem Luxus leben, den ich mir für meine Zukunft vorstelle.«

Das kam unerwartet.

Tane runzelte die Stirn. »Du hegst nicht die Absicht, den Fürsten der Finsternis auferstehen zu lassen?«

Sergei zuckte die Schultern. »Nicht, wenn ich ein besseres Angebot erhalte.«

»Ich verfüge über Geld, wenn es das ist, was du willst.«

»Wie viel?«

»Nenne deinen Preis«, sage Tane, ohne nachzudenken.

Das war ein Fehler.

Ein Mann, der bereitwillig ein Kind auf dem Schwarzmarkt verkaufte, konnte einfach kein Verständnis für Tanes vollkommene Gleichgültigkeit gegenüber dem riesigen Vermögen besitzen, das dieser im Laufe der Jahrhunderte angehäuft hatte. Natürlich musste er annehmen, dass Tane nicht die Absicht hatte zu bezahlen, da er nicht verhandeln wollte.

Sergei wich zurück und schüttelte den Kopf. »Nein, ich traue Euch nicht.«

Tane verfluchte seine Dummheit.

»Aber Marika traust du?«, bellte er.

»Dieses Übel kenne ich wenigstens in- und auswendig«, erwiderte der Magier und wollte in die gleiche Richtung verschwinden wie Marika.

Und Laylah.

Tane unterbrach für einen Augenblick seine Fluchtversuche, schloss die Augen und ließ seine Sinne nach außen strömen.

Er ortete Laylah mühelos, die durch einen Tunnel rannte und tiefer in das Innere des Berges vordrang. Marika war ihr auf den Fersen. Ein heftiger Zorn übermannte ihn, doch er richtete seine Aufmerksamkeit verbissen auf den fliehenden Sergei.

Aus der großen Entfernung konnte er Marika zwar nicht aufhalten, aber er konnte den Magier daran hindern, ihnen zu folgen.

Tane setzte all seine Fähigkeiten ein und erfüllte die Luft mit einem winzigen Machtimpuls, wobei er nicht in die Richtung zielte, in die Laylah gelaufen war, sondern entgegengesetzt. Der Magier verfügte über keinerlei Fähigkeit, die Frauen mit seinem Geruchssinn zu wittern, doch zweifellos vermochte er, Laylah anhand der kleinen Stromschläge, die sie freisetzte, wenn sie zornig oder aufgeregt war, zu orten.

Wenn Tane den Bastard von ihr ablenken könnte, dann besäße Laylah eine Chance, sich vor Marika in Sicherheit zu bringen.

Wieder und immer wieder sandte er die winzigen Impulse aus. Ein kaltes Lächeln bildete sich um seinen Mund, als er spürte, wie der Magier sich in dem ungeheuren Spinnennetz aus Tunneln zu verirren begann.

Er hoffte, dass der Kerl zwischen den eiskalten Felsen verrottete.

Tane war so sehr auf seine Aufgabe konzentriert, dass er erst im letzten Augenblick eine Bewegung in der Nähe spürte und die Augen aufschlug. Ungläubig beobachtete er, wie der winzige Gargyle in die Höhle watschelte.

»*Oui, oui.*« Levet blieb stehen und riss die Augen auf, bevor sich ein zufriedenes Lächeln auf seinem hässlichen Gesicht ausbreitete. »Ich wäre ja in eine andere Richtung gegangen, aber es ist ungeheuer faszinierend, wenn eisige Höhlen mit Vampiren geschmückt sind.«

Tane zog die Brauen zusammen. »Wie zum Teufel bist du hierhergekommen?«

Levet zuckte die Achseln. »Ich bin per Anhalter gereist, mit Cruella De Vil durch das Portal.«

Per Anhalter gereist?

Donnerwetter.

Tane musste zugeben, dass der Gargyle wirklich einfallsreich war. Außerdem sah er im Augenblick keine andere Möglichkeit zu entkommen, als mit Levets Hilfe.

Verdammt.

Wenn das bekannt würde, käme er niemals über die Schande hinweg, von einem unterentwickelten Gargylen gerettet worden zu sein.

Dieser Gedanke trug nicht gerade zur Verbesserung seiner bereits üblen Laune bei.

»Hol mich hier herunter«, schnauzte er.

Levet verschränkte die Arme vor seiner schmalen Brust. »Damit das hübsche Bild zerstört wird, das du abgibst?«

Ein eiskalter Luftstoß sorgte dafür, dass der Gargyle rücklings hinfiel, als Tanes Wut aufflammte.

»Levet!«

»*Oui, oui.*« Levet rappelte sich auf und gab vor, sich ein paar nicht vorhandene Staubflusen abzuklopfen, bevor er mit gespielt überheblicher Miene auf Tane zuging. »Ich eile erneut zur Rettung.«

Tane biss die Zähne zusammen, bis sie zu zerbrechen drohten.

»Womit habe ich das verdient?«, murmelte er.

Levet hob die Hände in einer großen Geste und hielt dann inne, als sei ihm soeben ein Gedanke gekommen.

»Vielleicht möchtest du den Kopf zur Seite drehen und deine Augen schließen.«

Als ihm der Feuerball einfiel, der einen ordentlichen Teil des Waldes vernichtet hatte, schüttelte Tane heftig den Kopf. Lieber fror er an der Wand fest, als in eine Million Teile zerrissen zu werden.

»Warte, Gargyle, wenn du …« Die Worte blieben ihm im Hals stecken, als er plötzlich einen grellen Lichtblitz wahrnahm.

Da er sich darauf gefasst gemacht hatte, von dem unberechenbaren Gargylen gegrillt zu werden, war Tane vollkommen unvorbereitet darauf, nur eine warme Brise zu spüren, bevor seine unsichtbaren Fesseln verschwanden und er hart auf dem Boden aufprallte.

Tane kam hoch und hob das Schwert auf. Er schalt sich wegen seiner Unbeholfenheit und funkelte seinen lästigen Begleiter zornig an. So ganz wurde er den Verdacht nicht los, Levet habe ihn nicht ganz unabsichtlich wie einen Sack Kartoffeln zu Boden plumpsen lassen.

Jetzt war allerdings nicht der richtige Zeitpunkt, um seinen einzigen Verbündeten in Einzelteile zu zerlegen.

Dieses besondere Vergnügen musste er sich für später aufheben.

»Komm schon«, befahl er und steuerte auf den hinteren Teil der Höhle zu.

»Was, noch nicht einmal ein Dankeschön?«, murrte Levet. »Beim nächsten Mal überlasse ich dich den Fledermäusen.«

Tane ging unbeirrt weiter. »Laylah braucht uns.«

»Oh.« Levet flatterte mit den Flügeln und beeilte sich, Tane einzuholen. »Weshalb hast du das denn nicht gleich gesagt?«

KAPITEL 21

Laylah bog erneut in einen anderen Gang ab. Der Luftstrom, der ihr über den Nacken strich, wurde noch kälter, als Marika den Abstand zwischen ihnen zunehmend verringerte.

Sie hätte entkommen können.

Nur wenige Augenblicke, nachdem sie den Tunnel betreten hatte, hatte sie zum Schattenwandern angehalten. Aber statt im Durchgang zu verschwinden, hatte sie Maluhia in die Nebel geschoben und war in den eiskalten Berg zurückgekehrt.

Es war ihr nicht leicht gefallen, ihr Kind zurückzulassen, obwohl ihr noch nie ein Dämon in den Nebeln begegnet war, ganz zu schweigen von der Tatsache, dass niemand außer ihr das Baby berühren konnte.

Aus dem tiefen Wunsch, die Gefahr ein für alle Mal abzuwenden, bezog sie jedoch die Stärke, ihre Flucht mit grimmiger Entschlossenheit wiederaufzunehmen.

»Du kannst mir nicht entkommen!«, drang Marikas spöttische Stimme an ihr Ohr.

Laylah erzitterte.

Sie entdeckte, dass es auch beim zweiten Mal noch genauso unheimlich war, durch dunkle Höhlen gejagt zu werden. Ebenso wie damals, als Tane sie gejagt hatte, waren keine sich nähernden Schritte zu hören, kein schweres Atmen, nicht einmal das Geräusch eines rollenden Kiesels war zu vernehmen.

Es herrschte nur drückende Stille und eine erbarmungslose Kälte, die ihr Herz gefrieren ließ.

Dieses Mal rannte sie allerdings nicht nur blindlings davon.

Diesmal hatte sie einen Plan.

Einen wilden, verrückten, bitte-Gott-lass-ihn-funktionieren-Plan.

Aber immerhin, sie *hatte* einen Plan.

Laylah betrat die kleine Höhle, nach der sie gesucht hatte, und verlangsamte ihren Lauf, bis sie schließlich zum Stehen kam. Sie drehte sich um, um zuzusehen, wie ihre Tante ebenfalls in den engen Raum schlüpfte.

Die Vampirin kam abrupt zum Stehen. Laylah schnitt eine Grimasse. Im einen Moment war Marika in Höchstgeschwindigkeit vorwärtsgestürmt, und im nächsten stand sie wie zur Salzsäule erstarrt da. Nicht einmal eine Haarsträhne bewegte sich.

Sehr merkwürdig.

Die dunklen Augen der Frau musterten die Höhle und forschten nach versteckten Feinden oder einem Waffenlager.

Zum Glück war Marika zu sehr Vampirin, um darüber nachzudenken, dass ihr vielleicht die Höhle selbst zur Falle werden könnte.

Sobald sie sich davon überzeugt hatte, ihr Opfer in die Enge getrieben zu haben, ließ die ältere Frau ein spöttisches Lächeln aufblitzen.

»Ich sagte dir doch, dass du mir nicht entkommst.«

Laylah schob das Kinn vor, gab sich aber nicht weiter Mühe, ihre Angst zu verbergen.

Wenn sie schon nichts anderes gelernt hatte, so wusste sie doch, dass es unmöglich war, seine Gefühle vor einem Vampir geheim zu halten.

Außerdem wollte sie, dass Marika glaubte, sie gebe sich geschlagen.

Je länger sie die Frau in trügerischer Sicherheit wiegen konnte, umso länger konnte sie allmählich ihre Kräfte wieder aufbauen. Wenn sie das zu schnell täte, würden die verräterischen elektrischen Funken die Vampirin vor der Gefahr warnen. Mit Sicherheit würde sie Laylah dann angreifen und versuchen, sie kampfunfähig zu machen.

Außerdem schmerzte ihr Körper noch von ihrer Reise durch die Nebel, bei der sie einen sehr großen Vampir mitgeschleppt hatte, ganz zu schweigen von dem kleinen Abstecher, den sie unternommen hatte, um das Baby zu verstecken.

»Dann muss ich dich wohl töten«, sagte sie, darum wissend, dass dieses arrogante Miststück zwangsläufig annehmen musste, dass sie bluffte.

Marika tat einen Schritt auf sie zu. »Du bist tatsächlich ein durch und durch undankbares Balg. Ohne mich würde es dich gar nicht geben.«

»Ich soll dir dafür danken, dass du es warst, um derentwillen meine Mutter von einem Dschinn vergewaltigt wurde? Du wolltest mich benutzen, um deine Machtgier zu befriedigen!«

Marika zuckte mit den Achseln. »Es kann nicht jeder perfekt sein.«

Laylah schnaubte. »Na ja, es ist ja auch nicht jeder so ein Psychopath.«

Eiskalte Wut peitschte durch die Höhle, als Marika den Blick senkte und auf Laylahs Arme blickte.

»Wo ist das Kind?«

Laylah biss die Zähne zusammen.

Offenbar war der lockere Small-Talk-Teil dieses Treffens vorbei.

Die Angelegenheit würde sehr bald ziemlich hässlich werden.

»Irgendwo, wo du es nicht erreichen kannst.«

»Du musst es dir nicht so schwer machen, Laylah.« Überzeugt davon, dass Laylah keine Bedrohung darstellte, umkreiste Marika sie langsam, wie ein Hai, der seine Beute taxierte. »Schließlich gehören wir doch zu einer Familie, selbst wenn du meine … Methoden nicht gutheißt.«

»Familie?« Laylah schüttelte den Kopf. »Weißt du, es gab mal eine Zeit, in der ich alles getan hätte, um meine Familie zu finden.«

»Wenn meine Schwester, die Hündin, dich nicht fortgegeben hätte, wärest du anständig aufgezogen worden, sodass du gelernt hättest, woraus deine Pflichten bestehen.« Marika blieb vor ihr stehen und setzte ein grausames Lächeln auf. »Tatsächlich könnte man behaupten, dass dieses ganze Durcheinander ihre Schuld ist.«

Laylah unterdrückte das selbstmörderische Bedürfnis, diesem Miststück einen Schlag auf die Nase zu verpassen.

Sie stand kurz davor, ausreichend Kraft gesammelt zu haben, und würde ihren Plan nicht einem vorübergehenden Bedürfnis der Genugtuung opfern.

»Warum hast du deine eigene Schwester als Opfer für den Dschinn ausgewählt?«, wollte sie wissen. »Da muss es doch geeignetere Dämonen gegeben haben, oder?«

Marika machte eine abschätzige Handbewegung. So viel zum Thema schwesterliche Liebe.

»Sie war schön genug, um den anspruchsvollen Dämon in Versuchung zu führen, und, was noch wichtiger ist, wir sind telepathisch miteinander verbunden.«

»Du kannst ihre Gedanken lesen?«

»Wir stehen in einem Gedankenaustausch.«

Laylah rief sich den kurzen Kontakt mit der Frau ins Gedächtnis, die behauptete, ihre Mutter zu sein. Sie hatte bereits die Existenz eines Zaubers vermutet, durch den sie die Stimme ihrer Mutter hören konnte. Der Gedanke, dass eine dermaßen enge Verbindung zu der Frau bestand, die sie geboren hatte, war auf sonderbare Weise tröstlich.

Außerdem erinnerte sie das daran, noch einmal alle guten Mächte anzurufen, dass es dem Vampir Uriel gelungen war, ihre Mutter zu retten.

»Wie hat sie es dann geschafft, mich vor dir zu verstecken?«

Marika sah aus, als hätte sie gerade in eine Zitrone gebissen. »Eigentlich hätte sie dazu nicht imstande sein dürfen. Es war die einzige Sperre, die sie je zwischen uns errichten konnte, und sie hat nicht einmal unter Folter die Wahrheit gestanden.« Marika kniff die Lippen zu einem dünnen Strich zusammen. Laylahs leises Keuchen entging ihr scheinbar, als diese daran dachte, was ihre Mutter wohl erduldet hatte, um sie in Sicherheit zu wissen. Verdammt, sie war so sehr von dem Gedanken besessen gewesen, dass sie belogen und betrogen worden war, dass sie nicht wirklich daran gedacht hatte, die Opfer zu würdigen, die ihre Mutter für sie gebracht hatte. Ihre Mutter hatte so furchtbare Qualen erleiden müssen, von denen sie nicht einmal entfernt eine Vorstellung hatte. Ihre Pflegemutter hatte sogar ihr Leben dafür geopfert. Und selbst Tane war willens, alles zu riskieren, um sie zu beschützen. Jetzt war sie an der Reihe, etwas zu opfern. »Es hat mich fürchterlich geärgert.«

»Offensichtlich hast du die Liebe einer Mutter zu ihrem Kind unterschätzt«, sagte Laylah leise.

»Das ist eine so menschliche Emotion«, spottete Marika.

»Und trotzdem ist sie mächtiger als eine Vampirin und ihr Magierhandlanger. Bemerkenswert.«

»Sie war eine halsstarrige Närrin, die ihr Leben grundlos geopfert hat.«

Laylah hob die Hände und ließ ihre Kräfte durch ihren Körper strömen.

»Du begreifst es nicht, oder?«

Marika machte, mit einem Mal argwöhnisch, einen Satz zurück. »Was soll ich begreifen?«

»Dass eine Mutter alles tut, was nötig ist, um ihr Kind zu beschützen.«

Sie blickte hinauf und konzentrierte sich auf die Risse, von denen der massive Stein durchsetzt war.

Da Dschinnblut durch ihre Adern strömte, stand sie in enger Verbindung mit der Natur. Sie konnte das Alter des Steins fühlen, die eisigen Tröpfchen in der Luft riechen und das flammende Inferno spüren, das tief in der Erde tobte.

Die gesamte Umgebung war ein Pulverfass, das nur darauf wartete zu explodieren, und die zahllosen Erdbeben hatten dafür gesorgt, dass mehrere der Tunnel gefährlich instabil waren.

Das war genau richtig für ihre Bedürfnisse.

Während sie ihre Kräfte freisetzte, machte Laylah einen Sprung nach hinten. Sie hastete auf die kleine Öffnung zu, die hinter einem Stalagmiten versteckt lag, als die ganze Höhle zu beben anfing.

Marika, die die Gefahr zu spät erkannte, versuchte Laylah zu folgen, blieb aber verblüfft stehen, als ein großer Felsbrocken von der Decke stürzte. Er streifte sie, und sie stürzte auf die Knie. Blut strömte ihr über das Gesicht, während sie zusehen musste, wie Laylah sich durch die enge Öffnung zwängte.

»Nein!«, schrie sie und sprang wieder auf die Beine. Sie hieb mit der Hand durch die Luft.

Laylah spürte, wie sich in ihrer Brust eine Schnittwunde öffnete, aber sie ließ es nicht zu, dass ihre Konzentration nachließ. Indem sie ihre letzten Kräfte aufbrauchte, erweiterte sie die Risse und zwang sie mit so viel Gewalt auseinander, dass mehrere Tonnen Geröll in die Höhle stürzten.

Zum Glück schleuderte die Wucht des Aufpralls sie nach

hinten, statt sie in die tödliche Steinlawine stürzen zu lassen. Sie schlug sich den Kopf an einem tief hängenden Felsen an und erstickte fast an der Staubwolke, die ihre Lungen füllte, aber sie schaffte es, von dem Einsturz wegzukriechen.

Das konnte man von Marika nicht gerade behaupten.

Wenigstens hoffte Laylah das.

Ein grimmiges Lächeln überzog ihre Lippen bei der Vorstellung, dass dieses boshafte Miststück unter dem halben Berg zerquetscht wurde.

Das wäre ein passendes Ende für sie gewesen.

Allerdings bestand auch die weniger angenehme Möglichkeit, dass die Vampirin nicht von den Steinen zerquetscht worden war, sondern überlebt hatte und gerade dabei war, sich auszugraben, um schreckliche Rache zu üben.

Dieser Gedanke reichte aus, um sie den engen Gang verfluchen zu lassen, durch den sie sich mühsam auf Händen und Knien hindurchzwängen musste.

So bewegte sie sich etwas mehr als hundert Meter fort, bis sie endlich auf einen größeren Tunnel stieß, der nach oben führte.

Mit einem Seufzer stand sie auf, aber nur um zur Seite zu taumeln und sich den Kopf noch einmal anzustoßen.

Scheiße.

Es war ihr nicht klar gewesen, wie viel Energie sie verbraucht hatte. Jetzt kostete es sie sogar Mühe, aufrecht zu stehen.

Ihre Erschöpfung, den pochenden Schnitt in ihrer Brust und die Kopfwunden ignorierend, zwang Laylah ihre Beine, sie weiterzutragen. Dann bewegte sie sich durch den Tunnel nach oben, indem sie langsam einen Fuß vor den anderen setzte.

Sie verlor jegliches Zeitgefühl. Ihr kam es wie eine Ewigkeit vor, seit sie ihre Flucht vor Marika, welche ihr direkt auf den Fersen war, aufgenommen hatte, obwohl eigentlich inzwischen weniger als eine halbe Stunde vergangen sein konnte. Schon komisch, wie die Zeit sich zog, wenn man eine wahnsinnige Vampirin bekämpfte.

Schließlich schaffte sie es stolpernd zurück zum ursprünglichen Gang. Als sie die Stelle gefunden hatte, nach der sie suchte, ließ sie sich auf die Knie nieder und neigte den Kopf, während sie sich darauf konzentrierte, den letzten Rest ihrer angeschlagenen Kräfte zu sammeln.

Entfernt war sie sich der Minibeben bewusst, die den Berg erschütterten, und des feinen Staubes, der in Schwaden in der Luft lag. Man konnte keinen Einsturz verursachen, ohne dass es weitergehende Auswirkungen hatte. Aber bisher waren die oberen Kammern nicht eingestürzt.

Und das bedeutete, dass Tane in Sicherheit war.

Immer unter der Voraussetzung, dass der Magier nicht …

Nein. Laylah schüttelte den Kopf. Sie musste darauf vertrauen, dass Tane selbst für sich sorgen konnte.

Vorerst war sie ihrem Kind gegenüber verpflichtet.

Während sie sich mit den Fingern durch die kurzen Strähnen fuhr, stand Laylah auf und straffte die Schultern. Dann hob sie die Hand und tastete sorgfältig, bis sie genau die Stelle gefunden hatte, an der sie Maluhia zurückgelassen hatte, bevor sie den Schleier geöffnet hatte.

Sie zitterte vor Anstrengung, und Schweiß tropfte von ihrem Gesicht, als sie in die Nebel griff und ihre Arme um das Baby schlang.

Natürlich wäre es am sichersten, einfach in dem Durchgang zu bleiben und so schnell wie möglich so weit wie möglich aus dem Berg zu verschwinden. Aber allein die Tatsache, dass sie kaum den kleinsten Eingang offen halten konnte, machte ihr klar, dass sie viel zu erschöpft war, um auch nur einen Versuch zu unternehmen.

Sie würde Stunden, wenn nicht sogar Tage der Ruhe benötigen, bevor sie wieder schattenwandern konnte.

Laylah hüllte das Baby in ihren Umhang, schloss den Schleier wieder und begann, ihren Weg durch die dunklen Gänge fortzusetzen.

Jetzt waren ihre Gedanken nur darauf gerichtet, Tane zu finden. Und dann wollte sie sich in der nächsten Ecke zusammenrollen, um sich auszuruhen.

Danach …

Der Plan, der ganz langsam in ihrem Hinterkopf Gestalt angenommen hatte, war jedoch gleich wieder vergessen, als der unverkennbare Duft frischer Kräuter sich unter den Geruch des dichten Staubes mischte, der in der Luft lag.

Ein Sylvermyst.

Er näherte sich im Eiltempo.

Laylah sah sich um, als hoffe sie, dass sich plötzlich eine magische Tür geöffnet habe. Was sie stattdessen erblickte, ließ diese Hoffnung schnell schwinden.

Es gab weder eine magische Tür noch einen schnellen Fluchtweg und auch keine gute Fee.

Sie erblickte nur den engen Gang, der zu den zerfallenden Höhlen unter ihr zurückführte.

Tatsächlich saß sie in der Falle. Laylah drückte das Baby fest an sich und beobachtete, wie der Sylvermyst mit dem langen kastanienbraunen Haar und den bronzefarbenen Augen um die Ecke bog und immer näher kam.

Ariyal.

»Keine Bewegung, Dschinn.«

Der Feenvolkangehörige hatte seine Armbrust bei sich, aber er musste seine Waffe nicht schwenken, um darauf hinzuweisen, welche Gefahr er für sie darstellte. Von den angespannten Muskeln seines schlanken Körpers bis zu der tödlichen Absicht auf seinem schönen Gesicht strahlte er eine einzige Gefahr aus.

Laylah schluckte trocken. Dem zerrissenen T-Shirt und den Blutflecken auf seiner Jeanshose nach zu urteilen, waren die vergangenen Stunden für ihn ungefähr so lustig gewesen wie für sie, aber im Gegensatz zu ihr sah er nicht so aus, als ob er gerade die letzten Reserven aufbrauchte.

Da hatte sie wohl Pech gehabt.

»Was willst du?«, fragte sie.

Er verzog seine Lippen zu der bösen Karikatur eines Lächelns. »Wir müssen eine unerledigte Angelegenheit zu einem Abschluss bringen.«

Na toll. Sie schüttelte den Kopf.

»Gibt es irgendeinen verdammten Dämon, der nicht in dieser Höhle lauert?«

Der Mann senkte seinen merkwürdigen, metallischen Blick und sah das Kind an, das sie unter ihrem Umhang versteckt hielt.

»Du hältst das Schicksal der Welt in deinen Armen.«

»Und genau da wird das Kind auch bleiben.«

Der Sylvermyst machte einen Schritt auf sie zu. »Nein, ich fürchte, das wird nicht möglich sein.«

»Halt«, stieß sie hervor. »Du bleibt besser auf Abstand …« Sie ließ die Drohung geflissentlich in der Luft hängen.

Er wirkte nicht besonders eingeschüchtert.

Das war ja wirklich sehr überraschend.

»Sonst?«

»Ich kann mich wehren.«

Der Mann ging mehrere Schritte auf sie zu. »Aber du bist auch nicht im Vollbesitz deiner …« Er machte einen Satz nach hinten, als sie einen Energieblitz freisetzte, der ihn mitten am Brustkorb traf, und blickte schockiert auf das Brandloch in seinem T-Shirt. »Verdammt.«

»Ich habe dich gewarnt«, krächzte sie und betete, dass er nicht ahnte, dass sie genauso erstaunt war wie er. »Nächstes Mal bin ich nicht mehr so nett.«

Ausnahmsweise schien ihr Gebet zu wirken.

Oder vielleicht glaubte der Feenvolkangehörige auch einfach nur, dass er sie dazu überreden konnte, ihm das Baby zu übergeben.

»Ganz ruhig, Frau.« Er hob eine Hand, und sein Ton war herablassend. »Es gibt keinen Grund, der dagegenspräche, diese Angelegenheit vernünftig zu klären.«

»Ich heiße Laylah, nicht ›Frau‹«, fuhr sie ihn an. »Und das ist Maluhia.«

»Laylah«, brachte er zwischen zusammengebissenen Zähnen hervor. »Das ist doch nicht deine Schlacht. Gib mir das Kind.«

»Du irrst dich. Das ist sehr wohl meine Schlacht.«

»Weshalb?« Er schien wirklich verblüfft über ihre Weigerung zu sein, Maluhia wegzuwerfen, als wäre dieser nicht mehr als irgendwelcher Müll, den sie gefunden hatte. »Der Säugling steht in keiner Verbindung zu dir. Es sei denn, Marika hat gelogen und behauptet …«

»Maluhia ist zu meinem Kind geworden, sobald ich ihn aus den Nebeln geholt hatte«, unterbrach sie ihn heftig.

»Bewundernswert.« Sein Tonfall verriet, dass er sie alles andere als bewundernswert fand. »Aber meinst du nicht auch, dass es unverzeihlich egoistisch von dir ist, die Welt zum Teufel zu schicken, nur weil du für ein Wesen, das in Sünde geboren ist, die Mutter spielen willst?«

Ihr Rücken versteifte sich bei seiner Anschuldigung.

Maluhia war unschuldig. Und an ihrem Wunsch, ihn zu beschützen, war nichts Egoistisches.

Schwachkopf.

»Ich bin nicht diejenige, die den Fürsten der Finsternis zurückholen will.«

»Ich ebenfalls nicht.«

Die nüchternen Worte brachten das Gespräch abrupt zum Stillstand.

Laylah blinzelte verblüfft und versuchte herauszufinden, was für ein neues Spiel der Kerl spielte. Dachte er wirklich, sie sei so dumm anzunehmen, er sei nur zum Spaß der Handlanger ihrer Tante geworden, ganz zu schweigen davon, dass er sie und das Baby um die halbe Welt gejagt hatte?

»Ich glaube dir nicht. Du bist ...«

»›Böse‹ ist zweifellos das Wort, nach dem du suchst«, beendete er ruhig ihren Satz.

Sie schob das Kinn vor. »Das ist ganz genau das Wort, das ich meinte. Es ist kein Geheimnis, dass die Sylvermyst den Fürsten der Finsternis bereitwillig angebetet haben und aus dieser Welt verbannt worden sind.«

»Die *meisten* wurden verbannt, Laylah«, korrigierte er sie, und Wut flammte in seinen schönen Augen auf. »Du solltest dich besser informieren. Einige von uns haben sich lieber versklaven lassen, als weiterhin dem Fürsten der Finsternis zu folgen.«

Sie runzelte die Stirn über die Aufrichtigkeit in seiner Stimme. »Nur, weil ihr nicht vertrieben werden wolltet.«

»Mitglieder des Feenvolkes liefern sich nicht der Gewalt von Morgana le Fay aus, nur um der Verbannung zu entgehen.« Eine uralte, unvorstellbare Qual verzerrte seine Züge. »Glaub mir.«

Gegen ihren Willen fragte sich Laylah, ob es tatsächlich sein konnte, dass er die Wahrheit sagte.

Nicht, dass sie ihm vertraute. Ein Mann wie Ariyal verfolgte immer seine eigenen Ziele.

Aber es konnte nicht schaden, ihn ausreden zu lassen.

Schließlich stiegen die Chancen, dass Tane ihr zur Hilfe kam, umso mehr, je länger sie Ariyal beschäftigt hielt.

Und sie zweifelte keinen Moment lang daran, dass ihr Gefährte sich bereits auf die Suche nach ihr gemacht hatte.

»Na schön, ich spiele mit«, meinte sie. »Wenn du nicht vorhast, Maluhia dazu zu benutzen, den Fürsten der Finsternis zurückzuholen, was hast du dann mit ihm vor?«

Er zog ein langes, unglaublich scharfes Schwert aus der Scheide, die er sich auf den Rücken geschnallt hatte.

»Ich habe vor, ihn zu töten.«

Tane glitt schweigend mit enormer Geschwindigkeit durch die Tunnel, sich kaum des winzigen Gargylen bewusst, der sich bemühte, mit ihm Schritt zu halten.

Die Verbindung mit Laylah überzeugte ihn davon, dass sie am Leben war und sich irgendwo in den unteren Kammern des Berges aufhielt, doch seine Vampirsinne signalisierten ihm, dass die Beben, die den Boden unter seinen Füßen erschütterten, nur die Vorbereitung für eine wirkliche Katastrophe waren. Innerhalb der nächsten Stunden würde dieser ganze verdammte Berg einstürzen.

Es war an der Zeit, die Angelegenheit zu beenden und zu verschwinden.

Je eher, desto besser.

Wenn er nur seine halsstarrige Gefährtin davon überzeugen könnte.

Tane und Levet bogen um eine Kurve im Gang und blieben gleichzeitig stehen. Beide blickten in Richtung der Öffnung in der Steinmauer in ihrer Nähe.

»Weshalb rieche ich eine Vampirin?«, fragte Levet, und ein verschmitztes Lächeln umspielte seine Lippen. »Und weiß Laylah, dass du ein geheimes Lager hast?«

Tane witterte und hielt den Dolch fest in der Hand. »Es ist nicht Marika.«

»Nein.« Levet runzelte die Stirn. »Aber es ist ein vertrauter Geruch.«

Es war tatsächlich ein vertrauter Geruch. Tane zog die Augenbrauen zusammen, als ihm bewusst wurde, woher er ihn kannte

»Jaelyn.«

»*Oui*.« Der Gargyle war ebenso verwirrt wie der Vampir. »Ich dachte, sie sei auf der Jagd nach dem Sylvermyst?«

Tane bewegte sich vorsichtig weiter und spähte durch die schmale Öffnung.

»Sie *war* auf der Jagd nach ihm.«

»Was ist dann …« Levet zwängte sich neben Tane, um einen Blick auf die Vampirin zu erhaschen, die gefesselt und geknebelt mitten auf dem harten Steinboden lag. »Oh. Ausgefallen, aber ganz nach meinem Geschmack.«

Tane schnaubte, und Jaelyn funkelte den Gargylen wütend an. In ihrem Blick lag die Ankündigung zukünftiger Schmerzen.

»Hegst du einen Todeswunsch, Gargyle?«, erkundigte er sich.

»*Non*.« Ungerührt von der Gefahr, flatterte der kleine Dämon mit den Flügeln. »Aber ich habe verschiedene Geburtstagswünsche, sofern sie dich interessieren. Meine Feier wird kommenden Monat stattfinden.«

»Ich kann mir nichts vorstellen, was mir weniger lieb wäre.«

»Na schön.« Levet rümpfte verletzt die Nase. »Du wirst schon sehen, ob du eine Einladung bekommst.«

Tane schüttelte den Kopf und wandte der Vampirin seine Aufmerksamkeit zu.

Er konnte die Schnittwunden und blauen Flecken ausmachen, die sichtbar im Heilen begriffen waren, aber er konnte keine ernsthaften Wunden erkennen. Das bedeutete, dass nur die einfachen Lederriemen sie eigentlich auf gar keinen Fall hätten festhalten können.

Hier ging noch irgendetwas anderes vor.

»Bleib hier und halt den Mund«, murmelte Tane, schritt durch die Öffnung und presste sich gegen die unebene Wand.

»He! Ich habe dir den wertlosen …«

»Willst du etwa in eine Falle tappen?«, zischte Tane.

Levet wirkte gekränkt. »Nicht besonders gerne.«

»Dann lass mich in Ruhe, damit ich mich konzentrieren kann.«

»*Oui*, konzentriere dich nach Herzenslust.«

Tane presste sich weiterhin gegen die Wand und fing den Blick der Vampirin auf.

»Jaelyn, wisst Ihr, was Euch zugestoßen ist?« Er wartete auf ihr Nicken. »War es der Sylvermyst?« In ihren Augen flackerte Zorn. Das konnte er wohl als Zustimmung werten. »Dieser Bastard«, murmelte er. Seine Lippen zuckten, als sie heftig zustimmend nickte. Er legte eine Pause ein und ließ seinen Blick durch die Finsternis schweifen. »Kann ich zu Euch kommen?« Er war nicht überrascht, als sie den Kopf schüttelte. »Gibt es einen Zauber?« Sie legte bedächtig den Kopf in den Nacken und blickte nach oben. Tane beugte sich vor, um ihrem Blick zu folgen. Sein Magen drehte sich um, als er den schwarzen Schatten erkannte, der unter der Decke schwebte. »Verdammt. Levet.«

»Oh, jetzt brauchst du mich also … iiih!«, kreischte der Dämon auf, als Tane ihn an einem Horn packte und in die Höhle zerrte.

»Kannst du Gespenster im Zaum halten?«

Levet wehrte sich gegen Tanes erbarmungslosen Griff, und sein wachsamer Blick glitt nach oben.

»Nur das Böse beschäftigt sich mit den Toten. *Sacrebleu.*« Er erschauerte. »Geister, Zombies, Vampire. Sie sollten in ihren Gräbern bleiben, wohin sie gehören.«

Tane ignorierte die Beleidigung und drehte den Gargylen so, dass er die fremdartigen Symbole sehen konnte, die von einem Kreis umgeben waren, der in den Steinboden eingebrannt worden war.

»Was ist das?«

Levet zappelte noch immer herum, sein Schwanz zuckte aufgeregt.

»Da hat vermutlich der Sylvermyst den Zauber gewirkt, der den Geist gefangen hält.«

»Was geschieht, wenn du dich an den Symbolen zu schaffen machst?«

»Es ist möglich, dass der Geist dadurch befreit wird. Kein allzu angenehmer Gedanke«, antwortete Levet missmutig. »Aber vielleicht wird er auch in die Unterwelt zurückgeschickt.«

Tane überlegte schweigend. Er hasste Gespenster. Wie tötete man etwas, das eigentlich bereits tot war?

Man konnte sie nicht einmal verletzen.

Die gute Nachricht lautete, dass sie Vampire kaum jemals belästigten. Die schlechte war allerdings, dass er nicht das Geringste über sie wusste.

Sein Blick glitt von dem Kreis zu dem Schatten, der sich über ihnen drehte. Es war an der Zeit, etwas zu riskieren.

»Zumindest sollte das diese Kreatur ablenken«, sagte er laut.

»Wahrscheinlicher aber ist, dass es sie wütend macht.«

Tane setzte den Gargylen ab. »Wir werden es herausfinden.«

Levet stürzte in Richtung Öffnung davon. »Das ist *dein* Wein.«

»Bier«, murmelte Tane, packte den Gargylen an seinem heftig

zuckenden Schwanz und zerrte den Feigling wieder in die Höhle zurück. »Es ist mein Bier.«

»Wie auch immer.« Levet verschränkte die Arme vor der Brust. »Ich werde hier warten.«

»Was du tun wirst, ist, mir genügend Zeit zu verschaffen, um Jaelyn zu befreien«, berichtigte Tane mit kalter Stimme.

»Weshalb spielst du nicht den Lockvogel für den Geist, und ich rette die Maid?«

»Muss ich wirklich das Offensichtliche aussprechen?«, fragte Tane und warf einen bedeutungsvollen Blick auf Levets unterentwickelte, nicht einmal einen Meter große Gestalt.

Levet beschimpfte ihn in mehreren Sprachen als Esel, bevor er sich schließlich geschlagen gab.

»Wenn ich von einem ausgehungerten, fleischfressenden Gespenst verschlungen werde, werde ich dich für den Rest der Ewigkeit heimsuchen.«

»Verdammt, darüber solltest du nicht einmal scherzen.« Tane hielt drei Finger in die Höhe. »Ich zähle bis drei.«

Er klappte einen Finger nach dem anderen herunter. Dann stürmte er, darauf vertrauend, dass der Gargyle seinen Teil der Rettungsmission erledigte, durch die Kammer, warf sich Jaelyn über die Schulter und trat den Rückweg durch die Höhle an. Sobald er am Eingang angekommen war, ließ er sie herunter und schnitt mühelos die Lederriemen durch. Um den Knebel kümmerte sie sich selbst und warf ihn mit einem unflätigen Fluch beiseite.

Ein Lichtblitz durchzuckte die Höhlen, und Tane wandte den Kopf, um zu sehen, wie Levet seine Magie einsetzte, um die Symbole zu zerstören.

Ein lauter Schrei zerriss die Stille, und Levet fiel zu Boden, die Arme über dem Kopf gefaltet und den Schwanz zwischen den Beinen, als der dunkle Schatten direkt auf ihn zuraste.

»Hilfe!«, kreischte der Dämon. »Tane, nimm es weg!«

Tane ignorierte das Bedürfnis, den lästigen Gargylen seinem Schicksal zu überlassen, steckte seinen Dolch wieder in die Scheide und trat in die Mitte der Höhle.

Keine Klinge, gleichgültig, wie scharf sie auch sein mochte, half gegen einen Geist.

Der Schatten setzte seinen Weg nach unten fort, indem er einen Sturzflug über die Flügel des zitternden Gargylen hinweg machte, und landete dann direkt außerhalb des zerstörten Kreises.

Tane knurrte warnend, doch bevor er zu Levets Rettung eilen konnte, veränderte der Schatten seine Position und pulsierte unheilverkündend.

Der Vampir hielt inne und beäugte argwöhnisch das sonderbare Phänomen.

Würde dieses Ding verschwinden? Oder angreifen?

Wie sich herausstellte, tat es nichts davon.

Stattdessen ballte sich die Finsternis zusammen und verwandelte sich von einem formlosen Fleck in eine winzige Frau, die kaum einen Meter zwanzig groß war.

Furcht durchzuckte Tanes Herz beim vertrauten Anblick des kleinen, herzförmigen Gesichtes mit den schwarzen Mandelaugen und des kindlich kleinen Körpers, der nur von einer einfachen weißen Robe verhüllt wurde.

Sie sah Siljar so ähnlich, dass Tane für einen kurzen Augenblick glaubte, das mächtige Orakel verfolge ihn.

Ein schrecklicher Gedanke.

Dann bemerkte er, dass das zierliche Gesicht weichere Züge trug und das lange Haar, das unheimlich um ihre Schultern schwebte, blassgolden und nicht grau war.

Die Frau gehörte offensichtlich zur gleichen Spezies wie Siljar, war aber eine jüngere Ausgabe von ihr.

Und außerdem war sie tot.

Zumindest nahm Tane an, dass es ein Geist sein musste.

Er wusste nicht genug über diese merkwürdigen Dämoninnen, um sich ganz sicher zu sein.

Levet, der noch immer auf dem Boden kauerte, trat mit den winzigen Füßchen aus und schützte seinen Kopf mit den Armen.

»Nimm es weg!«, schrie er. »Nimm es weg!«

»Um Gottes willen, mach doch die Augen auf«, fuhr Tane ihn an.

»Damit es mir die Seele aussaugt? Machst du Scherze?«

Tane stieß einen Seufzer aus. »Levet, öffne deine verdammten Augen.«

Es folgte eine lange Pause, bevor der Gargyle endlich seine Arme wegnahm, sodass er einen Blick auf die winzige Frau werfen konnte, die neben ihm stand.

»Oh.« Fast so, als sei er verlegen, rappelte Levet sich auf.

Tane spürte einen kalten Luftzug, als Jaelyn neben ihn trat. »Tu ihr nicht weh«, sagte sie zu Levet. »Sie hat nur das getan, was Ariyal von ihr verlangt hat.«

Levet wandte den Blick nicht von dem Gespenst ab. In seiner Miene spiegelte sich … Verblüffung.

»Oh.«

Die kleine Frau beugte sich zu dem Gargylen und schien ebenso von ihm fasziniert zu sein wie Levet von ihr.

»Kenne ich dich?« Ihre Stimme war süß und melodisch, aber von überraschender Macht erfüllt, wenn man bedachte, dass es sich um ein Gespenst handelte.

»Levet, zu Ihren Diensten.« Der Gargyle verbeugte sich feierlich vor der Frau. »Und wer sind Sie?«

»Yannah.« Mit einem perlenden Lachen nahm die Frau urplötzlich Levets Gesicht in die Hände und küsste ihn schockierend innig.

Als sie ihn wieder losließ, flatterte Levet mit den Flügeln, und sein Schwanz zuckte.

»Yannah«, keuchte er. »Du bist … Ich bin …«

Sein Gestotter fand ein Ende, als der Geist mit dem Arm ausholte, und bevor auch nur irgendjemand seine Absicht erraten konnte, schlug er nach dem Gargylen und schleuderte ihn durch die Luft, sodass er auf der anderen Seite gegen die Wand prallte. Dann stockte der Geist einen Augenblick lang, um mit der winzigen Hand in Jaelyns Richtung zu winken, und verschwand schließlich abrupt.

Tane hob die Brauen, als Levet sich von der Wand löste und mit grimmiger Miene auf die Höhlenöffnung zumarschierte.

So viel zum Thema bizarre Begegnungen.

»Levet, wohin gehst du?«

»Ich bin Franzose«, murmelte der Dämon, ohne langsamer zu werden.

»Was meinst du damit?«

»Keine Frau küsst mich auf diese Art und verschwindet dann.«

Tane hielt den grimmigen Gargylen nicht auf. Er war sich bewusst, dass er nun in der Ehrenschuld des lästigen Dämons stand.

Das bedeutete trotzdem nicht, dass er alles mitmachen musste.

Abgesehen davon durfte er keine Zeit vergeuden, indem er diesem Dummkopf nachlief. Jeder Funken Instinkt in ihm schrie danach, zu Laylah zu eilen.

Und zwar sofort.

Er wandte den Kopf und betrachtete seine Kameradin prüfend. »Bist du verletzt?«

Jaelyn zuckte die Achseln. Sie hielt den Blick gesenkt und verbarg so ihre wirklichen Empfindungen.

»Mein Stolz wurde brutal verletzt, und meine Maniküre wird niemals wieder die alte sein, aber davon abgesehen geht es mir gut.«

Tane betrachtete eingehend das klare Profil der Frau und spürte, dass sich hinter ihrer abwehrenden Miene mehr als nur verletzter Stolz verbarg. Aber glücklicherweise ging ihn das nichts an.

»Wie bist du hierhergekommen?«, fragte er stattdessen.

Sie drehte sich um und sah ihm in die forschenden Augen. »Ich bin auf Ariyals Fährte gestoßen, als er der Vampirin und dem Magier nach Chicago folgte.«

Tane blinzelte überrascht. Er hätte darauf gewettet, dass dieser Bastard geplant hatte, die Vampirin zu hintergehen.

»Er kehrte zu Marika zurück?«

»Nein, er hat sich im Wald versteckt, als er zufällig hörte, wie sie über die Reise deiner Dschinn zu diesem kleinen, eisigen Stück Himmel sprachen.«

»Ah.« Das ergab viel mehr Sinn.

Sie schnitt eine Grimasse. »Ich habe versucht, ihn aufzuhalten.«

»Ich verstehe.« Der Blick aus Tanes zusammengekniffenen Augen schweifte über die allmählich verheilenden Schrammen und blauen Flecken. Er ballte die Hände zu Fäusten und freute sich schon darauf, Ariyals Feenvolkhaut zur Strafe zu zerschneiden. »Keine Sorge, Rache ist süß.«

»Nein«, wies Jaelyn heftig sein unausgesprochenes Angebot, dem Sylvermyst eine Abreibung zu verpassen, zurück. »Er …«

»Was?«

Sie zog eine Schulter hoch. »Er hätte mich töten können. Stattdessen hat er mich durch das Portal hierhergebracht und zurückgelassen, bewacht von diesem Geist.«

»Bewacht oder gefangen gehalten?«

»Beides, nehme ich an«, murmelte sie.

Versuchte Jaelyn, diesen Hundesohn zu entschuldigen? Wie lange brauchte es, bis sich das Stockholm-Syndrom einstellte?

»Wenn er dich am Leben ließ, dann nur deshalb, weil er plante, dich als Trumpfkarte für eine Verhandlung einzusetzen.«

»Vampire verhandeln nicht.«

»Hast du denn eine bessere Erklärung dafür?«, forderte er sie offen heraus.

Sie rümpfte auf eine sehr weibliche Art die Nase. »Ich kann nur vermuten, dass er es einfach nur genießt, mich zu quälen.« Impulsiv griff sie nach der Waffe, die sie üblicherweise in einem Halfter an ihrer Hüfte aufbewahrte, die Hand fasste jedoch ins Leere. Ganz offensichtlich hatte Ariyal ihr die Waffen abgenommen. »Dieser Mistkerl.«

Tane schüttelte den Kopf. »Er führt irgendetwas im Schilde.«

»Was auch immer es sein mag – er versucht verzweifelt, diesen Säugling in seine Finger zu bekommen.«

Tanes Fangzähne waren mit einem Mal voll ausgefahren, und mit flüssigen, schnellen Bewegungen verließ er die Höhle und rannte durch die Tunnel.

»Laylah!«

KAPITEL 22

Ich werde ihn töten müssen …

Laylah trat stolpernd einen Schritt zurück. Ihr Herz schien in der Brust erstarrt zu sein, und sie starrte den Sylvermyst ungläubig an.

Hass hätte sie auf diesem wunderschönen Gesicht zu sehen erwartet. Oder Zorn. Vielleicht Fanatismus.

Stattdessen erkannte sie darin nichts anderes als eine ruhige Entschlossenheit, die sie mehr erschreckte als die wüstesten Beschimpfungen es vermocht hätten.

»Bist du verrückt geworden?«, fauchte sie und drückte Maluhia fest an sich. »Du kannst doch kein hilfloses Baby töten!«

Er verzog die Lippen. »Ich dachte, der Beweis, dass ich böse sei, wurde bereits erbracht.«

»Warum tust du das?«

Er richtete das Schwert auf das Kind in ihren Armen. »Es ist die Brut des Fürsten der Finsternis.«

Sie schüttelte den Kopf. »Das glaube ich nicht. Es ist unschuldig.«

»Was du glaubst, spielt keine Rolle. Solange dieses Kind existiert, wird es Personen geben, die es dazu benutzen wollen, den Meister zurückzubringen.« Seine Miene wurde eisig. »Das kann ich nicht zulassen.«

Laylah spürte ein kaltes Kribbeln im Nacken, aber sie traute sich nicht, sich umzusehen. Ein einziger unachtsamer Moment hätte dem Angehörigen des Feenvolks genügt, um ihr den Kopf abzutrennen.

Und das würde nicht nur dazu führen, dass dieser Tag eine ziemlich schlimme Wendung nähme, sondern auch dazu, dass das Kind diesem schwertschwingenden Irren ausgeliefert wäre.

»Warum kannst du das nicht zulassen?« Verstohlen bewegte sie sich ein Stück zur Seite, um dem, was auch immer es war, das aus dem Gang hinter ihr auf sie zustürmte, nicht schutzlos ausgeliefert zu sein. Sie konnte nur hoffen, dass es Tane war, aber auf so viel Glück zu hoffen, wagte sie dann doch nicht. »Die Sylvermyst würden doch sicher an der Seite des Fürsten der Finsternis herrschen, wenn er wiederauferstehen würde?«

»Nicht diejenigen, die sich für ein Leben in Sklaverei entschieden haben, statt ihm ins Exil zu folgen.«

Sie musste zugeben, dass er nicht ganz unrecht hatte.

Der Fürst der Finsternis gehörte nicht zu den Gottheiten, die vergaben und vergaßen. Eigentlich war er mehr der Typ, der jeden Anlass nutzte, um zu verstümmeln und zu töten.

»Du denkst, dass ihr bestraft werden würdet?«, wollte sie wissen.

»Bestraft?« Das Lachen des Sylvermyst hatte einen schmerzhaft bitteren Unterton. »Das Beste, worauf wir hoffen können, ist völlige Vernichtung. Das Schlimmste …« Er erschauerte vor Entsetzen. »Eine Ewigkeit in endloser Folter.«

»Wollen wir es herausfinden, du Verräter?«, ertönte eine kalte Frauenstimme, und Marika betrat den Raum, begleitet von ihrer eiskalten Macht und mit, welch Überraschung, Sergei im Gefolge. Laylahs persönliche, magische Nervensäge.

»Götter, warum kannst du denn nicht tot bleiben«, murmelte Laylah und presste sich instinktiv an die entgegengesetzte Wand des schmalen Ganges, als Marika an ihr vorbeischlenderte.

Diese Frau wirkte schockierend gesund, wenn man bedachte, dass gerade erst ein halber Berg auf ihrem Kopf gelandet war.

Das dunkle Haar strömte ihr wie ein ungebändigter schwarzer Fluss über den Rücken, und ihr blasses Gesicht ließ keine Anzeichen einer Verletzung erkennen. Aber sogar diese mächtige Vampirin konnte ihre zerrissene Kleidung oder den Schmutz und das Blut nicht verbergen, die die feine Seide verunzierten.

Sie war schwer verletzt worden. Also war sie doch sicher nicht mehr ganz bei Kräften, oder etwa doch?

Die Vampirin blieb neben dem wachsamen Sylvermyst stehen, und ihr spöttischer Blick musterte Laylahs schreckensstarren Körper.

»Du dummes Ding, mein Schicksal stand in den Sternen. Ich werde doch meine Pläne nicht von einem gewöhnlichen Mischling vereiteln lassen.« Sie wandte ihre Aufmerksamkeit wieder Ariyal zu, sich zweifellos der Tatsache bewusst, dass der Feenvolkangehörige im Augenblick die größte Gefahr darstellte. »Und übrigens auch nicht von einem Verräter der Sylvermyst, der an meiner Seite über die Welt hätte herrschen können.«

Ariyal hielt sein Schwert gezückt und stellte sich breitbeinig hin, um sich auf einen möglichen Angriff vorzubereiten.

»Ich bin nicht meinem Dasein als Hure für ein verrücktes Miststück entkommen, um mich bei einem anderen zu verdingen.« Sein Blick glitt für einen Moment zu Sergei, der den Tunnel auf der einen Seite blockierte, während Marika absichtlich stehen blieb, um auf der anderen Seite den Weg zu versperren. »Außerdem wird es etwas überfüllt an Eurer Seite, mit mir und dem Fürsten der Finsternis und dem Magier und wer weiß, welche anderen leichtgläubigen Männer Ihr sonst noch in die Mangel genommen habt, damit sie Euch blind vertrauen.«

Marika fauchte, und ihre ausgefahrenen Fangzähne bewiesen, wie tödlich der Hass einer verschmähten Frau sein konnte.

»Dein Schicksal ist besiegelt, Ariyal.«

Der Mann wirbelte sein Schwert durch die Luft, und ein erwartungsvolles Lächeln lag auf seinen Lippen.

»Lasst uns tanzen, Vampirin.«

»Sergei, wirke den Zauber, während ich mein Abendmahl genieße«, befahl Marika und näherte sich dem Feenvolkangehörigen, die Hände zu Klauen gekrümmt.

Laylah lief ein Schauder über den Rücken. Sie hatte einmal gesehen, wie ein Vampir nur mit seinen Klauen ein Backsteingebäude in Trümmer gelegt hatte. Dieses Schicksal wünschte sie niemandem.

Als verspürte er ihr unwillkürlich aufflackerndes Mitgefühl, warf der Mann ihr einen wilden Blick zu.

»Laylah, verschwinde hier!«, bellte er und schwang sein riesiges Schwert, als Marika zum Angriff überging.

Laylah biss die Zähne zusammen und wandte sich dem Magier zu, der sich mitten im Tunnel aufgebaut hatte.

»Glaubst du wirklich, ich wäre noch hier, wenn das eine Option wäre?«, fragte sie leise.

Sergei lächelte und ging auf Laylah zu, während er seine Hände zu einer Friedensgeste hob.

»Du willst gehen?«, fragte er. »Lege das Kind hin und verschwinde.«

Hinter Laylah erklang das scheußliche Geräusch einer Klinge, die durch Fleisch drang, und dann ein schmerzerfülltes Ächzen, gefolgt von dem Knacken brechender Knochen. Laylah verzichtete darauf, die Schlacht zu beobachten. Was für eine Rolle spielte es schon, wer gewann? Schließlich hatten beide sehr schlimme Dinge mit ihr und dem Baby vor. Ihre größte Hoffnung bestand nun darin, dass die beiden sich gegenseitig umbrachten.

Außerdem stellte im Moment der Magier, der auf sie zukam, ihr dringendstes Problem dar.

Alle anderen würden sich hinten anstellen müssen.

»Na klar.« Sie versteckte das Baby unter ihrem Umhang, als ob es dadurch in Sicherheit sei. »Und ich habe natürlich allen Grund dazu, dir zu trauen, nachdem du mich entführt, gefangen gehalten und mehrfach gefoltert hast.«

Sergei zuckte die Schultern. »Das gehörte zum Geschäft.«

»Zu einem Geschäft gehört die Eröffnung einer *Starbucks*-Filiale, nicht die Rückkehr eines bösen Gottes, der die Welt vernichtet.«

»Nicht alle werden vernichtet werden.« Sergeis Lippen verzogen sich zu einem spöttischen Lächeln. »Es gibt auch noch einige, die herrschen werden.«

»So dumm kannst du nicht sein.«

»Offensichtlich kann ich es durchaus.« Sein Blick zuckte zu dem Kampf, der hinter Laylah stattfand, und er erbleichte. Seine Miene zeigte … was? Resignation? Reue? »Wie man sich bettet …«

Sie runzelte die Stirn. »Tu das nicht, Sergei.«

»Aber ich sagte doch bereits, mir bleibt keine andere Wahl mehr.«

»Ich werde diesen gesamten Berg über unseren Köpfen zum Einsturz bringen«, warnte Laylah ihn. »Ich werde überleben, aber glaubst du, auch du hättest so viel Glück?«

Er machte sich nicht einmal die Mühe, zusammenzuzucken. Vielleicht spürte er, dass sie kaum stark genug war, um aufrecht stehen zu können. Oder vielleicht war er einfach über seine Angst hinaus. In jedem Fall würde er sich ganz eindeutig nicht aufhalten lassen.

»Dein Gefährte versuchte es bereits mit Todesdrohungen. Bei ihm hat es auch nicht funktioniert.«

Laylahs Herz setzte einen Schlag aus. »Tane! Ist er …«

Bevor sie ihren Satz beenden konnte, murmelte Sergei eine

Reihe von hart klingenden Worten und stach mit dem ausgestreckten Zeigefinger in ihre Richtung. Laylah versuchte das Kind vor dem Zauber zu beschützen und merkte zu spät, dass er für sie selbst gedacht war.

Ein Schrei entrang sich ihrer Kehle, als sie gegen die Wand geschleudert wurde. Nicht wegen der Schmerzen. Sie gewöhnte sich allmählich daran, gestoßen, geschlagen und herumgeschleudert zu werden wie eine Stoffpuppe.

Nein, ihr Schrei drückte blankes Entsetzen aus, da ihr das Baby von unsichtbaren Händen aus den Armen gerissen wurde und daraufhin mitten in der Luft schwebte.

Wild kämpfte sie darum, sich von den unsichtbaren Fesseln zu befreien, die sie gegen die Seitenwand des Tunnels gedrückt hielten. Götter. Das hier konnte nicht wirklich passieren. Sie hatte so viele Jahre damit verbracht, Maluhia versteckt zu halten. Wie konnte das Schicksal so grausam sein, ihn ihr jetzt zu entreißen?

Verschwommen merkte sie, dass Tane zu ihr gerannt kam, zusammen mit einem anderen Vampir … Jaelyn? Aber das war jetzt ganz egal.

Er würde nicht rechtzeitig eintreffen, um Sergei aufzuhalten.

Wie um ihre größte Angst zu bestätigen, trat der Magier vor und warf einen kurzen Blick zu Marika, fast so, als hoffe er, dass sie von dem Sylvermyst überwältigt worden wäre.

Er verzog die Lippen, als die Vampirschlampe, ihre zahlreichen Wunden ignorierend, den böse zugerichteten Feenvolkangehörigen über den Kopf hob, um ihn durch den Gang zu schleudern. Sie lachte, als sein Körper schlaff zu Boden sackte und dort liegen blieb.

Es war überflüssig, Vermutungen darüber anzustellen, wer diesen besonderen Kampf gewann.

Als ob dieser Anblick ausreiche, um ihn zum Handeln anzutreiben, machte Sergei eine Handbewegung in Richtung des Säuglings, der immer noch in der Luft schwebte. Laylah fluchte, als der Schild, der Maluhia schützte, zu pulsieren und zu schimmern anfing.

Was auch immer er da tat – es zerstörte eindeutig den Stillstandszauber.

Schreckliche Angst durchfuhr sie, versetzte ihr Blut in Wallung und pumpte verstärkt dringend nötiges Adrenalin durch ihren Körper.

Mit großer Anstrengung stemmte sie sich gegen die Macht, die sie gefangen hielt. Mit einem Ruck schaffte sie es, sich zu befreien und fiel auf den harten Boden. Sie fluchte, als ihre Knie auf den Stein krachten, aber mit einer einzigen Bewegung stand sie wieder auf den Beinen und steuerte auf den Magier zu.

Sie musste ihn aufhalten, was immer er da auch tat. Sie musste …

Nach weniger als einem halben Dutzend Schritte wurde Laylah auf schmerzhafte Weise aufgehalten. Eine schlanke Hand legte sich um ihren Hals, und sie wurde mit einem Ruck hochgehoben.

»Sei keine Närrin«, warnte ihre Tante sie, »wenn du den Zauber störst, wird das Kind sterben.«

Laylah griff nach Marikas Arm und klammerte die Finger um ihren Unterarm, der trügerisch zierlich war.

»Ich sterbe lieber, als mich für deine kranken Pläne benutzen zu lassen«, keuchte sie. Der erdrückende Griff machte es ihr unmöglich zu atmen.

»Du kommst zu spät, liebe Laylah.« Das Gelächter ihrer Tante streifte ihre Haut mit beißender Kälte. »Endlich werde ich alles bekommen, was mir zusteht.«

»Oh, du wirst definitiv bekommen, was dir zusteht.«

Laylah schloss die Augen und konzentrierte sich auf das Gefühl von Marikas Haut unter ihrer Handfläche. Sie konnte die Vampirin selbst unter Aufbietung all ihrer Kräfte nicht überwältigen, aber sie konnte dafür sorgen, dass Marika es noch bereuen würde, sie ausgequetscht zu haben wie eine Zitrone, verdammt noch mal!

Laylah biss die Zähne zusammen und setzte die Kräfte frei, die sie gesammelt hatte.

Zwar hatte sie keine großartigen Explosionen erwartet und auch kein Erdbeben der Stärke 8 auf der Richterskala. Aber die elektrischen Funken, die um ihren Arm herumtanzten, reichten nicht einmal aus, um eine Tauelfe zu schockieren.

Verzweifelt versuchte sie, den letzten Rest ihrer Kraft zu beschwören, jedoch ohne Erfolg.

Sie war ausgelaugt.

Leer.

Der Mut verließ sie, und ihr Blick glitt zu dem Baby, das von tausend schimmernden Lichtern umgeben war.

Jeden Moment würde der Stillstandszauber zerstört sein, und das Kind würde zu einem hilflosen Gefäß werden, das mit dem bösen Geist des Fürsten der Finsternis gefüllt werden würde.

Laylah schrie gequält auf und bohrte ihre Fingernägel in Marikas Fleisch. So durfte es einfach nicht enden! Sie würde das nicht zulassen.

Auf gar keinen Fall.

Da Laylah von dem für sie unerträglichen Gefühl, versagt zu haben, erfüllt war, dauerte es einige Zeit, bis ihr der Geruch verbrannter Haut in die Nase stieg.

Verwirrt sah sie ihre Hand an, die immer noch den Arm der Vampirin umklammert hielt. Heilige Scheiße. Die schwachen Funken hatten sich inzwischen in kleine Blitze verwandelt, die Marika durchbohrten. Mit verheerenden Folgen.

Sie runzelte die Stirn.

Was zum Teufel …

Diese Kraft stammte nicht von ihr. Oder wenigstens …

Laylah holte schockiert Luft.

Sie war daran gewöhnt, dass die Energiewoge aus ihrem tiefsten Inneren kam. So hatte ihre Macht schon immer funktioniert, ganz egal, wie unberechenbar sie auch sein mochte.

Jetzt wurde ihr allerdings klar, dass sie die Macht *filterte*. Es war mit Worten kaum zu beschreiben.

Wie eine echte Dschinn absorbierte sie die Naturgewalten, die sie umgaben. Die Luft, die Erde, selbst das eisige Wasser in den Ritzen und Spalten, durchströmten sie und erneuerten nicht nur ihre Kräfte, sondern sie strömten auch wieder aus ihrem Körper heraus und erzeugten die elektrischen Schläge, von denen die Luft erfüllt war.

Sie schüttelte den Kopf, nahm sich jedoch nicht die Zeit, über diese unerwartete Wendung der Dinge nachzudenken.

Es war nicht das erste Mal, dass eine Fähigkeit ganz plötzlich aufgetaucht war, auch wenn das nur selten dann geschah, wenn sie es wirklich brauchte. Sie würde dem geschenkten Gaul aber bestimmt nicht ins Maul schauen.

Da sie ihre Kräfte nicht kontrollieren konnte, hatte Laylah keine andere Wahl, als zuzulassen, dass die Macht durch sie hindurchfloss. Deren Intensität wuchs mit jedem Herzschlag.

Marikas Finger schlossen sich noch fester um ihre Kehle. Sie versuchte offensichtlich, Laylah den Hals zu brechen, bekam es aber daraufhin mit Laylahs Kräften zu tun, als Gegenschlag auf die Bedrohung. Die Vampirin fluchte und sah sich gezwungen, Laylah loszulassen und mehrere Schritte zurückzuweichen.

»Du kannst mich nicht besiegen«, zischte sie.

Laylah versuchte mühsam, das Gleichgewicht zu behalten. Marikas Anblick schockierte sie.

Die Hand, die sie festgehalten hatte, war geschwärzt und verschrumpelt, als sei sie in einen Großbrand geraten, und überall an ihrem Körper waren Brandwunden zu erkennen.

Sie hatte es geschafft, wesentlich mehr Schaden anzurichten, als sie ursprünglich vorgehabt hatte.

Gott sei Dank!

Laylah war so müde, dass sie kaum noch aufrecht stehen konnte. Sie konnte nur hoffen, dass ihre grandiosen neu erworbenen Fähigkeiten ausreichen würden, um dieses Miststück auszulöschen.

»Das wird sich noch herausstellen«, murmelte sie.

»So störrisch«, knurrte Marika, und in ihren dunklen Augen loderte Hass. »So wie deine Mutter.«

Laylah reckte das Kinn vor. »Ich fasse das als Kompliment auf.«

Marika ging auf Laylah los und schleuderte sie gegen die Tunnelwand.

»Weshalb?«, stieß die Vampirin hervor. »Sie hat verloren. Ich habe sie zugrunde gerichtet, und nun werde ich dich zugrunde richten.«

Ohne über die Konsequenzen nachzudenken, ballte Laylah die Hand zur Faust und verpasste der abscheulichen Frau einen Schlag direkt auf die Nase.

Sie verfügte nicht über die Stärke einer Vampirin, plötzlich brach jedoch der Knorpel mit einem satten Knirschen, und Blut spritzte hervor, als ihre Faust das Ziel traf.

Dieser Schlag war für ihre Mutter.

»Nein, sie hat nicht verloren«, fauchte sie. »Sie wird sich dir bis zu ihrem letzten Atemzug widersetzen. Genauso wie ich.«

Scharfe Klauen durchdrangen Laylahs Brust und schlitzten ihren Bauch auf. Sie zerfetzten ihr Fleisch mit schmerzhafter Leichtigkeit.

»Wenn du weiterhin gegen mich kämpfst, werde ich dafür sorgen, dass ihr letzter Atemzug eher früher als später stattfindet«, warnte Marika ihre Nichte.

Laylah schüttelte den Kopf und biss die Zähne zusammen, um so die Qual etwas leichter ertragen zu können. Tane hatte ihr doch versichert, dass Victors Diener dabei war, ihre Mutter zu retten. Marika konnte überhaupt nichts tun, um ihn aufzuhalten.

»Das bezweifle ich.«

»Ich benötige sie nicht länger. Sie ist … entbehrlich geworden.« Marika ließ die Zunge höhnisch über ihren beängstigend langen Fangzahn gleiten. »Es sei denn, du gestehst deine Niederlage ein.«

Laylah kniff die Augen zusammen. Die Vampirin war offenbar sogar noch geschwächter, als sie zuerst vermutet hatte, wenn sie jetzt versuchte, ein Ende des Kampfes auszuhandeln.

Laylah hob die Hände und richtete sie auf das Gesicht ihrer Tante. Sie war zutiefst erleichtert, als die andere hastig vor ihrer Berührung zurückwich.

Sie spürte das Blut aus ihren Wunden über ihren Körper laufen und wusste, dass sie bald in die Knie gehen würde. Oder Schlimmeres.

Sie würde schnell zuschlagen müssen, wenn sie lange genug am Leben bleiben wollte, um ihr Baby zu retten.

»Niemals«, schwor sie und bewegte sich vorsichtig vorwärts.

Marika hieb mit der Hand durch die Luft und schlitzte Laylahs Stirn auf.

Laylah wischte das Blut weg und merkte, dass die Wunde nicht sehr tief war. War das ein weiteres Zeichen für Marikas Schwäche?

»Du bist willens, deine Mutter für diesen hoffnungslosen Versuch zu opfern, um das Kind zu retten?«

»Meine Mutter wird gerade von einem sehr attraktiven Vampir gerettet.«

Echte Empörung flammte in den dunklen Augen auf. Marika gefiel der Gedanke nicht, dass ihre Schwester ihren Klauen entkommen könnte.

»Du lügst.«

»Na ja, Uriel ist nicht mit Tane zu vergleichen, aber welcher Mann ist das schon?«, spottete Laylah. »Trotzdem ist er …«

Mit einem Schrei stürzte sich Marika auf Laylah. »Du Balg! Du missratener Mischling, der sich immer in alles einmischen muss!«

»Missraten?« Laylah duckte sich und entging gerade noch den Fangzähnen, die direkt vor ihrer Kehle zuschnappten. Sie schlug mit den Händen gegen Marikas Brustkorb und spürte, wie der elektrische Strom sie durchzuckte und das seidene Oberteil der Vampirin versengte. »Ich dachte, du hast dir so viel Mühe gemacht, mich zu züchten?«

Marika schrie auf und war erneut gezwungen, einen Schritt nach hinten zu machen, als ihre Haut zu rauchen begann.

»Ich habe ein Monster erschaffen!«

Laylah zuckte instinktiv zusammen. Dann hob sie in einer trotzigen Geste das Kinn.

Es war ihr völlig egal, was diese Irre dachte.

Oder irgendjemand sonst.

Tane liebte sie.

Das war alles, was zählte.

»Du hast überhaupt nichts erschaffen«, griff sie Marika an und lehnte sich dabei unauffällig an die Tunnelwand. Marika konnte sicher ihre Schwäche spüren, aber ihr Stolz verlangte, dass sie wenigstens den Versuch unternahm, das zu bemänteln. Sie hatte genug davon, gegen die Felsen geknallt zu werden. Außerdem verband sie damit die vage Hoffnung, dass sie, wenn sie schon an die Wand gepresst dastand, wenigstens eine Wiederholung vermeiden konnte. »Einen starken Dämon mit einer hilflosen Frau in einen Raum zu sperren, rechtfertigt deinen Gottkomplex eigentlich nicht. Aber andererseits versuchst du ja verzweifelt, andere zu benutzen, um jene Macht zu bekommen, die dir versagt wurde.« Ihre Lippen kräuselten sich vor Abscheu. »Deine Schwester. Sergei. Den Fürsten der Finsternis. Das ist wirklich erbärmlich.«

»Halte den Mund!«

»Warum?«, stichelte Laylah. Sie war nicht gerade sonderlich wild auf eine weitere Runde mit der Frau, aber sie nur hinzuhalten war keine Option. Sie musste die Vampirin zu einem leichtsinnigen Angriff provozieren, sonst würde es zu spät sein. Entweder würde sie bewusstlos werden, oder Sergei würde seinen Zauber vervollständigen. »Schmerzt die Wahrheit?«

»Du …«

Marika, die sich ganz offensichtlich darauf vorbereitete, Laylah die Kehle herauszureißen, wurde abgelenkt, als Sergei plötzlich erschrocken aufschrie.

»Marika, lieber Gott …« Seine Stimme war kaum wiederzuerkennen. »Es sind zwei.«

Veranlasst durch die Dringlichkeit und Angst in seiner Stimme, drehte sich nicht nur Marika, sondern auch Laylah zu Sergei um. Er hielt eine Hand gegen seine Brust gepresst und deutete mit der anderen auf das Kind, das zu seinen Füßen auf dem Boden lag.

Nein.

Es war nicht *ein* Kind.

Sondern Kind*er*.

Mehr als eins.

Laylah stieß einen erstickten Laut aus, der ihren Unglauben ausdrückte. Seit Jahren hatte sie das Baby wie ein eigenes behandelt. Sie hatte es in den Armen gehalten und mit ihm gemeinsam in ihrem Bett geschlafen.

Zugegeben, der Stillstandszauber machte es unmöglich, Maluhia richtig anzufassen, aber sie hatte ihn doch tief in ihrem Herzen gespürt. Oder etwa nicht?

Sie schüttelte den Kopf und weigerte sich zu glauben, dass der Zauber den Drang beinhaltet haben könnte, sich um das Kind zu kümmern. Schließlich war der Stillstandszauber jetzt gebrochen, und sie konnte immer noch die Verbindung zu Maluhia fühlen. Diese lag in jedem Schlag seines winzigen Herzens.

Ihr verblüffter Blick glitt über die zwei nebeneinander liegenden Babys.

Beide hatten die Größe von drei Monate alten Säuglingen, und beide waren nackt, sodass man erkennen konnte, dass eines männlich und das andere ohne jeden Zweifel weiblich war.

Alpha und Omega.

Kassandras Worte hallten in ihrem Kopf wider, als der männliche Säugling, von dem sie überzeugt war, dass er Maluhia war, sich umdrehte, als spüre er, dass sie in seiner Nähe war. Er hatte ein bisschen blonden Flaum auf dem Kopf, und in seinen blauen Augen lag unendliches Vertrauen, als sie sich auf Laylah richteten, während ein Lächeln seine Lippen umspielte.

Das weibliche Baby lag still da, auch wenn Laylah an der Bewegung seiner Brust erkennen konnte, dass es atmete. Es hielt die Augen geschlossen, und sein weiches Haar hatte die gleiche Farbe wie das seines Bruders. Das Mädchen schien sich seiner Umwelt nicht bewusst zu sein, so, als sei es immer noch in den Zauber eingeschlossen.

Laylah wurde aus ihrer Verwirrung gerissen, als Marika auf die Babys zuging. Auf ihrem Gesicht lag ein finsterer Ausdruck.

»Was hast du getan?«

Der Magier tat einen Schritt nach hinten. Verblüffung stand ihm in sein schmales Gesicht geschrieben.

Ja, Verblüffung schien das Wort des Tages zu sein.

Wenigstens war Laylah nicht die Einzige, die sich als Dummkopf fühlte, weil sie nie vermutet hatte, dass es mehr als ein Kind gab.

»Es sind zwei«, sprach Sergei das Offensichtliche aus.

Marika bewegte sich langsam auf die Babys zu und hatte ihren Blick dabei starr auf sie geheftet. »Wie ist das möglich?«

Sergei zuckte die Achseln und leckte sich die trockenen Lippen. »Ich weiß es nicht. Da gibt es einen Jungen und ein Mädchen.«

Laylah wurde zu spät bewusst, dass sie eine hervorragende Gelegenheit verschwendete. Sie verfluchte ihre Dummheit und schob sich nach hinten. Was war nur los mit ihr? Die beiden waren doch vollkommen gebannt vom Anblick der Kinder. Jetzt oder nie.

Laylah hielt den Blick fest auf die Vampirin gerichtet und beugte sich nach unten, um blind nach dem großen Schwert zu suchen, das Ariyal bei sich gehabt hatte, bevor er durch den Tunnel geschleudert worden war wie eine zerbrochene Puppe.

Sie musste mehrmals ausholen, bis ihre Finger über den Griff strichen, und unterdrückte ihren voreiligen Seufzer der Erleichterung. Vorerst war Marika zum Glück abgelenkt. Das Letzte, was Laylah wollte, war, die Vampirin daran zu erinnern, dass hinter ihr noch unerledigte Angelegenheiten lauerten.

Laylah umklammerte den mit Leder überzogenen Griff und hob das Schwert vom Boden auf. Fast wäre sie der Länge nach hingefallen, da das Ding unerwartet schwer war.

Götter.

Offensichtlich spielte die Größe für die Sylvermyst sehr wohl eine Rolle.

Laylah veränderte ihre Position, damit sie das Schwert mit beiden Händen festhalten konnte, und richtete sich auf. Mit langsamen, gleichmäßigen Schritten machte sie sich auf den Rückweg durch den Tunnel.

Marika, die sich der nähernden Gefahr nicht bewusst war, streckte gebieterisch die Hände aus.

»Hebe die Kinder auf und übergib sie mir.«

Sergei beugte sich gehorsam vor, aber Laylah gab ihm keine Gelegenheit, seiner Herrin und Meisterin die lang ersehnten Trophäen zu überreichen.

Sie schaffte es, mit letzter Kraft das Schwert zu heben. Mit einer geschmeidigen Bewegung schwang sie es durch die Luft und traf Marika seitlich am Hals.

Laylah war gegen den Aufprall gewappnet. Sie hatte nicht viel Erfahrung mit der Enthauptung von Vampiren, war aber davon ausgegangen, dass eine beträchtliche Anstrengung dazu erforderlich war.

Stattdessen glitt die herrliche Klinge durch Muskeln, Sehnen und Knochen wie durch Butter.

Laylah blinzelte schockiert, als Marikas Kopf von ihrem Körper getrennt wurde.

Es war ... erstaunlich.

Gerade hatte er noch auf ihrem Hals gesessen, und jetzt rollte er über den Lehmboden.

Einerseits war sie entsetzt.

Vor diesem Moment hatte sie nur getötet, um sich selbst oder ihr Kind zu schützen. Es war nie eine vorsätzliche Entscheidung gewesen.

Größtenteils wurde sie aber von einer überwältigenden Erleichterung durchflutet.

Diese Frau hatte es absichtlich herbeigeführt, dass ihre eigene Schwester vergewaltigt und gequält wurde, nur um den Fürsten der Finsternis in die Welt zurückzuholen. Sie hatte Laylah gejagt wie ein Tier. Und sie hatte ihren Schoßhund, den Magier, auf Tane angesetzt, um diesen töten zu lassen.

Es war unverzeihlich.

Laylah ließ das allzu schwere Schwert fallen und sah ihrer Tante in die toten Augen.

»Fahr zur Hölle, du bösartiges Miststück!«

Tane nahm gerade rechtzeitig die Kurve, um zu sehen, wie Laylah Marika den Kopf abschnitt.

Er kam schlitternd zum Stehen, und schnell trat reiner Stolz an die Stelle des Schocks.

Sein He-Man-Anteil, der Laylah in den Wahnsinn trieb, mochte es zwar bedauern, nicht derjenige zu sein, der die Drachenplage seiner Gefährtin erlegte. Aber er wollte verdammt sein, wenn eine Frau, die die Dinge selbst in die Hand nehmen konnte, nicht ungemein aufregend war.

Jaelyn trat neben ihn und stieß einen leisen Pfiff aus, während sie den Blick auf die schnell zerfallende Vampirin gerichtet hielt.

»Du solltest besser auf dich aufpassen, Charon«, meinte sie gedehnt. »Deine Gefährtin ist keine Frau, mit der man sich anlegen sollte.«

»Nein, das ist wahr«, murmelte er zustimmend und rieb sich mit der Hand geistesabwesend die Stelle über seinem nicht mehr schlagenden Herzen.

Er war noch immer damit beschäftigt, sich an die Stärke seiner Gefühle für den winzigen Dschinnmischling zu gewöhnen.

Es war viel mehr als das Band der Verbindung, und weitaus mehr als nur sexuelle Anziehung.

Es war eine überwältigende, innige Liebe für die einzige Frau, die seine Seele ergänzte.

Jaelyn hob die Hand und zeigte den Gang hinunter. »Der Sylvermyst ist in der Nähe.«

Mit einiger Anstrengung gelang es Tane, seine Konzentration von seiner Gefährtin abzuwenden, um seine Sinne durch die eiskalte Finsternis strömen zu lassen, sodass er nicht auf den Magier achtete, der ihm den Rücken zuwandte. Mit den offenkundigen Bedrohungen konnte er umgehen. Im Augenblick interessierte es ihn eher, dafür zu sorgen, dass nichts sich an sie heranzuschleichen versuchte.

»Er lebt noch«, stellte Tane fest, als ihm der schwache Kräutergeruch in die Nase stieg.

»Gut.« Eine Art von Lächeln, das kluge Männer vor Entsetzen fortlaufen ließ, kräuselte Jaelyns Lippen. »Niemand außer mir darf ihn töten.«

Das schien eine persönliche Angelegenheit der beiden zu sein.

Tane zuckte mit den Schultern. »Solange er mir nicht in die Quere kommt.«

Während er den Magier scharf beobachtete, begann Tane mit gezücktem Schwert auf Laylah zuzugehen. Zu spät bemerkte Sergei ihre Anwesenheit und wandte sich mit einem kleinen Angstschrei um.

Tane erstarrte und senkte den Blick zu den beiden nackten Säuglingen, die sich in den Händen des Magiers wanden.

»Was zum Teufel …«, keuchte er.

Jaelyn stieß einen erstaunten Laut aus. »Hat deine Gefährtin etwa eine ganze Babysammlung?«

Nackte Angst zeigte sich auf Sergeis schmalem Gesicht. Er presste sich mit dem Rücken gegen die Seitenwand des Tunnels, während er beide Kinder an jeweils einem ihrer pummeligen Ärmchen herunterbaumeln ließ.

»Zurückbleiben, sonst töte ich sie!«, stieß er heiser hervor.

»Nein, das wirst du nicht tun«, knurrte Tane. »Sie sind zu viel wert.«

»Ich mag ja gierig sein, aber ich bin nicht dumm«, erwiderte der Magier mit rauer Stimme. »Im Augenblick gilt meine einzige Sorge der Flucht aus diesem Berg, und zwar unverletzt.«

Laylah tauchte neben Tane auf und drückte seinen Arm. »Tane, bitte!«

Er wandte sich ihr zu, um ihr prüfend in das blasse Gesicht zu blicken, und ihm entging die Anspannung, die ihr im Gesicht lag, nicht. Sie war so erschöpft, dass sie kaum stehen konnte, und dennoch galt ihre einzige Sorge den Kindern, die in Sergeis hartem Griff wimmerten.

Zärtlichkeit erfasste Tanes Herz, und er streckte die Hand aus, um mit einem Finger über ihre Wange zu streichen.

»Du warst ja sehr beschäftigt, meine Süße.«

Sie verzog die Lippen und warf einen kurzen Blick auf Marikas Leichnam, der zu Asche zerfallen war.

»Ich habe mich doch gerade erst mit dir verbunden, also dachte ich, ich probiere mal einen kleinen Hausputz.«

»Gut, aber es ist nicht gerecht, wenn du die ganze Arbeit machst. Ich sollte zumindest den Abfall hinausbringen.« Er warf einen vielsagenden Blick auf den Magier. »Zuerst könntest du mir allerdings erklären, weshalb du mit einem Kind anfingst und nun zwei besitzt.«

»Als Sergei den Zauber aufgehoben hatte, waren da plötzlich Zwillinge«, sagte sie, offensichtlich ebenso verblüfft wie er.

»Du spürtest niemals, dass da noch ein anderes Kind war?«

»Nein.«

Er schüttelte den Kopf, und ein Kältegefühl bildete sich in seiner Magengrube.

»Weshalb denke ich, dass das nichts Gutes zu bedeuten hatte?«

»Alpha und Omega«, sagte eine dunkle, musikalische Stimme in der Dunkelheit. »Die Zwillinge.«

Mit einem warnenden Knurren aus tiefster Kehle warf sich Tane herum und erblickte Ariyal, der stolpernd in Sicht kam.

Verdammt. Der Sylvermyst wirkte, als sei er in einen Fleischwolf geraten. Zweifelsohne ein Abschiedsgeschenk von Marika. Doch Tane ließ sich nicht täuschen. Der Feenvolkangehörige hatte Tane bereits einmal zum Narren gehalten.

Er würde keine zweite Chance dazu erhalten.

»Warte, Tane«, bat Laylah.

»Ja, warte«, knurrte Jaelyn und drängte sich an ihnen vorbei, um sich direkt vor ihrer persönlichen Nemesis aufzubauen. »Ich habe dir bereits gesagt, dass er mir gehört.«

Ariyal gelang es, das Lächeln, das er ihr zuwarf, trotz seiner verstümmelten Kehle und der tiefen Schnittwunden, die eine Seite seines Gesichtes verunstalteten, herablassend wirken zu lassen.

»Du hast dir nicht das Recht erworben, Anspruch auf mich zu erheben, Vampirin«, spottete er. »Auch wenn ich dir gerne eine Kostprobe gebe, sobald wir allein sind.«

»Du …«

Laylah bewegte sich, bevor die Jägerin angreifen konnte, und riskierte Leib und Leben, indem sie die Vampirin am Oberarm packte.

»Jaelyn, zuerst brauche ich Antworten.«

Jaelyn riss den Kopf herum, um Laylah mit einem wilden Blick zu durchbohren. Ihre Augen glühten, und ihre Fangzähne waren voll ausgefahren.

»Von ihm? Man kann ihm kein Wort glauben.«

Ariyal warf ihr eine Kusshand zu. »Du kennst mich so gut, Schatz.«

»Nenn mich nicht so«, fuhr sie ihn an.

Tane biss die Zähne zusammen. Gefahr lag so bedrohlich in der Luft, dass er beinahe daran zu ersticken glaubte.

Und dies bezog sich nicht nur auf Ariyal und Jaelyn. Sergeis panische Angst war im Tunnel immer deutlicher wahrzunehmen und wies darauf hin, dass er kurz davorstand, eine wirkliche Dummheit zu begehen.

Behutsam zog Tane seine Gefährtin von Jaelyn fort. Er wollte nicht, dass sie in der Schusslinie stand. Gleichzeitig gelang es ihm so, sie außer Sichtweite des Magiers zu bringen.

Seine kleine Dschinn mochte zwar imstande sein, anderen eine Abreibung zu verpassen, aber es würde immer seine Pflicht sein, sie zu beschützen.

»Laylah, was gibt es?«

Sie kaute mit gerunzelter Stirn auf ihrer Unterlippe herum. »Kassandra hat Maluhia ›Alpha und Omega‹ genannt.« Sie drehte den Kopf nach Ariyal um. »Was soll das heißen?«

Tane richtete sein gestohlenes Schwert wie eine unausgesprochene Warnung auf den Sylvermyst.

»Die Wahrheit, Sylvermyst.«

Ariyal legte eine Kunstpause ein, als wolle er sicherstellen, dass Tane begriff, dass er freiwillig antwortete und nicht, weil er eingeschüchtert worden war.

»Es ist eine Prophezeiung«, gab er schließlich zu.

»Natürlich«, murmelte Tane.

Laylah presste eine Hand auf ihre Kehle. »Und was besagt sie?«

Der Sylvermyst schloss die Augen, als er die Prophezeiung zitierte, die er offenbar auswendig gelernt hatte:

»Fleisch von Fleisch, Blut von Blut, gebunden in Finsternis.
Alpha und Omega sollen auseinandergerissen
und durch den Nebel wieder vereint werden.

Wege, die verborgen waren, werden gefunden werden,
und der Schleier für die Gläubigen geteilt.
Die Zwillinge werden aufsteigen, und
das Chaos wird bis in alle Ewigkeit herrschen.«

Tane schnaubte. Verdammt. Er hasste den Hokuspokus, den Propheten zu faseln pflegten.

»Das übliche Geplapper«, meinte er angewidert. »Weshalb können Propheten nicht einfach sagen, was geschehen wird, zum Teufel?«

Ariyals Augen verengten sich. »Chaos, das bis in alle Ewigkeit herrscht, klingt recht verständlich.«

»Fleisch von Fleisch?«, hob Tane hervor. »Das ist nur Geschwafel.«

Der Feenvolkangehörige deutete mit dem Kopf auf den Magier, der immer noch dastand, den Rücken an die gegenüberliegende Seite des Tunnels gepresst.

»Der Fürst der Finsternis hat die Bälger aus seinem Fleisch erschaffen.«

Laylah fluchte. »Hör auf, so etwas zu sagen!«

Die bronzefarbenen Augen richteten sich wieder auf Laylah, um sie düster anzusehen.

»Wenn ich es nicht ausspreche, bedeutet das nicht, dass es weniger wahr ist.«

»Die Kinder sind unschuldig«, entgegnete Laylah beharrlich.

»Sie sind Gefäße. Mit ihrer Hilfe wird der Fürst der Finsternis in der Lage sein, zurückzukehren.«

»Nein.« Laylah schüttelte den Kopf. »Das weißt du nicht.«

»Ich bin nicht gewillt, es darauf ankommen zu lassen.« Der magische Bronzeblick glitt zu Tane. »Du etwa, Vampir?«

KAPITEL 23

*L*aylah funkelte den Sylvermyst wütend an und wünschte sich, noch genügend Kraft zu besitzen, um ihm die perfekt geformte Nase zu brechen.

Aber wäre das die Lösung des Problems? Wohl kaum. Und trotzdem, es würde sich einfach verdammt fantastisch anfühlen.

Stattdessen griff sie nach unten, um nach dem Schwert zu tasten, das aufzuheben sie zu müde war, und versuchte, den Eindruck zu verwischen, dass sie kurz davorstand, einfach umzukippen.

»Sieh mich nicht so hilfeheischend an, Sylvermyst«, knurrte Tane neben ihr. »Wenn du auch nur den Versuch unternimmst, meinen Kindern zu schaden, werde ich dir den verdammten Kopf vom Körper trennen.«

Ariyal fauchte frustriert. »Du willst die ganze Welt für sie opfern?«

»Die Welt ist bereits verdammt, wenn sie das Blut von Unschuldigen fordert«, meinte Laylah. »Man kann das Böse nicht mit Bösem bekämpfen.«

»Soll das ein verdammter Scherz sein?« Der Feenvolkangehörige studierte sie, als sei ihr ein zweiter Kopf gewachsen. »Niemand ist dermaßen naiv.«

Einer der Säuglinge stieß einen leisen Schrei aus, als Sergei vortrat. Trotz der grausamen Kälte, die im Tunnel herrschte, stand ihm der Schweiß auf der Stirn.

»Wenn Ihr die Gören haben wollt, gebe ich sie Euch.« Er blickte dem Feenvolkangehörigen direkt ins Gesicht. »Sobald ich von hier verschwunden bin.«

Tane holte mit dem Schwert zum Schlag nach Sergei aus, und sein leises Knurren ließ den Magier vor Schreck erstarren.

»Wenn du noch einen Schritt machst, bist du tot, Magier.«

Sergei leckte sich die Lippen und warf dem tödlichen Vampir einen kurzen Blick zu, bevor er seine Aufmerksamkeit wieder Ariyal zuwandte.

»Ich verfüge durchaus über Macht. Wenn Ihr Euch mit mir zusammentut, können wir entkommen.« Er schüttelte die Babys, die an seinen Händen hingen. Nur Tanes Hand, die auf Laylahs Schulter landete, hielt sie davon ab, sich auf den Mistkerl zu stürzen. »Sobald wir von hier verschwunden sind, könnt Ihr mit den Säuglingen tun, was auch immer Ihr wollt.«

»Das würdest du nicht tun«, murmelte Jaelyn und forschte mit einer seltsamen Mischung aus Zorn und … Verwirrung in Ariyals Gesicht. Als sei sie nicht in der Lage, zu begreifen, dass der Sylvermyst einem harmlosen Kind wahrhaftig Schaden zufügen könnte.

Die wunderschönen Gesichtszüge des Feenvolkangehörigen spannten sich an, und hartnäckig wich er den Blicken der Vampirin aus.

»Jemand muss die drohende Apokalypse aufhalten. Und wenn diese *Scooby Doo*-Gruppe keine schwierigen Entscheidungen treffen will, dann muss ich sie eben an ihrer Stelle treffen.«

»Tu nicht so, als ob du irgendwelche altruistischen Motive hättest, Kinder abzumetzeln«, fauchte Laylah. »Alles, worum es dir geht, ist deine eigene wertlose Haut zu retten.«

»Bist du taub?« Der Sylvermyst zeigte mit dem Finger auf die sich windenden Säuglinge. »Das sind keine Kinder, sondern die Brut des Fürsten der Finsternis.«

»Er hat recht«, echote Sergei.

Laylah gelang es, mit ihren Kräften einen kleinen Stein so weit zu bewegen, dass er auf seinen Kopf fiel. »Mund halten, Magier.«

Sergei zischte und durchbohrte sie mit einem wütenden Blick. »Es sind Kreaturen schwarzer Magie, erschaffen von dem Bösen.«

Laylah kümmerte sich nicht um die zum Bersten angespannte Stimmung.

Sie war nicht dumm. Sie wusste, dass die anderen annahmen, ihre überwältigenden Mutterinstinkte täuschten sie über die Wahrheit hinsichtlich der Babys. Und in gewisser Hinsicht hatten sie auch recht.

Sie weigerte sich, darüber nachzudenken, wer oder was die Babys erschaffen hatte. Oder was dieser Jemand mit ihnen vorhatte. Soweit es sie betraf, waren sie in dem Moment geboren worden, als sie sie aus den Nebeln geholt hatte.

Aber das war nicht einfach nur blinde Hoffnung.

Sie war bis in die tiefsten Tiefen ihrer Seele davon überzeugt, dass die Kinder unschuldig waren.

Schließlich war sie selbst ein Geschöpf des Bösen.

Wie sonst sollte man die brutale Vergewaltigung einer hilflosen Frau nennen, die von der eigenen Schwester organisiert worden war?

Sie musste einfach glauben, dass auch aus einer solchen Bosheit etwas Gutes hervorgehen konnte.

»Es ist egal, wie sie erschaffen wurden«, erwiderte sie mit belegter Stimme.

Ariyal fluchte, und das Kräuteraroma war so stark geworden,

dass es jeden anderen Geruch überdeckte. Das war nicht unbedingt schlecht, wenn man bedachte, dass Marika einen Gestank von verbranntem Fleisch hinterlassen hatte.

Scheußlich.

»Sei kein Dummkopf.« Der Feenvolkangehörige spießte die Säuglinge förmlich mit dem Zeigefinger auf. »Sie sind dazu bestimmt, einen Weg zu dem Fürsten der Finsternis und seinen Lakaien zu bahnen.«

»Verwandte von dir?«, spottete Jaelyn unvermittelt.

»Ja.« Der wilde Bronzeblick richtete sich auf die Vampirin. »Und glaub mir, sie verfügen nicht über meinen erlesenen Charme.«

Jaelyn schnaubte. »Kaum zu glauben, dass sie noch schlimmer sein sollen.«

»Du hast ja keine Ahnung.« Ariyal wandte sich wieder Laylah zu. »Und sie wären nicht einmal die schlimmsten der Kreaturen, die dann aus der Hölle kriechen würden.«

Sie glaubte ihm aufs Wort.

Auch wenn er ein eigennütziges Motiv haben mochte, die Rückkehr des Fürsten der Finsternis verhindern zu wollen – er log nicht, wenn er von den Schrecken sprach, die die Welt vernichten würden, wenn der Schleier zwischen den Welten aufgerissen würde.

Das bedeutete allerdings nicht, dass seine Worte über das angebliche Schicksal ihrer wunderbaren Kinder nicht glatt gelogen waren.

»Wo hast du diese Prophezeiung gehört?«, brachte sie mit zusammengebissenen Zähnen mühsam hervor.

Er machte eine wegwerfende Handbewegung. »Das wird allen Sylvermyst beigebracht, noch bevor sie die Wiege verlassen.«

»Wie praktisch.« Ariyal hatte vor, wegen einer schwammigen Gutenachtgeschichte einen Mord zu begehen? Sie reckte das Kinn vor. »Hast du je darüber nachgedacht, dass das eine Lüge sein könnte, die sich der Fürst der Finsternis ausgedacht hat?«

Er schob ebenfalls das Kinn vor. »Das kann nicht sein.«

Tane streichelte beruhigend Laylahs Rücken. »Woher willst du das wissen?«, forderte er den Sylvermyst heraus.

Ariyal murmelte einige Worte in einer schroffen, fremdartigen Sprache und sah sie an, als ob sie dümmer seien, als er es ertragen könne.

»Nachdem der Fürst der Finsternis die Prophezeiung vernommen hatte, wurde ihm klar, dass er irgendwann aus der Welt verbannt würde«, sagte er, und sein Tonfall ließ erkennen, dass er etwas wiederholte, das eigentlich selbst für das dümmste Wesen offensichtlich sein sollte. »Jeder weiß, dass ihn das wahnsinnig werden ließ und er daraufhin befahl, alle Propheten und Prophetinnen niederzumetzeln.«

Tane und Laylah wechselten einen kurzen Blick. Es war allgemein bekannt, dass der Fürst der Finsternis die Vernichtung der echten Prophetinnen und Propheten befohlen hatte. Trotzdem hatte Laylah noch nie gehört, dass er das getan haben sollte, weil er eine Vorhersage gehört hatte, die ihm nicht gefiel.

Mit gerunzelter Stirn kam Tane schnell zu dem gleichen Schluss wie sie.

»Es wäre möglich, dass er die Prophezeiung manipuliert hat, um dafür zu sorgen, dass ihr ihm selbst während seiner Verbannung treu bliebet.« Er streichelte weiterhin Laylahs Rücken. Durch seine gleichmäßige Berührung hielt er ihr aufbrausendes Temperament im Zaum. Das war auch wirklich nötig, wenn man bedachte, dass sie zu schwach war, um mehr zu tun, als sich umbringen zu lassen. »Solange die Hoffnung bestand, dass er eines Tages in diese Welt zurückkehren würde, konnte er sich sicher sein, dass ihr nicht aufhören würdet, nach einem Mittel zu suchen, mit dessen Hilfe ihr den Schleier öffnen könntet.«

Die Hitze von Ariyals Wut wirbelte um sie herum, aber umgehend setzte Tane ihr explosionsartig seine eiskalte Macht entgegen. Diese Kombination sorgte dafür, dass sich der Boden unter ihnen bewegte. Laylah verzog das Gesicht. Der Berg war schon instabil genug, auch ohne dass die Belastung durch zwei Alphadämonen hinzukam, die ihre Stärke demonstrieren mussten.

»Die Prophezeiung wurde weder vom Fürsten der Finsternis noch von irgendeiner anderen Person abgewandelt«, stieß der Sylvermyst zwischen zusammengebissenen Zähnen hervor.

Laylah schüttelte den Kopf über seine halsstarrige Weigerung anzuerkennen, vielleicht unrecht zu haben.

»Wie kannst du dir da so sicher sein?«

»Sie stammt aus dem Mund eines Orakels.«

Tane, der neben Laylah stand, spannte sich an. »Welches Orakels?«

»Siljar.«

»Verdammt.« Tanes Hand packte unwillkürlich Laylahs Schulter, sodass sie nach ihm sah und seinen grimmigen Gesichtsausdruck erblickte. »Sie ist eine Prophetin?«

Ariyal, der Tanes Schock mühelos erkannte, nickte langsam. »Gerüchte besagen, dass das ihre erste und einzige Vorhersage war und dass durch diese Worte, als sie ausgesprochen wurden, auf der Welt ein solcher Zorn entfesselt wurde, dass er ganze Zivilisationen zu Staub zerfallen ließ.«

Tane schnaubte und nahm die Hand von Laylahs Rücken, um das Mal zu reiben, das die Haut an seiner Brust verunzierte.

»Ja, sie verfügt über eine ganz eigene Art, ihren Standpunkt deutlich zu machen«, murmelte er.

Laylah warf ihm einen erstaunten Blick zu. »War sie diejenige, die …?«

»Ja.«

»Verdammt.« Ariyal machte mehrere Schritte nach vorn, bis sich ihm Jaelyn schweigend in den Weg stellte. Er fauchte frustriert und durchbohrte Laylah mit einem wilden Blick. »Dann verstehst du, dass das kein Scherz ist. Du kannst die Welt retten oder zerstören.« Er ballte die Hände zu Fäusten. »Du hast die Wahl.«

»Nein.« Laylah zögerte nicht einmal. »Es gibt keine Wahl.«

Der Sylvermyst blickte Tane mit gerunzelter Stirn an. »Kannst du deine Frau nicht zurückhalten?« Kaum waren ihm die Worte über die Lippen gekommen, da zuckte er auch schon zusammen – die Reaktion auf Laylahs wütenden elektrischen Schlag. »Verdammt.«

Tane grinste vergnügt. »Willst du es ausprobieren?«

Laylah beachtete dieses kleine Schauspiel nicht weiter, ebenso, wie sie die kalte Furcht in ihrer Magengrube ignorierte.

Okay, die Prophezeiung war keine Erfindung des Fürsten der Finsternis, aber das bedeutete nicht, dass sie irgendetwas mit den Kindern zu tun hatte.

Verdammt. Sie hatte Maluhia seit Jahren in den Armen gehalten. Sie wüsste es doch, wenn er böse wäre!

Genau, wie sie ja auch gewusst hatte, dass es ein zweites Kind gab?, flüsterte eine erbarmungslose Stimme in ihrem Hinterkopf. *Ein Kind, das sie immer noch nicht fühlen konnte, obwohl es sich nur ein paar Meter entfernt befand.*

Mit einem Kopfschütteln verwarf sie diese beunruhigenden Zweifel.

»Du nimmst eine obskure Prophezeiung und verdrehst sie so lange, bis sie dir in den Kram passt«, warf sie ihm vor. »Diese Worte könnten alles bedeuten. Oder nichts.«

»Du stellst dich doch absichtlich blind, und das weißt du auch.«

»Du würdest alles sagen, nur um das zu bekommen, was du willst.«

»Ich brauche deine Hilfe nicht, um zu bekommen, was ich will, Dschinn.« Plötzlich richtete der Sylvermyst seine Aufmerksamkeit auf die Vampirin. »Ich kann mich ganz allein um diese Angelegenheit kümmern.«

Jaelyn knurrte tief in ihrer Kehle. »Versuch es doch.«

Laylah hob die Brauen. Merkwürdig. Aber was wäre andererseits an dieser ganzen Begegnung *nicht* merkwürdig?

Wie um auch seinen Teil zur Verwirrung beizutragen, machte Sergei einen vorsichtigen Schritt nach vorn.

»Verdammt, weshalb streitet Ihr mit ihnen?«, fragte er krächzend. »Lasst uns gehen.«

Ariyals Miene versteinerte, und seine Augen blieben auf die Frau geheftet, die ihm im Weg stand.

»Tritt beiseite«, forderte er sie auf.

Jaelyn verschränkte die Arme vor der Brust. »Nein.«

»Jaelyn«, mahnte Tane leise und deutete mit einem warnenden Finger auf den Magier, der einen leisen Sprechgesang angestimmt hatte.

Laylah packte Tane am Arm, als sie spürte, wie sich schwarze Magie zu regen begann.

»Tane, bitte«, flehte sie. »Wir können ihn nicht entkommen lassen!«

Ihr Gefährte hob sein Schwert. Sein schönes Gesicht zeigte tödliche Entschlossenheit.

»Er wird nicht entkommen.«

Ariyal wich ihm aus und ging auf Sergei zu. Sein Arm war ausgestreckt, er ballte seine Hand zur Faust und öffnete sie wieder. Laylah wappnete sich, da sie annahm, dass er einen Zauber wirkte. Damit zeigte es sich aber wieder einmal, dass man keine voreiligen Schlüsse ziehen sollte.

Stattdessen tauchte ein schmaler Bogen aus Eschenholz einschließlich Holzpfeil in seiner Hand auf. Laylah hätte ihren letzten Nickel darauf verwettet, dass der Pfeil wie durch Zauberhand ersetzt wurde, sobald er abgeschossen worden war.

Ein irrer Trick, den er schnell zu seinem Vorteil nutzte.

Mit einer eleganten Bewegung richtete der Mistkerl seine Waffe auf Tane.

»Zurückbleiben«, warnte er und kniff die Augen zusammen, als Laylah vor ihren Gefährten trat.

Ein Holzpfeil würde verdammt wehtun, aber er wäre nicht tödlich. Wenigstens nicht für sie.

»Laylah, sei vorsichtig«, murmelte Tane.

»Er wird nicht mit meinen Babys verschwinden.«

»Ich stimme dir zu, doch lass uns ihn nicht zu einer Dummheit provozieren.«

Sie warf einen frustrierten Blick über ihre Schulter und sah Tanes entschlossenen Blick.

»Wenn er die Babys durch ein Portal mitnimmt, erwischen wir ihn nie.«

»Er verschwindet nirgendwohin«, versicherte ihr Tane.

»Arroganter Blutsauger«, sagte Ariyal spöttisch, und Laylah drehte sich gerade rechtzeitig wieder um, um zu sehen, wie er nach dem Magier griff.

Ihr Herz machte einen schmerzhaften Satz, aber bevor er ein Portal erzeugen konnte, erfolgte ein eisiger Luftstoß, und Jaelyn stürzte sich mit Höchstgeschwindigkeit auf den Sylvermyst.

Obwohl Tane diesen Angriff offensichtlich erwartet hatte, traf er Laylah unvorbereitet. Leider, denn der verdammte Magier suchte sich genau diesen Moment aus, um einen Zauber in ihre Richtung zu schicken.

Ein Schrei entrang sich ihrer Kehle, als Tane sie an den Armen packte und zur Seite schob. Damit rettete er sie, aber die volle Wucht des Zaubers traf nun ihn.

Sie fluchte, und ihre Knie krachten schmerzhaft auf den harten Boden. Schnell rappelte sie sich wieder auf. Schreckensbleich erblickte sie Tane, der durch die Luft flog und mit voller Wucht gegen die Seitenwand des Tunnels prallte.

Indem sie murmelnd ihre Ansicht über Vampire, die immer den Helden spielen mussten, kundtat, stolperte Laylah zu der Stelle, an der er sich schwer gegen die Wand lehnte.

Entfernt war sie sich dessen bewusst, dass Jaelyn mit dem Sylvermyst kämpfte und dass der Magier kurz vor der Flucht stand, aber sie konnte sich auf nichts anderes konzentrieren als auf ihren verwundeten Gefährten.

»Wie schlimm hat es dich erwischt?«

Er ergriff ihre Hand, die sie auf der Suche nach Verletzungen über seine Brust gleiten ließ, und hob sie an seine Lippen.

»Es wird verheilen«, versicherte er ihr, heiser vor Schmerzen.

Sie wendete ihre Hand und presste die Innenseite ihres Handgelenks gegen seine Lippen.

»Trink«, befahl sie.

Er fauchte und hob abrupt den Kopf. »Keine Zeit, meine Süße.«

»Was …«

Sie verstummte abrupt, als ihr der Kräuterduft in die Nase stieg.

Es war nicht Ariyal, sondern ein anderer Sylvermyst.

Er war schon ziemlich nahe.

Sie zog die Handfeuerwaffe aus Tanes Hosentasche und spürte, dass Jaelyn und Ariyal ihren Kampf abrupt beendet hatten, da beide ebenfalls den Geruch des sich nähernden Eindringlings wahrnahmen.

Sie hob die Waffe und richtete sie auf den großen Sylvermyst mit dem kupferroten Haar, der zum Vorschein kam, wobei sie betete, dass Tane die Waffe mit Silberkugeln geladen hatte.

»Tearloch«, knurrte Ariyal. Der Schock in seiner Stimme war echt. »Ich dachte, du seiest verschwunden.«

Der andere bewegte sich elegant und anmutig. Er schlang einen Arm um Sergeis Hals und drückte einen Dolch gegen die Schläfe des Magiers.

»Ich bin zurückgekehrt, um das Unrecht der Vergangenheit wiedergutzumachen«, entgegnete der Sylvermyst. Seine Stimme klang schroff, und er hielt den Blick unbeirrbar auf Ariyal gerichtet. »Wir wurden von jenen in die Irre geleitet, die den Glauben verloren, doch wir haben unsere Schuld beglichen, und es ist nicht zu spät, um in den Schoß der Familie zurückzukehren. Komme mit mir, Bruder, und wir werden unsere Familie befreien.«

Laylah zog die Augenbrauen zusammen.

Tearloch klang wie ein schlechter Schauspieler aus einem zweitklassigen Film, aber sie war nicht so dumm, ihn nicht ernst zu nehmen. In seinen Augen, die aussahen wie aus Sterlingsilber, glitzerte etwas Fanatisches, und auf seinem schmalen Gesicht war ein wilder Ausdruck zu erkennen.

»Du wirst nirgendwohin gehen«, teilte sie dem Sylvermyst mit und schwenkte ihre Waffe, für den unwahrscheinlichen Fall, dass er nicht gemerkt hatte, dass sie auf seinen Kopf gerichtet war.

Gleichzeitig trat Ariyal vor. Sein Gesicht war in eine arrogante, herrische Maske verwandelt.

»Wir können die Vergangenheit nicht auslöschen, Tearloch. Wenn du den Fürsten der Finsternis freilässt, wird er uns alle vernichten.«

Der jüngere Sylvermyst schüttelte den Kopf, eindeutig verloren in seinen gefährlichen Wahnvorstellungen.

»Wir werden seine Erlöser sein«, flüsterte er.

»Nein.« Ariyals Stimme offenbarte die Autorität des geborenen Anführers. »Wir werden nichts anderes als Verräter sein, die er unter seinem Absatz zermalmt. Der Fürst der Finsternis vergibt und vergisst niemals.«

Tearloch geriet kurz ins Wanken, und seine metallischen Augen glitten von Ariyal zu den anderen, die in dem Gang versammelt waren. Dann schüttelte er heftig den Kopf und zerrte den erschrockenen Magier den Tunnel hinunter.

Laylahs Herz zog sich vor Entsetzen zusammen, als sie zu spät das schimmernde Portal entdeckte, das der Angehörige des Feenvolkes bereits erzeugt hatte. Scheiße. Nur noch ein paar Schritte, und er würde mit Sergei und den Babys verschwinden.

»Du weißt gar nichts«, warf der Sylvermyst Ariyal vor, und sein Kräuterduft hatte einen verdorbenen Hauch von Wahnsinn. »Der Meister hat in meinem Herzen die Wahrheit gewispert.«

»Die einzige Wahrheit besteht darin, dass wir zu einem langsamen, schmerzhaften Tod verdammt sind, sollte der Schleier jemals geöffnet werden«, erwiderte Ariyal mit grimmiger Gewissheit.

Der andere zerrte erneut an dem Magier und zog ihn noch einen Schritt näher an das Portal heran.

»Dann soll das unser Schicksal sein.«

Sergei gab ein leises Stöhnen von sich, sein Gesicht wurde kreidebleich. »Warum tut denn keiner etwas?«

Ariyal hob seinen Bogen und zielte mit dem Pfeil auf den anderen Sylvermyst.

»Ist mir ein Vergnügen.«

»Das war dumm, Magier«, zischte Tearloch und verstärkte den Druck auf den Dolch, bis Blut hervorquoll. »Deine einzige Hoffnung, aus diesem Berg zu entkommen, bin ich.«

Die Erkenntnis überkam Sergei im selben Moment, in dem

Ariyal den Pfeil abschoss. Der Magier stieß einen Angstschrei aus. Dann murmelte er schnell einen Zauberspruch, und es gelang ihm, den auf ihn zurasenden Pfeil in letzter Sekunde beiseitezustoßen.

Laylah biss die Zähne zusammen. Verdammt. Sie hatte das Gefühl, in einer französischen Farce mitzuspielen. Nur fehlte dieser Situation jegliche Komik.

Sie hielt ihre Waffe weiterhin auf den Sylvermyst gerichtet und verfolgte seine Anstrengungen, Sergei in das Portal zu ziehen, drückte aber nicht ab. Sie war eine hervorragende Schützin, aber sie war nicht perfekt. Was, wenn sie eins der Babys traf?

Glücklicherweise zögerte Tane keinen Augenblick.

Mit einem Furcht einflößenden Knurren stürzte er sich auf den Sylvermyst. Sein Schwert durchschnitt die Luft, seine Lippen waren zurückgezogen und entblößten die riesigen Fangzähne.

Tearloch fauchte vor Angst, als er beobachtete, wie der sehr große, sehr zornige Vampir auf ihn zustürmte, aber wieder einmal murmelte Sergei hektisch Worte der Macht.

Tane hatte es beinahe geschafft, die beiden zu erreichen, da lief er gegen eine unsichtbare Mauer. Mit einem schmerzerfüllten Ächzen prallte er zurück, und das Schwert flog ihm aus der Hand.

»Tane!« Laylah tat instinktiv einen Schritt nach vorn, blieb aber stehen, als der Magier die Babys hoch über seinen Kopf hielt.

»Nein.« Seine Stimme war rau vor Furcht, als der Sylvermyst ihn immer weiter in Richtung Portal zog. »Zurückbleiben, sonst töte ich sie!«

»Verdammt!«, schrie Ariyal hinter Laylah. »Halt ihn auf!«

Ja, es musste getan werden.

Laylah heftete ihren Blick auf den Magier, und die Zeit schien stillzustehen.

Sie nahm nur am Rande wahr, dass Ariyal sich vorwärts bewegte und Jaelyn ihm dicht auf den Fersen war. Sie bemerkte, dass Tane mit der Hand gegen die unsichtbare Barriere schlug. Und das Wichtigste war, dass Tearloch durch das Portal trat und Sergei hinter sich herzerrte.

Aber ihre Konzentration war auf Sergei und die schreienden Säuglinge in seinen Händen gerichtet.

Angst erfasste sie und schnitt ihr den Atem ab.

Sie musste handeln.

Und zwar jetzt sofort.

Laylah schickte ein Stoßgebet zum Himmel, straffte die Schultern und drückte ab, wobei sie mitten auf Sergeis Brust zielte.

Bamm!

Der Knall des Schusses, der durch die ausgedehnten Tunnel hallte, war ohrenbetäubend und ließ ihr die Ohren klingen. Ein Hagel aus winzigen Steinchen landete auf ihrem Kopf. Heilige Scheiße. Sie hatte noch nie eine Waffe in einem dermaßen beengten Raum abgefeuert. Es war auch keine Erfahrung, die sie wiederholen wollte.

Noch schlimmer war allerdings, dass Sergei es schaffte beiseitezuspringen, womit er einem direkten Schuss ins Herz entging.

Dieser Mistkerl.

Allerdings konnte er in der Nanosekunde, die ihm blieb, um sich zu bewegen, dem auf ihn zurasenden Projektil nicht völlig ausweichen. Und diesem war es zumindest gelungen, die unsichtbare Barriere zu durchdringen.

Der Magier brüllte vor Schmerz, als die Kugel das Fleisch an seiner Schulter durchschlug, seine Muskeln zerriss und ihn zwang, einen der Säuglinge fallen zu lassen. Laylah schlug das Herz bis zum Hals, aber die Schreie des Kindes überzeugten sie davon, dass es noch lebte.

Grimmig zielte sie erneut und drückte ab, gerade, als der Magier in dem schimmernden Wirbel verschwand.

Der Luftdruck veränderte sich auf eine unangenehme Art, als das Portal sich mit einem Knall schloss, und die magische Barriere, die der Magier beschworen hatte, verschwand.

Fluchend hastete Laylah auf das Baby zu, um es vom harten Boden aufzuheben. Sie drückte das Kind an ihre Brust. Tane beeilte sich, zu ihr zu gehen, und legte beschützend einen Arm um die beiden.

»Ist er verletzt?«, fragte Tane heiser, und seine große Hand streichelte das winzige Köpfchen des Babys mit erstaunlicher Fürsorglichkeit.

Laylah ließ einen verzweifelten Blick über den zarten Körper gleiten und zuckte zusammen, als sie die kleinen Abschürfungen und die zahlreichen Blutergüsse sah, die sich auf der weißen Haut ausdehnten. Aber sie konnte keine ernsthaften Verletzungen erkennen, und als das Kind sich in ihre Arme kuschelte, versiegten seine Tränen allmählich und machten einem Lächeln Platz, das ihr Herz buchstäblich schmelzen ließ.

Maluhia.

Ihr Sohn.

Das wusste sie mit einer Gewissheit, die durch nichts zu erschüttern war.

Nur einen einzigen Moment lang genoss sie das Gefühl seines warmen Gewichtes und seines süßen Duftes, der durch den Stillstandszauber überdeckt worden war. Das war das Baby, das sie immer gespürt hatte, aber jetzt konnte sie es auch körperlich fühlen. Den gleichmäßigen Schlag seines Herzens, die weiche, glatte Haut, das flaumige Haar auf seinem Kopf.

Er machte sie vollkommen.

Aber sie würde auf keinen Fall Maluhias Zwillingsschwester vergessen. Entschlossen gab sie sich dieses Versprechen.

Irgendwie musste es ihnen gelingen, sie aufzuspüren.

Tane drückte sanft ihre Schulter, als ob er ihre Gedanken erraten hätte. »Wir lassen den Magier nicht entkommen.«

»Er ist bereits entkommen, du Genie«, fauchte Ariyal. »Und das ist ganz allein deine Schuld.«

»Achte auf deine Zunge, Sylvermyst, sonst reiße ich sie dir heraus.«

Laylah legte eine Hand auf Tanes Arm, um ihn zurückzuhalten. Es war ihr zwar egal, ob er dem Sylvermyst die Zunge herausriss, aber vorerst war es das Wichtigste, Maluhia in Sicherheit zu bringen.

»Tane, wir müssen hier raus.«

Er wandte seine Aufmerksamkeit wieder dem Kind in ihren Armen zu. »Ja, du hast recht.«

Sie verzog das Gesicht zu einer Grimasse. »Ich habe nicht die Kraft, die Nebel zu betreten. Wir werden laufen müssen.«

Ein erschöpftes Lächeln kräuselte seine Lippen, als er sich zu ihr beugte, um ihr einen Kuss auf die Nasenspitze zu geben.

»Styx versprach, dem örtliche Clanchef mitzuteilen, dass wir einen Hubschrauber brauchen. Er sollte ganz in der Nähe warten.«

Sie lehnte sich nur zu gerne gegen seinen starken Körper und ließ ihre Lippen über Maluhias Kopf gleiten.

»Dann lass uns nach Hause gehen.«

»Nach Hause«, wiederholte er leise, und sein Gesicht trug einen bemerkenswert zärtlichen Ausdruck. Niemand hätte in diesem Augenblick den Furcht einflößenden Charon in ihm erkannt. Dann hob er den Kopf, und das tödliche Raubtier kehrte wieder zurück, als er forschend den Sylvermyst betrachtete, der stolz und würdevoll im Tunnel stand. Die Vampirin befand sich direkt hinter ihm. »Doch zunächst gibt es noch etwas anderes zu erledigen.«

»Nein.« Jaelyn trat neben den Angehörigen des Feenvolkes. Es gelang ihr, trotz ihres verschmierten Gesichtes, der zerrissenen Kleidung und der leichten Blutergüsse ungeheuer schön auszusehen.

Laylah stieß einen Seufzer aus. Das musste wohl eine Vampireigenschaft sein. »Das muss ich tun.«

Tane zuckte mit den Schultern. »Du wirst dein Kopfgeld erhalten, Jägerin. Aber erst, nachdem er verhört wurde. Sein …«, ein spöttisches Lächeln legte sich auf seine Lippen, »Clan hat sich offenbar gegen ihn gewandt und hat entschieden, die Rückkehr des Fürsten der Finsternis zu befürworten. Diese Leute müssen aufgehalten werden, bevor sie weiteren Schaden anrichten können.«

Jaelyn wirkte alles andere als zufrieden. Tatsächlich schien sie ausgesprochen wütend zu sein.

»Der Sylvermyst gehört mir.«

»Das ist äußerst charmant, Vampirin«, spottete Ariyal. In seinen Augen glühte mit einem Mal seine Macht, als er die Hand ausstreckte, um sie um Jaelyns Arm zu schließen.

Die Vampirin zischte vor Zorn, aber bevor irgendjemand reagieren konnte, hatte der Sylvermyst ein Portal erzeugt und war mit einer geschmeidigen Bewegung in der schimmernden Leere verschwunden, wobei er Jaelyn mit sich zog.

Und dann waren beide weg, einfach so.

Tane und Laylah wechselten einen schockierten Blick.

»Götter!«, keuchte Laylah. »Ich wusste nicht, dass das Feenvolk so schnell Portale erzeugen kann.«

Tanes Kiefermuskeln krampften sich zusammen, und Enttäuschung und Zorn überfluteten ihn.

»Ariyal ist kein gewöhnlicher Feenvolkangehöriger«, stieß er hervor. Das klang eindeutig nicht nach einem Kompliment. »Verdammt. Das ist das zweite Mal, dass ich es zugelassen habe, unaufmerksam zu werden, und das zweite Mal, dass Jaelyn den Preis für meine Dummheit bezahlen muss.«

Laylah legte beruhigend eine Hand an seine Wange. »Du hättest nichts dagegen tun können.«

Er öffnete den Mund, um ihr zu widersprechen. Alphamännchen waren immer wild darauf, sich selbst die Schuld zu geben, wenn es ihnen nicht gelungen war, andere zu beschützen. Aber bevor er ihr versichern konnte, was er alles Unmögliches und Heroisches hätte tun sollen, bewegte sich das Baby in ihren Armen, und sein klagendes Schreien machte darauf aufmerksam, dass es fror und ohne Zweifel Hunger hatte.

»Tane, wir können Jaelyn nicht ohne fremde Hilfe retten. Und wir dürfen nicht vergessen, dass Sergei immer noch das andere Kind hat«, hob sie sanft hervor. »Je schneller wir anfangen können, sie alle zu suchen, umso besser.«

Sein Kiefer blieb angespannt, aber schließlich nickte er widerstrebend.

»Du hast recht.« Er legte seine Wange für einen kurzen Augenblick auf ihren Kopf und zog sie und das Baby dicht an sich. »Es ist an der Zeit, die Kavallerie zu rufen.«

Sie schmiegte sich enger an ihn. »Lass uns nach Hause gehen.«

KAPITEL 24

Zwei Wochen später ...

Wie sich herausstellte, gingen sie doch nicht nach Hause.

Styx lud sie ein, ihm und Darcy in ihrem Versteck Gesell-schaft zu leisten.

Nun, »lud sie ein« war nicht ganz der Ausdruck, den Laylah benutzt hätte.

Es war mehr eine höfliche Ihr-könnt-aus-freien-Stücken-hierbleiben-sonst-werfe-ich-euch-in-den-Kerker-Übereinkunft.

Das war nur allzu verständlich.

Ihr Sohn war nicht nur die angebliche Schöpfung des Fürs-ten der Finsternis, die halbe Dämonenwelt hoffte außerdem, ihn in ihre gierigen Klauen zu bekommen.

Es machte ihr aber nichts aus, wie sich Laylah eingestand.

Obwohl es für sie wunderbar gewesen wäre, ein abgeschiede-nes Privatversteck zu haben, in dem nur Tane und Maluhia ihr Gesellschaft leisteten, hatte sie doch auch Trost darin gefunden, von den seltsamen Vampiren und ihren Gefährtinnen umgeben zu sein, die sich zahlreich in der eleganten Villa aufhielten.

Sie war ihr gesamtes Leben lang einsam gewesen. Jetzt hatte sie einen Gefährten, einen Sohn und zahllose Freundinnen und Freunde, die ihr Herz mit Freude erfüllten.

Das war mehr, als sie sich jemals erträumt hatte.

Laylah lag in dem riesigen Bett und streckte sich, als sie spürte, dass Tane die privaten Räumlichkeiten betrat, die tief unter dem Anwesen lagen.

Er war fast eine Stunde weg gewesen, um sich mit Styx und mehreren seiner Brüder zu einer Besprechung zu treffen, der Laylah nur zu gerne ferngeblieben war. Bisher war von Jaelyn und dem Sylvermyst keine Spur gefunden worden. Und auch nicht von Sergei. Schlimmer war allerdings, dass die Bemühungen, herauszufinden, wie genau das vermisste Kind benutzt werden konnte, um den Schleier zwischen den Welten zu öffnen, nicht das Geringste ergeben hatten.

Das führte dazu, dass die Laune des ganzen Vampirclans auf den Tiefpunkt gesunken war.

Stundenlang mit den frustrierten Kriegern in einem geschlossenen Raum zu sitzen, bereitete Laylah Kopfschmerzen.

Sie setzte sich auf, um sich gegen das geschnitzte Kopfteil zu lehnen, und lächelte, als sie hörte, wie Tane die Tür zum Nebenzimmer öffnete, um nach dem Baby zu sehen.

Es hatte sie nicht überrascht zu entdecken, dass Tane ein hingebungsvoller, übermäßig fürsorglicher Vater war. Das war einer der vielen Gründe, warum sie ihn so sehr liebte.

Aber die Reaktion der diversen Wesen, die häufig zu Gast in dem Versteck des Anasso waren, brachte sie doch aus der Fassung.

So erstaunlich war sie aber eigentlich auch wieder nicht. Schließlich waren Babys bei Dämonen selten, insbesondere, wenn es sich um Rassewölfe handelte. Und bei den Vampiren gab es sie überhaupt nicht.

Maluhia war eine unerwartete Freude.

Trotzdem hätte nichts sie auf den Anblick der riesigen, in Leder gekleideten Krieger vorbereiten können, die das Baby mit außerordentlicher Vorsicht sanft auf dem Arm hielten. Oder auf das aufgeregte Durcheinander bei Darcy und ihrem

Freundeskreis, als Laylah Maluhia in die Gesellschaftsräume mitnahm.

Er würde noch völlig verzogen werden, wenn sie nicht aufpasste.

Ein Lächeln bildete sich auf ihren Lippen, als die Tür geöffnet wurde und Tane das Zimmer durchquerte, das in grünen und cremefarbenen Farbtönen eingerichtet war und über schweres Mobiliar aus der frühen Kolonialzeit verfügte.

Wie immer ließ sein Anblick ihr Herz höherschlagen und ihre Handflächen feucht werden.

Hmmm. Er war so ein Leckerchen.

Laylah genoss den Anblick seiner breiten, nackten Brust und der Khakishorts, die tief auf seinen schlanken Hüften saßen. Sie schnurrte fast, als er zu ihr aufs Bett kam und sie in seine Arme schloss.

Nie im Leben würde sie von ihrem wunderschönen Gefährten genug bekommen.

»Maluhia?«, fragte sie, als er ihr einen sanften Kuss auf die Schläfe gab.

»Er schläft wie ein Baby«, versicherte Tane ihr. »Das ist auch kein Wunder. Der Ärmste wurde herumgereicht wie ein Fußball während der Weltmeisterschaft.«

Sie kicherte über seinen verärgerten Ton und drückte ihm einen Kuss auf die Brust.

»Du bist doch nur sauer, weil du in den letzten Nächten nicht dazu gekommen bist, ihn zu halten.«

»Er ist mein Sohn.«

»Und du bist ein wundervoller Vater, aber wie wir herausgefunden haben, ist ein Baby für Vampire eine geliebte Kostbarkeit.« Sie legte den Kopf in den Nacken, um ihm in die Honigaugen zu sehen. »Außerdem ist Maluhia entzückend. Wer könnte der Versuchung widerstehen, ihn zu knuddeln?«

»Er benötigt Ruhe.«

»Keine Sorge, sobald wir in unserem Versteck sind, haben wir Maluhia ganz für uns allein.«

»Unser Versteck.« Seine Miene wurde sanfter, und warme Gefühle durchströmten Laylah wie feinster Champagner. »Der Klang dieser Worte gefällt mir.«

»Mir auch.« Sie rümpfte die Nase. »Nur leider …«

Er schnappte sie sich, um ihr einen kurzen, leidenschaftlichen Kuss zu rauben. »Ich weiß, doch so sehr ich es auch hasse, es zuzugeben – Styx hat recht. Solange es Leute gibt, die glauben, Maluhia sei der Schlüssel zu dem Gefängnis des Fürsten der Finsternis, müssen wir ihn beschützen, und es existieren nur wenige Orte, die sicherer sind als das Versteck des Anasso.«

»Und dazu kommt noch, dass er sich vergewissern will, dass Maluhia keine Bedrohung darstellt.« Laylah konnte nicht widerstehen und musste das einfach hinzufügen.

Tane schnaubte. »Zu Beginn war das tatsächlich der Fall, doch nun sucht er vermutlich nur nach einer Ausrede, um ihn bemuttern zu können.«

Die Verärgerung, die kurz in Laylah aufgeflackert war, erstarb gleich wieder. Sie war nicht besonders glücklich gewesen, als sie in Chicago angekommen war, da sie gewusst hatte, dass die Vampire vermuteten, Maluhia sei eine Art trojanisches Pferd.

Aber es hatte nicht lange gedauert, bis ihr Sohn die Herzen sogar der misstrauischsten Dämonen zum Schmelzen gebracht hatte.

Das letzte Mal, als sie Styx gesehen hatte, hatte er Maluhia auf dem Arm getragen und ihm auf einem Spaziergang durch den Rosengarten die verschiedenen Sternbilder gezeigt.

Sie lächelte. »Ich muss zugeben, dass es ein erstaunlicher Anblick ist.«

Seine Augen verdunkelten sich, und er nahm ihr Gesicht in seine Hand. Mit dem Daumen strich er über ihre Unterlippe.

»Nicht annähernd so erstaunlich wie du.«

Prompt durchzuckte sie heftige Erregung. Natürlich reichte allein der Gedanke an Tane aus, um sie vor Erregung in Schweiß ausbrechen zu lassen. Aber bevor sie ihm erlauben konnte, sie weiter abzulenken, presste sie eine Hand gegen seine Brust.

»Gibt es irgendetwas Neues von Jaelyn oder Ariyal?«, fragte sie.

»Nichts.« Er zog besorgt die Brauen zusammen. »Sie haben sich ganz einfach in Luft aufgelöst.«

»Und was ist mit den anderen Sylvermyst?«

»Styx sandte seine Raben aus, doch sie hatten kein Glück.«

Laylah schüttelte den Kopf. »Sie können doch nicht einfach verschwunden sein.«

»Und dennoch taten sie genau das.« Seine Frustration war beinahe mit den Händen zu greifen.

Diese fand ihre Entsprechung bei Laylah.

Sie war sich so sicher gewesen, dass es für die Vampire das Einfachste der Welt sein würde, Ariyal aufzuspüren. Es war eine überraschend kleine Welt, und es gab nicht viele Orte, an denen man sich verstecken konnte.

»Und Sergei?«, drängte sie, obwohl sie die Antwort schon kannte.

Tane wusste, dass sie verzweifelt danach strebte, das Schicksal des weiblichen Säuglings zu erfahren. Er würde es ihr erzählen, sobald er irgendeinen Hinweis auf dessen Verbleib erhalten hätte.

»Nichts«, bestätigte er ihren Verdacht.

Schmerz erfasste ihr Herz, zusammen mit einer ordentlichen Portion Schuldgefühle.

Sie hatte sich die letzten Momente im Berg hundertmal

durch den Kopf gehen lassen und versuchte sich selbst zu versichern, dass sie alles getan hatte, was ihr nur möglich war, um beide Babys zu retten, aber sie hatte es nie geschafft, sich so ganz zu überzeugen.

Laylah würde keine Ruhe finden, bis die Zwillinge wieder vereint waren.

»Das arme Kind«, flüsterte sie.

»Laylah, nicht«, sagte Tane und gab ihr einen tröstenden Kuss auf die gerunzelte Stirn. »Vorerst können wir nichts anderes tun, als Maluhia zu beschützen und darauf zu vertrauen, dass Jaelyn uns irgendwann ihren Aufenthaltsort mitteilen wird. Sobald wir Ariyal in Gewahrsam genommen haben, sollte er in der Lage sein, seine verschollene Sippe aufzuspüren.«

Laylah seufzte. So vieles war noch unsicher.

Ob Jaelyn immer noch bei Ariyal war. Ob der Sylvermyst gezwungen werden konnte, den Aufenthaltsort der anderen Feenvolkangehörigen zu verraten. Ob Sergei noch immer bei dem verrückten Tearloch war. Ob das Baby noch …

Verbissen unterdrückte sie ihre quälende Besorgnis.

Tane hatte recht. Vorerst konnten sie nichts tun.

Stattdessen richtete sie ihre Gedanken auf einen Verdacht, der sie schon die ganze Zeit unterbewusst beschäftigt hatte.

»Geht es nur mir so, oder gab es wirklich irgendwelche komischen Schwingungen zwischen Jaelyn und Ariyal?«

Tane schnitt eine Grimasse. »Bei diesem Bastard würde jeder komische Schwingungen verspüren.«

»Ich meine es ernst.«

Er zuckte mit den Achseln, und seine Miene verriet seine Meinung über den attraktiven, überaus arroganten Sylvermyst.

»Jaelyn ist eine Jägerin.«

Laylah hob die Brauen. »Was soll das heißen?«

»Sie wurde damit beauftragt, den Sylvermyst gefangen zu

nehmen.« Er zuckte die Schultern. »Sie würde es nicht zulassen, dass jemand störend in ihre Verpflichtungen eingreift.«

Laylah schüttelte den Kopf. Wie fest er doch von seiner Meinung überzeugt war. Es war typisch für Männer, dass sie das übersahen, was sich direkt vor ihrer Nase abspielte.

Sie hob die Hand und ließ ihre Finger über seinen kantigen Kiefer gleiten.

»Ich meine mich erinnern zu können, dass du etwas bemerkenswert Ähnliches gesagt hast«, neckte sie ihn. »Du würdest es nichts und niemandem erlauben, sich in deine Pflichten einzumischen.«

Er ergriff ihre Hand und zog ihre Finger an seine Lippen. »Ich habe eben herausgefunden, dass es einige Dinge gibt, die von größerer Bedeutung sind als die Pflicht.«

Sie lächelte über den Hunger, der in den honigfarbenen Augen aufloderte.

»Soll ich raten, welche Dinge?«

Er machte eine schnelle Bewegung, und Laylah fand sich auf dem Rücken liegend wieder. Tanes großer Körper presste sie gegen die weiche Matratze. Sanft nahm er ihr Gesicht in beide Hände, und sein Gesichtsausdruck war so zärtlich, dass ihr das Herz wehtat.

»Du, Laylah«, beantwortete er ihre Frage. Seine Stimme war heiser. »Du und Maluhia. Nichts auf der Welt ist wichtiger als ihr, und ich werde den Rest meines Lebens darauf verwenden, dafür zu sorgen, dass ihr glücklich seid.«

Bei seinen sanften Worten füllten sich ihre Augen mit albernen Tränen. Verdammt. Das war so … mädchenhaft.

»Oh.«

Tane verkrampfte sich. »Weshalb weinst du?«

Sie legte ihre Arme um seine Schultern, bestrebt, ihn zu beruhigen.

»Ich habe mich so lange vor der Welt versteckt, dass ich schon die Hoffnung verloren hatte, je einen Ort zu finden, wo ich hingehöre, ganz zu schweigen davon, dass mich je jemand lieben würde«, gestand sie.

»Ich liebe dich mit einer Verzweiflung, die mich bisweilen erschreckt.« Mit einem leisen Stöhnen grub er sein Gesicht in ihre Halsbeuge. »Wenn dir jemals irgendetwas zustieße ...«

»Mir wird nichts zustoßen«, unterbrach sie ihn hastig. Sie betete diesen Vampir an, aber sie war klug genug, um zu begreifen, dass er sie und Maluhia praktisch in ein Gefängnis sperren würde, wenn sie es zuließ. »Wir haben doch schon bewiesen, dass wir alle Schwierigkeiten überwinden können, die das Schicksal uns in den Weg legt.«

»Ich vermute, du hast nicht unrecht«, räumte er widerwillig ein und ließ seine Lippen über den Ausschnitt ihres dünnen Nachthemdes wandern.

Laylah erzitterte und wölbte den Rücken in stummer Einladung. »Außerdem ist unsere Abenteuerzeit zu Ende. Von jetzt an werden du, Maluhia und ich zurückgezogen und in Frieden leben.«

Mit einer Leichtigkeit, die Laylah immer wieder neu überraschte, zog Tane ihr das Nachthemd über den Kopf und ließ es durch den Raum segeln. Es berührte kaum den Boden, da umfasste er schon ihre Brüste, und seine Daumen liebkosten ihre Brustwarzen, bis sie sich vor Erregung in feste Knospen verwandelt hatten.

Das war mal eine Fähigkeit, die eine Frau wirklich zu schätzen wusste.

»Wohl kaum zurückgezogen, wenn man die Menagerie aus Vampiren, Werwölfen, Shalotts, Orakeln und gelegentlich einer Göttin bedenkt, die durch dieses Versteck streifen«, meinte er trocken.

Langsam bildete sich ein Lächeln auf Laylahs Lippen. Eine Wärme, die zu erleben sie nie gedacht hätte, linderte die Bitterkeit, die sie so lange gequält hatte.

»Unsere Familie.«

Er verzog die Lippen. »Eine sonderbare und gestörte Familie.«

»Das kommt in den besten Familien vor«, erwiderte sie.

Wenn Marika ihr sonst nichts beigebracht hatte, dann dass Blut eben nicht dicker war als Wasser.

»Hmmm.« Er senkte den Kopf, um seine Zunge über ihren steifen Nippel gleiten zu lassen. »Wenn du das sagst.«

Einen Moment lang verlor sich Laylah in dem reinen Genuss seiner Berührungen. Wenn sie in Tanes Armen lag, löste sich die Welt in Luft auf, und nichts spielte mehr eine Rolle bis auf den Sturm der Gefühle, der sie beide verschlang. Aber die sehnsuchtsvollen Gedanken an ihre Familie ließen ihr keine Ruhe. Sie zog Tanes Kopf nach oben, damit er ihr in die besorgten Augen sehen konnte.

»Da wir gerade von Familien sprechen ...«

»Ich bin mir ziemlich sicher, dass wir nicht sprachen«, knurrte er. Seine Fangzähne funkelten, und seine Augen glühten.

»Hat Uriel Kontakt zu dir aufgenommen?«

Er unterdrückte seine Ungeduld, da ihre Besorgnis spürbar war. Ihre Mutter mochte praktisch eine Fremde für sie sein, aber dennoch lag Laylah viel daran, dass sie gerettet wurde.

»Nicht in den vergangenen Tagen, aber keine Sorge, er wird nicht aufgeben, bis er deine Mutter gerettet und zu dir gebracht hat. Uriel ist ...«

Sie runzelte die Stirn, als er abrupt verstummte. »Was?«

»Ich bin mir nicht ganz sicher«, gestand er. »Ich begegnete ihm vor mehreren Jahrhunderten, und seine Macht war bereits beträchtlich, aber nichts im Vergleich zu heute.«

»Ist das etwas Schlechtes?«

»Man weiß nichts darüber.«

Sie sah, wie verwirrt er war. »Warum?«

»Die persönlichen Fähigkeiten und Stärken eines Vampirs werden während seiner Jahre als Findling festgelegt. Sobald er erwachsen ist, wächst seine Macht nicht mehr.«

»Außer bei Uriel?«

»Genau.«

Aha. Kein Wunder, dass es ihn erstaunte.

»Ein Mysterium«, murmelte sie.

Er ließ sich entschiedener zwischen ihren Beinen nieder, und seine Erektion presste sich gegen die perfekte Stelle.

»Dieses Rätsel werden wir in dieser Nacht nicht mehr lösen.«

»Das stimmt.« Sie schlang die Beine um seine Hüften und kratzte mit den Nägeln über seinen Rücken. »Aber wir haben ja ein Mittel, um uns die Zeit zu vertreiben.«

Er erschauerte und setzte einen kleinen Teil seiner Macht frei, der sie durchströmte.

»Ich habe vollstes Vertrauen in meine Fähigkeit, dich zu unterhalten.«

Götter … Sie krümmte sich, als die winzigen Funken der Glückseligkeit sie durchzuckten, und kam beinahe schon zum Höhepunkt, bevor sie überhaupt angefangen hatten.

»Was sind wir arrogant«, keuchte sie.

Er lachte leise, und ein selbstgefälliges Lächeln kräuselte seine Lippen, als er seine Aufmerksamkeit wieder ihrem steifen Nippel zuwandte.

»Ganz im Gegenteil, ich bin dein ergebenster Sklave.«

»Hmmm.« Sie biss leicht in sein Ohrläppchen und rieb sich mit unverhohlener Begierde an seiner harten Erektion. Dann hielt sie reuig die Luft an. »Oh. Warte.«

Er stöhnte auf und lehnte seine Stirn gegen ihr Schlüsselbein, während er sich bemühte, sein Verlangen zu zügeln.

»Machst du das absichtlich, um mich zu quälen?«

»Du hast mir noch nicht erzählt, was mit Levet passiert ist.«

Er hob mit ernster Miene den Kopf. »Laylah, ich liebe dich und bete dich an, mit jeder Faser meines Herzens, aber ich werde nicht über diesen lästigen Steinbrocken sprechen, während wir miteinander im Bett liegen.«

»Aber …«

Er legte ihr mit zusammengekniffenen Augen einen Finger auf die Lippen. »Erinnerst du dich an unsere erste Begegnung?«

Sie bemühte sich, ein Lächeln zu unterdrücken. Dieser Tag würde bis in alle Ewigkeit unauslöschlich in ihr Gedächtnis eingebrannt sein.

»Ich kann mich vage erinnern. Warum?«

»Ich wettete, ich könnte dafür sorgen, dass du mich um meine Berührung anflehst.«

»Hast du das wirklich getan?«

»Ja, wirklich.«

Ein Gefühl der Liebe durchströmte Laylah, als sie dem wilden Blick aus den honigfarbenen Augen begegnete, und all ihre restlichen Sorgen schmolzen dahin, als sie sich in Tanes Sinneszauber verlor.

Sie konnte sich auch später noch Sorgen machen.

Vorerst hatte sie die Absicht, die reine Freude, mit ihrem Gefährten zusammen zu sein, zu genießen.

Mit vorgetäuschter Unschuld streichelte sie mit den Händen über seinen gewölbten Rücken und leckte sich genießerisch die Lippen.

»Kannst du deinen Worten auch Taten folgen lassen?«, forderte sie ihn heraus.

Und *wie* er es konnte.

Leseprobe

Sie wollen wissen, wie es weitergeht?
Hier ein Vorgeschmack auf Der Dunkelheit versprochen,
Band acht der Erfolgsserie von Alexandra Ivy!

Diana Verlag

Morgana le Fay mochte tot sein, ihr luxuriöser Palast auf der Insel Avalon war jedoch noch immer unversehrt.

Na ja, nicht *vollkommen* unversehrt.

Mehr als nur ein Raum war vollkommen zerstört. Auch der große Thronsaal lag in Schutt und Asche, doch die riesigen Harems waren während Morganas letzter großer Schlacht zu einem großen Teil unbeschädigt geblieben.

Es war eine verdammte Schande.

Nicht nur, weil die weitläufigen Räume, die mit Mosaikfliesen, Marmorbrunnen und Kuppeldächern ausgestattet waren, wie Requisiten aus einem schlechten »1001 Nacht«-Film wirkten (auch wenn das allein schon Grund genug gewesen wäre, diesen geschmacklosen Schrott bis auf die Grundmauern niederzubrennen), sondern auch, weil Ariyal so viele Jahrhunderte als Sklave in dem Harem verbracht hatte, dass er sich eigentlich nicht an die genaue Zahl erinnern wollte.

Es war ein gut gehütetes Geheimnis gewesen, dass eine Handvoll Sylvermyst, die bösen Verwandten des Feenvolkes, sich von ihrem Herrn und Meister, dem Fürsten der Finsternis, abgewandt hatten. Sie hatten mit Morgana le Fay ausgehandelt, dass diese sie inmitten der Nebel von Avalon versteckte. Als Gegenleistung mussten sie Morganas unersättliche Gier nach Männern und dem Zufügen von Schmerzen befriedigen.

Nicht notwendigerweise in dieser Reihenfolge.

Unglücklicherweise war Ariyal ein Liebling des sadistischen Miststücks gewesen. Morgana war von dem metallischen Glanz seiner Bronzeaugen und dem langen kastanienbraunen Haar fasziniert gewesen, das er aus dem klassisch schönen Gesicht zurückgebunden trug. Aber es waren die schlanken, feinen, wie gemeißelt wirkenden Muskeln seines Körpers gewesen, die sie stundenlang erkundet hatte. Und gefoltert.

Mit einem leisen Knurren schüttelte er die unangenehmen Erinnerungen ab und konzentrierte sich stattdessen auf die Frau, die gerade in den Genuss der inmitten der Samtdiwane und erlesenen Wandteppiche verborgenen bösen Überraschungen kam.

Na ja, vielleicht war es nicht gerade Genuss, was sie empfinden mochte, dachte er belustigt, als er verfolgte, wie ihr allmählich bewusst wurde, dass sie mit silbernen Fesseln an die Wand gekettet war.

Jaelyn, die vampirische Nervensäge, stieß eine Reihe von üblen Flüchen aus. Offenbar wusste sie es nicht zu würdigen, dass er ihre Haut sorgfältig mit Leder geschützt hatte, um das Silber daran zu hindern, ihr das Fleisch zu versengen, und dass er ein Zimmer ausgewählt hatte, das eigens dafür gebaut worden war, Blutsauger vor der kleinen Menge Sonnenlicht zu schützen, die durch die Nebel draußen drang.

Tatsächlich machte sie den Eindruck, als sei das Einzige, was sie wollte, ihm mit ihren perlweißen Zähnen die Kehle herauszureißen.

Eine verräterische Hitze schoss durch seinen Körper.

Er sagte sich, dass diese Reaktion nur natürlich war.

Jaelyn war umwerfend, selbst wenn man bedachte, dass sie eine Blutsaugerin war.

Sie war groß und auf athletische Weise schlank. In ihr hatten sich unterschiedliche Rassen vereinigt, was sie zu einer exotischen Schönheit geformt hatte.

Das glänzende schwarze Haar, das auf den Fernen Osten hindeutete, war zu einem festen Zopf geflochten, der ihr über den Rücken fiel. Der asiatische Einfluss setzte sich auch in ihren leicht schräg gestellten Augen fort, die, obwohl sie dunkelblau waren, eine europäische Herkunft erkennen ließen. Ihre Haut war hell wie Alabaster und so vollkommen glatt, dass er sich danach sehnte, die Finger darübergleiten zu lassen.

Vom Kopf bis zu den Füßen.

Wenn noch das schwarze Lycra, das sich an ihre schlanken Kurven schmiegte, und die abgesägte Schrotflinte, die er ihr klugerweise lange, bevor sie das Portal betreten hatte, abgenommen hatte, dazukamen, sah sie aus wie eine fleischgewordene Männerfantasie.

Eine Jägerin.

Eine tödliche Schönheit.

Ja, es gab keinen lebendigen Mann (und mehrere tote), der nicht seinen rechten Hoden dafür gegeben hätte, um zwischen diesen langen, schlanken Beinen zu liegen.

Ariyal konnte die schockierende Erregung nicht vergessen, die während seiner kurzen Einkerkerung durch diese Frau plötzlich in ihm erwacht war.

Verdammt, die kleinste Berührung ihrer Hand hatte ihn bereits in Flammen gesetzt.

Und das machte ihn wütend.

Im Gegensatz zu den meisten seiner Brüder ließ er es nicht zu, dass Leidenschaften sein Leben bestimmten.

Er selbst bestimmte über seine Leidenschaften.

Die Tatsache, dass er sich dies verbissen ins Gedächtnis rief, verhalf ihm allerdings nicht im Mindesten dazu, die Erregung aufzuhalten, die in seinem Körper brannte, als der Blick aus ihren indigoblauen Augen über seinen schlanken, bis auf eine locker sitzende Dojo-Hose nackten Körper glitt.

Zum Teufel.

Sein Magen zog sich zusammen, sein Penis wurde hart. Allein durch diesen Blick.

Was zum Teufel würde wohl passieren, wenn er sie auf das Bett in der Nähe legen und …

Die Vampirin versteifte sich – zweifellos, weil sie seine rasant zunehmende Begierde spürte. Dann kniff sie mit sichtlicher Mühe ihre herrlichen Augen zusammen und hüllte sich in kühle Selbstbeherrschung.

»Du.« Das Wort war mit Eis überzogen.

»Ich.«

Sie stand stolz da und tat so, als bemerkte sie nicht, dass sie im Augenblick an die Wand gekettet war.

»Warum hast du mich entführt?«

Ariyal zuckte mit den Schultern, nicht willens, ihr die Wahrheit zu gestehen.

Er hatte tatsächlich nicht die blasseste Ahnung, aus welchem Grund er sie festgehalten hatte, als er durch das Portal geflohen war, das sie aus den eiskalten Höhlen Sibiriens auf diese verborgene Insel gebracht hatte. Er wusste nur, dass seine Reaktion auf diese Frau dunkel und ursprünglich und gefährlich besitzergreifend war.

»Du hast mich gefangen gehalten«, entgegnete er gedehnt. »Das ist nur gerecht.«

»Als ob ein Mistkerl wie du die Bedeutung von ›gerecht‹ kennen würde.«

Sein Lächeln enthielt keinerlei Rechtfertigung. »Kennst du nicht den alten Spruch ›In der Liebe und im Krieg ist alles erlaubt‹?« Er ließ seinen Blick zu der verführerischen Wölbung ihres Busens sinken, und Erregung erfasste ihn bei dem verräterischen Schauder, der sie überkam. »Wir könnten der Aufzählung zweifellos noch einige andere Beschäftigungen hinzufügen.«

»Lass mich frei.«

»Was ist los, Schatz? Hast du Angst, dass ich beabsichtige, dich meinem bösen Willen zu unterwerfen?« Er legte eine Kunstpause ein. »Oder hoffst du es?«

»Zumindest mit dem ›böse‹ hast du recht.«

Er trat so nahe an sie heran, dass ihr verführerischer Duft, der so ganz und gar nicht mit ihrem Image der kalten, unbarmherzigen Jägerin übereinstimmte, ihn aufreizte.

Aber andererseits war alles an dieser Frau … kompliziert.

»Weißt du, wir haben keinen Grund, verfeindet zu sein.«

»Keinen außer der Tatsache, dass ich von den Orakeln damit beauftragt wurde, dich gefangen zu nehmen.« Ihr Lächeln war kalt. »Oh, und außer deinen irren Versuchen, zwei hilflose Kinder zu töten.«

»Hilflos?« Verärgerung ergriff ihn. »Diese Abscheulichkeiten sind die Gefäße des Fürsten der Finsternis, und wenn es Tearloch gelingt, das Kind zu benutzen, um den Meister auferstehen zu lassen, kannst du dir selbst die Schuld geben, wenn die Hölle entfesselt wird.«

Sie ignorierte seine Warnung. So, wie sie jene in der sibirischen Höhle ignoriert hatte, als er sein Bestes getan hatte, um der Gefahr ein Ende zu setzen.

Er war darauf vorbereitet gewesen, die erforderlichen Schritte zu unternehmen, aber wegen der verdammten Vampire war einer der Säuglinge von seinem Clanbruder Tearloch und dem Magier geraubt worden. Nun blieb ihm nichts anderes übrig, als zu beten, dass er sie aufspüren konnte, bevor sie den Fürsten der Finsternis auferstehen lassen und die Schleier zerreißen konnten, die die Horden der Hölle zurückhielten.

»Ich werde nicht dafür bezahlt, die Welt zu retten. Ich werde dafür bezahlt, dich an die Kommission auszuliefern.«

Bei der unerwünschten Erinnerung runzelte Ariyal die Stirn.

Die Kommission war eine Gruppe von Orakeln, die die Herrschaft über die Dämonenwelt innehatte. Es hatte nie etwas Gutes zu bedeuten, wenn sie sich mit jemandem näher beschäftigten.

Insbesondere dann nicht, wenn sie einem vampirischen Jäger oder einer vampirischen Jägerin bereitwillig die exorbitante Gebühr bezahlten, damit die entsprechende Person eingefangen wurde.

»Warum sollst du das tun?«

»Ich weiß nicht. Das ist mir auch gleichgültig. Es ist einfach nur meine Aufgabe.«

Er beugte sich vor, bis sich ihre Nasenspitzen beinahe berührten. »Aber es fühlt sich wesentlich persönlicher an als einfach nur eine Aufgabe.«

Einen atemlosen Augenblick lang flackerte reines Verlangen in ihren Augen auf und sorgte dafür, dass sich sein Körper erwartungsvoll anspannte. O ja … Aber dann war die kurze Gefühlsaufwallung wieder verschwunden.

»Reg dich ab.«

»Ich *errege* lieber dich.«

»Lass mich in Ruhe.«

Ariyal erzitterte, als plötzlich eine schneidende Kälte in der Luft lag.

Verdammt. Gerade noch war er von dem Verlangen nach dieser Frau überwältigt gewesen, und jetzt hätte sie einem Feuerkobold Frostbeulen verpassen können.

»Na schön.« Er trat einen Schritt zurück, und sein Lächeln war verzerrt vor Ärger. »Ich hoffe, du hast es bequem, Schatz. Du wirst nämlich hierbleiben.«

Ihr wachsamer Blick glitt durch den Raum und dessen kunstvolle Ausstattung in den verschiedenen Schattierungen von Gold und Elfenbein.

»Wo sind wir hier?«

»In Avalon.«

Sie fauchte schockiert. »Das ist unmöglich.«

»›Unmöglich‹ ist ein gefährliches Wort.«

»Die Nebel sind undurchdringlich.« Ihre kalte Arroganz blieb, aber in ihren Augen lag ein Anflug von Vorsicht. »Es sei denn, sie wurden bei dem Tod Morgana le Fays zerstört.«

Er verzog die Lippen zu einem humorlosen Lächeln. »Sie sind erhalten geblieben, aber ich habe nicht Jahrhunderte als Sexsklave dieses Miststücks vergeudet, indem ich einfach nur schön war. Ich habe vor Jahrhunderten einen geheimen Ausgang entdeckt.«

Jaelyn forschte schweigend in seinem Gesicht, und Ariyal unterdrückte plötzlich eine Grimasse. Jägerinnen und Jäger verfügten über eine ganze Reihe von Fähigkeiten. Sie waren angeblich stärker und schneller als ein durchschnittlicher Vampir und darüber hinaus in der Lage, sich so tief in Schatten zu hüllen, dass sie beinahe unsichtbar waren. Noch beeindruckender war aber die Tatsache, dass es sich bei ihnen um wandelnde Lügendetektoren handelte. Angeblich konnte kein Dämon sie täuschen.

Das hatte ihm gerade noch gefehlt.

Gott. Er hätte sie in Sibirien lassen sollen.

»Wenn du wusstest, wie man von der Insel entkommen kann, warum bist du dann nicht geflohen?«, wollte sie wissen.

»Weil ich meine Brüder nicht retten konnte, ohne die Wachtposten zu alarmieren.«

»Also bist du geblieben?«

Er runzelte die Stirn, ihre Neugierde irritierte ihn. »Ich habe sie nicht im Stich gelassen. Überrascht dich das?«

Ein rätselhafter Ausdruck huschte über ihr schönes Gesicht, war aber im Nu wieder verschwunden.

»Die Sylvermyst sind nicht für ihre Großherzigkeit oder ihren Edelmut bekannt. Tearloch hat das bewiesen.«

Ariyal konnte ihr nicht widersprechen.

Die Sylvermyst standen seit langer Zeit in dem Ruf, ein grausames Naturell zu besitzen und nach Gewalt zu gieren, aber er würde auf gar keinen Fall zulassen, dass eine kaltherzige Blutsaugerin ihn verurteilte.

Nicht nach all den Dingen, die er geopfert hatte, um sein Volk zu retten.

»Er ist verängstigt und … verwirrt«, gestand er. »Sobald ich ihn aufgespürt habe, werde ich ihn auf seine Fehler hinweisen.«

»Du meinst, er wird das tun, was du willst, oder du tötest ihn?«

»Ah, du verstehst mich so gut, Schatz.«

»Ich verstehe, dass du ein Mistkerl bist, der nur darauf aus ist, seine eigene wertlose Haut zu retten«, griff sie ihn an.

»Gut. Dann muss ich dir nicht weiter erklären, was dir blüht, nämlich, dass ich dich mit Freuden hier verrotten lassen werde, falls du nicht genau das tust, was ich dir sage.«

Ein eiskaltes Lächeln bildete sich auf ihren Lippen. »Sei kein Dummkopf. Wenn ich verschwinde, wird der Anasso ein Dutzend Krieger aussenden, die nach mir suchen.«

»Er kann Hunderte von ihnen schicken, wenn er will. Sie werden niemals imstande sein, dich hinter den Nebeln aufzuspüren.« Sein Blick ruhte auf ihren sinnlichen, vollen Lippen. Er konnte sich nur zu gut vorstellen, was für ein Vergnügen sie einem Mann bereiten konnten. Mit einem Knurren ging er instinktiv einen Schritt auf sie zu, ohne auf die Gefahr zu achten. »Schatz, du musst dich damit abfinden, dass sie schon jetzt annehmen, du seiest tot.«

»Dann werden sie Jagd auf dich machen und dich hinrichten. Es gibt keinen Ort, an dem sie dich nicht fänden.«

Er nahm ihr Kinn in seine Hand und blickte ihr tief in die Augen, die inzwischen ihren eisigen Ausdruck verloren hatten. Stattdessen blitzte in ihnen ein indigoblaues Feuer. Sein Unterleib zog sich vor Verlangen zusammen.

»Ich habe Jahrhunderte in dem Harem von Morgana le Fay verbracht. Blutsauger jagen mir keine Angst ein.«

»Und was jagt dir Angst ein?«

»Dies hier …«

Die Fangzähne ignorierend, die ihm mit einem Biss die Kehle herausreißen konnten, beugte Ariyal sich vor und eroberte ihren Mund mit einem unendlich besitzergreifenden Kuss.

Mein …